W0336180

Als Isabel Poole dem Entwicklungspsychologen Dr. Preston Grind begegnet, ist sie gerade erst aus der Highschool, von ihrem Kunstlehrer schwanger und auf sich allein gestellt. Izzy weiß, dass sie eine gute Mutter sein kann. Ganz ohne Geld und Familie wird es trotzdem nicht gehen. Grind hat sein Leben damit verbracht, Familien zu studieren, nachdem er in seiner eigenen Kindheit in Abgründe geschaut hat, und eine ganz eigene Theorie entwickelt. Izzy lässt sich auf ein Experiment ein, das ihr Leben verändern wird. So witzig wie warmherzig, so skurril wie lebensklug zeigt uns Kevin Wilson, dass die besten Familien die sind, die wir uns jenseits aller Konventionen selbst erschaffen.

Kevin Wilson begann mit dem Schreiben, weil er einsam war und glaubte, sobald er gute Geschichten schrieb, würde er unwiderstehlich werden. Heute lebt er mit seiner Frau Leigh Anne Couch und ihrem gemeinsamen Sohn Griff in Tennessee, wo Wilson geboren und aufgewachsen ist. Er unterrichtet Kreatives Schreiben an der University of the South. Seine Erzählungen und sein Roman »Die gesammelten Peinlichkeiten unserer Eltern in der Reihenfolge ihrer Erstaufführung« begeisterten Kritiker wie Leser. Bei btb erschien außerdem »Das Große-Schwestern-Handbuch: Nachschlagewerk für sensible Jungs«.

Kevin Wilson

Das Beste, was Izzy Poole passieren konnte

Roman

Aus dem Amerikanischen von Xenia Osthelder

btb

Für Griff und Patch

»Wir waren einmal eine große Familie, erinnerst du dich, eine große, glückliche Familie.«

Shirley Jackson, *»Wir haben immer im Schloss gelebt«*

»Wir sind die Gärtner und hätten der Garten sein können.«

Leigh Anne Couch, *»Obsolescence«*

PROJEKT *UNENDLICHE FAMILIE*

- DR. KALINA KWON
  - ISABEL »IZZY« POOLE
    - CAP POOLE
  - LINK + JULIE HOWSER
    - ELIZA HOWSER
  - HARRIS + ELLEN TILTON
    - MARNIE TILTON
  - KENNY FLOYD + CARMEN RIVERA
    - MAXWELL FLOYD
- DR. JI
  - DAVID PARTIN + SUSAN LIN
    - IRENE PARTIN

BRENDA ACKLEN

DR. PRESTON GRIND

TERSON

DR. JEFFREY WASHINGTON

ASEAN
+
IKISHA WATTS

JACKIE WATTS

JEREMY
+
CALLIE GIPSON

ELI GIPSON

CARLOS
+
NINA TORRES

GILBERTO TORRES

BENJAMIN
+
ALYSSA RAYMOND

ALLY RAYMOND

PAUL BROOK
+
MARY HUBBARD

LULU BROOK

Prolog

Izzy brummte der Schädel an dem Morgen, als sie alle offiziell vorgestellt werden sollten. Für die meisten von ihnen war die Spannung zu viel gewesen. Nach den vielen Jahren, die sie auf diesen Moment warteten, hatten sie sich so überfordert gefühlt, dass sie am Abend vorher ihre Zuflucht zu mehreren Flaschen Bourbon genommen hatten, was zwar keineswegs verboten war, aber nicht gern gesehen wurde.

»Was würden die Kinder denken?«, hatte Julie gefragt, die ihr drittes Glas schon fast ausgetrunken hatte. Ihr Mann Link spielte auf seinem Banjo eine rasante Version von »She'll Be Coming Round the Mountain«, und es klang wie auf dem Rummelplatz. Anfangs hatte Izzy mitgesungen, versucht, mit der Musik Schritt zu halten, konnte sich aber nicht daran erinnern, was die Frau außerdem noch tat, als zu kommen, immer wieder um den Berg herum zu kommen, nie ganz da zu sein, und so hatte sie aufgegeben und sich dem beruhigenden Geschmack des Alkohols hingegeben, dem dicken Belag, den er wie eine Vergoldung auf der Zunge hinterließ.

»Noch wichtiger, was würde unser Herr Doktor denken?«, kam es von Harry, der recht gekonnt im Tonfall Dr. Grinds fortfuhr: »Bitte nicht unter dem Aspekt von Gut und Böse, sondern nur unter dem von Gütig und Herzlos.«

»Also, dieser Bourbon ist gütig, soviel steht fest«, kicherte Ellen. Keiner im Innenhof gab sich Mühe, die Stimme zu dämpfen und Rücksicht auf diejenigen Paare zu nehmen, die vor dem großen Ereignis gut schlafen wollten.

»Wie anders wird es sein, ich meine, tatsächlich?«, fragte Kenny. »Ich weiß, es ist wichtig, etwas Wichtigeres dürfte es kaum geben, schätze ich, aber ich steige einfach nicht dahinter, was es für ein Gefühl sein wird.«

Die Männer und Frauen verstummten, erlaubten sich kurz den Fehltritt, in die Zukunft zu blicken, schenkten dann aber wieder eine Runde nach, ohne Rücksicht darauf, wie viel sie tatsächlich trinken wollten oder mussten.

Izzy war zu klug, um es laut zu äußern, aber sie konnte sich durchaus vorstellen, wie eine neue Bezeichnung, wobei der Name selbst nebensächlich war, zur Folge hatte, dass man sich anders fühlte, wenn man sich berührte. Sie dachte an alle bisherigen Umarmungen und Küsse und wie sich solche Zärtlichkeiten unweigerlich verändern würden, weil ihrer beider Vorstellung von der Welt durch die neue Bezeichnung erweitert würde. Was als eine Sache bekannt gewesen war, würde eine andere Sache werden. Es würde erschreckend sein und aufregend, und wenn ihr Wunsch in Erfüllung ginge, hätte sich alles Bisherige gelohnt.

Jetzt saßen sie zu neunzehnt unbequem auf dem Fußboden, weil die Stühle des Klassenzimmers für die Körper von Erwachsenen zu klein waren, und warteten auf Dr. Grind. Die Namen und Gesichter waren Izzy so vertraut, dass sie die Anwesenden tatsächlich als Brüder und Schwestern betrachtete oder doch zumindest als ihre Großfamilie. Wie auch immer sie die anderen bezeichnen mochte, die Vertrautheit, die sie empfand, enthielt Gott sei Dank keinerlei Anflug von sexuellem Verlangen. Ihre Gruppe setzte sich aus neun Paaren und Izzy zusammen, die allein zu ihnen gestoßen war. Die anderen waren davon ausgegangen, dass sie jemanden kennenlernen und schließlich heiraten würde, aber für Izzy war das nicht in Betracht gekommen. Etwas Wichtigeres stand auf dem Spiel, wie Dr. Grind sie alle wieder und wieder ermahnte. Sie mussten flexibel und offen sein und sich von den Erwartungen frei machen, die sie in ihrem früheren Leben, bevor sie sich zusammengefunden hatten, gehegt haben mochten.

In diesem heiteren, farbenfrohen Klassenzimmer versuchte Izzy sich zu konzentrieren, den schleichenden Verdacht auszublenden, dass sie nicht nur einen Kater hatte, sondern richtig krank war und Gefahr lief, sich gleich auf ihre Schuhe zu übergeben und den entscheidenden Augenblick zu verderben. Sie riss sich so lange zusammen, bis sie sich stark fühlte. Es war ihr größtes Talent, sich gegen Momente der Schwäche so zu wappnen, dass sie selbst und die Menschen um sie herum geschützt waren.

Endlich erschien Dr. Grind, ein leichtes Lächeln auf den Lippen, als machte es ihn verlegen, dass er glücklich war und andere Leute, die es vielleicht nicht waren, sein Glück miterleben mussten. Er trug ein kurzärmeliges weißes Hemd mit einem roten Schlips, graue Hosen und graue Sportschuhe, seine Uniform. Es war genau der richtige Look, er wirkte nicht steif wie ein Wissenschaftler, hatte nichts von einer Intelligenzbestie, kam aber auch nicht verknittert und geistesabwesend daher, was es Izzy schwer gemacht hätte, ihm zu vertrauen. Er war gepflegt, schien sich in seiner Haut wohlzufühlen und machte den Eindruck, viel jünger als vierunddreißig zu sein. Er wirkte kindlich, aber ernsthaft. War es verwunderlich, dass Izzy möglicherweise in ihn verliebt war, als er leicht schlurfend den Raum betrat?

»Ich werde heute nicht groß auf die Familie eingehen, warum und weshalb wir hier sind, und auch nicht auf die anderen Dinge, über die wir ständig reden«, begann er. Julie, der ihr heftiger Kater anzusehen war, begann zu weinen. Dr. Grind und ihr Mann wandten sich ihr schnell zu, um sie zu trösten. Sie entschuldigte sich, riss sich zusammen, und Dr. Grind richtete sich wieder auf und setzte seine Rede fort.

»Selbst wenn Sie sich in Gedanken oft damit befasst haben, es ist und bleibt ein großer Brocken, den Sie heute verdauen müssen. Ich lasse Sie jetzt in den jeweiligen Raum bringen, warten Sie dort auf die Kinder. Und denken Sie daran, dieser Augenblick ist für Sie persönlich zwar sehr wichtig, die Kinder sind jedoch erst fünf Jahre alt, für sie wird dieser Moment lange nicht so erschütternd sein wie für Sie. Und bedenken Sie auch, es kommt nicht darauf an, was sich hier und heute abspielt, sondern was später im Leben geschieht. Ihnen stehen etwa dreißig Minuten zur Verfügung, vielleicht etwas länger, dann beginnt der Unterricht auf dem Naturlehrpfad. Und vergessen Sie nicht«, er hob die Hände, wie um zu zeigen, dass es hier nichts Geheimnisvolles gab, dass er ihnen nichts vorenthielt, »Ihre Kinder sind wunderbar und lieben Sie, und Sie lieben sie ebenfalls, und nichts, was heute geschieht, kann daran etwas ändern.« Wieder lächelte er in die Runde, strahlte vor aufrichtiger Zuneigung und verließ den Raum. Darin lag seine Stärke, er hielt gute Ansprachen, wirkte gütig und tüchtig und verließ dann das Zimmer und überließ sie sich selbst.

Das Personal trat ein und führte die Erwachsenen nacheinander aus dem Klassenzimmer. Roberto, der den Kindern Spanisch beibrachte und für den Sportunterricht zuständig war, berührte Izzy an der Schulter und bedeutete ihr mitzukommen. Sie holte tief Luft, nahm die angebotene Hand, stand auf, bereit für alles, was da kommen mochte.

Sie stand im leeren, hallenden Speiseraum. Man hatte sie alle angewiesen, keine Geschenke mitzubringen, keine Bilder oder Süßigkeiten, nichts, was die Kinder ablenken könnte. Sie wünschte sich jedoch, etwas in der Hand zu halten, zur Beruhigung ihrer Nerven.

Natürlich hatte sie ihn fast täglich gesehen, hatte ihn in den

Arm genommen und in den Schlaf gewiegt, aber von jetzt ab würde es anders sein. Es würde für immer anders sein und doch hoffentlich genauso wie immer. Nicht zum ersten Mal wünschte sie sich einen Menschen an ihrer Seite, einen Partner. Doch sofort wies sie den Wunsch von sich; diesen Augenblick wollte sie ganz allein erleben.

Die Tür öffnete sich, und Roberto machte ihr ein Zeichen, dass alles in Ordnung sei. Izzy nickte. Roberto verschwand, und plötzlich war er da. Ein kleiner Junge stand in der Tür. Ihr kleiner Junge. Ihr Sohn.

Er kam in den Raum, schon winkend, schon lächelnd, hielt aber abrupt inne, als er sie wahrnahm.

»Izzy?«, sagte er, neugierig, offen.

»Hi, Cap«, erwiderte sie, kaum in der Lage, den Schock zu verkraften, wie er da vor ihr stand, sie allein mit ihm, nur er und sie.

»Du bist meine Mama?«, fragte er vorsichtig, zu ängstlich, um sich ihr zu weit zu nähern. Ihr Herz brach an den Stellen, wo es immer gebrochen worden war.

»Ja, mein Süßer«, antwortete sie lächelnd.

»Du hast mich gemacht?«, fragte er und rückte ein Stück näher.

»Wir haben dich alle gemacht«, erwiderte sie, ein Mantra der Gruppe wiederholend, fügte aber hinzu, »aber ich habe dich am meisten gemacht.«

»Mama«, sagte er sachlich. Er winkte ihr wieder zu, sie winkte zurück.

»Ich bin deine Mama«, bestätigte sie und hielt die Luft an, als sie seine Aussage wiederholte.

»Gut.« Er lächelte und ließ sich von ihr in den Arm nehmen, und sie drückte ihn an sich und hatte das Gefühl, es sei zum ersten Mal.

»Es ist gut«, sagte sie, den Jungen in den Armen, den Sohn, den sie aufgegeben und doch behalten hatte, das ungeplante Kind, das sie nicht inniger hätte lieben können.

»Wir sind eine Familie«, sagte er, und sie wusste, dass er alle meinte, die anderen Kinder, die anderen Eltern und Dr. Grind, aber sie tat so, als meinte er nur sie beide.

»Wir sind eine Familie«, erwiderte sie und drückte ihn immer noch fest an sich. »Wir sind die beste Familie auf der großen, weiten Welt.«

Erster Teil

Kapitel eins

Drei Stunden nach ihrer Abschlussfeier saß Izzy auf einer Parkbank neben ihrem Kunstlehrer Mr Jackson und teilte ihm mit, dass sie schwanger sei. Das Geständnis fiel ihr schwer, aber die große Erregung in ihr hielt die Angst in Schach. Sie hatte die verhasste Highschool hinter sich gebracht; sie war auf der anderen Seite angekommen, frei, die vier Jahre waren nur eine Narbe, die ihre Persönlichkeit auf Dauer interessanter machen würde. Sie trug ihre besten Sachen, ein dünnes Sommerkleid von Target in Murfreesboro, grün und weiß, wie die Fahne eines exotischen afrikanischen Staates. Es passte gut zu ihren kräftigen, dichten Sommersprossen, ihrem hellbraunen, für die Verabschiedung kurz geschnittenen Haar und ihrem runden, gescheiten Gesicht. Sie sah besser aus, als sie sich fühlte, und befürchtete, mit ihrer Unbesiegbarkeit wäre es in dem Augenblick vorbei, wo sie auf den Prüfstand kam.

Um ihre Nerven zu beruhigen, spielte sie mit der Bommel ihres Baretts, das sie in ihrer Hand hielt. Als ihre Mitschüler die Kappen in die Luft warfen, hatte sie die ihre festgehalten. Die Gründe dafür durchschaute sie nur insofern, als sie wusste, dass sie inmitten anderer Menschen nie wirklich feiern konnte. Glück war für sie etwas Kleines, Stilles, und man zeigte es, wenn niemand dabei war. Tatsächlich aber war sie in ihrem Leben noch nicht oft genug glücklich gewesen, um ihre Überzeugung durch einschlägige Erfahrungen untermauern zu können.

Mr Jackson war ihr Lieblingslehrer gewesen. Der Mittdreißiger hatte noch nicht jenen Punkt erreicht, wo jeder zweite Satz im Unterricht sarkastisch und ohne echtes Gefühl geäußert wird. Bevor er vor zwei Jahren in der Coalfield Highschool angefangen hatte, war er freischaffender Künstler gewesen, hatte in Europa ausgestellt und war ansatzweise berühmt. Seine Familie gehörte zu den oberen Zehntausend von Tennessee. Und doch unterrichtete er geistige Nullen am Arsch der Welt, sodass Izzy sich verwirrt gefragt hatte, ob er edelmütig oder dumm war oder vielleicht, vor allem, angeschlagen?

In der ersten Kunststunde ihres letzten Schuljahres hatte er eine leere Vase auf eine Trittleiter gestellt und gefragt, ob das Kunst sei. Die meisten Schüler hatten mit Nein geantwortet. Dann hatte er die Vase mit Blumen gefüllt. »Und jetzt?« Eine größere Zahl Schüler hatte seine Frage bejaht. Er leerte die Vase wieder. »Und wenn ich in die Vase pinkelte?« Niemand, inklusive Izzy, sagte ein Wort, aber ohne Zweifel schenkten jetzt alle ihrem Lehrer, dessen Khakihose mit Farbe bespritzt war und in dessen abgetragenem, verblichenem Baumwollhemd ein Päckchen Zigaretten steckte, ihre Aufmerksamkeit. Seine Züge erinnerten an einen Filmstar aus alten Zeiten, sie wirkten hager und zerklüftet, aber nicht verlebt. Sein kurzes, vorzeitig ergrautes Haar verstärkte den Eindruck von Weisheit. »Die Antwort, Kinder, lautet, dass alles Kunst ist.« Dann forderte er die Schüler auf, Beispiele für seine Behauptung zu liefern. »Und wenn Sie die Vase in Stücke schlagen?«, wollte einer wissen. Mr Jackson erwiderte, auch das sei Kunst. »Und wenn sie die Vase ficken?«, fragte einer aus der Gruppe der Kiffer, begleitet von einem grässlichen Hahaha seiner Freunde, das Gelächter darstellen sollte. »Dann erst recht«, erwiderte Mr Jackson.

Bevor sie richtig darüber nachgedacht hatte, fragte Izzy: »Und wenn es keine Kunst sein soll?«

Er wandte sich ihr zu, offen, entgegenkommend. »Wie ist das zu verstehen?« Sie wurde verlegen, weil die ganze Klasse auf ihre Antwort wartete.

»Was wäre, wenn Sie extra darauf hinweisen würden, dass die Vase nur eine Vase und kein Kunstwerk ist?«

Seine Augen verrieten einen Anflug von Besorgnis, als wüsste er genau, was sie meinte, und wollte das, was nun kam, lieber nicht sagen. Das Schweigen wurde bedrückend, während er den Blick auf sie gerichtet hielt und dann leicht mit den Schultern zuckend sagte: »Es tut mir leid, selbst dann wäre es immer noch Kunst.«

Da verliebte sie sich in ihn, in seine liebenswürdige Antwort. Blitzartig breitete sich in jenem Moment die Zukunft vor ihr aus: Sie würde seine heimliche Geliebte werden, sie würden den größten Teil des Jahres miteinander verbringen, sie würde jetzt von ihm schwanger werden.

»Ich bin schwanger«, sagte sie zu Mr Jackson, der aus Nostalgie Traubenlimonade aus Glasflaschen trank. Er riss sich ein Bein aus, um Dinge zu finden, die besser schmeckten, weil sie selten waren. Anstelle einer Antwort nahm er die halb volle Flasche und schleuderte sie ins Gras, sodass sie dumpf in zwei Hälften zerbrach.

»Nicht gut, Izzy«, sagte er mit abgewandtem Gesicht, als sei er plötzlich verlegen; ein Warnsignal, dass ein heftiger Wutausbruch in der Luft lag.

»Ich weiß, dass es nicht gut ist«, antwortete sie, etwas verärgert über seine Reaktion. Sie hatte zwar damit gerechnet, und doch hatte sie im Innersten ihres Herzens gehofft, dass er sie mit den Worten umarmen würde, alles sei in Ordnung, und sie würden alle drei eine glückliche Familie werden. Hoffnung, verdammt, wie sie die hasste, diesen Lichtsplitter, von dem man glaubte, dass er das Herz füllen konnte. »Ich weiß, dass es nicht gut ist«, wiederholte sie, »deshalb sage ich es dir, denn wir beide haben das verbrochen, und nun müssen wir überlegen, was wir tun.«

»Bist du dir sicher?«, fragte er. Der letzte Strohhalm. Was für ein Klischee.

»Ich bin so sicher, wie man sein kann, ohne sich an Dritte zu wenden.« Fünf Schwangerschaftstests, in der Drogerie gestohlen, weil sie teurer waren, als so etwas Deprimierendes je kosten dürfte. Sollten doch die Leute, die ein Kind wollten, dafür bezahlen.

Er wand sich wie ein in die Enge getriebenes Tier. Selbst jetzt noch empfand sie Zärtlichkeit für ihn. Sie berührte seine Schulter; er zerbrach unter dem minimalen Druck auf seinen Körper und schluchzte tief auf, als hätte jemand einen schweren Stein auf seine Brust gewälzt. Sie ließ ihr Barett los und legte ihre Hände auf sein Gesicht, um ihm mit ihrer Willenskraft die Stärke zu geben, sich zu fassen. Es war eine verwirrende Frage, dachte sie, wer von ihnen beiden mehr Hilfe brauchte. Schon vor einer ganzen Weile war ihr aufgegangen, dass sie genau genommen beide welche brauchten. Wie wunderbar wäre es, was für ein Glück für sie, wenn sie einander retten könnten.

Er fasste sich wieder. Seine Stimmungen waren so wechselhaft wie das Wetter. »Tut mir leid. Es sollte nicht um mich gehen, ich weiß.«

»Ist schon gut, Hal«, erwiderte sie. »Ich kann dich verstehen.«

Wie von einer plötzlichen Eingebung getroffen, erstarrte er und blickte ihr in die Augen. »Willst du deshalb nicht studieren?«

Warum konzentrierte er sich nicht auf ihre Schwangerschaft?, fragte sie sich. War es denn so schwierig, der Tatsache ins Auge zu sehen, dass sie schwanger geworden war, weil sie im vergangenen Schuljahr ziemlich viel Zeit mit Sex verbracht hatten, und dass die offenkundigen Probleme dieser Schwangerschaft auf die eine oder andere Weise gelöst werden mussten? War es nötig, diese hoch entflammbare Konstellation noch mit weiteren Elementen anzureichern, nur um zu erleben, wie sie miteinander reagierten?

»Das hat damit nichts zu tun«, entgegnete sie und senkte ihre Hände, weil ihr eingefallen war, dass sie auf einer Bank in einem öffentlichen Park saßen. »Ich habe noch nie auf die Uni gehen wollen, das habe ich dir schon tausend Mal gesagt. Du meinst, ich soll studieren, aber für mich kam das nie infrage. Das Kind ist einfach unser ganz spezielles Pech.«

»Gut, gut, ist ja schon gut«, lenkte er ein und wehrte sie mit einem Wedeln seiner Hand ab. »Gut, denken wir nach.« Er hielt inne. Dann beugte er sich vor und holte einen Umschlag aus dem Rucksack zu seinen Füßen. »Ich habe dir eine Glückwunschkarte mitgebracht.« Er hielt sie ihr hin.

Sie schlug ihm den Umschlag aus der Hand. »Das Kind, Hal! Gütiger Gott! Können wir über das Kind reden?«

»Ist es ein Junge oder ein Mädchen?«, fragte er, sein Gesicht sehr offen und traurig.

Wieder überkam sie ein Schwindelgefühl. Es war so merkwürdig, wie Zärtlichkeit und Besessenheit in einem unvollkommenen Körper nebeneinander existieren konnten.

»Ich habe keine Ahnung. Dafür ist es wohl noch zu früh.«

»Was machen wir also?«, fragte er, und sie war erleichtert, dass er sich endlich mit der Frage befasste, mit dem Blindgänger in ihrem Schoß.

»Was ich will, weiß ich«, sagte sie, »aber was wollen *wir*?« Gleich als sich der erste Test als positiv herausstellte, hatte sie das Kind behalten und es großziehen wollen, um ihr unvorstellbar trostloses Leben um seinetwillen in etwas Wunderschönes zu verwandeln. Aber ihren Wunsch laut auszusprechen, es Mr Jackson, Hal, zu sagen, schien ihre Kräfte zu übersteigen. Sie war so oft in ihrem Leben enttäuscht worden, wenn sie um etwas gebeten hatte, dass sie sich nicht einmal mehr an das letzte Mal erinnern konnte. Diesmal würde sie sich zurückhalten und abwarten, ob sich ihre Wünsche wie durch Zauberei erfüllten.

»Das ist unfair«, sagte er. »Ehrlich, warum können wir nicht einfach darüber reden, was wir tun wollen?«

»Können wir. Ich will nur, dass du anfängst.«

Er warf wieder einen Blick auf die Karte im Gras zu ihren Füßen. Als wäre die Antwort auf ihrer Innenseite zu finden. »Da sind fünfzig Dollar für dich drin.«

»Nun fang schon an.«

»Ich sage ja nur, dass wir daran denken müssen, sie aufzuheben, bevor wir gehen.« Er sah auf den verlassenen Park, ein armseliger Vorwand für ein großes Wort, nur ein paar Bänke, viele Bäume und ein Weg, der so wenig gepflegt war, dass man ihn kaum benutzen konnte. Im vergangenen Jahr hatten sie sich hier viele Dutzend Mal getroffen. Ein Mal jedoch nicht, als das Kind gezeugt wurde, hatten sie mitten in der Nacht genau auf der Bank, auf der sie saßen, Sex gehabt. Izzy begriff nun, wie unbekümmert sie gewesen waren. Wie konnte es angehen, dass sie nicht damit gerechnet hatten, irgendwann dafür büßen zu müssen?

»Alles in allem«, fing er schließlich an, jedes Wort dehnend und in ihrem Gesicht nach einem Gefühl, einer Orientierungshilfe suchend, »sollten wir wahrscheinlich richtig gut darüber nachdenken …« Er brach ab und holte tief Luft. »Wir sollten wahrscheinlich darüber nachdenken, ob …« Wieder musterte er sie auf der Suche nach einer Reaktion, aber sie versteckte ihre Gefühle so geschickt wie ein Roboter. »Ja, wir sollten wahrscheinlich einfach … sollten dieses beschissene Kind einfach haben, meine ich.«

Weniger romantisch oder noch gefühlloser hätte er sich

nicht ausdrücken können, aber sie hatte den Punkt erreicht, wo sie bereit war, alles zu akzeptieren. Sie brauchte keine tief empfundene Rede auf das Leben und ihre gemeinsame Zukunft. Sie brauchte dieses Kind. Warum das so war, hoffte sie eines Tages zu verstehen. Sie brauchte dieses Kind, und er hatte es ihr geschenkt.

Sie küsste ihn, schmiegte sich so eng an ihn, wie es ihrem Körper möglich war, hörte nicht auf, ihn zu küssen, als wollte sie ihn daran hindern, seine Meinung zu ändern. Sie vergaß oder ignorierte vielmehr, dass sie in einem öffentlichen Park waren und ihre Beziehung geheim. Oder vielleicht spielte die Geheimniskrämerei auch keine Rolle mehr für sie. Ziemlich bald würde man ihr ihren Zustand ansehen, und Hal würde in aller Öffentlichkeit ihre Hand halten, und alles würde von selbst gut werden. Sie fühlte in jenem kurzen Augenblick, wie ihr Leben einen Bogen beschrieb und sich um so viele Grade verlagerte, dass ihr von den neuen Möglichkeiten übel wurde. Sie war, verdammt noch mal, auf dem Höhepunkt ihres Glücks.

»Was machen wir jetzt?«, fragte er.

»Wir gehen ins Kino.« Sie bückte sich nach der Karte und nahm, ohne das Geschriebene zu lesen, die drei Scheine heraus, eine Zehn- und zwei Zwanzigdollarnoten. »Ich bezahle«, sagte sie, noch immer lächelnd.

Sie fuhren fünfundvierzig Minuten nach Georgia hinein, was sie immer machten, wenn sie sich gemeinsam in der Öffentlichkeit bewegen wollten, und sie verspürten noch keine Lust, gerade jetzt damit aufzuhören. Izzys Vater, der nicht wusste, dass seine Tochter keine Freundinnen hatte, würde davon ausgehen, dass sie mit ihnen unterwegs war, um zu feiern, und sie würde getrost spät nach Hause kommen können. Ihre Gefühle zu zeigen war nicht ihr Ding, jedes Zeichen von Verliebtheit außerhalb der Privatsphäre war ihr verhasst, aber jetzt ließ sie ihre Hand auf seinem Bein liegen, während er fuhr. Sie versuchte, positiv zu denken und gleichzeitig mögliche Katastrophen realistisch ins Auge zu fassen.

Seit sie im Auto saßen, hatte Hal kein einziges Wort geäußert. Von Zeit zu Zeit fletschte er nervös die Zähne wie ein in die Enge getriebener Hund. Hal hatte eine ganze Reihe nervöser Angewohnheiten, von denen jede ihre Rolle bei einer Symphonie sich ständig vermehrender innerer Zwänge spielte. Mal zuckte sein Nacken, mal fletschte er die Zähne, mal brüllte er mit abgerissenen Atemstößen irgendeinen Blödsinn, mal versteiften sich seine Muskeln so heftig, dass er zu krampfen schien, und mal rannte er ohne Vorwarnung mit dem Kopf gegen die Wand. Sie hatte es sich zur Aufgabe gemacht, das Auftreten seiner Ticks zu erahnen und ihnen ein Ziel zu geben. Gewöhnlich war es Sex. Heute Abend das Kino. Welche Ablenkung sie auch wählte, sie musste wirken, bevor er sich zu weit in seinen Zustand hineingesteigert hatte.

Es war noch früh, sie wollte das Glück nicht trüben, das sie über seine Zustimmung zu ihrer Schwangerschaft empfand, aber es war noch kein Wort darüber gefallen, wie sie vorgehen würden. Es war noch keine Rede davon gewesen zusammenzuziehen. Keine Rede davon, ihre Beziehung in der Stadt bekannt zu geben, obwohl sie nicht sehr viel länger geheim zu halten war. Auch über das Heiraten hatten sie noch nicht gesprochen, was für ein merkwürdiges Gespräch das sein würde. Sie hatte gehofft, einige Themen hier im Auto auf dem Weg ins Kino zu klären, aber Hal steigerte sich in einen Erregungszustand hinein. So blickte sie einfach unverwandt nach vorn und hoffte, dass sie sich beide mit der steigenden Zahl der zurückgelegten Kilometer verwandeln würden.

In der Highschool war sie eine glatte Einserschülerin gewesen. Sie war so brillant und ihr schien alles so mühelos zuzufallen, dass die Lehrer sie schlichtweg vergaßen. Für den Stoff hatte sie zuvor wenig Begeisterung gezeigt, sodass ihre fehlerfreien Testergebnisse als eine Art Zufall angesehen wurden und die Lehrer sich statt mit ihr mit denjenigen guten Schülern befassten, die ihre Aufmerksamkeit einforderten. Vom ersten bis zum letzten Schuljahr hatten ihr die Beratungslehrer versichert, sie erhielte ein volles Stipendium für jede staatliche Universität ihrer Wahl, aber sie hatte nur ruhig und höflich erwidert, dass sie daran kein Interesse habe. Sie war intelligent und schämte sich dessen nicht, aber wenn sie über ihren Aufgaben saß und lernte, löste das in ihr die Furcht aus, ihr Leben einer Sache zu widmen, für die sie sich eigentlich nicht interessierte und die sie letzten Endes enttäuschen würde. Sie sah sich in einem Job, der ihr nur wenig mehr als den Mindestlohn einbringen würde, und sie wäre so beschissen dran, als hätte sie nicht noch vier weitere Jahre Schule angehängt. Sollte es tatsächlich nicht laufen, würde sie es mit der Volkshochschule versuchen, dieses Zugeständnis würde sie machen, dachte sie, aber vorerst würde sie bei ihrem Vater bleiben und weiter in der Küche des Grills *Zum ganzen Schwein* arbeiten, wie schon seit ihrem vierzehnten Lebensjahr. Es war, wie sie sich jeden Morgen und jeden Abend vorbetete, ein Leben, das gut genug war.

Und dann war Hal Jackson auf der Bildfläche erschienen, und wenn sie auch nicht daran gedacht hatte, seinetwegen ihre Zukunftspläne zu ändern, hatte sie nichts gegen eine Veränderung der Gegenwart. Sie war eines Tages nach dem Unterricht zu ihm gegangen, einen Monat nachdem er ihr gegenüber Zeichen von Zärtlichkeit hatte erkennen lassen, und hatte ihn in den Plan eingeweiht, den sie sich ausgedacht hatte. Ihr Problem war Folgendes: Sie war die beste Schülerin ihres Jahrgangs. Ihre

Durchschnittsnote war die beste, und obwohl sie keine Absicht hatte, zur Uni zu gehen, hatte sie sich auch in den wenigen zusätzlichen Kursen, die ihre Schule anbot, voll eingebracht. Die beste Schülerin musste eine Abschlussrede halten, Scheiße, sogar die zweitbeste. Dazu war sie nicht in der Lage. Sie konnte sich nicht vorstellen, wie diese Rede klingen würde, wenn ihre Lippen vor Angst gelähmt waren. Was konnte sie überhaupt sagen, das nicht unnötige und unangenehme Aufmerksamkeit auf sie lenken würde?

Mr Jackson hatte nicht verstanden, wo ihr Problem lag. »Dann setze ein paar Prüfungen in den Sand«, hatte er ihr geraten. »Das geht nicht.« Auf die Frage, warum nicht, konnte sie keine befriedigende Antwort geben. »Ich schätze, das ist für mich kein Ausweg. Dafür bin ich zu stolz, habe ich gerade gemerkt«, hatte sie schließlich gesagt. Mr Jackson wollte wissen, was er in diesem Fall tun könne. »Sie könnten mich durchfallen lassen«, erwiderte sie lächelnd.

»Eigentlich hatte ich vor, dir allein schon für den ersten Monat eine Eins plus zu geben.«

»Aber ich will, dass Sie mich durchfallen lassen. Ich bitte Sie, mich durchfallen zu lassen.«

»Nichts zu machen!« Er verschränkte die Arme vor der Brust.

»Wenn Sie mich nicht durchfallen lassen, tu ich einfach nichts mehr für Ihr Fach.«

»Du willst also absichtlich durchfallen?«

Sie wusste, sie war in eine Falle getappt, war sich aber nicht sicher, wer sie gestellt hatte. »Ja, schätze ich mal.«

»Verstehst du, warum ich verwirrt bin?«

Sie nickte. Aber dass er sie verstehen sollte, verlangte sie gar nicht. Sie bat ihn um Hilfe. »Ich will keine Rede halten. Ich will nicht, dass die Leute mich ansehen. Ich will nicht, dass sie sich fragen, warum ich die Abschiedsrede halte und noch nicht einmal auf die Uni gehe.«

»Moment, warum willst du denn nicht auf die…«, begann er, aber sie fiel ihm ins Wort.

»Es geht darum, dass ich Sie bitte, mir zu helfen. Sie sind mein Lieblingslehrer, der beste Lehrer, den ich je hatte, und ich bitte Sie, mir zu helfen. Ich gebe mir Mühe in Ihrem Unterricht, und Sie geben mir eine Sechs, und alles ist gut.«

Sie konnte sehen, dass er nicht begriff, was los war. Dann sah sie, wie seine Verwirrung und Bestürzung plötzlich verschwanden, und für einen kurzen Moment hatte sie Angst vor ihm.

»In Ordnung«, sagte er. »Abgemacht.«

»Danke, vielen Dank, Mr Jackson.« Sie schrie beinahe.

»Aber Durchfallen ist nicht drin. Ich gebe dir ein Ausreichend, meinetwegen auch ein knappes Ausreichend, aber ich lasse dich nicht durchrasseln.« Er lächelte wieder, und sie fühlte die Wärme seiner Güte.

Ohne nachzudenken – oder vielleicht dachte sie auch mit solcher Intensität, dass ihre Fantasien Wirklichkeit wurden – legte sie die Arme um ihn und küsste ihn. Als es vorbei war und etwas vollkommen Neues begonnen hatte, sah er ihr in die Augen, und sie lächelte ihn ohne Vorbehalte an.

»Glückwunsch«, sagte er. »Aus Gründen, die ich nicht durchschaue, bist du nicht länger die intelligenteste Schülerin dieser Schule.«

»Schön, das zu hören«, antwortete sie. »Es tut so gut, das zu hören.«

In Georgia kaufte Izzy von ihrem geschenkten Geld zwei Karten für einen Film, der laut den Besprechungen so vielschichtig und kompliziert war, dass er den Kinobesucher in der ersten Stunde durch seine überraschenden Wendungen mindestens drei Mal völlig verblüffte. Sie entschied sich für ihn, weil sie hoffte, die schwierige Handlung würde Hal zwingen, sich auf den Film zu konzentrieren, statt an ihre Schwangerschaft zu denken. Natürlich konnte ihre Taktik auch nach hinten losgehen, und er würde den Film innerlich ausblenden und vor Angst über seine vergangene, gegenwärtige und zukünftige Rolle bei Izzys Zustand einfach nur zittern und beben.

Sie bestellte einen Riesenbecher Limo, in der Hoffnung, dass der Zucker sie beide wachhalten würde. Sie vermutete, dass Koffein und Zucker schlecht für das Kind waren, aber weil es noch so früh in der Schwangerschaft war, ging sie von einer Art Galgenfrist aus. Es war ihr in dieser ersten Woche, seit sie von ihrer Schwangerschaft wusste, schwergefallen, sich vorzustellen, dass das Kind ein eigenes Leben hatte. Sie dachte es sich immer noch wie einen neu entdeckten Muskel oder Knochen ihres Körpers, der keine Veränderung ihres Lebensstils erforderlich machen würde. Sie wollte sich nicht eingestehen, dass sie in Zukunft auf sich aufpassen musste, um das Kind nicht zu gefährden. In der Pubertät hatte sie ihren Körper wie ein Schiff behandelt, das unter einem Fluch steht, das nie gewartet, nie gepflegt wurde, und das sie steuern konnte, bis es explodierte oder unterging. Nachdem sie die Limonade bezahlt hatte, redete sie sich noch einmal ein, dass sie eine Galgenfrist hatte, nahm zufrieden einen kräftigen Schluck und unterdrückte, so gut es ging, die Rülpser, die nicht auf sich warten ließen. Hal schwieg zu der Limo, entweder aus Solidarität oder weil er sich in seinem Kopf in immer kleinere Schachteln vergrub.

Genau in der Mitte des Saales fanden sie Sitze, um die herum alles frei war, und Hal holte als erstes sein Handy heraus und entfernte den Akku. Er hatte eine Heidenangst, er könnte zum öffentlichen Ärgernis werden, wenn es während des Films klingelte, und war nicht bereit, sich mit dem Abstellen des Geräts zu begnügen. Würde sie ihm vorschlagen, ging es ihr durch den Kopf, sein Handy auf Vibrieren zu stellen, es würde einen Anfall bei ihm auslösen. Er reichte ihr seinen Akku. Ihr eigenes Telefon hatte sie im Auto gelassen, weil sie seine Ängste kannte. Sie steckte den Akku in ihre Handtasche, damit er möglichst weit von seinem Gerät entfernt war. Aber Hal, noch immer nervös, legte als nächstes Brieftasche, Kleingeld und Lippenbalsam zusammen mit dem hohlen Handy auf den Boden zu seinen Füßen. Auf alles, wobei er entspannt sein musste, hatte er ihr einmal erklärt, musste er sich gründlich vorbereiten, damit er überhaupt eine Chance hatte, sich zu entspannen. Ihr machte das absolut nichts aus, sie sah mit Freude zu, wie er alles, was ihn ablenken konnte, von seinem Körper entfernte und sich dabei allmählich beruhigte. Es war, als würde sie eine merkwürdige, andersartige Form von Yoga miterleben. Er reichte ihr seinen Schlüsselbund, denn es würde klirren, wenn er ihn versehentlich mit den Füßen berührte. Nachdem er seine Taschen geleert hatte und endlich frei war, sich auf den Film zu konzentrieren, küsste er Izzy auf die Wange, das erste Zeichen von Zuneigung, seit sie den Park verlassen hatten. In diesem Moment betraten zwei junge Männer die Reihe hinter ihnen und stießen beim Hinsetzen gegen Izzys Sitz. Sie registrierte Hals Irritation darüber, dass sich ein fremder Mensch in die Nähe eines anderen fremden Menschen setzte. Er beruhigte sich jedoch in dem Moment wieder, als die Vorschau anlief, und Izzy beobachtete, wie sich seine Augen im Widerschein des grünen Leuchtens der Leinwand erwartungsvoll weiteten. Was immer als Nächstes geschehen würde, sein Körper schien dafür bereit zu sein.

Nachdem Izzy und ihr Lehrer ein Paar geworden waren – im vielleicht weitesten Sinn des Wortes –, verstand sie ihn besser und warf gleichzeitig einen Blick hinter die Fassade, was sie beides äußerst aufregend fand. Er war tatsächlich so gütig, witzig und beschlagen, wie er sich im Unterricht gab. Alles, was sie in jener täglichen Kunststunde an seiner Person interessant fand, vermengte und verdichtete sich. Sein beträchtlicher Reichtum, endlose Zuwendungen aus dem Fonds, den seine Eltern für ihn eingerichtet hatten, ermöglichte ihm den Zugang zu einer Welt, die Izzy merkwürdig berührte, auch wenn sie nicht aktiv daran teilhaben konnte. Auf die Galaveranstaltungen in Nashville zugunsten der Tennessee Arts Commission konnte sie ihn nicht begleiten. Sie konnte auch nicht in den Frühjahrsferien für eine Woche nach Belgien fliegen, nur um dort an der Vernissage eines berühmten Künstlers teilzunehmen. Sie hörte jedoch von diesen erstaunlichen Dingen, die er beiläufig erwähnte und als selbstverständlich hinnahm. Er war Kunstlehrer an einer Highschool und trotzdem Millionär und Mann von Welt. Das machte in ihren Augen beinahe einen Superhelden mit geheimem Leben aus ihm, und es stand nicht zu erwarten, dass sie jemals wieder jemanden kennenlernen würde, der diesem Ideal so nahekam.

Als seine Geliebte – Gott, was für ein entsetzliches Wort, denn Izzy sah sich nur als sein Mädel, als gehörte sie in einen Comicstrip der Dreißigerjahre – gewann sie auch Einblick in die verborgenen, weniger glanzvollen Seiten seines Lebens. Er war Kunstlehrer geworden, weil sich seine Karriere schnell in Nichts aufgelöst hatte. Er habe kein Talent; bei seiner berühmten Ausstellung in Europa, gab er bereitwillig zu, habe es sich nur um ein einziges Bild gehandelt, das neben einem Dutzend Werke anderer Künstler in einer Londoner Behörde gezeigt worden sei. Er unterrichte, weil seine Eltern ihn nach seinem Scheitern zu einem Studium gezwungen hatten. Er sollte etwas aus seinem Leben machen. Er hielt sich für einen Versager, wenngleich einen wahnsinnig reichen Versager, dank des Vermögens seiner Familie. Was Izzy mehr beunruhigte, obwohl sie es auf merkwürdige Weise auch tröstlich fand, waren seine offenkundigen psychischen Probleme, Zeiten tiefster Depression, die mit unglaublich manischen Perioden abwechselten. Medikamente und Therapien sollten sie in Schach halten, aber manchmal setzte er sich über beides hinweg, es schien, als wollte er riskieren, den Verstand zu verlieren. In der Schule fiel seine Labilität nicht sofort auf. Er hielt sich sowieso nicht an den Lehrplan, und sein Unterricht war eigenwillig, selbst wenn er in bester Verfassung war. Als sie jedoch mehr Zeit mit ihm verbrachte und ihn besonders in intimen Augenblicken erlebte, wurde sie Zeuge seiner Labilität und erschrak, wie groß sie war. Manchmal entwischte sie nachts von zu Hause oder fuhr nach der Arbeit im Grill in sein Bauernhaus, wo sie trotz des mehrere Hektar großen, vor neugierigen Blicken abgeschirmten Geländes ihren Pick-up vorsorglich in der Garage parkte, und traf ihn angetrunken und die Tatsache bejammernd an, dass ihre gegen das Gesetz verstoßende Affäre Izzy ruinieren und ihn in den Abgrund stoßen würde.

»Ich gebe mir ja Mühe«, klagte er einmal, »aber egal wie das hier ausgeht, ich habe das Gefühl, dass du eines Tages die Welt verabscheuen wirst, und alles wird allein meine Schuld sein.«

Sie küsste ihn und überflog die Titel seiner Criterion Collection, Filme, die ihr fremder als Porno waren, und antwortete: »Die Welt habe ich schon verabscheut, bevor ich dich kennengelernt habe. Deinetwegen verabscheue ich sie weniger.«

Manchmal konnte Izzy ihn aus einem Tief herausholen, aber manchmal war sein Zustand so leicht entflammbar, dass er nach einem Gegenstand in seiner Reichweite griff und ihn auf dem Steinfußboden zerschmetterte. Er warf so lange mit Dingen um sich, bis die Welt aus winzigen, scharfkantigen

Stücken bestand und wieder verständlich für ihn war. Kleinlaut versuchte er anschließend die Scherben zu beseitigen. Ging er barfüßig durchs Haus, trat er unfehlbar in einen winzigen Keramik-, Glas- oder Plastiksplitter, der Besen oder Staubsauger entgangen war, und zuckte zusammen. War sie dabei, freute es sie, wie die Überbleibsel seines Verhaltens ihn bissen. Sie trug immer Schuhe in seinem Haus.

Izzys Mutter, die an Herzversagen starb, als ihre Tochter dreizehn war, hatte gegen Ende ihres Lebens große Angst vor der Welt gehabt und ihr Haus nur noch äußerst selten verlassen. Es wurde weder festgestellt, was ihr fehlte, noch war sie behandelt worden. Izzy war so sehr an psychische Labilität gewöhnt, dass sie sich fragte, ob vielleicht alle Menschen außer ihr davon betroffen waren. Hals Probleme überraschten sie nicht, sondern bestätigten nur nach und nach, was sie bereits wusste. Er war Künstler, er hatte versagt, als er seine Begabung entwickeln wollte, er unterrichtete an einer öffentlichen Schule, und er liebte sie, eine Achtzehnjährige, er konnte also nur verrückt sein. Manchmal glaubte sie, immun gegenüber Psychosen zu sein, weil sie ihnen so oft ausgesetzt gewesen war, dass sie Abwehrkräfte entwickelt hatte. Und dann hatte sie die Ergebnisse ihrer Schwangerschaftstests gesehen, die erschreckende, allumfassende Panik ungebremster Gefühle erlebt und begriffen, wie dumm es von ihr gewesen war sich einzubilden, dass sie lächerlicher Zwerg auch nur annähernd unbesiegbar sein könnte.

Der Film war so kompliziert wie angekündigt, so reich an überraschenden Wendungen, dass Izzy ständig im Geist mit den möglichen Motiven der handelnden Personen jonglierte, jedoch nie genug Zeit hatte, sich ausreichend lange mit einer Figur zu befassen. Die beiden Typen hinter ihnen hatten sich die meiste Zeit darüber unterhalten, wie es wohl weitergehen würde, und das in einer Lautstärke, die kaum unter der eines normalen Gesprächs lag.

»Der Typ ist ein Schurke, wetten?«

»Die wollen doch nur, dass du das denkst, dann schnallst du nicht, wenn der echte Schurke aufkreuzt.«

»Genau deshalb ist er am Ende doch einer, damit es nämlich dein verfluchtes Hirn verratzt.«

Hal, der winzige, schweißfeuchte Konfettistückchen aus einer Papierserviette drehte, wandte sich schließlich nach hinten. »Könntet ihr bitte das Reden lassen?«

»Sorry, Mann«, erwiderte der eine, und Izzy griff schnell nach Hals Hand und drückte sie beruhigend. Trotz des dämmrigen Lichts konnte sie sehen, wie er sich ihr zuliebe zu einem angespannten Lächeln zwang. Fünf Minuten später begannen die beiden hinter ihnen von Neuem, als wäre nichts gewesen.

»Gleich hat er kein Benzin mehr, da kannst du drauf wetten«, behauptete der eine etwas lauter als vorher. »Warum zeigen sie die Tankuhr, wenn sein Tank nicht gleich leer ist?«

»Natürlich, Mann, ist sein Tank gleich leer. Scheiße, Mann, das ist doch logo.«

Hal drehte sich wieder um und flüsterte, seine Stimme leicht brüchig vor Verärgerung: »Leute? Könntet ihr das Reden lassen?«

»Warum suchst du dir nicht einen anderen Platz mit deiner Tochter, wenn es dich so sehr stört, Mann?«

Hal war kräftig gebaut und ziemlich groß, was die Leute manchmal nicht wahrnahmen, weil er so reizbar und ängstlich wirkte. Jetzt stand er auf und drehte sich um. »Warum, verdammt noch mal, mache ich euch nicht Beine und befördere euch aus diesem beschissenen Kino?«

»Lass, Hal«, mischte sich Izzy ein und zog ihn am Arm, aber

er befreite sich sofort. »Lass uns einfach gehen«, drängte sie. Sie versuchte ihn zu beruhigen, aber an der Art, wie er den Kopf zur Seite warf, sah sie, dass er schon auf dem Weg zu jenem beängstigenden Stadium war, wo er etwas in winzige Teile zerschmettern würde.

»Gott, Mann, entspann dich«, sagte der eine junge Mann grinsend. »Es tut uns leid, okay? Wir halten die Klappe.«

Izzy drehte sich zu Hal. »Verflixt, lass uns abhauen, ja?«

Er gab ihr einen Kuss und wandte sich wieder dem Film zu. »Ich weiß zum Verrecken nicht, was das alles soll.«

Keine Minute später, es war gerade genug Zeit vergangen, um sich einzubilden, dass die Ordnung wieder hergestellt und die Katastrophe abgewendet war, trat der eine Typ kräftig gegen Hals Sitz. Als hätte er nur darauf gewartet, wirbelte Hal herum und landete einen Treffer mitten in dessen Gesicht. Benommen sackte der Mann in sich zusammen. Bevor sein Begleiter reagieren konnte, hatte Hal einen Satz über die Sitze gemacht und sich auf ihn geworfen. Während sie miteinander rangen, rief der Angegriffene: »Locker bleiben, locker bleiben, Mann.«

Izzy merkte nicht, dass sie auf Hals Rücken trommelte. »Bitte, du, wir müssen hier weg.«

Mittlerweile hatten sich alle im Saal der Schlägerei zugewandt. »Du musstest dich unbedingt wie ein beschissenes Arschloch aufführen, was? Als wäre die Welt nicht schon voll von beschissenen Arschlöchern«, fluchte Hal, nicht viel lauter als ein Flüstern, als wolle er den anderen Kinobesuchern gegenüber höflich sein. Izzy versuchte, ihn am Hemd festzuhalten, und fiel dabei fast über die Lehne ihres Sitzes. »Los, komm«, befahl sie. »Raus hier.«

Endlich, nachdem er einen Treffer auf das Ohr seines Gegners gelandet hatte, dass er vor Schmerz aufheulte, wandte sich Hal zum Gehen. Izzy zog ihn den Gang hinunter, aus dem Saal hinaus, ohne sich umzusehen. Die Brusttasche auf Hals Hemd war fast abgerissen, und die Knöchel seiner rechten Hand waren rot wie rohes Fleisch. Davon abgesehen wies nichts an ihm auf eine Schlägerei hin. Noch folgte ihnen niemand aus dem verdunkelten Kinosaal. Sie verließen zielstrebig, aber in ruhigem Tempo das Gebäude, passierten den Erfrischungsstand und den Kartenkontrolleur, bis sie den Parkplatz erreicht hatten. Izzy warf Hal die Schlüssel zu, schnell bogen sie auf die Hauptstraße ab, um Autos zwischen sich und die von ihnen heraufbeschworene verdammte Katastrophe zu bringen.

Beide atmeten so schwer und ihre Körper gaben so viel Wärme ab, dass die Scheiben beschlugen. Nach etwa zehn Minuten unbehaglichen Schweigens fragte Hal endlich: »Ist alles in Ordnung?«

Izzy konnte noch nicht sprechen. Sie nickte nur, nicht in der Lage, Hal anzusehen.

»Es tut mir leid«, sagte er und stieß im gleichen Moment an das Gaspedal, sodass das Auto einen Satz machte. »Alles ist auf einmal passiert. Die Dinge müssen nacheinander passieren, so brauche ich das, und alles ist auf einmal passiert. Ich weiß manchmal nicht, wie ich mit mir klarkommen soll.«

»Wie geht es deiner Hand?«, fragte sie schließlich.

»Sie tut weh, wenn du mich fragst. Ich behaupte nicht, dass ich noch nie jemandem eine mit der Faust verpasst habe, aber ich glaube noch nie zwei Leuten in derselben Schlägerei. Dafür ist die menschliche Hand nicht gemacht.« Er wollte sie aufheitern, aber Izzy ging nicht auf ihn ein. So lief es immer ab. Die Spannung stieg, bis er explodierte, und wenn der Schlamassel passiert war, schämte er sich und wollte sich mit ihr versöhnen. Er machte sich schlecht, nicht ganz bis zum Selbstekel, und hoffte durch seine neu erwachte gute Stimmung die Lage zu retten.

»Das war schlimm, Hal. Es war fürchterlich, das mitzuerleben.«

Hal reagierte nicht, er fuhr einfach weiter. Nach einer Weile sagte er: »Ich werde ein guter Vater sein, Izzy. Ich werde alles tun, was du von mir verlangst, um gut zu dir zu sein. Ich baue Scheiße, das weiß ich, aber hinterher mache ich immer Ordnung.«

Mit Schrecken fiel Izzy ein, dass sie schwanger war, sie hatte für eine Weile vergessen, dass ein Kind in ihr darauf wartete, auf die Welt zu kommen. In der Hektik von Hals Gewalttätigkeit war sie nichts weiter als ein kleines Mädchen gewesen, das angesichts der schrecklichen Scheiße, in der sie steckte, durchhalten wollte. Sie kannte solche Situationen und passte sich ihnen spontan an. Jetzt legte sie die Hand auf ihren Bauch und fühlte nichts darin.

»Etwas hinterher wieder in Ordnung bringen ist nicht dasselbe wie die Ursache beseitigen«, sagte sie. »Es ist nicht dasselbe.«

»Ich liebe dich, Izzy«, antwortete er. Izzy mochte den Satz nicht, es bestürzte und schwächte sie, ihn von Hal zu hören. In ihrer Familie sagte man so etwas nicht, und sie hatte sehr daran gearbeitet sich einzubilden, diesen Satz nicht zu brauchen. Sie legte größeren Wert auf Güte als auf Liebe, ohne zu wissen, ob es vielleicht dasselbe war.

»Du musst dich mehr anstrengen«, sagte sie, und Hal nickte. »Mehr Therapie. Ständig Medikamente.«

»Ich will«, begann er mit einer Stimme, die sich überschlug bei dem Gedanken, sie werde ihm verzeihen. »Ich will alles tun, um uns glücklich zu machen.«

»Du kannst die Leute nicht einfach ins Gesicht boxen, weil sie ungehobelt sind.«

»Scheiße!«, sagte er. »Das war daneben.«

»Nun zahlt es sich aus, dass wir uns immer in einem anderen Bundesstaat treffen.«

»Genau«, sagte er, und sie wusste, dass seine Anspannung verebbte. Sie gab nach, obwohl sie wusste, dass sie sich mehr hätte durchsetzen sollen. Er war ein großes Durcheinander, bestand nur aus Fehlern, und doch war er so perfekt wie niemand sonst. Sie brauchte ihn nicht, sagte sie sich, aber sie wollte ihn, und deshalb würde sie die nötigen Anpassungen vornehmen, um ihn zu behalten.

»Ich brauche Benzin«, sagte er und bog in eine Tankstellenzufahrt ein. Er stieg aus und trat an die Zapfsäule, während Izzy den Weg zum erleuchteten Tankstellenshop einschlug. »Ich hole mir eine Limo«, sagte sie und überlegte, was besser für das Kind wäre, normal oder light? Sie brauchte das Sprudeln und Schäumen der Limonade in ihrem Bauch. »Willst du auch etwas?« Er schüttelte lächelnd den Kopf. »Komm wieder, mehr brauch ich nicht.«

Auf dem Rückweg, die Limoflasche am Mund, sah sie Hal zusammengesackt auf dem Boden neben dem Auto sitzen und weinen. Sie ließ die Flasche fallen. »Was ist los?« schrie sie und rannte zu ihm. »Was ist? Was ist dir?«

Er sah zu ihr auf, seine Augen so rot, dass es wie ein filmischer Spezialeffekt wirkte. Er hielt ihr die leeren Hände hin. »Meine Brieftasche«, stotterte er. Übelkeit stieg aus Izzys Bauch auf und lähmte ihr die Glieder.

»Ich habe sie im Kino gelassen«, fuhr er fort, dann zuckte er mit den Schultern. Seine Brieftasche, sein Führerschein, seine Kreditkarten, alles lag auf dem Fußboden im Kinosaal. Sie konnte voraussehen, was sich abspielen würde, wahrscheinlich bereits abspielte, wie die Brieftasche gefunden wurde, die Entscheidung gefällt wurde – und sie war einfach genug zu treffen –, Anklage zu erheben, wie die Bombe einschlug.

»Herr im Himmel, ich habe Scheiße gebaut.«

»Ist alles gut.« Izzy streichelte sein Haar, es war ihr egal, was die Leute an der Tankstelle dachten. »Alles ist gut.«

»Es ist Scheiße«, entgegnete er. »Alles ist verdammte Scheiße.«

»Keineswegs«, widersprach sie, stellte aber fest, dass ihrem Ton die Überzeugung fehlte.

Hal gab sich einen Ruck und kniete sich hin, um sie besser sehen zu können. »Ich schaffe es nicht«, sagte er schließlich.

»Alles wird gut«, wiederholte sie.

»Ich will das Kind nicht.« Bei diesen Worten verlor er beinahe wieder die Fassung. »Ich schaffe es nicht.«

»Okay«, sagte Izzy schnell, damit er aufhörte zu reden. »Okay, okay, okay.«

»Du hast etwas Besseres verdient, Izzy«, fuhr er fort, und sie glaubte ihm keine Sekunde. Verdient hatte sie verdammt noch mal gar nichts, aber sie würde sich nehmen, was sie haben konnte. Sie beugte sich zu ihm und hielt ihn in einer lockeren Umarmung.

Was wäre das Schlimmste, das ihm passieren konnte? Er war reich und hatte gute Beziehungen. Bewährung wahrscheinlich, mit Sicherheit nicht Gefängnis. Vielleicht noch einmal ein Aufenthalt in einer teuren Klinik, wo er seine eigenen Kleider tragen und Ausflüge in die Stadt machen durfte. Warum konnte er sich nicht für sie zusammenreißen? Sie hätte sich mit allem abgefunden, hätte er nicht das Kind erwähnt. Natürlich war er angeschlagen, natürlich wollte er es nicht haben. Sie wünschte sich, er hätte seine Zweifel für sich behalten und die Zähne zusammenbeißen können. Sie spürte, wie sich ihr Leben von seinem löste, wie Pinzetten die Ranken trennten, wunde Stellen hinterließen, die nie heilen würden.

»Ich bin ein Chaot«, sagte er, und sie küsste ihn, stand auf, entnahm ihrer Glückwunschkarte den Rest des Geldes und ging zurück zum Tankstellenshop.

Sie würde den Mann hinter der Theke bezahlen, tanken und Hal zum Park zurückfahren, wo ihr Pick-up stand. Sie würde ihn küssen, und während er seinem eigenen Schicksal entgegenfuhr, würde sie auf der Parkbank sitzen, mit ihrem Barett spielen und für sich alleine ausflippen, so heftig und lange, bis alles aus ihr heraus war – mit Ausnahme des Einzigen, was noch zählte, des Einzigen, was sie sich wünschte. Und wer immer sich ihr in den Weg stellte, dem würde sie die Krallen zeigen, bis er wich. Sollte noch ein einziger Mensch ihr vorschreiben wollen, was sie haben konnte und was nicht, so würde sie ihn anlächeln, nicken und, ohne sich dafür zu entschuldigen, tun, was sie verdammt noch einmal wollte.

Kapitel zwei

Izzy stand über ein halbes Schwein gebeugt, dessen Haut rötlich-braun wie feinstes Leder war. Sie griff mit ihren festen Gummihandschuhen in das Tier und löste mit zittrigen Händen das Fleisch von den Knochen, wobei kleine, dampfende Stücke in ihre Handschuhe rutschten und an ihrer Haut kleben blieben. Mit aller Kraft kämpfte sie gegen den Brechreiz an, die morgendliche in ihr wirbelnde Übelkeit. Sie konnte den Geruch von geräuchertem Fleisch nicht mehr ertragen, hatte sie festgestellt, und sie ärgerte sich über die Schwäche, die ihren Körper erfasste und sie von der Arbeit abhielt, die sie so gut machte.

Anzusehen war ihr die Schwangerschaft noch nicht; 176 Zentimeter groß und mager, hoffte sie, ihr Körper würde noch eine Weile die vertrauten Maße behalten. Aber selbst wenn sich nichts an ihrer Figur zeigte, in ihrem Körper braute sich etwas zusammen. Meistens hielt die morgendliche Übelkeit bis nachmittags an, und gegenüber ihrem völlig ahnungslosen Vater flammte oft eine heftige Gereiztheit in ihr auf. Im tiefsten Inneren bildete sie sich ein, ihren Zustand während der ganzen Schwangerschaft verheimlichen zu können und eines Tages einfach ein Baby im Arm zu halten, von dem die Leute glauben würden, sie hätte es herbeigezaubert. Als eine weitere Welle der Übelkeit sie überschwemmte, ging ihr auf, wie dumm sie manchmal sein konnte.

Früher hatte sie als Kellnerin im Grill *Zum ganzen Schwein* gearbeitet, hatte sich ihren Weg um die Tische gebahnt, mit einem Tablett, auf dem süßer Tee in Gläsern groß wie Eimer stand. Jede Sekunde dieser Arbeit war ihr verhasst gewesen, sie war aber auf das Geld angewiesen, auf die Trinkgelder, die man ihr hinwarf und die meistens zehn Prozent der Rechnung nicht überschritten. Sie bildete sich nicht ein, eine gute Kellnerin zu sein; zu schüchtern versorgte sie ihre Tische nicht ausreichend. Sie fürchtete, den Gästen auf die Nerven zu gehen, wenn sie fragte, ob sie noch mehr Tee, mehr zu essen oder die Rechnung wollten. Sie mochte es nicht, mit dem Essen anderer Leute gesehen zu werden. Mr Bonner, der Inhaber des Lokals, hatte ihr den Job ihrem Vater zuliebe gegeben. Die anderen Kellnerinnen waren seine Töchter und Nichten. Izzy war ihm aufrichtig dankbar für die Arbeit und gab sich alle Mühe, zu lächeln, charmant zu sein, mit den Farmern und Fabrikarbeitern zu flirten, die ihren Spaß daran hatten, das junge Mädchen Sweetie, Honey und Baby Doll zu nennen, wenn sie ihnen riesige Portionen von zerzupftem Schweinefleisch brachte.

In den Pausen versteckte sie sich in der Küche, während die anderen Mädchen ins Freie gingen, um zu rauchen oder zu telefonieren. Sie sah dem siebzigjährigen Mr Tannehill zu, wie er die Schweine für den Smoker vorbereitete. Er pinselte die Tiere mit einer einfachen Mischung aus Salz und Pfeffer ein, wuchtete sie auf den Smoker, würzte die Haut mit Hilfe eines prähistorisch anmutenden Geräts, um am Ende das Fleisch zu zerzupfen, das weniger ein Essen als ein Wunder war. Die faulen Männer und Jugendlichen, die angeheuert wurden, um ihm zu helfen, blieben meistens nicht lange und taten nur das Allernötigste für ihren Lohn, und so hatte es sich ergeben, dass Mr Tannehills knappe, präzise Anweisungen irgendwann Izzy galten, die im Laufe der Monate immer näher an den Ort der Handlung gerückt war. Es schien ihm Spaß zu machen, wie sie ihm mit ernster Miene gehorchte und er ihr alles nur einmal sagen musste. Manchmal, wenn der Pit Boy auf seinem Hocker in eine Zeitschrift vertieft war, kam es vor, dass sie ihre Pause überzog und eine Kellnerin sie rufen musste. Bei einer solchen Gelegenheit hörte sie, wie Mr Tannehill »verdammt« vor sich hinbrummte. Sie machte sich gern nützlich und hatte Spaß daran, sich geschickt anzustellen. Manchmal kam sie vor der Schule oder blieb noch ein, zwei Stunden nach ihrer Schicht und setzte sich schweigend zu Mr Tannehill neben den Smoker, während er das Feuer genau auf der Temperatur hielt, die dem Schweinefleisch seinen einzigartigen Geschmack verlieh.

Nach einem Jahr, in dessen Verlauf drei Pit Boys entweder gegangen waren oder entlassen worden waren, fragte Izzy, ob sie deren Job haben könnte. Mr Tannehill überredete Mr Bronner, und nicht viel später standen nur noch Izzy und er in der hinteren Küche, bei ihrer Arbeit mit den Schweinen sich selbst überlassen, Alchemisten in ihrem Gewölbe, zwei Einzelgänger, die sich besser als andere Menschen auf die Zubereitung von Fleisch verstanden.

Izzy spürte, wie der Brechreiz ihr die Kehle zuschnürte, und beugte sich tiefer über das Schwein, um sich wieder in den Griff zu bekommen. Nach einer Weile bemerkte Mr Tannehill, die Augen kaum sichtbar unter seiner Baseballmütze: »Geht's dir nicht gut?«

Sie schüttelte den Kopf, doch weil sie wusste, dass Lügen ihr nicht helfen würden, erfand sie eine Ausrede. »Kater.« Sie sah Mr Tannehill zusammenzucken und erinnerte sich zu spät an seine Vergangenheit, an sein Restaurant in North Carolina, das von den Fans seiner Grillkünste mit begeisterten Kommentaren bedacht worden war, und wie seine Trunksucht ihn ruiniert hatte. Sie schien jedoch keine Wahl zu haben und machte tapfer weiter: »Ich habe wohl gestern Abend zu viel getrunken.«

»Als Angewohnheit nicht gut, aber manchmal unvermeidbar.« Er stand neben ihr, schob sie sanft zur Seite, und während seine alten Hände, die keine Handschuhe brauchten, das Fleisch zerpflückten, sagte er: »Geh und trink einen Schluck Wasser.« Sie folgte seinem Rat und schlürfte Wasser aus der hohlen Hand. Der Brechreiz ließ nach, doch der unentrinnbare Geruch von Schweinefleisch widerte sie immer noch an. Seit einiger Zeit wusch sie ihr Haar zweimal, bevor sie zu Bett ging, bearbeitete es wie wild, um Rauch und Fett herauszuwaschen, damit sie ungestört schlafen konnte.

Mit den Worten »es geht mir besser« nahm sie ihren Platz an seiner Seite wieder ein, und rasch lösten sie das Fleisch von den Knochen, ohne ein zweites Mal nach derselben Stelle greifen zu müssen. Waren sie fertig, reinigte Mr Tannehill die Innereien, um sie für Gerichte aufzuheben, die gelegentlich von älteren Jahrgängen außer der Reihe bestellt wurden. Izzy, ein Hackmesser in jeder Hand, zerteilte das Fleisch in ebenmäßige Stücke von gleicher Beschaffenheit. Rhythmisch trafen die Messer den Holzblock, ohne sie je zu enttäuschen. Sie wischte die Schneiden an ihrer Schürze ab, setzte sich auf einen umgedrehten Essigeimer und fragte sich, wie sie diese Arbeit noch siebeneinhalb Monate aushalten sollte.

»Sieht gut aus«, sagte Mr Tannehill, und obwohl er nicht lächelte, verriet seine leise, freundliche Stimme Zufriedenheit. Niemand könne so gut Barbecue machen wie Izzy, hatte er einmal gesagt, abgesehen von ihm selbst und Mr Sammy, einem Schwarzen mit einem Grill in Coalfield, der sich auf Rippchen und Hähnchen spezialisiert hatte. Sie hatte einmal den Vorschlag gemacht, zusammen an einem Barbecuewettbewerb teilzunehmen, im Mai nach Memphis zu fahren und denen dort zu zeigen, wie man es richtig macht. »Zu stressig für mich. Wettbewerb ist nicht mein Ding. Ich bereite ein Schwein so zu, wie es sich gehört, das macht mir Spaß, alles andere ist mir egal. In meinem Alter, Izzy, will man nur noch seine Ruhe.« Sie fühlte sich manchmal viel älter, als sie war, und empfand sich als albern, aber Mr Tannehills Wunsch, allein zu sein, einfach das tun zu dürfen, was ihm Spaß machte, ohne dass jemand dazwischen funkte, verstand sie gut.

Und jetzt musste sie sich wieder übergeben. Sie rannte aus der Küche in die Toilette und würgte, bis sie steif war. Sie lauschte, ob jemand sie gehört hatte und kam, um nach ihr zu sehen. Den Kopf zwischen den Händen saß sie auf dem Toilettendeckel, schon jetzt müde auf dem täglich bergaufführenden Weg ihrer Schwangerschaft.

Seit jenem Abend im Kino hatte Hal sich nicht mehr bei ihr gemeldet. Ihr blieben nur die Gerüchte, die in der Stadt die Runde machten und die sie gern glauben wollte, solange sie ein Körnchen Wahrheit enthielten. Dank seiner vergessenen Brieftasche hatte die Polizei ihn anscheinend noch am selben Abend aufgesucht. Die Klage gegen ihn war entweder abgelehnt oder zur Bewährung ausgesetzt worden. Letzteres behauptete die Mehrheit der Leute. Ihr eigener Name fiel nicht, was sie gleichzeitig erleichterte und etwas überraschte. Seltsam, wie sie in einer so kleinen Stadt, wo jeder alles über jeden wusste, unbemerkt eine Beziehung mit ihrem Kunstlehrer haben und von ihm ein Kind erwarten konnte. Entweder lag es daran, dass sie so vorsichtig gewesen war oder dass man sie einfach nicht wahrnahm.

Den Rest des Sommers verbrachte Hal angeblich im Nordosten des Bundesstaates; seine Eltern hatten ihn weggeschickt, er sollte sich wieder einmal erholen. Sie wartete auf einen Brief, einen Anruf. Vergeblich. Entweder war er von seinen Medikamenten so betäubt, dass er sie vergessen hatte, oder, was wahrscheinlicher war, er schämte sich, für die Schlägerei, die Schwangerschaft, die Affäre, und versuchte sie, Izzy, die ständige Erinnerung an seine Fehlentscheidungen, aus seinem Gedächtnis zu streichen. Sie hätte gern seine Stimme gehört, sich vergewissert, dass er etwas für sie empfand. Auch wenn es wenig fein war und sie nicht allzu viel darüber nachdenken wollte, hätte sie sich sehr über eine Geste seinerseits gefreut, wäre sie auch nur finanzieller Natur gewesen, die ihr durch diese Schwangerschaft helfen würde und ihr gezeigt hätte, dass er sich bewusst war, an ihrer gegenwärtigen Lage mitgewirkt zu haben. War es verwerflich, dass sie, die vom reichsten Junggesellen der Stadt geschwängert worden war, sich den Luxus erhoffte, nicht den ganzen Sommer bis zu den Ellbogen in Schweinen stecken zu müssen? Aber Hal schwieg, und so konzentrierte sie sich auf das Kind, dachte die ganze Zeit an nichts anderes und hoffte, dass es sich nicht zeigen würde, bevor sie bereit war.

Als Izzy am nächsten Tag aufwachte, hörte sie ihren Vater in der Küche, wie er etwas zu essen suchte, das seinen Alkoholspiegel senken würde. Die Uhr zeigte sechs, sie zog die Decke über den Kopf und überließ sich ihrem Elend. Wenige Minuten später kam ihr Vater mit einem Pop Tart in der Hand in ihr Zimmer und rüttelte an ihrem unbedeckten Fuß.

»Dad, bitte, ich muss schlafen.«

»Wann bist du nach Hause gekommen?«

»Spät.«

»Ich hab dich nicht gehört.«

Als sie ins Haus geschlüpft war, hatte er schlafend in seinem Sessel gelegen, und der Fernseher war acht Stufen zu laut gestellt. Seit ihre Mutter gestorben war, schlief ihr Vater auf der Couch, im Sessel oder, wenn es warm genug war, manchmal draußen auf der Veranda. Sein Schlafzimmer war zu seinem Kleiderschrank geworden, er betrat es nur, um sich umzuziehen.

»Du hast Post«, fuhr er fort und warf einen Brief aufs Bett. »Sie ist von jemand in Massachusetts. Wen kennst du in Massachusetts?«

Izzy setzte sich schnell auf und starrte auf den Umschlag. Es stand nur eine Adresse auf der Rückseite, kein Name, aber sie wusste, dass der Brief von Hal kam. Ihre morgendliche Übelkeit verwandelte sich in ein festes Stück Stein, eine zeitweilige Erleichterung.

»Nur eine Freundin. Sie ist dort in einem Camp.« Wie nicht anders zu erwarten, stellte ihr Vater keine weiteren Fragen. Sie barg das Geheimnis ihrer Schwangerschaft noch immer in sich, nachdem er aus dem Zimmer gegangen war.

Beim Öffnen des Umschlags hätte sie um ein Haar den Brief in zwei Hälften gerissen, was sie einen Augenblick lang ablenkte, als hätte sie beinahe ein Andenken vernichtet. In dem Umschlag steckten zwei Blatt unliniertes weißes Papier mit Hals unordentlicher Handschrift in blauer Tinte bedeckt, halb Schreibschrift und halb Druckbuchstaben. Als Izzy acht war, hatte ihre Mutter ihr das Schnelllesen beigebracht, genau genommen hatte sie ihre Tochter dazu gezwungen, weil sie John F. Kennedy so sehr bewunderte, der ein Verfechter dieser Technik war. Izzy fand sie weniger nützlich, als ihre Mutter behauptet hatte, sie war ihr aber in Fleisch und Blut übergegangen, und sie brauchte eine Weile, um langsamer zu lesen, die Lippen mitzubewegen und tatsächlich zu erfassen, was Hal ihr schrieb, egal wie weh es tat.

Sie hatte den Brief fünfmal gelesen, er hatte sich dabei nicht geändert, es blieb dabei, er hatte etwas Winziges, Perfektes aus ihrem Herzen gerissen. Er liebe sie. Er schrieb es fünfmal. Er liebe sie mehr als alles auf der Welt. Man helfe ihm, und obwohl er realistisch bleiben müsse, was seine Lage anlangte, sei er zuversichtlich, in Zukunft leichter in der Welt zurechtzukommen. Er versprach, sie besser zu behandeln. Er wolle sie, und der Satz blieb ihr in der Kehle stecken, als sie ihn leise vorlas, in der nahen Zukunft heiraten, wenn er ihr bewiesen habe, dass er ein guter Mensch war. Er habe mit seinen Ärzten gesprochen, das Thema in seinen Therapiestunden erörtert und freue sich darüber, dass alle grundsätzlich seine Meinung teilten, dass Izzy gut für ihn sei, trotz des Altersunterschieds und der unglücklichen Umstände, unter denen sie sich kennengelernt hatten. Er wolle sie heiraten, Tennessee verlassen, und sie würden den Rest ihres Lebens glücklich zusammen von seinem Geld leben. All das stand auf der ersten Seite. Izzy hätte sie am liebsten eingerahmt, gegessen oder auf ihre Haut tätowieren lassen. Aber. Da gab es noch die verdammte zweite Seite.

Er wolle nicht, dass Izzy das Kind bekam. Er sei noch nicht bereit für Kinder, würde wahrscheinlich nie mit dem Druck fertigwerden, den es bedeute, ein Kind großzuziehen oder, Gott behüte, Kinder. Er wolle sie, Izzy, nur sie allein. Er hoffe, dass sie ihm vertraue und ihn genug liebe, um zu wissen, dass diese Entscheidung richtig war. Sie könnten zusammenbleiben, für immer, aber er könne nicht mit der Enttäuschung umgehen, wie alles ruiniert worden war. Würde sie bitte zustimmen? Würde sie ihm bitte antworten und ihn wissen lassen, was in ihrem Herzen vorging, ob sie verstand, wie sehr er sie liebe und wolle, dass alles gut und perfekt werde? Er schloss den Brief mit *In Liebe,* natürlich, denn wer hätte das nicht getan, nachdem er das Wort Liebe schon so häufig verwendet hatte?

Ihre Übelkeit, die beim Lesen nachgelassen hatte, kam mit voller Stärke zurück, vermischte sich mit ihrer Angst vor der Zukunft, und sie stürzte ins Badezimmer und würgte, bis ihre Halsmuskeln weh taten. Das konnte nicht normal sein, dachte sie, nicht die morgendliche Übelkeit, nicht ihr Leben. Als sie sich wieder aufrecht halten konnte, ging sie unter die Dusche, ließ das heiße Wasser in ihre Poren dringen und den ranzigen Geruch des Schweinefleisches abwaschen. Nachdem sie sich wieder wie ein Mensch fühlte, putzte sie sich die Zähne, zog sich an und versuchte, sich den Rest des Tages vorzustellen, wie sie am Smoker stehen und die feuchte Sommerluft den Essigdunst zu etwas Chemischem, Schädlichem verwandeln würde. Wieder auf dem Bett ausgestreckt, wurde ihr klar, dass sie die Arbeit nicht ertragen würde, nicht, nachdem sie diesen Brief erhalten hatte und ihn beantworten musste, um die Zukunft zur Gegenwart zu machen. Sie musste Bescheid sagen, dass sie nicht zur Arbeit kommen konnte, aber beim Gedanken an diesen Anruf, wie peinlich es wäre, Mr Tannehill zu enttäuschen, blieb sie wie erstarrt im Bett liegen. Sie schloss die Augen und fühlte sich erleichtert, die Welt auszuschließen, selbst wenn es nur für eine gewisse Zeit war. Der Schlaf, der sich ihr als Einziges nicht verweigerte, übermannte ihren Körper. Nur eine Stunde, sagte sie sich, nur zwei Stunden, nur drei Stunden, nur einen Tag, nur zwei Tage, nur einen Monat, nur neun Monate, nur den Rest meines Lebens.

Als sie schließlich erwachte, war es elf Uhr abends, und sie fühlte sich freudig erregt; sie hatte einen ganzen Tag gelöscht. Das Problem war, dass sie jetzt hellwach war. Sie hörte ihr Herz schlagen und hielt es für das Herz ihres Kindes. Ob es da einen Unterschied gab, fragte sie sich.

Sie stand auf und rief ihren Vater, erhielt aber keine Antwort. Manchmal spielte er mit Freunden hinten in seinem Laden Karten, trank die ganze Nacht durch und stellte sich am nächsten Morgen einfach wieder hinter die Theke. Plötzlich überfiel sie ein Gefühl der Beklemmung, sie hatte das dringende Bedürfnis, im Freien zu sein. Aber wohin sollte sie fahren, welcher Ort würde sie haben wollen? Sie nahm ihre Autoschlüssel, überzeugt, dass sie eine Antwort finden würde, wenn sie sich nur Zeit ließ.

Ohne festes Ziel und ohne drängelnde Mitfahrer fuhr sie knapp zehn Stundenkilometer unter der erlaubten Höchstgeschwindigkeit. Nach einer halben Stunde Fahrt ins Blaue machte sie sich schließlich auf den Weg *Zum ganzen Schwein.* Auf dem Parkplatz blieb sie eine Weile in ihrem Pick-up sitzen, bevor sie den Motor abstellte. Sie ging hinter das Grilllokal mit dem ewig rauchenden Schornstein und betrachtete den Wohnwagen. Mr Bonner stellte ihn Mr Tannehill kostenlos zur Verfügung, damit er jederzeit den Smoker versorgen konnte. Es brannte kein Licht darin, aber sie holte tief Luft und erlaubte sich den seltenen Luxus, jemanden zu stören, jemanden zu brauchen. Sie klopfte an die Tür. Eine ganze Minute verstrich, bevor Mr Tannehill, noch in seinem grauen Overall, vor ihr stand. Bei ihrem Anblick machte er große Augen. Nur die Tatsache, dass er ein paar Knöpfe nicht geschlossen hatte und sie ein gelbliches Unterhemd sehen konnte, deutete darauf hin, dass sie ihn gestört hatte.

»Was in aller Welt machst du denn hier, Izzy?«, fragte er und sah an ihr vorbei, als suchte er den verantwortungslosen Mensch, der sie angestiftet hatte.

»Ich sitze in der Klemme. Ich weiß nicht, was ich tun soll.«

Sein Ausdruck schien zu bedeuten, dass er von ihren Sorgen nichts wissen wolle, aber nicht wisse, wie er sie höflich abwimmeln konnte. Endlich schob er seine Baseballmütze zurecht und deutete auf das Lokal. »Dann komm mit, ich muss nach dem Schwein sehen.« Abwehrend hob sie die Hände: »Lieber nicht. Von dem Geruch wird mir neuerdings schlecht.«

Er betrachtete sie kopfschüttelnd. »Dann bist du echt in einer üblen Lage. Hast du etwas dagegen, dich hier auf die Stufen zu setzen? Seit ich eingezogen bin, hat noch niemand meinen

Wohnwagen betreten, da drin herrscht ein verdammtes Durcheinander.«

Sie setzten sich auf die Treppe. »Ich habe mir schon gedacht, dass etwas los ist, weil du heute nicht da warst. Du hast dich in letzter Zeit nicht wohlgefühlt.«

»Ich bin schwanger.«

»Herr im Himmel«, erwiderte er kopfschüttelnd. »Ich hatte gehofft, dass du mich anpumpen willst.«

»Erst ein paar Monate. Es weiß noch niemand.«

»Die anderen werden es vermutlich früh genug herausfinden.« Sie schwiegen. Er nahm seine Mütze ab und spielte mit dem Band.

»Ich habe echt, echt Angst.«

»Kann ich voll verstehen. Es ist schwer, selbst unter den besten Voraussetzungen.« Er machte eine Pause, kämpfte mit sich, er wollte höflich sein, aber auch beweisen, dass er ihr Freund war. »Ich vermute«, begann er, dann stotterte er kurz. »Ich gehe davon aus, dass du weißt, wer der Vati ist?«

»Ja.«

»Hilft er dir?« Sie schüttelte den Kopf.

»Sieht nicht danach aus.«

»Und du«, wieder stotterte er und hüstelte, »entschuldige, aber ich frage mich, ob du es trotzdem behalten willst.«

»Ja, auf jeden Fall, auch wenn ich nicht weiß, wie ich es schaffen soll.«

»Verständlich.« Er sah sie an, seine Augen waren von einem tiefen Braun, keine Spur von Gefühl war in ihnen erkennbar. Er lehnte sich zu ihr und zog sie ungeschickt, gütig an sich.

Izzy schmiegte sich in seine Arme und schloss die Augen.

»Es gibt Schlimmeres auf der Welt. Du bist ein guter Kerl, und dieses Kind hat Glück, dass es dich hat. Du wirst eine gute Mama sein, darauf kannst du wetten.«

Sie hielt die Tränen zurück, weil sie wusste, wie verlegen es ihn machen würde, wenn sie weinte. Er war so freundlich gewesen, mit ihr zu reden, sie in ihrem Wunsch zu unterstützen, und mehr würde sie ihm nicht abverlangen.

Nachdem sie jemanden eingeweiht hatte und die Last ihres Geheimnisses um ein paar Gramm leichter geworden war, gestattete sie sich, ihre Zukunft in einem glücklichen Licht zu sehen, so wenig dafür sprach. Zum ersten Mal seit Wochen verspürte sie Heißhunger. Sie hätte die ganze Welt aufessen können, um alle Nährstoffe dem Kind zugutekommen zu lassen. »Ich habe Hunger.«

»Hier gibt's nur Barbecue«, erwiderte er.

»Her damit.« Sie bezwang alles, was ihr Übelkeit verursachte, mit ihrem Blick.

Sie standen auf und gingen zum Hintereingang des Lokals. Mr Tannehill setzte sie an den Kartentisch, dann häufte er Grillfleisch auf einen Teller und krönte es mit zwei Scheiben Weißbrot. Er stellte das Essen vor sie hin, und sie bat um die East Carolina-Barbecuesoße, die niemand in Coalfield zu mögen schien. Mit der Soße aus dem Styroporbecher machte sie sich ein widerliches Sandwich, dessen Brot ganz mit Essig durchtränkt war, und nahm einen so großen Bissen, dass alles, was sie noch in Händen hielt, zerfiel. Sie kaute und kaute, schluckte schließlich, und als sie aufsah, saß Mr Tannehill ihr gegenüber und lächelte sie an. »Jetzt isst du für zwei.«

»Wie oft werde ich mir das anhören müssen?«

»Öfter als dir lieb ist, das kann ich dir versichern. Unverheiratetes, schwangeres Mädchen, da wissen die Leute nicht, was sie sagen sollen, außer Plattitüden.«

»Da steht mir ja einiges bevor«, entgegnete sie, nicht weil sie getröstet werden wollte, sondern um sich selbst daran zu erinnern, worauf sie sich einließ.

»Du bist zäh«, ermutigte er sie und ging, um sich um Holz und Rauch zu kümmern.

Während sie in sich hinein futterte, lauschte sie den leisen Geräuschen, die Mr Tannehill machte, wenn er um den Smoker schlurfte, das Feuer kontrollierte und nach dem Rechten sah. Wenige Minuten, nachdem sie ihren Teller leer gegessen hatte, fiel sie am Tisch in den Schlaf.

Kapitel drei

Dr. Preston Grind stand in einem unbekannten Wald, dessen natürliche Geräuschkulisse mit dem fernen Baulärm wetteiferte, der von jener Stelle zu ihm herüberdrang, wo er für die absehbare Zukunft wohnen sollte. Er trug eine Tasche über der Schulter, in der er dreimal dasselbe Outfit verstaut hatte, außerdem ein Paar sportliche Schuhe und einen Kulturbeutel. In der Hand schleppte er eine Tragetasche mit einem Laptop, einem Tablet und drei Notizblöcken. Es schien zu viel und gleichzeitig zu wenig zu sein; für das, was er vorhatte, hätte er entweder nur die Kleider am Leib oder hundert Überseekoffer mit unnötigem Zeug bei sich haben sollen.

Seit er sich auf das neue Projekt eingelassen hatte, fühlte er sich manchmal wie ein Pionier auf dem Weg zu unbekannten Breiten, die ihn entweder mit Haut und Haar verschlingen oder in Zukunft seinen Namen tragen würden. In anderen Momenten kam er sich wie ein Astronaut vor, der im Begriff war, in ein Raumschiff zu steigen, das eine Galaxie erforschen sollte, die bisher nur in der Theorie existierte. Und dann wiederum, wenn ihn Einsamkeit und Depression trotz seiner Therapiestunden und allen Bemühungen, positiv zu denken, überwältigten, glaubte er, sich auf ein zum Scheitern verurteiltes Projekt eingelassen zu haben, sich so bodenlos verschätzt zu haben, dass er in ein abgrundtiefes Loch stürzen und nimmermehr gesehen würde.

Hätte er seine Gefühle und Ängste aus sich herausholen und neben seinen äußerlich so ruhigen Körper stellen können, hätte er einen erschreckenden Anblick geboten. Dass er Innen und Außen getrennt halten konnte oder zumindest eine

Zusammenarbeit zuwege brachte, sprach für ihn. Trotzdem machte er sich Sorgen, dass sie aufgrund ihrer unmittelbaren Nachbarschaft zu einer entflammbaren Masse werden und einfach verdampfen könnten, und er das Nachsehen hätte. Aber heute, nach drei Tagen Autofahrt die Ostküste entlang, fühlte er sich einfach nur wie ein Mensch, der etwas Schwieriges ausprobieren wollte und hoffte, dass es klappen würde; insofern unterschied er sich nicht von den meisten Bewohnern dieses Planeten. Der Gedanke, sowohl etwas Besonderes und gleichzeitig nicht anders als der Rest der Menschheit zu sein, verlieh ihm wieder etwas Kraft, und er wanderte die letzten anderthalb Kilometer der Sandstraße hinunter, die bis zu der Stelle in den Wald getrieben worden war, wo er seine neue Familie gründen wollte.

Der Bau war beeindruckend und behauptete sich inmitten der vielen Hektar Wald, die ihn umschlossen. Ein dreigeschossiges, ganz aus Fenstern bestehendes Gebäude mit Dachgarten bildete die Vorderseite, während der Rest sich aus einstöckigen Häusern von verschiedener Höhe und Größe zusammensetzte, die, zu einem Rechteck angeordnet, miteinander verbunden waren. Die verblüffende Gesamtwirkung verdankte sich der Tatsache, dass jede sichtbare Betonfläche mit einem speziell für diesen Zweck gefertigten olivgrünen Kunstrasen überzogen war. Dadurch wirkte der Bau futuristisch und gleichzeitig getarnt. Der Entwurf stammte von einem spanischen Architektenbüro, für dessen Team der von Dr. Grind vorgegebene Grundriss als ein Schock gekommen war, aber in seinen Augen war er perfekt. Abgeschlossen, privat, aber mit genügend Raum, sich furchtlos frei bewegen zu können. Die Kinder würden begeistert sein, sagte ihm seine Erfahrung. Bei den Eltern würde er Überzeugungsarbeit leisten müssen.

Der Bauführer erwartete ihn vor dem Gebäude und erbot

sich, ihm den Komplex zu zeigen. Es hielt sich nur noch eine Restmannschaft auf der Baustelle auf, die letzte Elektroarbeiten erledigte. Die Innenausstattung wäre später an der Reihe, es war noch genug Zeit dafür. Während er im Innenhof im Kreis ging, konnte er es sich nicht verkneifen, mit den Fingerspitzen über den Kunstrasen zu streichen, der die rohen Betonwände verwandelte; alles, was gefährlich hätte sein können, war weich gerundet, als wäre der Bau der Fantasie eines Kindes entsprungen. Bei seiner Wanderung durch die Zimmer stellte er sich vor, wie sie genutzt werden würden; es kam seinen Tagträumen entgegen, dass sie leer waren und sich seinen Wünschen kein Hindernis in den Weg stellte. Betraten Arbeiter ein Zimmer, in dem er sich gerade aufhielt, machte er ihnen Platz. Gegen Abend, als das Licht golden durch die Bäume fiel und die Dämmerung hereinbrach, wollte der Bauleiter ihn zu dem provisorischen Parkplatz am Waldrand mitnehmen, aber Dr. Grind lehnte sein Angebot ab. Er würde sich gern noch ein wenig umschauen. Der Mann zögerte, überlegte sich dann aber, dass sein Besucher tun konnte, was er wollte, da es sich um seine Gebäude handelte. Als die Bauleute gegangen waren und er hörte, dass sie ihre Fahrzeuge anließen, stieg er im Hauptgebäude in den zweiten Stock, der wie die anderen Etagen die Größe eines Hörsaals hatte. Dort lag eine Leiter, die er aufhob und gegen eine der Betonwände stellte. Er kletterte hinauf, bis er mit der Hand die Stelle erreichte, wo sich Wand und Decke trafen. Nachdem er sich vergewissert hatte, dass er sicher stand, griff er nach seiner Brieftasche und entnahm ihr ein kleines Foto seiner Frau Marla, die ihrer beider Sohn Jody an den Armen im Kreis herumwirbelte. Jody war unscharf, sein Gesicht verschwommen, als wäre er ein Gespenst, aber Dr. Grind erinnerte sich daran, wie er die Aufnahme machte. Er wusste, dass sein Sohn vor Glück strahlte. Nun schob er das Foto seiner Familie,

Frau und Kind waren tot und begraben, in den Spalt zwischen Wand und Decke. Stückchen um Stückchen, bis es verschwunden war. An ein Leben nach dem Tod glaubte er nicht, hoffte aber, dass etwas von seiner einstigen Familie einfließen würde in das, was er zu erreichen versuchte. War es zu viel verlangt? Er hoffte, dass sie immer bei ihm bliebe.

Nachdem er die Leiter hinuntergestiegen war, fühlte er sich erleichtert, wieder festen Boden unter den Füßen zu haben. Vorsichtig setzte er sich auf den Fußboden, saß still da, mit verschränkten Beinen, und stellte sich vor, was als nächstes kommen würde, die neue Familie, die er an diesen wunderbaren Ort bringen wollte.

Es lag drei Jahre zurück, dass er in dem weitläufigen Wartezimmer der Hauptverwaltung von Acklen Super Stores gesessen hatte, dem weltweit größten Einzelhandelsunternehmen, ansässig in Knoxville, Tennessee. Auf der Wand zu seiner Linken prangte ein großes Gemälde von Helen Frankenthaler, breite Streifen dunkler Farbe, die an einen Horizont erinnerten. Beim Betreten des Gebäudes war ihm ein Bild aufgefallen, das er für ein Werk Georgia O'Keefes hielt. Es war merkwürdig, in diesem nichtssagenden, nur mit Licht und robustem Teppichboden ausgestatteten Raum, in dem es abgesehen von dem Newsletter von Acklen Super Stores auf dem Couchtisch nichts zu lesen gab, bedeutende Kunstwerke ohne erläuternde Schilder zu sehen. Als hätte ein Museum beschlossen, seine Räume zeitweise zu vermieten, und vergessen, vorher die Kunstwerke abzuhängen.

In der Woche bis zu seinem Termin bei Brenda Acklen, dem Oberhaupt des Familienclans, die ihn scheinbar ohne ersichtlichen Grund kommen ließ, hatte er sich über ihr Leben und Vermögen informiert. Ihren Mann Terry Acklen, den Gründer von Acklen Super Stores, hatte sie im Waisenhaus kennengelernt. Er machte später im Handumdrehen aus ein paar Discountläden in Knoxville einen Weltkonzern. Auch wenn Dr. Grind sich sagte, dass sich seine Neugier nicht schickte, hatte er nicht lockergelassen, bis er herausgefunden hatte, dass die zweiundachtzigjährige Brenda Acklen über neunzehn Milliarden Dollar schwer war. Das Geschäft hatte sie nach dem Tod ihres Mannes vor etwa acht Jahren ihren Söhnen übergeben, war aber insofern aktiv geblieben, als sie mehrere Wohltätigkeitsorganisationen für bedürftige Kinder unterstützte und Werke bedeutender Künstlerinnen des zwanzigsten Jahrhunderts sammelte. Nach einer Reihe von Telefonaten und E-Mails mit ihr und ihren Assistentinnen war Dr. Grind in ihrem Privatjet von New York nach Knoxville geflogen, um über etwas Einfaches und Grundsätzliches zu diskutieren, um dessen besseres Verständnis er sein ganzes Leben gerungen hatte, ein Thema, über das sich Mrs Acklen so vage ausließ, dass es ihn irritiert hätte, wäre sie nicht eine steinreiche Frau gewesen: die Familie.

Dr. Preston Grind war der Sohn von Stephen und Wendy Grind, zwei berühmten Kinderpsychologen der Achtziger- und Neunzigerjahre des zwanzigsten Jahrhunderts, die sich auf Kindheitstraumata spezialisiert hatten. Ihr Sohn war nicht lange nach seiner Geburt der Öffentlichkeit zum Begriff geworden als das erste Kind, das nach der Dauerreibungsmethode erzogen wurde. Dem Ehepaar Grind zufolge war die Welt brutal und unvorhersehbar, ein Zustand, der dadurch noch verschlimmert werde, dass viele Menschen dahingehend programmiert würden, selbstsüchtig nur ihre eigenen Interessen zu wahren. Bei der Kindererziehung versagten viele Eltern nach Meinung der Psychologen Grind insofern, als sie ihren

Kindern eine falsche, letztlich wenig hilfreiche Weltsicht vermittelten, indem sie für ein möglichst angenehmes, reibungsloses Leben ihres Nachwuchses sorgten. Einmal erwachsen und gezwungen, sich der Welt zu stellen, seien diese Kinder nicht in der Lage, mit der Ungerechtigkeit der Gesellschaft und ihren zerstörerischen Kräften umzugehen. In einer Reihe bahnbrechender Studien versuchten die Eltern Grind eine Welt zu schaffen, in der das Baby Preston in einem »Zustand permanenter Reibung« lebte, wie sie es nannten. Er sollte dadurch anpassungsfähiger werden und lernen, besser mit den Herausforderungen umzugehen, denen er sich würde stellen müssen. Statt ihn zu wickeln und in einer Wiege warm zu halten, legten sie ihn nachts zu willkürlichen Zeiten auf den Fußboden eines so kühlen Zimmers, dass sein Schlaf gestört wurde. Er wurde nicht zu regelmäßigen Zeiten gefüttert, und manchmal dauerte eine Mahlzeit nur wenige Sekunden. Als er Krabbeln lernte, befestigten seine Eltern Gewichte an seinen Knöcheln, um es schwerer für ihn zu machen, sich fortzubewegen. Berühmt wurde die Episode, wie der Dreijährige in Handschellen in einen Raum gesperrt wurde, in dem die Schlüssel zu Handschellen und Tür versteckt waren. Es dauerte keine fünf Minuten und Preston hatte sich befreit. Die einzige Konstante während des Experiments war die Zuneigung der Eltern für ihr Kind; nach außen hin verhielten sie sich ihm gegenüber weder kalt noch züchtigten sie ihn körperlich. Überwand er Hindernisse, überhäuften sie ihn mit Lob, um ihn darin zu bestärken, dass die Welt zwar schwierig und unvorhersehbar war, die elterliche Liebe aber unerschütterlich. Kritiker wurden nicht müde darauf hinzuweisen, dass die Eltern trotz aller Zuneigung und Fürsorglichkeit diejenigen waren, die ohne Wissen des Kindes für sein schwieriges Leben verantwortlich waren. Die Experimente dauerten an, bis die beiden Psychologen ihre

Erziehungsmethode im achten Lebensjahr ihres Sohnes zu einem durchschlagenden Erfolg erklärt hatten und ihr Buch *Die Dauerreibungsmethode in der Kindererziehung* in Rekordzeit zu einem Bestseller wurde.

Kritik begegneten die Eltern Grind häufig mit einem Verweis auf die Ergebnisse ihrer Erziehung. Ihr Sohn zeichne sich in allen ihren Tests durch eine ungewöhnliche Lernfähigkeit aus und erreiche IQ-Werte, die für ein Kind seines Alters beispiellos seien. Er habe mehrere Schuljahre übersprungen und habe fünfzehnjährig seinen Bachelor an der Brown University gemacht. Danach habe er in Harvard studiert und mit zwanzig in klinischer Psychologie promoviert. Er sei das beste Beispiel für die außergewöhnlichen Ergebnisse, die man erreiche, wenn man Kinder gezielt auf den Kampf des Lebens vorbereite, behaupteten Stephen und Wendy Grind bis an ihr Lebensende.

Bald nachdem das Buch der Psychologen Grind erschienen war, entwickelte sich eine erzieherische Subkultur, die auf ihrer Methode beruhte, und es kam zu Fällen, die Schlagzeilen machten, weil sich Eltern wegen Kindesmisshandlung verantworten mussten. In vielen dieser Prozesse traten die Eheleute Grind als Experten auf und verteidigten das Verhalten der Eltern als wahren Ausdruck elterlicher Liebe, als Vorbereitung auf eine Welt, die kein »Märchen« sei und in der es nicht immer ein Happy End gebe. Um die Jahrtausendwende wurde die Methode von den meisten Fachleuten abgelehnt, Preston Grinds Erfolg musste dennoch als Gegenbeweis herhalten. »Die Methode mag ihre Fehler haben«, äußerte sich Wendy Grind einmal einem Reporter gegenüber, »aber das Ergebnis ist perfekt.« Preston stand am Anfang seiner beruflichen Laufbahn, als seine Eltern, die an beginnender Demenz litten, Seite an Seite in ihrem Bett mit Hilfe von Schlaftabletten Suizid begingen. Als Preston davon erfuhr, zeigte sich die unerwünschte

Wirkung der elterlichen Methode. Seine Gefühle blieben im Gleichgewicht, er empfand keinen Kummer, sondern fügte sich widerstandslos in die Tatsache, dass seine Eltern nicht mehr lebten, nicht mehr bei ihm waren.

Eine Assistentin erschien im Wartezimmer. »Mrs Acklen erwartet Sie.« Preston stand auf, warf einen letzten Blick nach links auf das Bild, dessen Farben dunkler als Blutflecken waren, und folgte der jungen Frau. Die Folgen seines Schritts konnte er nicht voraussehen, auch wenn er es viele Male versucht hatte.

In Mrs Acklens Büro gab es keine Kunstwerke, keine Spur von Arbeitsunterlagen oder Büromaterialien, es fehlte jeder Hinweis, ob es überhaupt täglich benutzt wurde. Das einzige Mobiliar war ein Schreibtisch mit je einem Stuhl davor und dahinter. Auf einem saß Mrs Acklen. Sie hatte die Achtzig überschritten, wirkte aber viel jünger; ihr magerer Körper ließ einen gesunden, sportlichen Lebensstil vermuten. Sie trug eine verblichene rote Khakihose, ein Baumwollhemd und ein blauweißes Halstuch, als wäre sie ein Cowboy im einstigen wilden Westen. In einer Hand hielt sie ein Glas, das vielleicht Eistee enthielt, in der anderen ein Exemplar von Dr. Grinds Buch *Das künstliche Dorf.*

»Dr. Grind«, begrüßte sie ihn. Sie stand nicht auf und hatte auch keine Hand für einen Händedruck frei. »Ich freue mich, Sie endlich kennenzulernen.«

Preston erwiderte, die Freude sei ganz seinerseits, und setzte sich verlegen auf den freien Stuhl. Verzweifelt versuchte er zu verstehen, warum er sich überhaupt auf ein Treffen mit dieser Frau eingelassen hatte. Bildete er sich ein, dass sie ihm eine Milliarde Dollar schenken würde? Er brauchte keine Milliarde. Aber warum sollte er sonst hier sein? Er kam zu dem Schluss, dass ihn schlichte Neugier getrieben hatte, die Hoffnung, jemand Wichtiges brauche seine Sachkenntnis. Damit verbrachte er schließlich sein Leben, er beglückte Leute, die danach verlangten, mit seiner Expertise. So verdiente er seinen Lebensunterhalt, keine Milliarden, aber genug, um sich als ziemlich reich zu betrachten.

»Ich habe Ihr wunderbares Werk mehrmals gelesen«, begann sie und hielt es ihm hin, als sei sie sich nicht sicher, ob er wusste, dass er ein Buch geschrieben hatte. »Man kann so viel daraus lernen, und es trifft den Kern einer Sache, die mir sehr am Herzen liegt.«

»Vielen Dank, Mrs Acklen. Es freut mich sehr, das zu hören.«

»Könnten Sie es vielleicht für mich signieren, wenn es Ihnen nicht zu viel Mühe macht?«

Da ging ihm auf, dass dies der Grund gewesen sein könnte, warum sie ihn zu sich zitiert hatte. Eine Milliardärin wollte ihr Buch signiert haben. »Das will ich gern tun, Mrs Acklen.«

»Ich gebe Ihnen einen Stift.« Sie öffnete die Schreibtischschublade und runzelte die Stirn. »Hier ist kein Stift. Verdammt. Dieses Büro ist für mich reserviert, falls ich etwas Offizielles zu erledigen habe, was selten genug vorkommt, aber trotzdem hat jemand dafür zu sorgen, dass mein Schreibtisch mit allem Nötigen versehen ist. Samantha!« Die Assistentin kam zurück.

»Ja, Mrs Acklen?«

»Ich brauche einen Stift.«

Die Assistentin hielt einen in der Hand, nach einem leichten Zögern reichte sie ihn ihrer Chefin, die ihn zusammen mit dem Buch an Dr. Grind weitergab. Ihm fiel keine persönliche Widmung ein, deshalb signierte er es nur, schrieb »mit herzlichen Grüßen« darunter und gab das Buch Mrs Acklen und den Stift der Assistentin zurück, die daraufhin das Zimmer verließ.

Eine Weile schwiegen beide und lächelten sich an, die Klimaanlage surrte leise. Endlich beugte sich die alte Dame über ihren Schreibtisch und sah ihrem Gast in die Augen. »Vermutlich fragen Sie sich, warum ich Sie kennenlernen wollte«, begann sie und nickte, als wisse sie die Antwort bereits. Dennoch machte er eine zustimmende Geste. »Ich habe mich nach dem Grund gefragt«, gab er zu, »aber es ist natürlich auch eine Ehre, Sie kennenzulernen.«

»Ich bin nichts Besonderes«, erwiderte sie. »Aber Sie … Sie spielen in einer anderen Liga. Nachdem ich Ihr Buch gelesen hatte, ein bisschen später als andere Leute, muss ich zugeben, wusste ich, dass Sie die Welt verbessern, etwas Wichtiges tun wollen. Und genau das spricht mich in meinem Alter an.«

Das Buch, auf das sie sich bezog, hieß *Das künstliche Dorf*. Er stellte darin dar, wie Kinder, vor allem Säuglinge und Kleinkinder, immer seltener die Gelegenheit haben, einen mehr als oberflächlichen Umgang mit anderen Menschen zu pflegen, weil die Zahl der traditionellen Familien abnimmt und weniger Menschen ihr ganzes Leben an einem Ort verbringen, von Verwandten und Nachbarn umgeben, die sie von klein auf kennen. Das Buch wies mehrere Wege auf, wie sich Gemeinschaften bilden ließen, wie sich sogar unter scheinbar wenig günstigen Umständen ganze Dörfer schaffen ließen. Dr. Grind hatte vor allem Innenstädte und ländliche Gebiete im Blick, da an beiden Stellen der Bedarf an verbesserten Voraussetzungen für Kinder am größten ist, und er war durchs Land gereist, um Behörden bei der Entwicklung von Programmen zu helfen, die zu einer engeren Beziehung zwischen zusammengewürfelten Familien beitragen konnten. Oprah hatte sich hinter sein Buch gestellt und ihn in ihre Sendung eingeladen. Mehr Berühmtheit konnte ein Kinderpsychologe kaum erwarten. Viele seiner

Kolleginnen und Kollegen spezialisierten sich auf Teenager, versuchten den Anstieg von Drogenmissbrauch und Gewalt zu erklären, aber er hielt sein Augenmerk auf Kleinkinder gerichtet, auf jene ersten fünf Jahre des Lebens, in denen sich durch geringe Korrekturen die Weichen ganz anders stellen ließen, behauptete er unter Berufung auf zahlreiche Studien. Alle Welt mache sich Gedanken um die Schulen und wie die Jugendlichen richtig auf die Zukunft vorzubereiten seien, wohingegen man die Kinder von der Geburt bis zum fünften Lebensjahr weitgehend sich selbst überlasse. Es müsse einen Weg geben, behauptete er, die ersten Lebensjahre, unabhängig von äußeren Umständen, so einfach und behütet wie nur irgend möglich zu gestalten.

Es war Dr. Grind oder denjenigen, die über ihn schrieben, nicht entgangen, dass sein Werk eine direkte Antwort auf die Erziehungsmethoden seiner Eltern war. »Eltern«, sagte er häufig, »glauben im besten Interesse ihrer Kinder zu handeln. Manchmal gelingt es. Manchmal nicht. Manchmal brauchen wir die Hilfe anderer Menschen.«

Mit einer beträchtlichen Summe Fördermittel ausgestattet, um seine Theorien zu überprüfen, hatte er, sich auf einige wenige Nachbarschaften konzentrierend, Wege gefunden, um die Bande zwischen jungen Eltern und ihren Kindern zu vertiefen. Er hatte Mittel für Kinderbetreuung und Entwicklung abgezweigt, Beziehungen zwischen jungen Eltern und kinderlosen Menschen oder Eltern mit älteren Kindern hergestellt und Räume geschaffen, wo durch den Umgang mit anderen Menschen eine Förderung von Kleinkindern möglich wurde. Erste Studien hatten eine signifikante Verbesserung in der Entwicklung der betroffenen Kinder belegt, unabhängig von ihrem sozio-ökonomischen Hintergrund oder ihrer Familiengeschichte. Es reichte ihm jedoch nicht, dass junge Eltern potenzielle Helfer in ihren Nachbarn sahen, ihm lag daran, dass sie einander auch als Mitglieder einer einzigartigen Familie betrachteten. Bei seinen Kolleginnen und Kollegen löste er damit Unruhe aus, weil sie darin eine Art New-Age-Therapie sahen, wohingegen sie selbst weiterhin auf harte Daten und wissenschaftliche Methodik setzen wollten.

»Nun ja«, erwiderte er und fühlte, wie seine blasse Haut vor Verlegenheit dunkelrot wurde, »ich weiß nicht, wie erfolgreich die Sache am Ende sein wird. Dazu brauchen wir langfristige Untersuchungen; vertiefende Tests haben weitere Themen erschlossen, die wir in Zukunft ebenfalls berücksichtigen sollten.«

Obwohl er sich von dem Projekt zurückgezogen hatte, konnte er es sich nicht abgewöhnen, von seiner Arbeit zu sprechen, als gehörte er noch dazu.

»Ich will sagen, die jemand anderes in Zukunft berücksichtigen sollte. Ich bin nicht mehr direkt involviert, wie Sie vielleicht wissen. Ich habe noch eine beratende Funktion, aber ich könnte Ihnen nicht sagen, welcher Stand das Projekt derzeit erreicht hat. Wenn Sie sich daran beteiligen wollen, und ich weiß, dass man Sie mit offenen Armen empfangen würde, könnte ich den Kontakt zu den richtigen Leuten herstellen.«

»Mir sind Ihre Umstände durchaus bekannt. Ich habe ziemlich viel Zeit, um mich meinen Interessen zu widmen. Ich recherchiere. Nein, das Künstliche Dorf interessiert mich nicht, auch wenn ich es für ein lohnenswertes Projekt halte, das Beachtung verdient. Ich interessiere mich, wenn ich ehrlich bin, für Sie.«

Sein Gesicht wurde noch heißer, Hitze wallte durch seinen Körper. Machte sie ihn an?

»Ich fühle mich geschmeichelt, Mrs Acklen.«

»Nennen Sie mich Brenda, bitte«, sagte sie lächelnd.

»Nur wenn Sie mich Preston nennen.«

»Gern, verzichten wir auf Förmlichkeiten.«

»Ich fühle mich sehr geehrt, hier zu sein, wie ich bereits sagte, und ich bin sehr dankbar für die Würdigung meiner Arbeit. Ich weiß nur nicht recht, was ich tun kann, warum ich hier bin.«

Mrs Acklen trank einen Schluck ihres geeisten Tees. »Darf ich eine Geschichte erzählen? Haben wir so viel Zeit?«

Er hatte das Gefühl, dass die Zeit stehen geblieben und er in eine Art Strudel geraten war, als er Mrs Acklens Büro betrat. »Aber ja doch, ich habe Zeit.«

»Ich bin in einem Waisenhaus groß geworden. Wusstest du das?«

»Ich habe etwas Dahingehendes gelesen, ja.«

»Ich war vier, als mein Vater an einem Herzanfall starb. Ein großer Schock für die Familie. Meine Mutter musste sich Arbeit suchen. Ihre Schwiegereltern waren schon lange tot, Geschwister hatte mein Vater keine. Der Vater meiner Mutter war ebenfalls verstorben, und ihre Mutter, auch geschwisterlos, war in einem staatlichen Heim untergebracht. Im Großen und Ganzen war meine Mutter auf sich gestellt. Sie tat ihr Bestes, um mich und meinen Bruder durchzubringen, aber die Zeiten waren schwierig, und schließlich schaffte sie es nicht mehr. Ohne Vorwarnung oder Erklärung brachte sie uns im Church-of-God-Waisenhaus in Knoxville unter. In jenen Tagen waren eine ganze Reihe Kinder, die im Waisenhaus lebten, keine echten Waisen. Es war üblich, dass Eltern, denen das Wasser bis zum Hals stand, ihre Kinder abgaben. In unserem Waisenhaus lebten sogar etliche Jungen und Mädchen, die heim zu ihren Eltern durften, nur um ein halbes Jahr später, wenn das Geld wieder ausgegangen war, zurückzukommen. Aber das ist vermutlich nicht so wichtig. Ich dachte nur, es könnte dich interessieren. Entscheidend ist, dass man sich die Waisenhäuser jener Zeit als deprimierende Institutionen vorstellt, wo die Kinder misshandelt und vernachlässigt wurden. Das mag in einigen Häusern durchaus so gewesen sein, aber für mich war die Zeit, die ich im Waisenhaus verbrachte, ohne Zweifel ein Segen. Meine Mutter, der Herr hab sie selig, war psychisch krank, und ihr Zustand verschlimmerte sich durch den Tod meines Vaters. Sie verprügelte uns und misshandelte uns auch seelisch. Sie konnte nicht für uns sorgen. Das Waisenhaus konnte es, ich war sehr gern dort, nicht zuletzt, weil ich dort meinen Mann kennenlernte. Ich war tatsächlich der Meinung, dass die Kinder im Heim meine Geschwister waren. Meine Beziehung zu ihnen war enger als die Beziehungen in vielen Kernfamilien. Das Personal war kein Ersatz für Mutter und Vater, aber man behandelte mich freundlich. Ich wurde gewissermaßen nicht nur von zwei Erwachsenen geliebt, sondern von einer ganzen Gruppe, mit der ich täglich Umgang hatte. Als ich dann alt genug war, das Waisenhaus zu verlassen, zogen Terry und ich in eine Wohnung, und während er in dem Laden arbeitete, der ihm eines Tages gehören sollte, fühlte ich mich einsam, isoliert von meinen Freunden. Ich war völlig von der Rolle. Und als wir Kinder hatten, war ich wieder durcheinander, weil niemand da war, um mir mit diesen Babys zu helfen, die in mein Leben getreten waren. Es ist uns gelungen, besser als den meisten Menschen, für uns und unsere Kinder ein wunderbares Leben zu schaffen, aber trotzdem denke ich an das Waisenhaus als an die schönste Zeit meines Lebens zurück. Klingt das nicht albern?«

»Ich finde nicht«, erwiderte Dr. Grind, der fühlte, wie etwas in seinem Gehirn Klick machte. Seine Zuneigung zu Mrs Acklen wuchs, denn sie hatte einen Gedanken ausgesprochen, mit dem er sich seit vielen Jahren beschäftigte.

»Manchmal denke ich, es ist albern, aber trotzdem ist es wahr. Heutzutage scheint es viele Kinder zu geben, die niemand will, um die sich niemand kümmert, und sie driften durch die Welt. Ich wünsche mir für diese Kinder etwas Besseres als das, was wir derzeit haben. Es gibt Sicherheitsnetze, aber viele Kinder fallen durch die Maschen oder kommen nie in ihre Reichweite. Mir scheint, wir brauchen ein breiteres Netz, damit jedes Kind geliebt wird und gut versorgt ist.«

»Ein Netzwerk?«, schlug Dr. Grind vor.

»Zu bürokratisch für meinen Geschmack. Kein Netzwerk. Auch keine Gemeinschaft. Auf gar keinen Fall diese entsetzlichen Kommunen, die nur ein Vorwand für die Erwachsenen sind, sich der Gesellschaft zu entziehen und zu tun, was ihnen Spaß macht, ohne Rücksicht auf die Kinder. Ich spreche von etwas ganz anderem. Ich spreche von einer Familie, einer Familie, die mehr Mitglieder umfasst als nur einen Mann, eine Frau und ihre Kinder. Ich denke an einen Ort, wo alle zusammenleben und füreinander sorgen.«

»Eine Familie«, sagte er zustimmend.

»Eine Art Familie, ja«, bestätigte sie lächelnd. »Eine Familie, die nicht enden wird, unabhängig, wie die Umstände sind. Eine immerwährende Familie. Eine unendliche Familie.« Sie beugte sich über ihren Schreibtisch und ergriff seine Hand. Er ließ es bereitwillig geschehen. »Und ich glaube, dass du mir helfen kannst, diese Familie ins Leben zu rufen. Du bist genau der richtige Mensch dafür, glaube ich, der Mensch, auf den ich gewartet habe.«

Eine Idee, wie er ihr würde helfen können, hatte er nicht. Was ihr vorschwebte, schien viel zu weit gefasst und unrealistisch, um jemals Wirklichkeit zu werden, es stand keine Struktur dahinter, mit der man ihre Vorstellung auf organische Weise hätte umsetzen können. Doch wie er so ihre Hand hielt, die sich leicht in seine schmiegte, ihre warme Haut spürte, konnte er ihr nicht widerstehen, ihr nicht versagen, worum sie ihn bat.

»Bist du der Mensch, den ich mir erhofft habe?«

»Vielleicht«, sagte er schließlich lächelnd und so erleichtert, dass er beinahe geweint hätte.

Kapitel vier

In der Küche des Grilllokals *Zum ganzen Schwein* rührte Izzy in einem Eimer Salz, Pfeffer und Essig mit einem großen Holzpaddel um und brütete dabei über einem Babybuch von Dr. Sears. Im dritten Schwangerschaftsmonat fühlte sie sich endlich wie eine richtige werdende Mutter. Sichtbar nur für sie, wölbte sich ihr flacher Bauch ein ganz klein wenig vor; etwas, auf das sie keinen Einfluss hatte, begann sich zu zeigen.

Sie hatte mit ihrem Vater gesprochen. Anfangs reagierte er unerwartet wütend, hätte den Jungen, der ihr das angetan hatte, am liebsten verprügelt, fügte sich aber schließlich in die Situation und flüchtete sich in den Glauben, dass Izzys Mutter, sofern sie noch lebte, sich sehr freuen würde. Seine Tochter hingegen wusste, ihre Mutter wäre wütend gewesen, weil Izzy sich von einem Baby auf ihrem unvermeidlichen Weg nach oben aufhalten ließ.

Nachdem die Neuigkeit von ihrer Schwangerschaft unter ihren wenigen Freundinnen und Kolleginnen die Runde gemacht hatte und feststand, dass Izzy den Namen des Vaters nicht preisgeben würde und er sich sowieso nicht zeigte, sprach man nicht mehr darüber, zumindest nicht in ihrer Anwesenheit. Die Kellnerinnen allerdings schienen mehr als früher mit ihr reden zu wollen, als hätte die Schwangerschaft sie in ihren Augen endlich zu einem normalen Menschen gemacht, und man erzählte ihr von den eigenen, meistens unerquicklichen Erfahrungen, bis Izzy sich fragte, wie jemand überhaupt freiwillig schwanger werden konnte.

Mr Tannehill füllte ihre Tasse mit Wasser. Er bestand darauf, dass sie viel trank, als hätte er gehört, Wasser sei für werdende Mütter wichtig, und da es das Einzige war, was er über Schwangerschaften wusste, würde er daran festhalten, bis das Kind geboren war. Er führte eine imaginäre Tasse an die Lippen, und Izzy nickte und nahm einen großen Schluck. Mr Tannehill hatte auch einen Atemschutz gekauft, um sie vor dem Rauch zu schützen, aber die Maske saß nicht richtig, und es machte Izzy schwindelig, ständig ihre eigenen Atemzüge zu hören, deshalb verzichtete sie darauf. Nun hielt er sie ständig zu Pausen an, damit sie im Freien ein paar Schritte tun und frische Luft atmen konnte. Dinge über fünf Pfund erlaubte er ihr nicht mehr zu heben. Die Schweinekadaver wuchtete er jetzt alleine auf den Hackklotz. Izzy war immer davon ausgegangen, dass er sie dafür brauchte. Er hob die Tiere jedoch mühelos, und wenn sie daran dachte, wie oft sie jeden Muskel hatte einsetzen müssen, um die über fünfzig Kilo Schwein zu heben, und wie sie sich eingebildet hatte, es liege einzig an ihr, ob das Fleisch zu Boden fiel oder nicht, fühlte sie sich ein wenig gönnerhaft behandelt.

Eine Kellnerin kam in die Räucherküche und rief, jemand wolle Izzy sprechen. »Wer?«, fragte sie, aber die Kellnerin war schon wieder zurück an ihre Arbeit geeilt. Mr Tannehill schnitt gerade einem Schwein mit der Elektrosäge Kopf und Beine ab, um es für den Smoker vorzubereiten, der, geräumig genug für zwei Tiere, ständig in Betrieb war. Er hob den Blick und fragte: »Musst du gehen?« Sie zuckte mit den Schultern. »Ist vielleicht besser. Es könnte mein Vater sein.« Mr Tannehill wandte sich wieder seiner Arbeit zu, und sie durchquerte die Küche, wo die Beilagen zubereitet wurden, und betrat das Lokal. Sie ließ ihren Blick durch den großen Raum schweifen, der mit Picknicktischen ausgestattet war, sah aber kein bekanntes Gesicht. Die Kellnerin, die sie gerufen hatte, kam mit einem Tablett voll Bestellungen vorbei, und Izzy fragte sie.

»Die alte Dame dort hinten.« Sie deutete auf eine Frau im eleganten Hosenanzug, die sorgenvoll an einem Glas Wasser nippte. Izzy sah sofort, dass sie nur Hals Mutter sein konnte. Ihr wurde schlecht, und ihre Knie wurden kurz weich, aber als die Frau sie entdeckte, richtete sie sich gleich wieder auf. Sie legte die Hand auf den Bauch, als gäbe es dort etwas zu verbergen, und überlegte, ob sie wieder an ihren Arbeitsplatz zurückkehren sollte. Mrs Jackson wusste Bescheid, eine andere Erklärung gab es nicht. Die Frage war nur, wie viel sie wusste. Es war ein merkwürdiges Gefühl, dass Hal und sie doch noch ertappt worden waren, besonders da sich ihre Wege getrennt hatten. Die Frau gab ihr ein Zeichen, und Izzys Füße setzten sich ohne ihre Zustimmung in Gang. Tief im Inneren hoffte sie auf eine Nachricht von Hal, von dem sie nach ihrem ablehnenden Brief nichts mehr gehört hatte.

In den Fünfzigerjahren war Mrs Jackson Filmschauspielerin gewesen. Sie war von Tennessee nach Hollywood gegangen und hatte in einigen Filmen mitgewirkt, immer eine schöne Frau, immer kleine Rollen gespielt. Später war sie nach Tennessee zurückgekehrt und hatte Hals Vater geheiratet, den ehemaligen Frauenarzt Dr. Horton Jackson, einst Senator und jetzt Lobbyist. Seine Familie gehörte zu den reichsten in Tennessee. Hal hatte erzählt, dass seine Mutter ihre Zeit damit verbrachte, Spenden für die Kandidaten der Republikaner zu sammeln. Sie verirrte sich, so viel stand fest, nicht oft in eine Grillstube.

Als Izzy vor ihr stand, wies sie nur mit dem Kinn in Richtung des leeren Stuhls an ihrer Seite, ohne der jungen Frau die Hand zu geben oder sie auf andere Art zu begrüßen. Izzy setzte sich, den Blick geradeaus gerichtet, zu ängstlich, Mrs Jackson auch nur anzusehen.

»Wissen Sie, wer ich bin?« Izzy nickte. »Und Sie sind Isabel Poole, ja?« Unfähig, etwas zu sagen, nickte Izzy wieder.

»Ich bin in einer sehr wichtigen Sache hier. Ich habe leider schreckliche Nachrichten, und es fällt mir sehr schwer, darüber zu sprechen, deshalb verzichte ich auf lange Reden. Hal ist vor drei Tagen gestorben. Er hat sich das Leben genommen.«

Jedes bisschen Atemluft in Izzys Körper verfestigte sich. Sie fühlte, wie es sie zerriss, und doch sagte sie sich, dass dieses Ende vorauszusehen war, auch wenn sie es sich nicht eingestanden hatte. Sie wäre so gern getröstet worden, und sei es nur durch eine leise Berührung, sah aber, dass dergleichen von Mrs Jackson nicht zu erwarten war, und wurde verlegen, weil sie einer mitfühlenden Geste so sehr bedurfte.

»Es tut mir sehr leid«, sagte sie schließlich.

»Es ist für Eltern immer schwer, ein Kind zu verlieren«, kam es von Mrs Jackson. »Hal war ein wunderschöner Junge, aber er kam mit dem Leben nicht zurecht. Er war von Dämonen besessen und nichts, was mein Mann und ich für ihn getan haben, schien ihm helfen zu können.«

»Mir wird schlecht«, sagte Izzy. Sie begriff, dass sie Hal nie wieder sehen würde, dass sie auf den Hoffnungsfunken gebaut hatte, er werde irgendwann zu ihr zurückkehren.

»Er hat eine Nachricht hinterlassen, und ich hatte Gelegenheit, sie zu lesen. Als Sie mich sahen, war Ihnen bestimmt klar, dass ich über Ihre Beziehung Bescheid weiß. Und ich weiß von dem Kind.«

Izzy wusste nicht, wie sie reagieren sollte, was Mrs Jackson von ihr wollte, und so platzte sie einfach heraus, als wäre es eine Überraschung: »Ich erwarte ein Kind.«

»Das weiß ich, meine Liebe. Und ich weiß auch, dass es Hals Kind ist. Und ich entschuldige mich für alles, was Ihnen zugestoßen ist, aber ich stehe selbst noch unter Schock und werde mit der Situation nicht so fertig, wie es mir lieb wäre.«

»Es tut mir leid«, wiederholte Izzy, immer noch nicht in der

Lage, sinnvolle Sätze zu sagen, ihre unaussprechlichen Gefühle zu äußern.

»Ich bedauere, was Sie durchmachen mussten. Hal hat es sicherlich gut gemeint, und wenn ich seinen Brief richtig verstanden habe, haben Sie ihm sehr viel bedeutet. Aber ich will wissen, was Sie vorhaben.«

»Wie meinen Sie das?«, fragte Izzy, deren Gehirn so viel langsamer war als das dieser Frau.

»Ich will wissen, was Sie mit dem Kind vorhaben«, erklärte Mrs Jackson und klopfte leise mit der Hand auf den Tisch.

»Ich will es behalten.«

»Das weiß ich, mein liebes Kind«, sagte Mrs Jackson mit einem Anflug von Ungeduld. »Ich will wissen, was Sie von Hal erwartet haben und infolgedessen von seiner Familie erwarten.«

»Ich habe wohl keine Erwartungen«, erwiderte Izzy. »Ich hatte gehofft, dass Hal mir helfen würde, das Kind großzuziehen.«

»Finanziell meinen Sie?« Mrs Jackson beugte sich etwas zu Izzy vor; anscheinend war ihr Interesse geweckt.

»Nein«, kam es verlegen von der jungen Frau. »Ich dachte, er würde zum Leben des Kindes gehören, glaube ich. Ich dachte, er wäre für das Kind da. Ich habe nicht viel Zeit gehabt, darüber nachzudenken, und Hal war in der Klinik, ich wusste eigentlich nicht, was ich erwarten konnte.«

»Sie wollten keinen Unterhalt verlangen?«

Izzy spürte Ärger in sich aufsteigen, ihre Gefühle überwanden endlich den Schock. Warum kam Mrs Jackson darauf zu sprechen? »Darüber habe ich nicht nachgedacht. Nicht so viel wie Sie, vermutlich.«

»Mein liebes Kind, ich versuche nur herauszufinden, wie es weitergehen soll. Ich habe meinen jüngsten Sohn verloren, der sehr wichtig für mich war und mir viel Leid bereitet hat. Und dann stellt sich heraus, dass er einen Teenager, eine seiner Schülerinnen, geschwängert hat und dass sie das Kind behalten will. Ich habe mein Bestes getan, um Hal zu helfen, Isabel. Aber die Jacksons sind eine bedeutende Familie in Tennessee, mit einer Tradition und einer Zukunft, die wichtiger sind als ein einzelner Mensch. Können Sie nachvollziehen, warum ich mir Gedanken mache? Ich will meine Familie vor der Blamage schützen.«

»Für Sie und Ihren Mann wäre ich eine Blamage.«

»Sie beschränken sich auf einen sehr kleinen Teil dessen, was ich gesagt habe, mein liebes Kind.« Jedes Mal wenn sie »mein liebes Kind« sagte, kam es Izzy so vor, als würde Hals Mutter sie mit einer Nadel in die Haut zwischen den Fingern stechen.

Vielleicht spürte Mrs Jackson, dass Izzy nicht in der Lage war, ihr zu antworten, vielleicht war es ihr auch gleichgültig, sie fuhr jedenfalls fort:

»Ich möchte Ihnen einen Vorschlag machen. Ich weiß nicht, was Hal Ihnen über seine Finanzen erzählt hat. Wir hatten einen Fonds für ihn eingerichtet, er ging aber ziemlich verschwenderisch damit um. Es ist fast nichts mehr vorhanden. In den letzten Jahren lieh er sich Geld von seinem Vater und mir, um Schulden zu bezahlen. Warum er sie gemacht hatte, hat er uns nicht gesagt, und wir haben ihn nicht gefragt. Wenn Sie auf Unterhalt klagen wollen, würde das wenig bringen. Ich hingegen biete Ihnen eine einmalige Summe an, die Ihnen für den Anfang helfen soll, außerdem bin ich bereit, für alle Kosten der Geburt aufzukommen und alle anfallenden Arztkosten. Mein Mann war ein sehr bekannter Frauenarzt, falls Sie das nicht wissen sollten, und hat noch gute Kontakte. Wir wollen, dass Sie einen guten Arzt in Chattanooga aufsuchen, man könnte ihn den besten im ganzen Staat nennen. Mein Mann hat für Sie auch ein Treffen mit einem Forscher und Kinderpsychologen arrangiert, der Ihnen in Ihrer gegenwärtigen Lage vielleicht weiterhelfen kann. Es wäre gut für Sie, und so krass es klingen mag, auch für unsere Familie.«

»Was für ein Treffen?«, fragte Izzy. Sie dachte an das Geldangebot, das sie nicht ignorieren konnte, auch wenn jetzt der Schmerz über Hals Tod immer mehr Besitz von ihr ergriff.

»Es geht um ein Forschungsprojekt, über das Sie Ihr Kind finanzieren könnten und das Ihnen die Möglichkeit zu einer Ausbildung und Berufslaufbahn bietet, wenn ich es richtig verstanden habe, ich kenne nicht alle Einzelheiten. Es wäre eine wunderbare Chance.«

»Und wenn ich Nein sage?«

»Dann bliebe alles beim Alten. Sie wären eine alleinerziehende Mutter, die unter ungünstigen Bedingungen und mit geringen Mitteln ein Kind großziehen will. Sie würden Menschen, die Hal sehr am Herzen lagen, unnötigen seelischen Schmerz verursachen.«

»Und wenn ich Ja sage?«

»Dann wäre es für Sie und Ihr Kind leichter. Ich könnte mir vorstellen, dass mein Sohn sich erhofft hätte, dass Sie auf sich und das Baby gut aufpassen, besonders da er nicht mehr unter uns weilt.«

»Hal wollte nicht, dass ich das Kind behalte.«

»Dazu hatte er kein Recht, ehrlich gesagt. Das durfte er nicht von Ihnen verlangen. Ich liebe meinen Sohn, aber er hat sich unehrenhaft verhalten. Wenn Sie das Baby austragen wollen, würde ich nicht im Traum daran denken, es Ihnen auszureden. Unter den schwierigen Umständen versuche ich nur, einen Weg zu finden, der für alle Beteiligten von Vorteil ist.«

»Ich kann jetzt nicht darüber nachdenken.«

»Nicht jetzt gleich, das verstehe ich. Ich gebe Ihnen meine Telefonnummer, wir können uns in den kommenden Wochen unterhalten.«

Izzy nahm das Stück Papier entgegen und steckte es in die Tasche. Ihr wurde plötzlich bewusst, wie lange sie schon ihre Arbeit unterbrochen hatte. Als sie aufstand, um zu gehen, griff Mrs Jackson zum ersten Mal nach ihrer Hand.

»Es tut mir sehr leid, Isabel. Ich weiß, dass Sie ihn geliebt haben, und da ich ihn auch geliebt habe, weiß ich, wie schwierig das alles für Sie sein muss.«

»Es ist entsetzlich«, gab Izzy zu. Mrs Jacksons Gesicht war leer, doch der Anflug von Erbitterung, der sich darauf abzeichnete, war für Izzy ein Hinweis darauf, dass sie nicht verstehen oder glauben konnte, dass ihr Sohn sie geliebt hatte.

»Es wird eine Beerdigung stattfinden, mein liebes Kind, aber ich hoffe, Sie drängen sich nicht auf, sodass wir auf unsere Weise trauern können.«

»Ich muss gehen«, verabschiedete sich Izzy und zog ihre Hand zurück. Sie vermeinte Mrs Jackson noch etwas sagen zu hören, war aber schon zu weit von ihr entfernt, um es zu verstehen. Jessica, eine Kellnerin, die sie beobachtet hatte, kam zu ihr.

»Alles in Ordnung, Sweetie?«

»Alles in Ordnung.«

»Wer war das?«

»Niemand. Freundin unserer Familie. Ein Bekannter ist gestorben.«

»Irgendwie kenn ich sie.«

»Eher unwahrscheinlich«, sagte Izzy. Jessica hob die Achseln, als gäbe sie auf, und tätschelte Izzy die Schulter.

Izzy durchquerte die Küche und betrat den Raum, in dem der Smoker aufgestellt war. Mr Tannehill stand über dem offenen Buch von Dr. Spears, kaute am Daumennagel und nickte zustimmend. Er hatte sie nicht bemerkt, und bis er den Blick hob, hatte sich Izzy wieder gefasst. »Wie kann etwas so einfach und gleichzeitig so kompliziert sein?«, fragte er. Sie schüttelte den Kopf. Sie hatte nicht die geringste Ahnung, hatte keinerlei Vorstellung davon, wie überhaupt irgendetwas auf dieser Welt funktionierte.

Am Tag darauf holte sie abends nach der Arbeit eine kleine Schüssel unter ihrem Bett hervor und füllte sie im Badezimmer mit warmem Wasser. Sie träufelte einige Tropfen Pfefferminzöl hinein, sieben Dollar im Reformhaus von Chattanooga, und trug sie vorsichtig zurück in ihr Zimmer. Sie zog Schuhe und Socken aus und stellte ihre leicht geschwollenen, vom Stehen schmerzenden Füße ins Wasser. Sie beugte sich vor, um der Schublade ihres Nachttischs ein Notizbuch zu entnehmen, auf dem mit schwarzem Filzstift nichts weiter als »Baby« stand. Bei Wal-Mart hatte sie ein Schwangerschaftstagebuch gesehen, aber es sollte achtzehn Dollar kosten. Sie hatte daher dessen Inhalt in ein ähnliches Buch übertragen, das sie online sechzehn Dollar günstiger gefunden hatte. Sie blätterte, bis sie das richtige Datum fand, und schrieb dann auf, was sie den Tag über gegessen hatte, wie viel sie wog, welchen Umfang ihre Taille hatte. Dann schaute sie sich die Frage an, die mitten auf der Seite stand: Was haben Ihre Eltern bei Ihrer Erziehung am besten gemacht? Sie hielt ihren Stift über der Seite, unschlüssig, was sie schreiben sollte.

Ihre Mutter Catherine war 1985 zur Schönheitskönigin von Tennessee gekürt worden. Sie hatte eine gute Singstimme, trat aber mit einer Bauchrednernummer auf, in der ihre Puppe Miss Tenny C. Witze über Schönheitswettbewerbe erzählte. In ihrer Jugend war ihre Mutter so schön gewesen, dass die

Leute sie auf der Straße anhielten und auf ihr Aussehen ansprachen. Sie war aber auch eine Eigenbrötlerin gewesen. In der Highschool verbrachte sie einen Gutteil ihrer Freizeit damit, UFO-Magazine zu lesen und fragwürdige Sichtungen fliegender Untertassen als Schwindel zu entlarven. Sie studierte Tiermedizin an der Middle Tennessee State University, als sie schwanger wurde. Ihr Vater war in der Highschool ein Baseballstar gewesen und hatte in der Single-A-Liga in Tampa, Florida, gespielt. Catherine brach ihr Studium ab, und als hätte Gott seine Hand im Spiel, verletzte sich ihr Vater den Wurfarm, musste Baseball aufgeben und nach Coalfield zurückkehren. Er nahm einen Kredit auf und eröffnete den Laden, den er immer noch hatte. Izzys Mutter erkrankte an einer Schwangerschaftsdepression, verließ in den Monaten vor ihrer Entbindung nur noch selten das Haus und rauchte mehr denn je. Nach Izzys Geburt war sie jedoch wie beflügelt. Sie hatte nun ein Kind, das ihre eigenen unerfüllten Träume verwirklichen konnte. Im Alter von drei Jahren lernte Izzy lesen, ein Jahr später konnte sie ganze Sätze schreiben. Während ihr Vater im Laden war, verfolgten Mutter und Tochter einen anstrengenden, unstrukturierten Unterrichtsplan. Wenn Izzy sich beschwerte, küsste ihre Mutter sie, zog sie an sich, als wollte sie ihre Tochter mit ihrer beträchtlichen Leibesfülle ersticken, und sagte: »Du bist kein alltäglicher Mensch, Izzy. Das bedeutet, für dich wird das Leben schwerer sein als für andere. Und das ist umso schlimmer, weil du uns als Eltern hast und wir dir nicht viel mitgeben können.« Izzy antwortete, es sei ihr egal, sie brauche nichts Besonderes zu sein, woraufhin ihre Mutter mit den Zähnen knirschte und den Kopf schüttelte. »Du musst etwas Besonderes sein«, entgegnete sie dann. »Dass du etwas Besonderes bist, wird dich retten.«

Izzys Mutter arbeitete Nacht für Nacht bis in die frühen Morgenstunden an einer Art Manuskript vom Umfang eines

Buches, worin sie die berühmtesten Fälle von UFO-Sichtungen als Schwindel entlarvte. Sie hielt sich mit Tabletten und Amphetaminen wach, tagsüber erteilte sie Izzy Unterricht. Izzy bat sie, bei den Recherchen helfen zu dürfen oder wenigstens die Stapel von Broschüren und merkwürdigen Fotografien von Regierungsdokumenten, die mit der Post eintrafen, sortieren zu dürfen, aber ihre Mutter lehnte ihr Angebot freundlich mit der Bemerkung ab, dies alles sei ganz allein ihre Aufgabe. Auf Izzys Frage, warum Fliegende Untertassen so wichtig für sie seien, erwiderte ihre Mutter: »Ich mag den Gedanken nicht, dass es andere Welten geben könnte, wo mein Leben eventuell besser wäre. Ich will sichergehen, dass es sie nicht gibt, dass diese Welt alles ist, was ich habe.«

Izzy war dreizehn, als ihre Mutter an Herzversagen starb, ausgelöst durch ihre krankhafte Fettleibigkeit und ihren Missbrauch von Aufputschmitteln. Zum Glück war es nicht Izzy, die sie vornübergebeugt auf ihrem Schreibtisch fand, umgeben von UFO-Fotos, die mit Klebestreifen an den Wänden befestigt waren. Sie wachte eines Morgens auf, und ihr Vater stand vor ihrem Bett, hinter ihm zwei Polizisten und ein Rettungssanitäter. »Wo ist Mama?«, fragte sie, aber keiner der Männer antwortete ihr.

Nach dem Tod der Mutter stieg Izzy auf den Speicher und holte Miss Tenny C. herunter, die eine vage Ähnlichkeit mit ihrer Mutter als Teenager hatte. Izzy schlief mit der Puppe, schleppte sie überall mit hin, ließ sie sprechen und die Dinge sagen, die ihre Mutter nicht mehr sagen konnte. Saß sie bei lauwarmen Fischstäbchen mit ihrem Vater im Wohnzimmer vor einer späten Fernsehsendung, spielte Izzy mit der Puppe und ließ sie wieder und wieder sagen: »Du bist etwas ganz Besonderes, Izzy. Du bist etwas ganz, ganz Besonderes.«

Izzy las die Frage noch einmal und schrieb: »Sie liebten mich ohne Vorbehalt und taten ihr Bestes, um mich glücklich zu machen.« Das klang, als wären ihre Eltern tot, aber sie änderte ihre Antwort nicht. Sie blätterte einige Seiten weiter bis zur nächsten Frage: »Welche Rolle wollen Sie Ihrer Familie im Leben Ihres Kindes einräumen?«

Sie schlug das Notizbuch zu und legte es zurück in die Schublade. Ihre Zehen waren schrumpelig, blass und weich, als sie ihre Füße aus dem Wasser nahm. Wieder einmal fragte sie sich, wie sie alles bewältigen sollte, und wieder einmal fand sie keine Antwort.

Sie hätte gern gewusst, was Hal vor seinem Selbstmord durch den Kopf gegangen war. Hatte er sein Leben konsequent und unparteiisch bewertet und besonnen entschieden, es zu beenden, oder hatte er einfach ihren Brief gelesen, zerrissen, seinen Abschiedsbrief geschrieben und dann auf eine Gelegenheit gewartet, sich umzubringen? War der Tod einem Leben mit ihr und dem Kind, das sie beide gemacht hatten, vorzuziehen? War der Tod dem Leben grundsätzlich vorzuziehen?, fragte sie sich. Sie öffnete ihr Laptop und suchte einmal mehr im Internet, ob sein Tod irgendwo erwähnt wurde, probierte verschiedene Suchbegriffe aus, um die Ergebnisse für Hal Jackson einzuschränken. Sie fand nichts, tippte schließlich nur seinen Namen und fügte das Wort »Kunst« hinzu. Die Bildsuche ergab mehrere Beispiele seiner Gemälde, die sie sich eine gute halbe Stunde lang ansah, wobei sie von einem Bild zum anderen, vor und zurück, wechselte.

Für seine frühesten Werke, bevor er mit der Porträtmalerei begann, hatte er Objekte angezündet und Nahaufnahmen des langsamen, kontrollierten Brandes gemacht. Diese Fotos legte er dann seinen Gemälden zugrunde. Leinwand auf Leinwand, weiß, orange und rot, als könnte das Bild verbrennen, was es an Besonderem in dir gab. Sie hatte Hal nach den Bildern gefragt, und er hatte nur mit den Schultern gezuckt. »Mich lässt der Gedanke nicht los, dass ich den Augenblick finden könnte, wo das Objekt nicht mehr das ist, was es einmal war, sich aber noch nicht in Asche verwandelt hat. Ich will den Augenblick finden, in dem das Feuer uns verwandelt. Ich schaffe es jedoch nicht.«

Sie schloss ihren Browser und öffnete eine Datei mit dem Namen Finanzen. Sie hasste die Tabelle, konnte aber nicht die Augen abwenden. Sie sah auf die Summe ihres Jahreseinkommens, für das sie von mindestens 13 000 Dollar brutto ausgegangen war. Sie sah auf ihre Ausgaben, bei denen sie berücksichtigt hatte, dass sie keine Miete zahlen musste, weil sie bei ihrem Vater wohnte. Sie sah sich ihre Aufstellung für die Arztkosten während der Schwangerschaft an und bezweifelte, dass sie die Summe von 2000 Dollar jemals termingerecht würde abstottern können. Sie versuchte noch nicht einmal, die Kosten für Windeln, Babynahrung und alles andere, was ein Säugling brauchte, zusammenzuzählen. Nichts ging auf. Sie konnte rechnen, so viel sie wollte, ihre finanzielle Lage war trostlos.

Mrs Jackson Telefonnummer lag auf dem Schreibtisch neben ihrem Computer. Was wohl passieren würde, wenn sie bei ihr anrief, überlegte sie, als sie die Zahlen betrachtete. Hal war nicht mehr. Was sie auch tat, er kam nicht mehr zurück. Die Jacksons würden ihr Geld geben, um sich Peinlichkeiten zu ersparen. Bei ihrem Reichtum wäre es für sie keine Strafe. Izzy durchschaute, was sich abspielte; sie opferte ihren Stolz, weil sie sich schwach fühlte. Es blieb ihr nichts anderes übrig, als den Sprung nach vorn zu wagen, Hal hinter sich zu lassen und etwas Neues, Unbekanntes zu wagen. Wie bei jeder Reise brauchte sie jedoch auch für diese Proviant, um ihr Ziel zu erreichen. Sie wählte Mrs Jacksons Nummer und freute sich, zu der späten Stunde wenigstens den friedlichen, traumlosen Schlaf der Frau zu stören. Wohl wissend, dass sie alles annehmen würde, was Hals Familie ihr anbieten würde und was immer sie entreißen konnte, wartete sie, dass der Hörer abgenommen wurde.

Kapitel fünf

Izzy lag auf der Untersuchungscouch, ihr Shirt hochgeschoben, ihr Bauch frei. Die Helferin im Hello-Kitty-Kittel hielt eine Flasche Gel in der Hand und fragte ohne die Miene zu verziehen: »Nervös?« Izzy nickte. »Nicht nötig. Diese Untersuchung ist die einfachste und angenehmste Ihrer gesamten Schwangerschaft.« Sie drückte einen Klecks Gel, der nicht halb so kalt war, wie sie angekündigt hatte, auf Izzys Bauch und verteilte ihn. Behutsam strich sie mit dem Signalgeber über die Haut, aber Izzy konzentrierte sich auf den Monitor, auf dem der seltsamste Film aller Zeiten lief. Den dumpfen, schnellen Herztönen lauschend erlebte sie, wie aus grauen Flecken ohne Vorwarnung die Form ihres Kindes wurde. Sie zog heftig die Luft ein, es war, als hätte sie auf ein Magic-Eye-Poster geblickt, und plötzlich wäre aus den zufälligen Mustern ein Bild zum Vorschein gekommen. Auf dem Monitor war der Kopf ihres Kindes erkennbar.

»Wollen Sie wissen, was es ist?«

»Wissen Sie das denn schon?«

»In Ihrem Fall, ja.«

»Okay.«

»Sie kriegen einen kleinen Jungen«, sagte die Helferin mit nach wie vor ausdruckslosem Gesicht, als wäre die Nachricht eine Enttäuschung für Izzy. Mit der Frage, ob Junge oder Mädchen, hatte sich Izzy nicht befasst, sie war ihr gleichgültig gewesen, an das Kind hatte sie immer als an »das Baby«, als »es« gedacht. Bis zu diesem Augenblick war es nur ein Gespenst gewesen, das sie heimgesucht hatte, erst jetzt hatte es Form und Geschlecht angenommen. Izzy war erleichtert, dass alles Wirklichkeit war, die Traurigkeit und Ungewissheit wert.

»Ein Junge«, wiederholte Izzy.

»Nach den Maßen zu urteilen«, fuhr die Helferin fort, »wächst da ein ganz normales, männliches Baby heran.«

»Gut«, sagte Izzy mit einem gewissen Stolz, dass ihr Körper etwas Perfektes bilden und beherbergen konnte.

»Nur eins!«, ergänzte die Helferin.

»Umso besser«, erwiderte Izzy.

»Dr. Kirwin kommt gleich und bespricht das Ergebnis mit Ihnen. Kennen Sie ihn schon?«

»Nein«, gestand Izzy. »Ich bin erst seit kurzem seine Patientin. Ich war vorher bei einem anderen Arzt.«

»Er ist sehr energisch, nur damit Sie vorgewarnt sind«, sagte die Helferin, stand überraschend auf, reichte Izzy ein Papiertuch für das Gel und wandte sich ab, um etwas in den Computer einzugeben. Izzy wusste nicht, was unter »energisch« zu verstehen war. Sie stellte sich vor, wie der Gynäkologe auf der Stelle joggend auf und ab hüpfte und dabei über ihre Plazenta dozierte.

»Ist das die zukünftige Mama?«, kam es von der Tür.

»Ja, Herr Doktor«, antwortete die Helferin ohne aufzusehen.

»Sie ist zu jung für eine Mami«, fuhr der Arzt mit einem breiten Lächeln fort, sodass Izzy sich wie in einer primitiven Spielshow vorkam. »Sie ist ja noch ein Kind.«

Dr. Kirwin, Ende Fünfzig oder Anfang Sechzig, war so riesig wie Onkel Fester von der Addams Family, ein glatzköpfiger Hüne mit großen Augen. Im geschlossenen Zimmer fand Izzy ihn erschreckend.

»Ich bin neunzehn«, erklärte Izzy, als hoffte sie, der Arzt habe etwas durcheinandergebracht und an ihrer Stelle ein anderes schwangeres Mädchen erwartet.

»Heutzutage ist das wohl nicht mehr so jung«, entgegnete er rücksichtsvoll. »Nicht viel anders als vor fünfzig Jahren, ehrlich gesagt. Kinder kriegen die Menschen immer, und viele sind zu jung dafür.«

»Herr Doktor!«, kam es warnend von der Helferin, die ihrem Chef von diesem Einwurf abgesehen nicht viel Aufmerksamkeit schenkte.

»Sorry, ich bin nicht zu bremsen, wenn ich erst einmal in Fahrt bin. Nun lassen Sie mich mal sehen.« Er warf einen Blick in Izzys dünne Krankenakte. »Ah, Sie sind das Mädchen, das Dr. Jackson mir schickt. Wie geht es Horton dieser Tage?«

»Gut«, antwortete Izzy, die sich fragte, was Dr. Jackson oder seine Frau ihm wohl erzählt hatten.

»Es dürfte ihm um einiges besser gehen als gut. Den heiligen Horton nenne ich ihn. Reicher als der liebe Gott. Na, schauen wir uns mal dieses Baby an.«

Er überflog die Ergebnisse, scheinbar wenig interessiert an den Zahlen und Maßen. »Alles bestens. Sie haben eine gesunde Gebärmutter, mein liebes Kind. Da drinnen steckt ein gesundes Baby. Auch ihre Plazenta sieht gut aus, nichts könnte besser sein.«

»Danke, Herr Doktor.«

»Sie können nach Haus gehen und Ihrem Mann sagen, dass die Dinge gut stehen.«

»Herr Doktor!«, meldete sich die Helferin wieder mit einem warnenden Unterton.

»Kein Mann? Kein Freund?«, fragte der Arzt. Izzy war überrumpelt. Wie von Mrs Jackson angewiesen, hatte sie *unbekannt* in die entsprechende Rubrik des Fragebogens geschrieben. Es hatte sie sehr gestört, denn es erweckte den Eindruck, als hätte sie mit so vielen Männern geschlafen, dass der Vater nicht feststellbar war, oder als hätte sie unbefleckt empfangen.

»Nein«, bestätigte sie und spürte, wie ihr Gesicht heiß wurde.

»Kein Problem«, meinte Dr. Kirwin, immer noch mit einem etwas komischen Grinsen. »Ist man erst einmal schwanger, braucht man den Mann ehrlich gesagt nicht mehr. Männer sind nur im Weg.« Er zwinkerte Izzy zu und wandte sich zum Gehen. »Seien Sie gut zu diesem Kind, Isabel«, ermahnte er sie und war verschwunden.

Es herrschte Schweigen, bis die Helferin, deren Züge weicher geworden waren, Izzys Schulter rieb und bemerkte: »Es dürfte kaum einen Gynäkologen im Staat geben, der einen besseren Ruf hat als Dr. Kirwin, Sweetie.«

»Das habe ich gehört.«

»In jeder anderen Hinsicht ist er zum Knicken. Aber er wird dafür sorgen, dass Sie ein Baby zur Welt bringen, das gesund und munter ist, da gebe ich Ihnen mein Wort.«

Izzy nickte dankend, sagen konnte sie nichts. Die Helferin reichte ihr die Ultraschallaufnahmen. »Die sind für Sie. Ein paar Bilder des Kindes. Auf diesem hier habe ich den Penis eingekreist, damit Sie es den Leuten beweisen können.«

»Danke«, sagte Izzy. Vermutlich hatte sie sich noch nie aus einem merkwürdigeren Grund bedankt.

Sie steckte die Fotos in ihre Handtasche, den weiteren Hinweis, mit dessen Hilfe sie schließlich die rätselhaften Dinge würde erklären können, die sich um sie herum abspielten. Dann verließ sie das Zimmer, ging den Flur entlang zu dem Wartezimmer, wo Frauen saßen, die in der gleichen Lage waren wie sie. Sie schwankte, als sie den Raum verließ, ob es sie glücklich oder traurig machte, zu ihnen zu gehören.

Izzy saß auf einer Bank in Coolidge Park. Bis zu ihrem nächsten Termin, dem gefürchteten und gleichzeitig ersehnten Treffen, musste sie noch Zeit totschlagen.

Wie versprochen hatten die Jacksons sie als Probandin

für die neue Studie empfohlen, die sie finanziell unterstützen und ihr eine Berufsausbildung ermöglichen sollte. Beides Dinge, das war Izzy inzwischen klar geworden, die sie dringend regeln musste, bevor das Kind kam. Gleich nachdem die Postsendung vom Projekt *Unendliche Familie*, dessen Logo ein Baum mit Wurzeln war, die das Unendlichkeitssymbol bildeten, bei ihr angekommen war, hatte sie im Internet nach weiteren Informationen gesucht, aber nicht viel entdeckt. Einen einzigen ausführlicheren Artikel hatte sie auf der Titelseite der Wissenschaftsbeilage der New York Times gefunden. Er trug die Überschrift »Kurioses Duo versucht sich an einer Neudefinition der Familienwerte«. Im Mittelpunkt stand die Milliardärin Brenda Acklen, Eigentümerin von Acklen Super Stores, die rund zweihundert Millionen Dollar für eine private Langzeitstudie zur kindlichen Entwicklung zur Verfügung gestellt habe. Als ihr Partner wurde der bekannte Kinderpsychologe Dr. Preston Grind genannt, der das Forschungsprojekt leiten sollte. Es schien um gemeinschaftliche Elternschaft zu gehen, etwas, wovon Izzy keine Ahnung hatte. Über die Einzelheiten ließen sich Acklen und Grind jedoch nur vage aus. Izzy las von dem riesigen Wohnkomplex, der gebaut wurde, um die Teilnehmer des Experiments zu beherbergen. Alles an der Studie schien ihr großartig und geheimnisvoll zu sein, faszinierte und erschreckte sie. Das Projekt steckte noch in den Kinderschuhen, andere Websites oder Artikel mit neuen Informationen gab es nicht, dieselben Fakten wurden immer wieder durchgekaut, wobei das Vorhaben entweder in den höchsten Tönen gepriesen oder vehement abgelehnt wurde. Izzy hatte nur eines verstanden: Für die Dauer der Studie würden alle Kosten der Teilnehmer gedeckt sein. Wie verzweifelt sie sich bemühte, mehr Klarheit über ihre Zukunft zu gewinnen, zeigte sich an ihrer Bereitschaft, endlose Tests über sich ergehen zu lassen, solange sie bedeuteten, dass sie und ihr Kind versorgt waren. Sie hatte schon Dutzende Onlineformulare und Fragebogen für das Projekt *Unendliche Familie* ausgefüllt, in denen es um ihre Familiengeschichte, ihren finanziellen Status und um andere persönliche Informationen ging. Das Ganze wirkte auf sie wie ein primitiver Schwindel, aber sie antwortete pflichtschuldig auf jede Frage, einschließlich derjenigen, die zu ihrer Lieblingskurzgeschichte (»Eine Rose für Emily« von William Faulkner) und ihrem Lieblingssong (»Rocky Racoon« von den Beatles) gestellt wurde, weil sie genau wusste, dass die Jacksons zwanzigtausend Dollar auf ihr Konto einzahlen würden, wenn sie an dem Projekt teilnahm, Geld, das sie nicht anzurühren versprochen hatte, bevor ihr Kind geboren war. Es belastete sie zusätzlich, dass ihr Termin in der Stadtbibliothek von Chattanooga stattfinden sollte und nicht in einem Krankenhaus oder in einer Arztpraxis.

Izzy aß den letzten Bissen ihres Sandwichs, das dick mit Erdnussbutter bestrichen war, wonach es sie seit Beginn ihrer Schwangerschaft gelüstete. Dann suchte sie in ihrer Umhängetasche nach dem kleinen Stück Lindenholz, das unter ihren Händen die Gestalt einer Ente angenommen hatte, und nach ihrem Taschenmesser. Sie klappte die scharfe Klinge auf und machte sich daran, die Form des kleinen Tieres weiter zu verfeinern, behutsam, ohne Angst, dass sie sich verletzen könnte. Schnitzen entspannte sie, ein Stück Holz zu bearbeiten und ihm eine bestimmte Form zu geben, als wäre diese Form schon immer vorhanden gewesen, machte ihr Spaß.

Sie hatte das Hobby vor nicht allzu langer Zeit von Mr Tannehill übernommen, der aus Stücken Hickory, die nicht im Smoker landeten, komplizierte Formen schnitzte. Damit vertrieb er sich die Zeit, während sich das Schwein in köstliches

Barbecuefleisch verwandelte. Als Izzy sich für seine Schnitzereien interessierte, hatte er ihr, freundlich wie immer, einen Beutel mit Lindenholzstücken (»damit arbeitet sich am einfachsten«) und ein Messer von Case & Sons geschenkt, das alt und funkelnagelneu zugleich aussah. Seither schnitzten sie beide schweigend und hielten ab und zu dem anderen ihr Werk zur Begutachtung hin. Es hatte eine Weile gedauert, bis Izzys Stück Holz auch nur annähernd die Form annahm, die ihr vorschwebte. Mittlerweile konnte sie schon winzige Details ausarbeiten und war so geschickt geworden, dass sie ihre Arbeiten auf einer Kunsthandwerksmesse hätte anbieten können, ohne sich zu blamieren. Mr Tannehill konnte eine ganze Holzkette mit geschlossenen Augen schnitzen. Für das Ungeborene hatte er schon zwei Kugeln gemacht, die in einem Gestell hin und her rollten, und sie mit Schmirgelpapier glatt wie Flusskiesel geschliffen. Ihr Hobby entsprach nicht ihrem Alter, das wusste Izzy sehr wohl, ihr hatten dafür, wie schon für anderes, wofür sie sich interessierte, viel ältere, grauhaarige Menschen als Vorbild gedient. Durch ihre Liebe zum Schnitzen sonderte sie sich von ihren Altersgenossen ab, sie lernte diese Kunstfertigkeit jedoch immer mehr schätzen, gewöhnte sich daran. Genau so lief es im Leben, davon war sie überzeugt. Erst tat man so, als liebte man das, was man vor sich sah, und dann liebte man es tatsächlich. Sollte sie sich täuschen, wäre sie in Schwierigkeiten. Auf diesem Prinzip beruhte in ihren Augen nämlich auch die Aussicht, dass sie eine gute Mutter werden würde.

Nachdem sie einen weiteren feinen Holzspan entfernt hatte, sah sie, dass ihre Ente leicht schief war. Sie machte sich nichts daraus, ihre Hände wussten inzwischen, dass sie so lange verbessern, das Holz so lange bearbeiten konnten, bis die Form schließlich stimmte, egal, wie klein die Ente dabei wurde.

In der Innenstadtzweigstelle der öffentlichen Bücherei von Chattanooga folgte sie den Schildern (STUDIE FÜR ZUKÜNFTIGE ELTERN) zu einem kleinen Wartebereich im ersten Stock. Da Holzspäne und ein scharfes Messer in einer Bibliothek fehl am Platz gewesen wären, holte Izzy stattdessen Grace Paleys Buch *Die kleinen Widrigkeiten des Lebens* aus ihrer Schultertasche und las zum x-ten Mal die Geschichte eines Mannes, der seiner Frau zu Weihnachten einen Besen schenkt. Grace Paley war die Lieblingsautorin ihrer Mutter gewesen, und Izzy hatte, kaum dass sie richtig lesen und schreiben konnte, ihre Bücher einschließlich der Lyrikbände lesen müssen. »Wenn es um Frauen geht, reichen selbst tausend männliche Schriftsteller zusammengenommen nicht an Grace Paley heran«, hatte ihre Mutter einmal gesagt. Einen Bleistift in der Hand überflog Izzy die Erzählung; sie kannte das nächste Wort, bevor sie es gesehen hatte. Als sie fertig und immer noch allein war, fing sie wieder von vorne an.

Endlich öffnete sich die Tür zum Besprechungszimmer, und ein hispanisches Paar, nicht viel älter als Izzy, kam heraus. Ihr Lächeln überzeugte sie mehr als alles andere, dass sie nicht im Begriff war, etwas zu tun, das sie eines Tages bereuen würde. Die Frau, deren Hand auf dem Bauch ruhte, bekannte sich wie alle Schwangeren verstohlen zu ihrem gemeinsamen Zustand und nickte ihr zu. Izzy nickte ihrerseits, und als sie aufsah, näherte sich ihr eine Asiatin mit einem Gesicht wie ein Apfel, etwas übergewichtig, jedoch sehr hübsch.

»Sie sind Isabel?«, fragte sie. Izzy war beeindruckt von ihrem fast kreisrunden Gesicht, ihrer Haut, die zu leuchten schien, und den von einer rechteckigen Brille mit dickem Rahmen verdunkelten Augen.

»Man nennt mich Izzy«, sagte sie und fragte sich wieder einmal, ob sie jemals ihren richtigen Namen benutzen würde, der eher für eine Prinzessin oder eine Fee reserviert zu sein schien. Den Namen Izzy, dachte sie immer, könnte ein wilder Haufen provinzieller Baseballspieler, der nach selbst geschneiderten Regeln spielte, ihrem Shortstop verpassen. Er passte auch auf eine leicht unterbelichtete, aber liebenswürdige Comicfigur, die ihren Gegnern immer ein Schnippchen schlägt.

»Okay, Izzy. Ich bin Dr. Kalina Kwon, wissenschaftliche Mitarbeiterin des Projekts, und möchte Ihnen heute noch einige Fragen stellen.«

Izzy folgte ihr in ein Zimmer, das bis auf einen Tisch mit einem Laptop, einem Stapel Aktenordner und einem runden Dutzend Wasserflaschen leer war. An diesem Punkt beschloss sie, nicht länger wissenschaftliche Förmlichkeit, Laborkittel und Arbeitsflächendesinfektionsmittel zu erwarten, sondern sich die Teilnehmer des Projekts eher als Zielgruppe für eine neue Marke Kartoffelchips vorzustellen.

Mit einer Geste gab Frau Dr. Kwon ihr zu verstehen, dass sie sich setzen könne, und nahm selbst den Platz am Kopfende des Tisches ein, sodass sie teilweise von ihrem Laptop verdeckt war. Sie machte eine kurze Eingabe in ihren Computer, runzelte die Stirn, zog den Finger über den Touchscreen und lächelte. »Beginnen wir. Ich zeichne unser Gespräch auf, wenn Sie nichts dagegen haben.«

»Mir soll es recht sein«, erwiderte Izzy.

»Ich bin also Mitarbeiterin der Stiftung für frühkindliche Entwicklung, die ein neues Projekt finanziert, bei dem es nicht nur um die kindliche Entwicklung gehen soll, sondern auch um die Vorbereitung der Eltern auf die bevorstehenden schweren Belastungen.« Izzy nickte. So viel hatte sie schon den zahllosen Deckblättern und den Bezugszeilen der E-Mails entnommen, die sie erhalten hatte.

»Sie haben fleißig unsere unzähligen Fragebogen und Formulare ausgefüllt, und ich frage mich, was genau Sie von dem Projekt erwarten. Warum wollen Sie mitmachen?«

Izzy schwieg. Sie hätte gern eine Flasche Wasser gehabt, aber sie war nicht in ihrer Reichweite, und es kam ihr unverschämt vor, aufzustehen und sich eine zu holen. »Ich muss mein Kind allein erziehen«, sagte sie endlich. Dr. Kwon nickte lächelnd: »Meine Mutter starb, als ich noch klein war, ich weiß, was das für Auswirkungen auf eine Kindheit haben kann.«

»Meine Familie und Freunde können mich nicht unterstützen, weder emotional noch finanziell, und ich mache mir Gedanken, wie ich für mein Kind sorgen soll. Ich möchte ihm eine gute Mutter sein. Das will ich mehr als alles andere im Leben. Ich dachte, dieses Projekt könnte mir dabei helfen.«

Dr. Kwon lächelte immer noch, als hätte es auf ihre Frage nur eine richtige Antwort gegeben und Izzy hätte sie getroffen. »Das ist völlig nachvollziehbar und anerkennenswert. Lassen Sie mich Folgendes fragen, wenn ich etwas persönlicher werden darf. Ich habe mir angesehen, was Sie geschrieben haben. Fragen zum Vater des Kindes haben Sie sehr knapp beantwortet. Gibt es einen Grund dafür?«

Anscheinend brauchte Izzy zu lange oder ihr war ein gewisses Unbehagen anzumerken, denn Dr. Kwon beugte sich vor und fuhr leise und tröstend fort: »Es ist sicherlich schwierig darüber zu sprechen, ich will nur, dass Sie mir helfen, ein paar Lücken zu füllen.«

»Er lebt nicht mehr«, sagte Izzy schließlich. »Er wollte nicht, dass ich das Kind behalte. Ich sagte, dass ich es haben will. Er hat sich umgebracht.«

»Das tut mir sehr leid. Könnten Sie mir vielleicht ein klein wenig von ihm erzählen?«

»Er war älter als ich. Künstler, Maler.« Je mehr sie redete, desto größer wurde ihre freudige Erregung, als würde sie Hal wieder zusammensetzen, ihn zurück ins Leben rufen. »Er war sehr gebildet, er hatte Kunst in Yale studiert. Er konnte auch gut kochen. Er war weit gereist.«

»War er verheiratet? Mit einer anderen Frau, meine ich.«

»Nein.«

»Sie waren seine Freundin?«

»Gewissermaßen. Ja, ich glaube.«

»Und warum wollen Sie seinen Namen in den Formularen nicht nennen?«

»Er wollte das Kind nicht.« Izzy hatte das Gefühl, als würde sie diese Tatsache auch sich selbst zum ersten Mal erklären. »Er soll bei diesem Projekt keine Rolle spielen, wenn es nicht sein muss.«

»Und seine Familie? Welche Rolle haben Sie bei der Erziehung Ihres Kindes für seine Familie vorgesehen?«

»Keine«, kam es von Izzy, die sich bei diesen Worten merkwürdig beschwingt fühlte. »Sie wollen keine Rolle dabei spielen.«

Dr. Kwon blätterte, wie Izzy vermutete, in ihrer Akte. »Was würden Sie Ihrem Kind von dem, was Sie können, mitgeben wollen?«

»Wie soll ich das verstehen?«, fragte sie, überzeugt, dass sie keine Fertigkeiten besaß, mit denen ein Kind etwas anfangen konnte.

»Wenn Ihr Kind älter wird und sich zu einer eigenständigen Persönlichkeit entwickelt, was möchten Sie von sich weitergeben?«

»Es ist ein Junge, ich habe es zufällig heute erfahren.«

»Meinen Glückwunsch. Was wollen Sie an ihn weitergeben?«

»Ich würde sagen, meine Liebe zu Literatur und Kunst«, kam es vorsichtig von Izzy.

»Malen oder schreiben Sie?«

»Nein, ich habe nur Freude daran.«

»Was noch?«

»Ich weiß es nicht, wenn ich ehrlich sein soll. Darüber habe ich noch nicht nachgedacht. Ich will nur, dass er gütig ist. Er soll zu anderen Menschen gütig sein, und ich will, dass er glücklich ist.«

»Gut. Ich frage Sie anders. Wenn Sie jemand aufforderte zu prahlen, was würden Sie sagen?«

»Ich würde gar nichts sagen. Ich gebe nicht an.«

»Nehmen Sie einfach mal an, Sie müssten angeben.«

»Ich kann zupacken.«

»Gut. Das ist etwas Wichtiges.«

»Hm.« Sie wollte es zwar nicht glauben, aber es schien so, als ob das alles wäre, was sie anzubieten hatte.

Dr. Kwon hielt ihr die geöffnete Handfläche hin, als wollte sie um Verzeihung bitten. »Wenden wir uns der nächsten Frage zu.«

»Ich weiß, wie man Barbecue macht.«

»Wie bitte?«

»Ich verstehe etwas davon. Ein ganzes Schwein. Ich weiß, wie man es vorbereitet, räuchert und serviert. Es schmeckt sehr gut. Ich bin übrigens alles in allem eine ganz ordentliche Köchin.«

»Wunderbar. Genau solche Dinge will ich wissen. Großartig.«

»Ich kann Schnelllesen.«

»Ausgezeichnet. Es ist bestimmt nützlich, könnte ich mir vorstellen. Ich hätte nichts dagegen, es auch zu können.«

»Ich kann schnitzen.«

»Wie meinen Sie?«, fragte Dr. Kwon, anscheinend ehrlich verblüfft.

Izzy griff in ihre Umhängetasche und holte die angefangene Ente hervor. Sie schob sie vorsichtig über den Tisch. Dr. Kwon nahm sie in die Hand.

»Wie haben Sie das gemacht?«

»Ich habe sie mit einem Messer geschnitzt.«

»Beeindruckend.«

»Danke.«

»Sie sind talentierter, als Sie zugeben wollen.«

»Vermutlich«, sagte Izzy, verlegen, dass sie ihre lächerlichen Begabungen anpries, als fielen sie ins Gewicht. Sie hatte das Gefühl, sich wie eine Dreijährige aufzuführen, konnte sich aber nicht bremsen.

»Darf ich sie behalten?« Dr. Kwon hielt die Ente hoch.

»Sie ist noch nicht fertig.«

»Ich finde sie wunderschön.«

»Gut, ja, Sie können sie behalten.«

Dr. Kwon fuhr mit dem Daumen an dem Holztier entlang, dann steckte sie es in die Tasche ihres Hosenanzugs.

»Ich weiß, dass Sie Literatur über Kindererziehung gelesen haben, insbesondere über bindungsorientierte Elternschaft, und ich frage mich, ob Sie das belastet oder Ihnen Angst macht?«

»Alles macht mir Angst, wenn ich ehrlich sein soll.« Sie wusste, dass sie schon deshalb im Nachteil war, weil sie keinen Mann hatte, der die Last mit ihr teilen würde. Wenn sie den Büchern glaubte, waren die ersten Lebensjahre sehr wichtig, und sie stand ganz allein vor der Aufgabe.

»Wovor haben Sie Angst?«

»Ich muss arbeiten gehen, um dieses Kind großzuziehen. Ich habe niemand, der mir hilft. Ich kann nicht für das Kind da sein, wie ich meine, dass ich da sein müsste. Ich werde nie ausreichend für ihn sorgen können. Es macht mir große Sorgen.«

»Was ich jetzt sagen werde, ist meine ganz persönliche Meinung, und vermutlich verhalte ich mich nicht professionell, wenn ich meine Gefühle hier zur Sprache bringe, aber ich tue es trotzdem. Sie werden eine wunderbare Mutter sein. Ich habe so viele Informationen über Sie, die ich mir genau angesehen habe, Sie sind ein rücksichtsvoller und gütiger Mensch, Sie werden die Situation meistern, egal, was passiert.«

Izzy nickte nur, dankbar für die Worte, sie wusste aber, dass sie nichts als Schall und Rauch waren, wenn das Kind erst einmal geboren war und sie für sein Wohl verantwortlich war.

»Ich habe noch ein paar zusätzliche Fragen. Wenn Sie und Ihr Kind ausgewählt würden, wären Sie bereit umzuziehen? Das Projekt wird in La Vergne angesiedelt sein, nicht weit von Nashville entfernt. Könnten Sie sich einen Umzug vorstellen?«

»Ja. Dazu wäre ich bereit.«

»Gut. Und Ihr Vater? Wie schwer würde es Ihnen fallen, ihn nicht mehr so oft zu sehen?«

»Ich sehe ihn jeden Tag. Ich wohne bei ihm.«

»Wenn es nötig wäre umzuziehen, würden Sie es schaffen, ihn nicht mehr jeden Tag zu sehen?«

»Wir wohnen unter einem Dach, aber an meinem Leben hat er leider keinen Anteil. Manchmal hilft er mir mit Geld aus, und er gibt mir ein Dach über dem Kopf, aber mehr ist da nicht zwischen uns. Das ist schon seit dem Tod meiner Mutter so. Ich glaube, er hat etwas Angst vor mir.«

»Gut. Ich muss sagen, Sie bringen sehr gute Voraussetzungen für das Projekt mit. Unser Gespräch hat mich sehr gefreut, und ich hoffe, dass wir in naher Zukunft voneinander hören.«

»War das alles?«, fragte Izzy. »Sie haben keine weiteren Fragen an mich?« Sie schwankte, ob sie darüber glücklich oder enttäuscht sein sollte.

»Für heute war das alles. Ich wollte Sie nur kennenlernen.

Die Informationen, die Sie uns gegeben haben, waren bereits sehr hilfreich, sodass dieses Treffen nur einem Gespräch unter vier Augen dienen sollte, um noch offene Fragen zu klären. Herzlichen Dank, dass Sie gekommen sind. Und alles Gute für das Baby. Sie sehen übrigens blendend aus.«

Sie stand auf und kam zu Izzy, um ihr die Hand zu geben. Auch Izzy stand auf und folgte Frau Dr. Kwon aus dem Zimmer, an der Sitzgruppe vorbei, wo jetzt ein neues Paar wartete, blasse, flachsköpfige Teenager, die wie Geschwister wirkten. Izzy nickte dem schwangeren Mädchen solidarisch zu und fühlte sich schrecklich, als das Gesicht des Mädchens hochrot wurde. Sie setzte ihren Weg die Treppe hinunter fort, verließ die Bücherei, ging zum Parkplatz und stieg in ihren Pick-up, wo sie möglichst ruhig zu atmen versuchte.

Von dem Projekt hatte sie immer noch keine richtige Vorstellung, aber Frau Dr. Kwon war so freundlich, so geduldig, dass sie unbedingt daran teilnehmen wollte. Nach der langen Zeit, die man sie gemieden und ignoriert hatte, lag ihr jetzt daran, dass sich jemand mit einem guten Urteilsvermögen bewusst für sie entschied. Sie hätte so gern geglaubt, dass etwas an ihr für den Rest der Welt wichtig war. Als sie ihr Fahrzeug anließ, um zu ihrem normalen Leben zurückzukehren, das geduldig auf sie wartete und, wie sie meinte, immer auf sie warten würde, fragte sie sich, ob es so schwer war, daran zu glauben.

Kapitel sechs

Dr. Preston Grind saß am Tisch des Besprechungszimmers der Wohnanlage, umgeben von den Aktenordnern der Leute, die unter keinen Umständen für sein Projekt infrage kamen. Entweder hatten sie starke familiäre Bindungen und eingefleischte, traditionelle Vorstellungen von Familie, oder sie kamen allein gut genug zurecht, und er würde sie nicht motivieren können, auf ihn zu hören. Seine drei wissenschaftlichen Mitarbeiter, Dr. Jeffrey Washington, Dr. Kalina Kwon und Dr. Jill Patterson, hatten jeweils zehn ihrer Meinung nach geeignete Paare ausgewählt, die sie ihm gerade vorstellten.

»Carmen und Kenny könnten unsere sozio-ökonomischen Parameter nicht perfekter erfüllen«, fuhr Dr. Washington fort, und eine Liste mit Spiegelstrichen, Lesehilfe für seine Zuhörer, erschien auf der Leinwand. »Sie liebäugeln mit alternativen Erziehungsmethoden, und wenn das Kind auf der Welt ist, werden sie kaum familiäre Unterstützung erhalten. Und das errechnete Geburtsdatum passt natürlich auch in unseren Zeitrahmen.« Jeffrey, der Glücksgefühle anscheinend nicht anders ausdrücken konnte, lächelte gequält; er war offensichtlich überzeugt, mit seinem Vorschlag ins Schwarze getroffen zu haben. Seine Vorbehalte gegenüber Dr. Grinds Theorien waren größer als die seiner beiden Kolleginnen, und er befürchtete, sich auf etwas einzulassen, das spektakulär fehlschlagen und seinem Ruf als Wissenschaftler irreparablen Schaden zufügen konnte. Seine Skepsis gegenüber dem Projekt war ausschlaggebend gewesen, dass Dr. Grind sich für ihn entschieden hatte. Es konnte nicht schaden, hatte er gedacht, wenn er ständig daran erinnert würde, dass er vielleicht gewaltig auf dem Holzweg war.

»Und da wir Wert darauf legen, uns nicht auf eine einzige ethnische Gruppe zu beschränken, würde dieses Paar außerdem zur angestrebten Vielfalt beitragen.« Jeffrey hatte seine Doktorarbeit an der Texas Tech University über die ungleiche Entwicklung von Kindern aus unterschiedlichen sozio-ökonomischen Schichten geschrieben, unter besonderer Berücksichtigung der ethnischen Zugehörigkeit. Er war bisher der einzige Afroamerikaner des Projekts, und ihm lag am Herzen, dass Dr. Grind nicht einfach zehn weiße Familien in ein Haus stecken und davon ausgehen würde, dass die solcherart ermittelten Daten aussagekräftig wären. Dr. Grind hatte ihm bereits mehrmals versichert, dass ethnische Vielfalt ein notwendiger Bestandteil seiner Studie sei, und bestätigte jetzt, dass sich Carmen und Kenny perfekt eigneten. Er schob ihre Unterlagen auf den sehr kleinen Ja-Stapel und wandte sich an Dr. Kwon.

»Das nächste Paar?«

Kalina Kwon zog das Kabel aus Jeffreys Laptop und steckte es in ihr eigenes Gerät. Auf dem Bildschirm erschien das Foto einer jungen Frau.

»In diesem Fall handelt es sich nicht um ein Paar«, sagte sie mit einem zuversichtlichen Lächeln. »Es geht um eine Alleinerziehende.«

»Ah, ja«, sagte Dr. Grind interessiert. Sie tagten schon über zwei Stunden, aber er hatte das Gefühl, es sei noch keine Zeit verstrichen. Sie waren im Begriff, etwas zu machen, sagte er sich. Sie planten Jahre ihres eigenen Lebens und des Lebens vollkommen fremder Menschen. Es war berauschend.

»Isabel Poole, neunzehn Jahre alt.«

Dr. Grind stutzte, dann erinnerte er sich. Das Mädchen war ihm von Dr. Horton Jackson ans Herz gelegt worden.

»Sie ist perfekt«, sagte Kalina. »Sie könnte perfekter nicht sein.«

Im Anschluss an seine erste Begegnung mit Mrs Acklen hatten sich die Ereignisse überstürzt. Nachdem er sein ganzes Berufsleben Geld und Fördermittel zusammengekratzt und erbettelt hatte, machte er jetzt die bestürzende Erfahrung, dass die Dinge wie geschmiert liefen, wenn man Milliarden Dollar im Rücken hatte, und dass die Macht dieses Geldes die Menschen veranlasste, alles zu tun, was er sagte. Es gab keine Ausschüsse, keinen Beirat. Mrs Acklen stand über derlei Formalitäten. »Wer weiß, wie lange ich noch auf dieser Erde bin«, sagte sie. »Ich will Nägel mit Köpfen machen.«

Und so entwickelte er, im Gespräch mit ihr, seine Theorien alleine; niemand legte ihm Steine in den Weg, niemand beaufsichtigte ihn. Brauchte er promovierte wissenschaftliche Mitarbeiter, eine komplette Belegschaft von Kinderpflegerinnen und Betreuerinnen, eine Wohnanlage für seine Familien, Geld für die Kinder, stellte Mrs Acklen einen Scheck aus, rief ihren Anwalt an oder sagte kurz: »Okay.«

Als er wieder einmal wie so häufig bei ihr zu Hause in Knoxville war, hatte sie ihn gefragt: »Hast du schon einen Namen für das Projekt gefunden?« Ein richtig guter Name liege ihr am Herzen, erinnerte sie ihn, ihr Mann habe dem richtigen Markennamen größte Bedeutung beigemessen.

»Ich glaube, ja«, hatte er erwidert. »Die erweiterte Familie.«

»Ach ja?«, entgegnete sie, immer noch mit einem Lächeln, aber als sei das Licht dahinter ausgegangen. »Das gefällt dir?«

»Ich glaube, der Name drückt aus, was wir hier tun, wir schaffen nicht nur eine Großfamilie, sondern eine erweiterte, eine, die sich in alle Richtungen bewegt.«

»Nun, auf jeden Fall ist es ein einfacher Name«, erwiderte sie. »Aber darf ich konstruktive Kritik üben?«

Als er, jetzt ängstlich geworden, nickte, fuhr sie fort: »Wir brauchen einen einprägsamen Namen. Er muss echt klingen, aber es muss etwas mitschwingen, etwas, das über das hinausgeht, was sie ohnehin erwarten.«

»Wen meinst du mit *sie*?«, wollte er wissen. Ihre Antwort lautete: »Alle Menschen dieser Welt.«

»Tja«, sagte er nun völlig perplex, »hast du denn eine Idee?«

Sie lächelte wieder, das Licht war wieder angegangen. »In der Tat. Mir ist unsere erste Begegnung wieder eingefallen, damals sprachen wir von der Idee der Unbegrenztheit, wie das, was wir hier tun, sich von Familie zu Familie fortsetzen wird, für alle Zeiten.«

»Na ja, rein technisch gesehen, wird das Projekt nach acht…«

»Nein, das wird es nicht. Und selbst wenn es so wäre, würden wir es nicht aussprechen. Es wird uns beide überdauern, es wird unser spezielles Geschenk an die Welt sein.«

»Ich verstehe«, sagte er, obwohl er eigentlich nicht durchblickte.

»Projekt *Unendliche Familie*«, verkündete sie und machte eine Geste, als überreiche sie ihm ein Geschenk.

»Aha«, sagte er.

»Der Name gefällt mir«, sagte sie mit Nachdruck, als wäre der Vorschlag von ihm gekommen. »Mit Sicherheit macht er sich gut auf einem T-Shirt.«

Lächelnd nickte Dr. Grind. Ihr gehörte das Geld. Sollte sie den Namen aussuchen. Es war nur recht und billig.

Anfangs hatte sich Mrs Acklen Sorgen über die Verbindung zwischen der Studie und ihrer Supermarktkette Acklen Super Stores gemacht. »Ehrlich, meine Söhne bekämen einen Anfall, wenn sie wüssten, dass ich eine Untersuchung über die Neudefinition traditioneller Familienwerte finanziere. In ihrer Kindheit hatten sie, der Herr segne sie, alles, was sie brauchten. In ihren Augen sind die herrschenden Verhältnisse genau richtig. Sie können sich nicht vorstellen, was es heißt, nicht aus noch ein zu wissen, keine Ahnung zu haben, wie man von einem Tag auf den anderen überleben soll.« Unter dem Strich versprach es jedoch von Vorteil für das Projekt zu sein und würde Dr. Grinds Möglichkeiten verbessern, gute Mitarbeiter zu finden, wenn ihr Name dahinterstand. Zwei Tage nachdem sie sich dazu durchgerungen hatte, nahm ihre Werbeabteilung Kontakt mit der New York Times auf, und ein Artikel über das Projekt wurde veröffentlicht. »Meine Söhne sind nicht gerade begeistert«, hieß es in einer E-Mail an Dr. Grind. »Aber was soll's.«

Mrs Acklens Anwälte riefen die Stiftung für Kleinkinder ins Leben, zu der das Projekt *Unendliche Familie* gehören würde, und stellten ein Startkapital von achtzig Millionen Dollar bereit. Mehr würde folgen, versicherte Mrs Acklen ihrem Projektleiter. Gleich nachdem er Zugriff auf das Geld hatte, stellte er drei hochbegabte wissenschaftliche Mitarbeiter ein. Sie waren bereit, sich auf seine unkonventionelle Studie einzulassen, weil er ihnen das Dreifache von dem bieten konnte, was sie anderswo hätten verdienen können. Und natürlich gab er ihnen obendrein die Chance, etwas völlig Einzigartiges zu tun, etwas ganz und gar Neues, und mitzuerleben, ob es gelang.

»Ehrlich gesagt glaube ich nicht, dass unser Projekt die Probleme alleinerziehender Mütter ausreichend berücksichtigt.« Dr. Kwon hatte sich in Harvard mit den Auswirkungen bindungsorientierter Elternschaft auf den Feminismus befasst. Sie hatte ihre Hypothese, dass sie die soziale und emotionale Handlungsfähigkeit von Müttern einschränkt, durch eine Studie belegen können. Die Wissenschaftlerin machte sich für Kooperation stark, weil sie darin das progressivere Erziehungsmodell sah. Aus diesem Grund war sie die Erste gewesen, mit der Dr. Grind Kontakt aufgenommen hatte. »Bisher haben wir nur über Familien mit niedrigem Einkommen diskutiert, aber solche Paare haben wenigstens noch einander. Alleinerziehende Mütter sind ganz auf sich gestellt, wenn sie mit allen anfallenden Problemen fertig werden müssen, noch dazu vor dem Hintergrund der unrealistischen Erwartungen an moderne Elternschaft. Ich bin der Auffassung, dass wir geradezu verpflichtet sind, eine Vertreterin dieser Gruppe in unsere Familie aufzunehmen.«

»Ja, die Forderung hat Hand und Fuß, auch wenn sie bedeutet, dass für die alltäglichen Aufgaben der Gesamtfamilie eine Person weniger zur Verfügung steht.«

»Mir scheint, dass sich dieser Nachteil ausgleicht«, warf Dr. Jill Patterson ein, die von Duke University kam und sich auf außergewöhnliche Begabungen und an welchen Zeichen man sie erkennt spezialisiert hatte, und auch Dr. Jeffrey Washington war einverstanden, Isabel aufzunehmen.

»Welche Gründe sprechen dafür, Isabel als Alleinerziehende auszuwählen?«, fragte Dr. Grind.

»Sie ist sehr jung, neunzehn, aber sie hat 138 Punkte beim Stanford-Binet-IQ-Test erzielt, das höchste Ergebnis von allen getesteten Eltern. Für jemand, der so jung ist, verfügt sie außerdem über ungewöhnliche Fertigkeiten. Und von allen Eltern, mit denen ich korrespondiert habe, hat sie am ausführlichsten geantwortet.«

»Was ist mit dem Vater?«, fragte Jeffrey.

»Er hat sich umgebracht, nachdem Isabel schwanger wurde.«

»Gütiger Gott«, sagte Jeffrey kopfschüttelnd.

»Und beim Tod ihrer Mutter war sie erst dreizehn.«

»Nach diesen Schicksalsschlägen hat sie es wirklich verdient, dass das Leben es einmal gut mit ihr meint«, sagte Dr. Grind.

»Aber meinen Sie, dass jemand, der so jung ist und keinen Partner hat, zu der Gruppe passen würde?«

»Geht es uns nicht genau darum, ein kooperatives Elternmodell zu verwirklichen, das für Menschen wie Isabel von Vorteil wäre?«

»Ich würde gern Isabels Unterlagen sehen«, sagte er, und Kalina schob sie über den Tisch. Er sah sie durch, las den Lebenslauf. Ihm fiel wieder ein, wie Dr. Jackson seine Hilfe bei der Suche nach geeigneten zukünftigen Eltern davon abhängig gemacht hatte, dass Isabel bei dem Projekt berücksichtigt wurde. Brenda Acklen hatte Dr. Jackson gleich zu Beginn angesprochen; anscheinend hatte sie seinen Wahlkampf um einen Sitz im Kongress unterstützt und finanziert, und Dr. Jackson war es zu verdanken, dass sich für Dr. Grind die Türen von Gynäkologen in Tennessee geöffnet hatten, weil sein Name dem Projekt, das noch im Anfangsstadium steckte, Legitimität verliehen hatte. Es würde nicht schaden, wenn er seine Dankbarkeit zeigte, indem er Isabel Poole aufnahm, die Dr. Jackson als eine Freundin der Familie bezeichnet hatte.

Er musterte das Bild auf der Leinwand; das Mädchen war recht hübsch, ein sommersprossiger Lausbub, obwohl ihre Augen etwas Geheimnisvolles bargen, etwas Ernsthaftes, Dunkles; es ging über das hinaus, was Teenagern gewöhnlich eigen war oder eigen sein sollte. Ihre Augen, smaragdgrün und hypnotisierend, erinnerten ihn an seine Frau. Schon fünf- oder sechsmal hatte er an diesem Tag an Marla denken müssen, und er lächelte. Da merkte er, dass seine Mitarbeiter ihn schweigend ansahen und auf seine Antwort warteten. Er nickte zustimmend.

»Gut, wir nehmen sie.« Er legte die Akte auf den flachen Stapel und sah Jill an. »Wer ist das nächste Paar?«, fragte er.

Seine Frau Marla hatte er Mitte der Neunzigerjahre in Cambridge, Mass., kennengelernt, während er an seiner Doktorarbeit schrieb. Er war noch nicht alt genug, um in einer Kneipe etwas Alkoholisches zu bestellen, und die anderen Doktoranden wollten begreiflicherweise nichts mit ihm zu tun haben. Zu Beginn seines Studiums hatte er gerade das Teenageralter erreicht. Dass er so jung an Jahren war, erleichterte ihm die Verständigung mit den Kindern, über die er seine Untersuchung schrieb, aber in jeder anderen Hinsicht war seine Jugend von Nachteil. Sein selbstbewusstes Auftreten und seine Intelligenz wirkten in seinem unentwickelten Körper unheimlich. Das Studium fiel ihm leicht, fast zu leicht, und deshalb verfügte er über viel Freizeit. Seine Eltern lebten in New York, nennenswerte Freunde hatte er nicht, es gab niemanden, mit dem er reden konnte. Er hielt Seminare über zeitgenössische Fragen der Psychologie, deren Teilnehmer älter waren als er, und wenn der Unterricht für den Tag beendet war und die Studenten aufbrachen, hatte er das gespenstische Bedürfnis, ihnen zu folgen, in der Hoffnung, sie würden ihn zur Normalität führen.

Marla war eine seiner Studentinnen im ersten Studienjahr, kam aus Atlanta und studierte Psychologie als Hauptfach. Sie war klein, gedrungen, und das braune Haar hing ihr ins pickelige Gesicht. Ihre grünen, tiefgründigen Augen verunsicherten ihn, wenn er sie während des Unterrichts ansah, was oft vorkam. Sie suchte ihn häufig in seiner Sprechstunde auf, obwohl sie in allen Klausuren scheinbar mühelos die besten Noten schrieb. Er fragte sich, was es zu bedeuten hatte, dass sie mit ihm flirtete, und wusste nicht, wie er reagieren sollte. Sie nannte ihn Professor Wunderkind und boxte ihn in den Arm, womit sie ihm weher tat, als sie wollte, oder vielleicht genauso weh, wie sie beabsichtigte. Nachdem sein Seminar beendet war, kam sie im folgenden Semester in sein Büro und brachte ihm den Flyer zu einer Wochenendveranstaltung in *T.T. the Bear's*. »Da mache ich mit, ich spiele echt gut. Sie sollen erleben, dass ich echt was kann.«

»Das weiß ich bereits«, hatte er erwidert. »Sie waren die beste Studentin in meinem Seminar.«

Sie verdrehte die Augen. »Ich spreche von etwas Wichtigem, Herr Professor Grind. Von etwas, das zählt.«

Sie machte in einer Punkband mit, die sich aus Harvard-Studentinnen zusammensetzte und sich »Stopf es zu« nannte. Die Band hatte gerade *Blut an den Dachsparren* vorgestellt, ihr erstes Album im Homerecording. »Wir sind alle in den Film verliebt«, schwärmte sie, und als er auf der Leitung stand, fügte sie hinzu: »Carrie? Des Satans jüngste Tochter? Sozusagen der beste Film aller Zeiten. Wir von der Band halten uns alle für Carrie.« An jenem Abend lieh er sich den Film aus, wonach er sich leicht verstört fühlte, auf die allerbeste Art.

Als er am Samstag aufkreuzte, um Marlas Auftritt vor Sebadoh zu erleben – selbst er wusste, dass diese Band eine große Nummer war –, beobachtete er Marla, wie sie ihr Schlagzeug aufbaute. »Da sind Sie ja!«, rief sie bei seinem Anblick, winkte ihm zu und kam merkwürdig tänzelnd zum Bühnenrand gehüpft. »Es wird Ihnen bestimmt gefallen«, versicherte sie, und auch er war überzeugt davon.

Der Auftritt von »Stopf es zu« dauerte nur zwanzig Minuten, aber es gelang der Band trotzdem, die Songs ihres Albums in einer Klangwoge zu spielen, die noch über das Publikum krachte, als die jungen Frauen die Bühne bereits verlassen hatten. Ihr Auftritt war zu Ende, sagte er sich schließlich, nicht weil ihre Zeit vorbei war, sondern weil ihnen die Songs ausgegangen waren. Niemand hatte den Eindruck gemacht, für sein Instrument ausgebildet zu sein, aber Marla schien am allerwenigsten an Spieltechnik interessiert zu sein. Ihr klappriges, von Isolierband zusammengehaltenes Schlagzeug lief jeden Augenblick Gefahr, unter der Wucht ihres intensiven Spiels in Stücke zu zerfallen. Von Dr. Grinds Standort aus gesehen schien sie vier oder sogar sechs Arme zu haben, ihr Sound war misstönend und überstürzt. Sie sang unterstützend mit, ohne dass sie einen Verstärker brauchte; das Haar peitschte um ihren Kopf, unter ihren Nägeln trat Blut hervor. Ein instabiles Element unter intensivem Druck. Er verliebte sich in sie, in ihre Wildheit, die ihm fehlte, rückhaltlos und ohne sich Gedanken zu machen, wie er ihr Herz gewinnen konnte.

Nach ihrem Auftritt, während Sebadoh spielte, kam sie vom Merchtable ihrer Band zu ihm und boxte ihn in den Arm. Sie klapperte aufgeregt mit den Zähnen. »Ich habe Ihnen doch gesagt«, meinte sie lächelnd, »dass ich gut spiele.« »Sie waren die absolut Beste«, erwiderte er, und noch bevor er den Satz zu Ende gesprochen hatte, gab sie ihm einen Kuss.

Sie heirateten, kaum dass sie ihr Examen in der Tasche hatte und er mit seiner Doktorarbeit fertig war. Neun Monate später wurde Jody geboren. Zu jener Zeit machte Marla ihren Master in den Fächern Humanentwicklung und Psychologie, er unterrichtete an der Stony Brook University und sammelte die ersten Ideen für sein Projekt *Künstliches Dorf.* Fünf Jahre lang dauerte dieses Leben, das besser war als alles, was er sich je erträumt hatte, besser als alles, worauf seine Eltern ihn vorbereitet hatten.

Und dann verlor Marla eines Abends mitten im Winter auf der Heimfahrt nach dem Einkaufen die Kontrolle über ihr Auto. Es kam von der Straße ab, drehte sich und traf einen Baum. Frau und Sohn waren längst tot, als man ihn benachrichtigte. Und als wäre er wieder drei Jahre alt, empfand er, dass man Katastrophen nicht ausweichen konnte, dass es nicht möglich war, ununterbrochen glücklich zu sein. Alles Gute in seinem Leben hatte sich in Nichts aufgelöst, und er blieb auf seinen Familientheorien sitzen, die ihm jetzt scheißegal waren. Er hatte keine Familie mehr. Er brauchte kein Dorf mehr. Was er jetzt brauchte, war allein zu sein, damit der Schmerz in ihn hineinsickern konnte. Seine Depression, stellte er erschrocken fest, war bodenlos. Mehr konnte ein Mensch nicht ertragen. Er zog sich vom Projekt *Künstliches Dorf* zurück, trat nicht länger in Fernsehshows auf und gab keine Zeitschrifteninterviews mehr, sondern igelte sich in seinem leeren Haus ein, dessen arbeitendes Holz ihn nachts mit seinem Knallen aus dem schweren Schlaf riss. Und trotz seiner Erziehung war er immer wieder überrascht, dass er ganz allein war.

Um Mitternacht waren sie fertig; rechts von Dr. Grind lag ein Stapel von fünfzehn potenziellen Paaren für das Projekt. Sie waren davon ausgegangen, dass trotz ihrer gründlichen Vorarbeit einige Familien ihr Angebot ablehnen würden, wenn sie die genauen Bedingungen erfuhren. Aber sie waren optimistisch. Die Wohnanlage, ruhig und leer, als sie jetzt zu viert das Hauptgebäude durchquerten, würde sich bald mit Erwachsenen und Kindern füllen, und ihre eigentliche Arbeit könnte beginnen.

Nicht in der Lage zu schlafen, weil sie die innere Spannung loswerden mussten, die bei der Auswahl der Kandidaten entstanden war, wanderten sie durch den geschlossenen Innenhof, über dem die Sterne erschreckend klar am Himmel standen.

»Wie viele Familien, Herr Dr. Grind, schätzen Sie, werden tatsächlich zusagen?«, fragte Jeffrey Washington.

»Alle.«

»Ohne Witz.«

»Vielleicht ein Dutzend«, sagte er schließlich, auch wenn er wusste, dass die Zahl hoch gegriffen war, aber er musste Jeffreys Pessimismus Widerstand entgegensetzen.

»Wir sollten wetten«, schlug Kalina Kwon vor. »Herr Dr. Grind sagt ein Dutzend. Ich sage zehn. Jill?«

»Vielleicht acht?«

»Drei«, kam es von Jeffrey im Brustton der Überzeugung.

»Bei nur drei Familien brauche ich keine wissenschaftlichen Mitarbeiter.«

»Gut, dann vier.«

Sie schritten die ganze Länge der Anlage ab. Der künstliche Rasen auf den Wänden der Gebäude, der bei Tageslicht seltsam vibrierend und skurril wirkte, schien bei Dunkelheit einem atmenden Organismus zu gehören. Sie setzten sich auf die Bänke um einen der drei Spielplätze, deren weiche, gummiartige Böden aus einem speziellen Polymer die Knochen der Kinder schützen sollten, wenn sie beim Spielen hinfielen.

»Ich muss ein allerletztes Mal fragen«, kam es von Jill. »Wir erlauben innerhalb der Wohnanlage definitiv kein Hasch?«

»Nicht schon wieder«, stöhnte Jeffrey.

»Es wäre nicht unbedingt das Schlechteste, wenn die Leute hin und wieder einen Joint rauchen dürften.«

»Wen verstehst du unter ›Leute‹?«, fragte Kalina.

»Nicht nur mich, ich bin mir sicher, andere werden sich dasselbe fragen«, antwortete Jill.

»Keine Drogen«, beharrte Dr. Grind. »Das Projekt ist eine wissenschaftliche Untersuchung. Keine Hippiekommune.«

»Manchmal klingt es danach«, sagte Jill, und die anderen überlegten schweigend, ob ihre Behauptung zutraf.

Dass sein Projekt wissenschaftliche Kriterien erfüllte, war für Dr. Grind von prinzipieller Bedeutung. Im Mittelpunkt würde die gemeinsame Elternschaft stehen, aber er wollte die ideologischen Stolpersteine ausschließen, die vielen amerikanischen Kommunen in der Vergangenheit Schwierigkeiten bereitet hatten. Keine Religion, kein ökologisch angehauchtes »Zurück aufs Land«, kein Tausch der Sexualpartner. Er hatte in mehreren Interviews darauf hingewiesen, dass es sich bei dem Projekt um ein echtes Experiment zur gemeinsamen Elternschaft handele, aber dass nicht daran gedacht war, sich von der Umwelt abzuschotten. Schließlich sollten die Eltern und ihre Kinder in die Gesellschaft zurückkehren, gestärkt durch die gemeinschaftliche Erfahrung, nicht daran zerbrochen. Ob sich seine Vorstellungen umsetzen ließen, war eine andere Sache.

Zwei Tage später besichtigte Mrs Acklen den Wohnkomplex zum ersten Mal. »Gütiger Gott«, entfuhr es ihr beim Anblick des Kunstrasens. »In Wirklichkeit wirkt es noch extremer als auf den Fotos.«

Dr. Grind ging zu ihr, sie gab ihm einen Begrüßungskuss auf die Wange und nahm seine Hand. Er stellte sie seinen drei Mitarbeitern vor und führte sie anschließend durch die Anlage. »Mein Mann hat dieses Gelände vor über dreißig Jahren gekauft«, erzählte sie unterwegs. »Es war ein gutes Geschäft, und er wollte sich irgendwann überlegen, was er damit tun würde. Ich glaube, er hat an eine Jagdhütte oder ein Naturschutzgebiet gedacht. Das, was jetzt daraus geworden ist, hat er sich mit Sicherheit nicht vorgestellt.« Als sie die Besichtigung abgeschlossen hatten, umarmte sie Dr. Grind. »Perfekt. Du hast hier eine perfekte kleine Welt geschaffen. Ich glaube wirklich, es könnte klappen.«

»Das hoffe ich sehr.«

»Wann werden die Familien angesprochen?«

»Nächste Woche. Ich unterhalte mich persönlich mit jeder Familie, die infrage kommt, und informiere sie im Detail über alle Bedingungen, auch über die finanziellen Anreize, die wir erörtert haben.«

»Preston«, sagte sie und bedeutete ihm, näher zu treten. »Erinnerst du dich an den Baseballfilm mit James Earl Jones?«

»Ich habe ihn nie gesehen, aber ich weiß, wovon du sprichst. *Field of Dreams.*«

»Genau. Der Typ baut ein Baseballfeld am Ende der Welt, denn sein Motto lautet: ›Wenn man es baut, kommen sie.‹«

»Ja, den Satz habe ich schon einmal gehört.«

»Mein Mann konnte den Film nicht ausstehen. Es war irrational, aber das Motto ärgerte ihn. Er sagte immer zu mir: ›Mein Gott, es reicht nicht aus, einfach etwas zu bauen. Man muss den Leuten einen Grund geben, dazubleiben.‹ Diesen Gedanken hat er auch bei seinen Läden beherzigt. ›Man muss den Leuten das verkaufen, was sie wollen, ob sie es wissen oder nicht, weil es letztlich für beide Parteien besser ist, wenn sie sich einbilden, dass sie es wollen.‹«

»Ich glaube, ich verstehe seine Logik, Brenda«, antwortete er und fragte sich, ob die lange Autofahrt ihrem Verstand geschadet haben könnte.

»Du musst den Familien klarmachen, dass wir etwas Wichtiges tun. Dass sie als Teilnehmer des Projekts ein erheblich besseres Leben erwartet.«

»Ich gebe mein Bestes, das verspreche ich dir.«

»Das weiß ich doch, mein Lieber«, sagte sie und küsste ihn noch einmal auf die Wange.

Er brachte sie zu ihrem Auto, wo ihre Assistentin und ihr Fahrer sich mit seinen drei Mitarbeitern unterhielten. Als das Fahrzeug sich entfernte und sie zum Abschied winkten, fragte Jeffrey: »Was passiert mit uns, wenn sie stirbt?«

Bevor Dr. Grind antworten konnte, sagte Kalina: »Sie wird nicht sterben. Wenn man so viel Geld besitzt, lebt man so lange, wie man will.«

»Für diesen Fall wurden Maßnahmen getroffen«, versicherte

er, obwohl er nicht wusste, ob seine Behauptung zutraf. Der Gedanke, dass die Untersuchung länger dauern könnte, als ihre Geldgeberin lebte, schien ihm geschmacklos zu sein, besonders wenn es um so viel Geld ging. Und er sprach nicht aus, was er aus Erfahrung wusste, nämlich, dass man sich gegen Katastrophen nicht schützen konnte. Man konnte sich nur an das klammern, was wichtig war, und hoffen, dass man einen Weg durch das Desaster hindurch auf die andere Seite fand.

Sie kehrten um und wanderten zurück in die Wohnanlage, deren Gebäude eins waren mit den Wäldern, von denen sie umgeben waren, und die ihre Existenz geheim halten würden, bis sie entschieden, dass die Zeit gekommen war.

Kapitel sieben

Izzy war zu gut angezogen, um dampfende Berge von Schweinefleisch zu zerkleinern, deshalb nahm Mr Tannehill einen schwarzen Müllsack, schnitt Öffnungen für Kopf und Arme hinein und stülpte ihn ihr über. Izzy, äußerst verlegen, verzog das Gesicht. Mr Tannehill riss die Arme in die Höhe. »Was ist? Wo ist das Problem?«

»Wenn ich einen Müllsack trage, brauche ich mich nicht ordentlich anzuziehen. Da hab ich doch lieber Fettflecken auf meiner Bluse.«

»Ganz wie du willst, aber du siehst auch in einem Müllsack hübsch aus, also lass es gut sein.«

Sie machte sich mit ihren Hackbeilen an die Arbeit, zerschnitt das Fleisch mit dem einen, schob es mit dem anderen auf dem Block herum. Das tröstliche, dumpfe Schlagen des Beils, wenn es das Fleisch in etwas Perfektes verwandelte, machte ihr Freude. Sie hatte die Schuhe ausgezogen und stand barfüßig in einem Bottich mit eiskaltem Wasser, das Mr Tannehill alle zwei Stunden erneuerte, um ihren Beinen zu helfen, die vom langen Stehen in dem trockenheißen Raum angeschwollen waren.

»Ich bin nervös«, sagte sie, als sie mit dem Schweinefleisch fertig war. In weniger als einer Stunde wollte sich Dr. Preston Grind, der Leiter des Projekts *Unendliche Familie*, mit ihr treffen, um über ihre Zukunft zu sprechen oder vielmehr, um sie ihr zu erklären. Sie hatte am Vorabend seinen Namen noch einmal gegoogelt und mehr Informationen über ihn gefunden, als sie lesen und verarbeiten konnte. Beim Betrachten eines YouTube-Videos über seinen Auftritt bei Oprah, wo er sich unbeschwert und selbstverständlich den Kindern widmete, die ihn belagerten, gab sie auf. Er war kein Schwindler, das war alles, worauf es ihr im Augenblick ankam. Es gab ihn tatsächlich, und er hielt sie für einen so wenig alltäglichen Menschen, dass er sich auf den Weg zu ihr gemacht hatte.

Inzwischen war ihr der sechste Monat anzusehen; was da kam, war nicht mehr zu verstecken. Sie wusste, dass der Gedanke, sie könnte ihr Kind womöglich in der Grillküche zur Welt bringen, Mr Tannehill nervös machte, aber sie brauchte ihre Arbeit um sich abzulenken. Das Kind war immer in Bewegung. Sie fühlte, wie es in ihrem Bauch rhythmisch torkelte, wie es Schluckauf hatte, und einige Male beobachtete sie nachts, wie es gegen ihre Bauchdecke trat, und sie blieb regungslos sitzen, in der Hoffnung, es noch einmal zu erleben. Zum ersten Mal in ihrem Leben fand sie sich unendlich interessant und ließ sich keine einzige körperliche Veränderung entgehen.

Zu Beginn ihrer Schwangerschaft hatte sie an nichts anderes denken können, als dass da etwas in ihr lebte, eine Art Horrorfilm ablief. Auf vielen Schwangerschaftsseiten im Internet, fiel ihr auf, wurde die Embryogröße mit Obst oder Gemüse verglichen, anfangs mit einem Mohnsamen, in der nächsten Woche mit einer Traubenbeere und in der Woche danach mit einer Zitrone. Sie hatte das Gefühl, kein Kind auszutragen, sondern ein Gemüse zu züchten, in ihrem Körper einen Biogarten zu beherbergen. Als das Kind aktiv wurde, sich bewegte, drehte und den Raum erkundete, der ihm zur Verfügung stand, machten die Obstvergleiche sie ärgerlich. Scheiße, sie züchtete doch keine Avocado, dachte sie, in ihr wuchs ein Kind heran. Jetzt bejahte sie, dass sich in ihr ein Kind bildete, wollte sich dazu bekennen, dass etwas Schönes, Greifbares entstand. Die Tatsache, dass sie eine Teenagermutter war, erfüllte sie mit selten erlebter Befriedigung, wo doch alle Welt davon auszugehen schien, sie begehe einen schrecklichen Fehler und das sich entwickelnde Baby sei nichts weiter als ein Herold künftigen Unheils. Wobei die Leute sich entweder gar nicht äußerten oder eine so mitleidige Visage zogen, dass sie es verdient hätten, wenn sie ihnen eine gescheuert hätte. Warum, fragte sie sich jetzt, stellten sich die Leute nicht rechts und links von einer Schwangeren auf und jubelten ihr zu beim wichtigsten Marathon der Welt? An anderen Tagen, und es waren nicht wenige, wollte sie einfach nur unsichtbar sein, mit ihrem Baby in eine Höhle kriechen und dort auf seine Ankunft warten, weit weg von allen, die sich einbildeten zu wissen, was die Zukunft für sie bereithielt.

»Deine Schicht ist zu Ende«, erinnerte Mr Tannehill sie. Ungeschickt versuchte Izzy, den Müllbeutel über den Bauch zu schieben und anschließend ihren Kopf aus dem schwarzen Plastik zu befreien. »Du bist dir also sicher, dass du niemand dabeihaben willst? Nur damit noch jemand da ist, der zuhört?«

»Ich komme allein klar«, versicherte sie ihm, schnürte sich die Schuhe zu, durchquerte die Küche und setzte sich im Lokal an einen Tisch, um zu warten.

Dr. Grind kam auf die Sekunde pünktlich. Er stieß die Tür auf und blieb stehen, um seinen Blick durch den Raum schweifen zu lassen, da er Izzy nur von einem Foto kannte. In diesem Augenblick hatte sie alle Karten in der Hand; wenngleich nur vorübergehend war sie diejenige, die etwas wusste, das er nicht wusste, und eine Sekunde lang oder zwei genoss sie ihre Überlegenheit, dann erregte sie seine Aufmerksamkeit, indem sie ihn zu sich an den Tisch winkte.

Über sein jugendliches Aussehen konnte sie nur staunen; Bilder hatte sie bereits von ihm gesehen, aber als sie ihn nun persönlich kennenlernte, fand sie es schwierig, ihn nicht für ein Kind zu halten, das einen Erwachsenen spielte. Obwohl er Mitte dreißig war, wirkte er mit seinem von Bartstoppeln freien Gesicht und einem Körper, an dem weder Fett noch Muskeln zu erkennen waren, jünger als sie. Er trug graue Schuhe von New Balance, und dass er nicht förmlich gekleidet war, beruhigte sie. Lächelnd und ohne sich zu beeilen, kam er näher, die Hand noch erhoben, als rechne er damit, jeden Moment gegen eine unsichtbare Wand zu laufen.

»Izzy?« Erfreut registrierte sie, dass er nicht ihren korrekten Vornamen gebraucht hatte und ihr dadurch die Verlegenheit ersparte, ihn verbessern zu müssen.

»Ja«, erwiderte sie und tätschelte gedankenverloren, als wolle sie sich ausweisen, ihren Bauch. Wie bei einem Date, dachte sie, und als er sich neben sie setzte und nicht ihr gegenüber Platz nahm, wurde sie das Gefühl, ein Date zu haben, erst recht nicht wieder los.

»Ich bin Dr. Grind. Ich habe eine Menge über Sie gehört, Izzy, und bin so froh, dass wir uns endlich kennenlernen.«

»Ich auch«, erwiderte sie.

»Stört es Sie, wenn ich etwas esse? Ich habe das Frühstück ausgelassen und wollte außerdem sowieso das hiesige Barbecue probieren. Ich komme aus New York. Barbecue gibt es dort auch, aber es ist etwas ganz anderes als hier.«

Izzy nickte nur. Ihre Nerven waren auf dem besten Weg verrücktzuspielen, und sie versuchte so zu tun, als wäre ihr nicht angst und bange vor dem, was auf sie zukam. Als könnte Dr. Grind ihre Gedanken lesen, legte er das Menü hin, lächelte wieder und begann: »Um gleich die Katze aus dem Sack zu lassen, ich bin gekommen, um Sie zu fragen, ob Sie und Ihr Kind an unserem Projekt teilnehmen wollen. Ich werde mein Bestes tun, um Sie zu überreden. Mein Team und ich sind der Meinung, dass Sie etwas ganz Besonderes sind und für die Studie ein großer Gewinn wären. Es gibt so viel zu berichten, dass Sie unmöglich alles auf einmal verdauen können, aber ich habe Zeit mitgebracht und beantworte jede Frage, bis Sie sich in der Lage fühlen, eine Entscheidung zu treffen, sei es dafür oder dagegen.«

»Ich bin nervös«, gestand Izzy.

»Ich bin noch nervöser als Sie, das dürfen Sie mir glauben.« Izzy war für seine Worte dankbar, wusste aber, dass sie völliger Quatsch waren.

Dr. Grind bestellte ein Barbecuesandwich und einen gesüßten Tee. Die Kellnerin nahm seine Speisekarte und entfernte sich. Izzy merkte, dass ihre Kolleginnen sie verstohlen musterten. Sie werden überlegen, dachte sie, ob Dr. Grind der Vater war. Fragen würden sie natürlich keine stellen. Izzys Unbeholfenheit im Umgang mit anderen, die sich als Heftigkeit äußerte, schreckte von Erkundigungen nach ihrem Privatleben ab. Dass sie vom Gespräch der Kellnerinnen ausgeschlossen war, hatte keine gute Wirkung auf sie. Sie wünschte sich, ihre Begegnung mit Dr. Grind hätte in einem Park oder einer Bibliothek stattgefunden, an einem ruhigen, ungestörten Ort.

»Ich habe Bilder«, sagte Dr. Grind, als wären sie ihm eben eingefallen, und er griff in seine armeegrüne Tragetasche, die das mit Silberstift gezeichnete Logo des Projekts trug. Er entnahm ihr einen Stapel Fotos von Gebäuden, die auf den ersten Blick außerirdisch und interdimensional wirkten. Riesig, geräumig, neu, sauber, von Wald umgeben. Intim und doch wimmelnd geschäftig.

»Wie schön«, sagte Izzy.

»Das freut mich zu hören«, erwiderte Dr. Grind. »Es ist die Anlage des Projekts. Die Gebäude stehen auf einem Gelände, das sage und schreibe rund zweihundert Hektar groß ist, wir haben folglich sehr viel Platz, jede Menge Wege zum Joggen und Wandern, liegen gleichzeitig nicht weit von Supermärkten und einem Krankenhaus entfernt, und was man sonst noch in einer Stadt findet. Nach Nashville mit seinem großen Angebot sind es etwa dreißig Minuten.«

Er zeigte ihr Innenaufnahmen, und Izzy kam es so vor, als handelte es sich um eine Tagesstätte für Milliardäre, mit jeder Menge Elektronik, raffinierter Beleuchtung, zarten Farben. »Da soll ich leben?«, fragte sie, fast beschämt, ausgewählt worden zu sein.

»Sie würden ein Haus ganz für sich allein bewohnen. Die Häuser sind eher klein, drei Zimmer, Küche, Bad, aber der Rest der Anlage steht Ihnen ebenfalls zur Verfügung, als da wären ein Schwimmbad, eine geräumige, professionell ausgestattete Küche, ein Speisesaal, wo wir gemeinsam unsere Mahlzeiten einnehmen, und eine Reihe Gärten. Es stehen noch jede Menge Räumlichkeiten zur Verfügung, die bisher niemandem zugeteilt wurden. Wenn jemand für seine Arbeit beispielsweise ein Studio braucht, lässt sich das einrichten. Dem Entwurf der Anlage liegt der Gedanke zugrunde, dass sie mit ihren Bewohnern wachsen kann. Sobald Sie besser wissen, was Sie brauchen, können wir die entsprechenden Räumlichkeiten zur Verfügung stellen. Die Mittel dazu haben wir.«

»Es kommt mir unwirklich vor«, sagte Izzy.

Dr. Grinds Essen wurde serviert, und mit einer Geste fragte er Izzy, ob er anfangen könne. Sie nickte verlegen, er rieb sich lächelnd die Hände und griff nach dem Sandwich, aus dem die Fleischstückchen fielen. Er nahm einen großen Bissen, kaute und legte das Sandwich zurück auf den Teller. »So etwas Gutes habe ich noch nie gegessen.«

Izzy lächelte. Ein dünner Fettrand hatte sich um seinen Mund gebildet, aber er machte keine Anstalten, ihn wegzuwischen.

»Versuchen Sie die Soße dazu.« Mit diesen Worten reichte sie ihm eine Plastikflasche mit Essigsoße. Er gehorchte und nahm einen weiteren Bissen. »Haben Sie das gemacht?«, fragte er. Sie nickte energisch. »Das könnte ich jeden Tag bis ans Ende meines Lebens essen.« Nur flüchtig kauend nahm er vier weitere Riesenbissen. Nachdem er das Sandwich vertilgt hatte, hielt er ihr die Hand hin. Izzy nahm sie, und er schüttelte sie anerkennend. »Danke.« Izzy erwärmte sich für Dr. Grind.

»Es gibt eine ganze Menge zu erklären und vieles ist ziemlich kompliziert. In der Hauptsache geht es jedoch darum, wie Sie bereits den Informationen entnehmen konnten, die wir Ihnen zugeschickt haben, dass wir neue Wege erforschen wollen, um die frühkindliche Entwicklung zu fördern. Die ersten Jahre eines Kindes sind unglaublich wichtig, wie wir wieder und wieder feststellen. Leider geraten die Eltern dadurch unter großen Druck. Vor allem befürchten sie, ihr Kind könnte für den Rest seines Lebens darunter leiden, wenn es nicht richtig betreut oder sonst irgendwie benachteiligt wird. Das trifft nicht zu. Andererseits bin ich davon überzeugt, dass unser Land den Bedürfnissen von Eltern und Kindern gerechter werden und ihnen bei ihrer zugegebenermaßen schwierigen Aufgabe besser helfen könnte.«

»Gut«, kam es von Izzy, die nichts hörte, was ihr ungewöhnlich vorkam, und darauf wartete, dass nun etwas Groteskes folgen würde, wovon sie felsenfest überzeugt war, denn sonst würde Dr. Grind nicht neben ihr sitzen und ihr diese Chance bieten.

»Häufig bleiben Eltern sich selbst überlassen, müssen allein einen Weg finden, wie sie ihre Kinder erziehen. Ich jedoch glaube, und meine Arbeit hat es bestätigt, dass man in das Leben eines jeden Kindes investieren muss und die Gemeinschaft ein Interesse am Schicksal eines jeden Neugeborenen haben sollte. Selbst wenn das traditionelle Ideal zwei Elternteile sind, was spricht gegen vier? Was würde man gewinnen, wenn sich vier Leute intensiv für die Zukunft eines Kindes engagierten? Was spricht gegen sechs? Warum keine Situation schaffen, wo jedes Kind zu sämtlichen Erwachsenen in seinem Leben eine Beziehung hat? In den vergangenen zehn Jahren lag der Schwerpunkt meiner Arbeit darin, Eltern und ihren Kindern in Nachbarschaften und Gemeinden dabei zu helfen, Unterstützung durch ihre Mitmenschen zu erfahren, damit sich eine Art Dorfgemeinschaft bildete, die dabei mitwirkte, jedes Kind so großzuziehen, dass es sich geliebt und geachtet fühlte und ihm Chancen geboten wurden, die es andernfalls nicht gehabt hätte. Mit dem Projekt *Unendliche Familie* hat es allerdings eine andere Bewandtnis. In diesem Fall versuchen wir Lebensverhältnisse zu schaffen, die einer Gruppe von Eltern und ihren Kindern Zugang zu allen nur erdenklichen Vorteilen bietet; wir wollen Familien gleich von der Geburt ihres Kindes an richtig zusammenstellen, um bessere Methoden der Kindererziehung zu finden. Wenn es bei meiner bisherigen Arbeit darum ging, alle Erwachsenen zu ermutigen, zu den Kindern um sie herum eine Beziehung aufzubauen, so wird in diesem Projekt versucht, jedem Erwachsenen eine Elternrolle zu geben. Wir wollen ein Szenario schaffen, wo jedes Kind alle Erwachsenen in seinem Leben als Eltern empfindet, die es ohne Zögern oder Vorbehalte versorgen. Können Sie damit etwas anfangen, Izzy?«

»Nicht ganz, wenn ich ehrlich sein soll. Es klingt nach einer Kommune.«

»Das wohl nicht«, erwiderte Dr. Grind. »Keine Kommune, sondern eine wissenschaftliche Familie.«

»Das klingt nach einer Sekte, nichts für ungut.«

Dr. Grind lächelte. »Das ist sehr scharfsinnig. Das ist gut.«

Er nahm einen Schluck Tee und verzog das Gesicht, weil das Getränk so süß war, dann musterte er eine Weile seine Hände. Es schien, als hätte Izzy ihm unfreiwillig ein Rätsel aufgegeben, das er nun zu lösen versuchte.

»Wie wäre es denn damit«, fuhr er fort. »Ich bin dabei, zehn Familien für eine achtjährige Studie zu finden. Diese zehn Familien werden in der Anlage zusammenwohnen und Zugang zu dem Besten haben, was es auf den Gebieten Betreuung, Entwicklung und Erziehung von Kindern gibt. Die Kinder werden keine Einzelkinder in einer traditionellen Kernfamilie sein, sondern neun Geschwister haben, zusammen in der Anlage wohnen und während der ersten Jahre ihrer Kindheit den Geist dieser Gemeinschaft spüren. Die Eltern dieser Kinder haben im Gegenzug für ihren Zeit- und Arbeitsaufwand Zugang zu Bildungsmöglichkeiten, Fortbildungsmaßnahmen und Unterstützung, das heißt Dinge, um die sie unter der Last der elterlichen Verantwortung und wären sie allein und für sich geblieben, hätten kämpfen müssen. Ergänzend zu den eigentlichen Familien ziehen wir Fachkräfte aus allen Gebieten hinzu, die bei der Erziehung der Kinder helfen. Wenn das Projekt ausläuft, hoffen wir, den Kindern ein Niveau an Betreuung und Förderung geboten zu haben, das unter anderen Umständen unerreichbar gewesen wäre. Die Eltern werden stabiler sein und besser für die Zukunft gerüstet. Als Gegenleistung verlange ich nichts weiter, als dass Sie einer gemeinschaftlichen Elternrolle aufgeschlossen gegenüberstehen, in sich Raum schaffen nicht nur für ein Kind, sondern für viele Kinder. Der schwierigste Teil dieses Projekts, zumindest aus der Sicht der Eltern, wird sein, dass sie für einen Teil der Projektdauer nicht die Rolle der biologischen Eltern wahrnehmen dürfen. Sie werden täglich mit ihrem Kind Umgang haben, aber ihr Kind wird sie nur für einen Vertreter seiner vielen Eltern halten. Es ist eine notwendige Komponente der frühkindlichen Entwicklungsphase, bis sich die Bereitschaft herausgebildet hat, die biologische Bindung zu akzeptieren.«

Izzy reagierte sofort mit einer Gänsehaut, versteckte aber ihr Unbehagen hinter Nachdenklichkeit, als vergliche sie Dr. Grinds Hypothese mit ihren eigenen wissenschaftlichen Methoden der Kindererziehung. Es beschlich sie das Gefühl, sie könnte mit dem Projekt überfordert sein, dann jedoch fürchtete sie, dass Dr. Grind sie einem Test unterzog, um sich einen Eindruck zu verschaffen, wie flexibel sie war. Wenn sie schwankte, und sei es auch nur für eine Sekunde, würde er sein Angebot zurückziehen, und sie würde nie wissen, was aus ihrem Leben hätte werden können. Instinktiv hielt sie sich zurück, bis ihre Gefühle verebbt waren und sie sich wieder als Herrin der Lage fühlte. Sie hob den Blick zu Dr. Grind, dessen Miene sich nicht verändert hatte, kein Unbehagen signalisierte. Sie nickte langsam, und er erwiderte ihr Nicken. Ohne dass Izzy verstand, was vorging, verlieh ihr diese Geste das Selbstvertrauen, sich zu äußern, als könnte sie sich durch sein Nicken mit seinem Angebot abfinden.

»Ich will, dass mein Kind zu all den Dingen Zugang hat, von denen Sie eben sprachen. Ich will für mein Kind sorgen können und ihm eine bessere Mutter sein. Aber ich weiß nicht, ob ich schaffe, was Sie verlangen. Ich bin ein einsamer Mensch, eine Einzelgängerin ist vermutlich der bessere Begriff. Ich weiß einfach nicht, ob ich mich in einer neuen Umgebung zurechtfinde, mit neuen Menschen, die meine Familie sein sollen. Ob ich sie lieben und mich um sie kümmern kann. Es bereitet mir bereits Sorgen, mich in Zukunft um ein einziges Kind kümmern zu müssen. Von zehn Kindern ganz zu schweigen.«

»Das brauchen Sie ja nicht. Gerade das ist das Schöne an diesem Projekt. Sie werden bei Menschen sein, denen Sie am

Herzen liegen, die alles in ihren Kräften Stehende tun werden, damit sie zu dem Menschen werden können, der Ihnen vorschwebt. Es wird sehr seltsam sein, das lässt sich nicht leugnen. Ich verlange von Ihnen, dass Sie andere Kinder so lieben sollen, als wären es Ihre Kinder. Ich verlange, dass Sie die anderen Eltern unterstützen wie eine Schwester, beste Freundin oder Partnerin. Ich verlange von Ihnen, sich auf eine Familiendynamik einzulassen, die nicht der Tradition entspricht. Ihr Kind, so sehr Sie es lieben, wird nicht ganz Ihr eigenes Kind, sondern Teil einer größeren Familie sein. Aber ich würde das alles nicht von Ihnen verlangen, wenn ich nicht überzeugt wäre, dass sich Ihr Leben dadurch verbessert.«

Dr. Grind sah sie so intensiv an, wie es noch nie jemand getan hatte. Es war eine verrückte Idee, bei einem Vorhaben einzusteigen, dessen Fehler auf der Hand lagen, das aber dennoch so idealistisch und schön war. Sie dachte an ihren Sohn, zu jenem Zeitpunkt nur ein verschwommener Fleck in ihrer Vorstellung, wie er jeden Tag mit anderen Kindern zusammen sein würde, an seine Aussichten, ein exzeptioneller Mensch zu werden. Zum x-ten Mal dachte sie daran, wie ihre Zukunft ohne dieses Projekt aussehen würde, wie sie, um sich über Wasser zu halten, zwei Jobs annehmen müsste, wie sie ihren Sohn in der billigsten Kindertagesstätte unterbringen müsste, die sie auftreiben konnte, wie müde sie abends wäre, ihr Kind als einen unentrinnbaren Fluch empfinden würde, Tag um Tag versagen würde, bis ihre Welt zusammenbrach.

Sie war felsenfest davon überzeugt, dass ihre eigene Mutter sich um ihrer Tochter willen für dieses Projekt entschieden hätte. Alles daran hätte sie großartig gefunden, denn sie war eine Frau gewesen, die um der Vorzüglichkeit willen nach Gleichgewicht und Routine gestrebt hatte. Den Gebäudekomplex, der aussah, als stünde er auf einem anderen Planeten, hätte ihre Mutter in einem Fiebertraum zeichnen können. Benutzte sie das Gespenst ihrer Mutter, um eine Entscheidung zu rechtfertigen, die ihr Leben auf den Kopf stellen würde? Vielleicht. Aber Izzy, die den Geist ihrer Mutter immer am Rand ihres Lebens hatte mitlaufen lassen, fiel die Vorstellung nicht schwer, dass dies alles auf irgendeine unheimliche Art vorherbestimmt war.

Sie nahm die Fotos vom Tisch und blätterte sie noch einmal durch. Es war eine Fantasie, Science Fiction, sich vorzustellen, dass sie dort eine Heimat finden könnte.

»Also gut«, sagte sie.

Dr. Grind fiel die Kinnlade herunter. »Aber Izzy, Sie sollten erst gut darüber nachdenken. Hier sind fünfzig Seiten mit Verträgen und Dokumenten, die Sie durchsehen müssen oder die jemand mit Ihnen zusammen durchsehen sollte. Es ist mein Wunsch, dass Sie an diesem Projekt teilnehmen, aber Sie müssen wissen, worauf Sie sich einlassen. Das ist keine Sache, die sich für Gott und die Welt eignet; um ehrlich zu sein, sie ist für die allerwenigsten Menschen geeignet. Ich möchte, dass Sie ein gutes Gefühl dabei haben. Es handelt sich um acht Jahre Ihres Lebens. Acht Jahre des Lebens Ihres Kindes.«

»Gut«, sagte Izzy, so verlegen, dass ihr Gesicht juckte. »Tut mir leid, ich denke noch etwas länger darüber nach.«

Sie hatte begriffen, dass sie zu schnell zugestimmt hatte, dass sie es beinahe verpasst hätte, Dr. Grind stundenlang um sie werben zu hören, um ein Haar die ihr unbekannte Freude verscherzt hätte, begehrt zu sein, von ihm immer lächerlichere Versprechungen zu hören, pseudowissenschaftliche Gründe, warum ihr Sohn ein Superheld, ein Wunderkind werden würde. Fast hätte sie es versäumt, dass er ihr unermüdlich vorbetete, alles würde gut werden. Sie lehnte sich in ihrem Stuhl zurück, das Baby schwamm selig in ihrem Leib, und sie lächelte

Dr. Grind an, der zurücklächelte und dabei mit den Schultern zuckte, als könnte auch er nicht glauben, was geschah.

An jenem Abend betrat Izzy ihr Zimmer und verschloss die Tür, obwohl sie allein im Haus war. Ihrer Umhängetasche, die schwer von den Unterlagen war, die Dr. Grind ihr nach ihrem dreistündigen Treffen ausgehändigt hatte, entnahm sie die zerfleddert wirkenden Bögen, auf denen dort, wo sie unterschreiben sollte, jeweils ein Zettel klebte, und breitete sie auf ihrem Bett aus, als enthielten sie einen Code, den es zu knacken galt. Dr. Grind hatte vorgeschlagen, sie solle einen Juristen zurate ziehen – als würde sie jemand kennen, der Jura studiert hatte –, damit er ihr die Dinge, die Dr. Grind drei Stunden lang erläutert hatte, noch einmal erklärte. Das fünfzehnseitige Dokument skizzierte die acht Jahre des Projekts, aber Izzy konnte noch nicht einmal die kommenden Monate überblicken, von acht Jahren ganz zu schweigen; als würde sich irgendetwas so entwickeln, wie Dr. Grind und seine Assistenten so selbstsicher vorhersagten. Sie mochten natürlich auch richtigliegen, vielleicht hatten sie das Projekt so gut vorbereitet, dass sie die Zukunft tatsächlich vorhersehen konnten. Ihr Blick wanderte über die Bögen, sie las Bruchstücke.

Nachts schlafen alle Kinder in einem dafür ausgewiesenen Bereich zusammen, unter der Aufsicht eines Teams von wechselnden Pflegern, Betreuern und biologischen Eltern (an farbigen Bändern zu unterscheiden).

Sie versuchte sich das vorzustellen, merkte aber schnell, dass sie alles erst dann wirklich verstehen würde, wenn sie sich darauf einließ. Der Gedanke, dass dieses Projekt ihr die Wahl geben wollte, das Beste aus ihrem Leben zu machen, dabei jedoch darauf setzte, dass sie gegenwärtig so gut wie keine andere Wahl hatte, als mitzumachen, berührte sie merkwürdig.

Um halb elf abends kam ihr Vater von der Arbeit. Er brachte zwei volle Plastiktüten mit unverkauftem Fastfood nach Hause, das stundenlang unter den Wärmelampen gelegen hatte. Maiskolben, Hühnerstäbchen, Kartoffelschnitze und dicke, fade schmeckende Pizzastücke. Davon ernährte sich ihr Vater seit Jahren mehr oder weniger ausschließlich. Izzy betrat das Wohnzimmer und setzte sich aufs Sofa, während ihr Vater sich in seinem Fernsehsessel zurücklegte. Er ging nicht weiter auf sie ein, sondern nickte nur in Richtung Couchtisch und biss in einen Maiskolben. Sie wühlte in dem Essen, das unterwegs abgekühlt war, und nahm sich ein lauwarmes Hühnerstäbchen.

»Is was?«, fragte ihr Vater, als er merkte, dass sie das Zimmer nicht verließ. Seit sie denken konnte, war ihr Vater ein Rätsel für sie gewesen. Nie drückte sein Gesicht ein Gefühl aus, als wäre alles, was von Bedeutung war, aus ihm herausgebrannt. Er akzeptierte, dass es sie gab, hielt sie nicht zurück, wenn sie etwas vorhatte, bot ihr aber nie seine Hilfe an oder äußerte sich positiv zu ihren Entscheidungen. Für Izzy war seine Frau zuständig gewesen, und als sie starb, schien es zwischen Vater und Tochter kein Band mehr zu geben. Er schlug sie nicht, noch schrie er sie an, aber sie konnte sich nicht daran erinnern, dass er einmal im Leben zu ihr gesagt hätte, dass er sie liebe. Sie hätte im Übrigen nicht gewusst, was sie darauf hätte antworten sollen. Er führte ein entsetzliches Leben, und sie war sich ganz sicher, dass die Tatsache ihrer Existenz es noch schlimmer für ihn gemacht hatte, obwohl ihre Bedürfnisse bescheiden gewesen waren.

»Ich kriege doch dieses Kind«, begann sie.

»Weiß ich«, entgegnete er.

»Ja, ich habe mit Leuten gesprochen, Ärzten, und sie wollen mir helfen. Man hat mir Geld angeboten, Stipendien in Aussicht gestellt, Krankenversicherung und solche Dinge.«

»Gut für dich«, sagte er, und sie spürte, dass er es ehrlich meinte, auch wenn seine Stimme tonlos und tot blieb. »Ich hab mich schon gefragt, wie du das mit dem Baby allein schaffen willst. Ich hab kein Geld, davon kannst du ausgehen. Mir steht das Wasser bis zum Hals.«

»Ich müsste weg, nicht weit, rauf in die Nähe von Nashville. Ich wäre nicht mehr hier, wahrscheinlich für lange.«

»Du musst machen, was für dich das Beste ist, Izzy. Und vermutlich auch für das Kind.« Er beugte sich über den Couchtisch und nahm ein Stück Käsepizza, öffnete ein weiteres Bier, und wieder saßen sie schweigend da, während er sich einen Film anschaute, dessen Ton er leise gestellt hatte.

»Es ist eine schwierige Entscheidung«, sagte sie.

»Also gut«, sagte er. »Du kannst nicht behaupten, ich hätte dir je im Weg gestanden, egal, was du tun wolltest. Ich hab nicht vor, jetzt damit anzufangen. Aber es klingt nach einer guten Idee. Doch wie auch immer du dich entscheidest, du kannst hierbleiben, solange du willst.«

Seit Jahren hatten sie nicht so ausführlich miteinander gesprochen, und sie verspürte den ungewohnten Wunsch, ihr Gespräch möge noch länger dauern. Ihr Vater hatte dazu beigetragen, dass es sie gab, das lag auf der Hand, aber sie suchte noch nach dem, was in ihr darauf hinwies.

Als schärfte ihre große Not vorübergehend seine Konzentrationsfähigkeit, als hätte sie den Alkohol in seinem Körper verbrannt, lehnte sich ihr Vater vor und fixierte sie ein, zwei Sekunden lang mit trüben, blutunterlaufenen, aber eindeutig auf sie gerichteten Augen.

»Ich war dir nie ein guter Vater«, begann er und wedelte mit der Hand, als wollte er ihrem Widerspruch Einhalt gebieten, obwohl sie still geblieben war. »Ich habe deine Mutter geliebt, es ist lange her, aber dann hatten wir dich, und sie hat sich verändert. Und ich gab dir dafür die Schuld. Dann starb deine Mama, und es war so viel Zeit vergangen, dass ich das Gefühl hatte, es wäre nicht richtig, sie abzulösen und dir ein Vater zu sein. Da habe ich einen Fehler gemacht. Also, es tut mir leid. Es tut mir leid, dass du es so schwer hattest.«

Wie leer gepumpt, als wäre keinerlei Atem mehr in seinem Körper, sackte er in sich zusammen und überließ sich dem dürftigen Trost seines Sessels. Izzy hatte das deutliche Gefühl, dass ihr Vater soeben besessen gewesen war, dass jemand anderes aus ihm gesprochen hatte. Mehr Liebe zu ihm empfand sie nicht, hatte aber etwas mehr Verständnis für ihn, und das war vielleicht alles, was in ihrer Familie übrig geblieben war. Sie sah ihn an, ihren eigenen Vater, und bei dem Gedanken, was hätte sein können, krampfte sich ihr Herz zusammen.

Sie stand auf und ging zurück in ihr Zimmer, wo die Unterlagen auf sie warteten. Warum sie noch zögerte, sie zu unterschreiben, durchschaute sie nicht ganz, hatte jedoch den leisen Verdacht, es könne daran liegen, dass sie nie wissen würde, ob sie es allein geschafft hätte, wenn sie sich für das Projekt entschied. Sie besaß den ungewöhnlichen, uneingestandenen Stolz, dass es nichts gebe, mit dem sie nicht fertigwerden konnte; dieses Gefühl begleitete sie, seit ihre Mutter gestorben war, der einzige Mensch, der sie wirklich geliebt hatte. Seit damals war sie überzeugt, nie fremde Hilfe zu brauchen, sondern sich immer völlig alleine durchschlagen zu können, wenn sie nur ihre Gefühle unterdrückte und sich gegen jeden Schmerz wappnete. Für dieses Projekt würde sie alle ihre Knochen brechen und neu richten müssen. Sie nahm einen Stift vom Tisch und unterschrieb oder paraphierte die einzelnen Seiten so fahrig, dass es jeder Name hätte sein können. Ohne sie noch einmal zu lesen, schob sie die Blätter zusammen und verstaute sie in ihrer Tasche, die sie unter ihr Bett schob. Sie nahm ihr Babyjournal vom Nachttisch, trug pflichtbewusst die neuesten Werte ein und las die Frage des Tages. *Was von dem, was Sie nicht hatten, soll Ihr Baby unbedingt haben?* Sie war zu müde und zu verängstigt, um über die Frage auch nur nachzudenken. Diese Art Sorgen und Überlegungen hatte sie hinter sich gelassen, driftete in ein Traumgebilde, das die richtigen Maße und Formen annehmen würde, sobald sie darin lebte. Sie schrieb in Großbuchstaben ALLES, legte das Journal weg und fiel in tiefen Schlaf.

Am nächsten Morgen fuhr sie zu dem Hotel, wo Dr. Grind wohnte, und rief ihn von der Lobby aus an. Als er antwortete, bat sie ihn, nach unten zu kommen.

»Hallo, Izzy«, begrüßte er sie. Er trat aus dem Fahrstuhl und sah ihr mit einem lockeren Lächeln entgegen, das so echt schien, als habe die Welt es verdient, dass man sie liebte.

»Ich habe mit meinem Vater gesprochen«, begann sie, als hätte sie tatsächlich im Einzelnen mit ihm über das Projekt diskutiert. »Ich habe darüber nachgedacht. Ich habe mir die Unterlagen angesehen. Ich mache mit.«

Für einen kurzen Moment verwandelte sich Dr. Grinds Ausdruck langmütiger Freundlichkeit in Erleichterung, als hätte er soeben eine Bombe entschärft, wolle aber kein Aufheben darum machen. »Ich freue mich sehr, das zu hören.«

»Hier sind die Verträge; ich habe jeden an der dafür vorgesehenen Stelle unterschrieben.«

»Und Sie haben sie durchgesehen? Ich gebe Ihnen gern noch Zeit, sie anzusehen und sicherzugehen, dass Sie …«

»Ich bin mir sicher. Mein Entschluss steht fest.«

Dr. Grind schien entweder zu viel oder nichts weiter zu sagen zu haben, er stand da und sah sie sehr interessiert an. Endlich nahm er ihr die Dokumente ab. »Ich freue mich so sehr. Sie werden es nicht bereuen.«

»Ich bin daran gewöhnt, Dinge zu bereuen, es wäre also nicht weiter schlimm.«

Er lachte, dann wies er auf das Frühstücksbuffet in der Ecke der Lobby. »Haben Sie Hunger? Ich war auf dem Weg nach unten, um etwas zu essen. Ich würde mich über Gesellschaft freuen, wenn Sie Zeit haben.«

Sie nickte, und sie durchquerten die Lobby, zwei Menschen auf dem Weg zum Frühstück, nichts auf der Welt konnte normaler sein. Izzy aber hatte ihr Kind für eine wissenschaftliche Untersuchung zur Verfügung gestellt, hatte sich auf etwas eingelassen, das sie normalen Menschen nicht würde erklären können, ohne leicht verrückt zu erscheinen. Darüber würde sie nicht nachdenken, weder jetzt noch später. Sie bewegte sich auf eine neue Zukunft zu, die sie selbst bestimmt hatte, und sie hatte einen Bärenhunger.

Kapitel acht

Izzy wurde ungeduldig. Das Baby war fast eine Woche überfällig, aber nichts deutete darauf hin, dass es auf die Welt kommen wollte. Dr. Kirwin, den sie aufgesucht hatte, um sich ein weiteres Mal untersuchen zu lassen, war nicht aus der Ruhe zu bringen und hatte ihr jedes Mal ganz zu unrecht erklärt, es gäbe nichts, worüber sie sich Sorgen zu machen brauche. »Es ist halt gemütlich da drin, kleine Frau«, sagte er und tätschelte ihren Bauch. »Der neue Erdenbürger ist noch nicht bereit, sich auf den Weg zu machen.« Komplikationen gebe es keine, sie solle sich einfach entspannen, für ihr Wohlbefinden sorgen, und alles wäre in Ordnung. Sie presste die Lippen zusammen. Als wäre in ihrem gegenwärtigen Zustand ein Wohlbefinden erreichbar gewesen! Ihr war schwindelig, sie litt an Verstopfung, musste laufend Wasser lassen, hatte ewig Sodbrennen, ihre Brüste brachten sie um, sie hatte Krämpfe in den Beinen, die Füße taten weh, und der Rücken tat auch weh. Ihr Körper war eine einzige Katastrophe, als wollte er sich so ungastlich wie möglich gebärden, um das Baby aus sich hinauszuzwingen. Doch seine Taktik ging nicht auf. Sie hatte zwar von Zeit zu Zeit vereinzelte Kontraktionen, die sie aufschreckten, aber davon abgesehen gab das Baby nicht zu erkennen, dass es ihren Körper verlassen wollte. »Machen wir es doch so«, fuhr Dr. Kirwin fort. »Setzen die Wehen an diesem Wochenende nicht ein, leiten wir ein. Wie wäre das?« Izzy nickte nur. Für Dr. Kirwin und seine als Scherz verbrämte Ablehnung ihres Körpers war sie nicht zu haben.

Da sie die Arbeit nicht mehr schaffte, hatte sie im Lokal *Zum ganzen Schwein* aufgehört und verbrachte die meiste Zeit in ihrem winzigen Zimmer, hörte Musik auf ihrem iPod oder checkte ihre E-Mails. Die meisten Kleider und Habseligkeiten hatte sie zusammengepackt und in die Anlage geschickt, wo sie, wie Dr. Kwon ihr versicherte, auf sie warteten. Fiel ihr die Decke auf den Kopf, schleppte sie sich durch die Nachbarschaft, von den misstrauischen Blicken der alten Frauen auf ihren Veranden begleitet, als würde sie ihre Häuser ausbaldowern, um später zurückzukehren und auf ihrem Sofa niederzukommen. Hatte sie ihres Vaters Haus wieder erreicht, war ihr schwindelig, sie schnappte nach Luft und war immer noch verflucht schwanger.

Seit die Entscheidung gefallen war, dass sie an dem Projekt teilnehmen durfte, hatte Dr. Grind sie zu den anderen neun zukünftigen Eltern auf eine Mailingliste gesetzt. Sie war die einzige Alleinerziehende, die Einzige, die ganz auf sich gestellt war. Sie war auch die Jüngste, was die anderen Frauen schon jetzt dazu bewog, mit ihr wie mit einer jüngeren Schwester zu sprechen. Obwohl das Projekt noch nicht angelaufen war, spürte Izzy bereits, wie gut es tat, sich endlich mit anderen über den bizarren Vorgang des Kinderkriegens auszutauschen. Im fünften Monat hatte sie im Gemeindezentrum einen Schwangerschaftskurs belegt. Peinlich berührt musste sie feststellen, dass sie als Einzige alleine gekommen war. Selbst die Schülerinnen der Highschool hatten es geschafft, ihren Freund mitzuschleppen, auch wenn einer von ihnen das Ballspiel auf seinem Handy nicht abbrechen wollte, als der Unterricht begann. Sie ging nicht wieder in den Kurs, zog die Einsamkeit des Internets vor und redete sich ein, es sei ebenso gut.

Jetzt merkte sie, wie nett es sein konnte, Freundinnen zu haben, oder zumindest Brieffreundschaften. Am liebsten war ihr die fünfundzwanzigjährige Carmen aus Memphis. »Auf der Highschool habe ich die ganze Zeit höllisch aufgepasst, dass ich nicht schwanger wurde«, schrieb Carmen in einer E-Mail. »Dann packte mich der Übermut, nur ein winziges Bisschen, und schon war es passiert.« Sie wollte Krankenschwester werden, hatte gegenwärtig eine Stelle als Kassiererin, wie die Ironie des Schicksals es wollte, in einem Acklen Super Store. »Seit fünf Jahren arbeite ich dort und bin noch nicht einmal krankenversichert«, schrieb sie, »und jetzt will die Eigentümerin der Kette dafür sorgen, dass sich jemand um mich kümmert. Verrückt.« Es war verrückt, räumte Izzy ein, alles war verrückt, und es tat gut zu hören, in den E-Mails oder Video Chats, die sie eingerichtet hatten, dass auch die anderen so empfanden. Sie saßen von jetzt ab alle auf Gedeih und Verderb im selben Boot.

Nur dass sie immer noch schwanger war, verdammt. Im Verlauf der letzten sechs Wochen hatten die anderen Frauen entbunden. Kaum waren sie in der Wohnanlage verschwunden, versiegten die E-Mails, worüber Izzy sich nicht allzu viele Sorgen zu machen versuchte. Carmen hatte ihr irgendwann geschrieben und ein Foto aller Eltern und Babys angehängt. »Damit sie sich an uns gewöhnen, reichen wir die Kinder herum wie heiße Kartoffeln. Beeil dich, krieg dein Baby und komm!« Man hatte ihr versichert, sie sei jetzt nicht mehr allein, sondern ein Teil von etwas Größerem, sie und ihr Kind wären von Menschen umgeben, die ihr helfen würden, aber sie hatte das Gefühl, bereits jetzt etwas zu verpassen. »Mach schon«, sagte sie immer wieder zu ihrem Kind. »Nun mach schon.«

Am Tag nach ihrem Arztbesuch merkte Izzy gegen neun Uhr abends, wie die Wehen einsetzten. Fast gleichzeitig geschah etwas Unheimliches, sie bekam besser Luft, musste aber auch plötzlich dringend pinkeln. Sie ging im Flur auf und ab und betastete vorsichtig ihren Bauch, als wollte sie Frequenzen aus den Tiefen des Ozeans empfangen. Sie zögerte noch, misstraute ihrem eigenen Körper, wollte erst glauben, dass sie kurz vor der Entbindung stand, wenn sie einen eindeutigen Beweis dafür hatte. Sie öffnete eine markierte Seite mit den Stadien der Wehen auf ihrem Computer, las sie sorgfältig durch und stellte das Gerät ab. Ihr Vater kam nach Hause, rief sie jedoch nicht, um zu hören, ob sie da war, sondern setzte sich gleich in seinen Sessel und stellte den Fernseher an. Eine Stunde später, die Wehen hatten nicht aufgehört, entdeckte sie Blut, als sie ihre Unterwäsche kontrollierte, und alles, was sie über den Geburtsvorgang gelernt hatte, war in ihrem Kopf gelöscht. Sie wusste, es war höchste Zeit, ins Krankenhaus zu fahren, aber etwas Irrationales hielt sie in ihrem Zimmer gefangen, vielleicht die Angst, alles, was sie bisher in Schach gehalten hatte, würde jetzt über sie hereinbrechen und ihre ungewisse Zukunft nähme Gestalt an. Sie krümmte sich wie betend über ihr Bett und zählte die verstreichenden Sekunden, die sie daran erinnerten, dass sie gesund und munter war.

Endlich konnte sie sich den Tatsachen nicht länger verschließen und ging ins Wohnzimmer. »Dad?« Sie fragte sich, warum sie so behutsam war, als sie ihn schubste, um ihn aus seinem Bierrausch zu wecken. Wieder kam eine Wehe, und sie zog die Luft durch die Zähne, um keinen Laut von sich zu geben. Ihr Vater hielt hartnäckig die Augen geschlossen, und sein Mund stand so weit offen, dass sie ihre Faust hätte hineinstecken können. Selbst wenn es ihr gelingen würde, ihn zu wecken, was dann? Ins Krankenhaus würde er sie nicht bringen können, er würde ihr bestenfalls helfen können, sich zu ihrem Pick-up zu schleppen, wo er schlafen würde, während sie nach Chattanooga fuhr. Himmel, zum Krankenhaus waren es fünfzig Minuten! Es war keine Zeit, aus ihrem Vater einen brauchbaren Menschen zu machen.

Sie ging zurück in ihr Zimmer und bewegte sich dabei so

behutsam, als könnte die leiseste Bewegung das Baby verschieben und sie dazu zwingen, es auf dem verdreckten Teppich zur Welt zu bringen. Vor einem Monat hatte sie ihren Campingbeutel gepackt, um für diesen Augenblick gerüstet zu sein. Jetzt hängte sie ihn sich über die Schulter. Die Tasche bestärkte sie darin, dass sie ihren Verstand beisammen hatte und in der Lage war, das zu tun, worauf es jetzt ankam. Sie trat aus dem Haus, die Sterne strahlten, und auf der ganzen Welt bewegte sich nichts außer ihrem Baby. Sie ließ ihren Pick-up an und fuhr auf die Straße, als sie wegen einer weiteren Wehe ungewollt an die Hupe stieß und Gas gab. An Fahren war nicht zu denken. Es war unheimlich, wie die Endorphine, die ihr Körper ausschüttete, sie zum Zittern brachten. Konzentrieren konnte sie sich nicht. Sie fuhr an den Straßenrand und versuchte nachzudenken. Schließlich, weil sie keine andere Wahl hatte, tippte sie Mr Tannehills Nummer ein und wartete auf seine gütige, beruhigende Stimme.

»Wer ist da?«, meldete er sich in einem Ton, der alles andere als beruhigend oder gütig war. Immerhin war es zwei Uhr morgens, sagte sich Izzy.

»Mr Tannehill, hier ist Izzy. Ich rufe Sie wahnsinnig ungern an. Echt ungern.«

»Was ist los, Sweetie?«

»Das Kind kommt«, erwiderte sie, atmete tief ein und versuchte zu verschnaufen. »Ich brauche Sie, um mich ins Krankenhaus zu bringen.«

»Bin schon auf dem Weg«, sagte er, und die Verbindung war unterbrochen. Sie saß in ihrem Pick-up, sechs Meter von ihrem Haus entfernt, und atmete kontrolliert ein und aus. In den vergangenen Wochen hatte sie ihr Kind angefleht, sich endlich auf den Weg zu machen, und nun, ganz allein und in ihrem Pickup, flehte sie, dass es noch ein bisschen warten möge.

Sie hörte das Röhren des Motors, bevor sie die Scheinwerfer sah. Während Mr Tannehill die Straße hinunterbrauste, blendete sie mehrmals kurz auf, damit er sie bemerkte. Er hielt neben ihrem Pick-up, riss ihre Tür auf und hob sie wie eine Feder hoch. Sanft setzte er sie auf seinem Rücksitz ab, sie legte sich hin und versuchte, es sich bequem zu machen. »Meine Tasche«, sagte sie, aber er kam schon damit zurück. Bevor sie wusste, wie ihr geschah, saß er im Auto und legte den Gang ein. »Es war längst überfällig, Sweetie.« Dann streckte er seine Hand nach hinten zu ihr, und sie nahm und drückte sie. »Verdammt überfällig«, sagte er. Izzy konzentrierte sich auf das Geräusch des Motors, der sie an einen sicheren, sauberen Ort bringen würde, und es kam ihr in den Sinn, dass man in einem Notfall nicht mehr verlangen konnte.

Bei ihrer Ankunft im Krankenhaus, Izzy hatte von unterwegs angerufen und ihr Kommen angekündigt, öffnete Mr Tannehill die Wagentür und half ihr beim Aussteigen. Inzwischen waren ihre Wehen so heftig, dass sie leise stöhnte wie ein Grizzlybär und sich humpelnd zum Eingang bewegte, als hätte sie das Gehen von YouTube-Videos gelernt. Mr Tannehills Motor lief, die Fahrertür stand weit offen, während er sie mehr oder weniger vorwärtsschleppte. »Hierher«, sagte eine Krankenschwester, die zu ihnen nach draußen gerannt war. »Ich hole einen Rollstuhl«, fuhr sie fort, aber Izzy, die keine Ahnung hatte, warum sie dagegen war, wollte keinen. »Lasst mich einfach weiterlaufen«, sagte sie, als hätte sie das Ende eines Marathons erreicht und wollte keine Hilfe. Die Krankenschwester warf Mr Tannehill einen Blick zu, zog die Schultern hoch und wies ihnen den Weg. Am Empfang nahm Izzy Mr Tannehill ihre Tasche ab und holte ihre Arztunterlagen und die Formulare heraus.

»Das lass ich mir gefallen, alles vorbereitet«, sagte die

Schwester zu Mr Tannehill gewandt, sah die Bögen durch und nickte zufrieden. »Gut, Isabel, wir bringen Sie auf Ihr Zimmer. Kommt Ihr Vater mit?«

Mr Tannehill schüttelte den Kopf. »Ich bleibe im Warteraum, wenn das in Ordnung ist. Oder willst du mich dabei haben, Izzy?«

Izzy hätte ihn sogar gern dabeigehabt, oder vielmehr, sie hätte gern jemand bei sich im Zimmer gehabt, aber in seiner Anwesenheit würde es so unvorstellbar peinlich sein, entblößt zu sein. »Ich komm schon zurecht«, sagte sie und versuchte zu lächeln, aber es war schwierig, so fest biss sie die Zähne zusammen.

»Du wirst es schon schaffen«, sagte er und drückte ihr die Schulter. Die Krankenschwester führte sie zu einem Zimmer und half ihr in den Morgenrock. »Das Baby meint es ernst, oder?« Izzy konnte nur nicken. »Ich habe ein bisschen Angst«, gestand sie.

»Wir machen es Ihnen jetzt bequem, und dann haben Sie gleich weniger Angst, das versichere ich Ihnen. Die Ärztin ist benachrichtigt und wird bald hier sein.«

»Ärztin? Mein Arzt ist Dr. Kirwin.«

»Er hat heute Nacht keinen Dienst, sondern Dr. Starling. Sie ist sehr gut und versteht etwas von ihrem Fach. Sie werden sie mögen.«

Izzy war erleichtert, dass Dr. Kirwin in ihrer schweren Stunde nicht da wäre und sie ihr Kind ohne Bemerkungen über ihren gastfreundlichen Schoß oder Fragen, was sie getan habe, um einen neuen Freund aufzutreiben, zur Welt bringen konnte. Sie lehnte sich im Bett zurück und ließ den Schmerz ihren Körper durchdringen. Er war so heftig, dass sie ihn im Haar, in den Zehennägeln, in ihrem pochenden Herzen spürte. Und dann, o Gott, konzentrierte sich der ganze Schmerz in ihrem

Rücken, und sie packte das Betttuch, auf dem sie lag, und hätte gern zwei Zungen im Mund gehabt, damit sie eine durchbeißen konnte.

Wenn Hal doch noch lebte, dachte sie, und sei es nur, damit er jetzt bei ihr sein könnte. Sie wollte ein Team sein, wollte zu jemandem gehören, um sagen zu können: »Ich habe Angst« oder »Das tut weh«, und jemand, der sie liebte, würde antworten: »Ich habe auch Angst« oder »Bald wird es vorbei sein«. Wenn sie sich ihn jetzt vorstellte, wie er ihr schüchtern und gut aussehend das Blaue vom Himmel versprach, war sie nur enttäuscht und wütend, auch wenn sie lieber etwas anderes empfunden hätte. Für Trauer war kein Raum mehr. Er war fort, sie konnte ihn nicht zurückholen, und selbst wenn es möglich gewesen wäre, hier bei ihr in diesem Zimmer wäre er trotzdem nicht. Sie holte ihr Mobiltelefon heraus und schickte eine SMS an Dr. Kwon, *Kind kommt*, zu mehr war sie nicht in der Lage. Sie fragte sich, wann Dr. Kwon die Nachricht sehen würde, ob wohl alle Eltern fest schliefen, ihr Kind im Arm. Oder ob ihr Kind in den Armen von anderen schlief; sie stellte sich einen Berg Körper vor, Dr. Grind zuunterst, und wie sich alle aneinander festhielten, als wären sie von einem Hurrikan bedroht. Und dann traf eine weitere Wehe ihr Rückgrat, und sie schrie auf. Eine Schwester half ihr auf die Beine, damit sie die Schmerzen gleichmäßig verteilen konnte. »Baby, Baby, Baby, Baby«, keuchte sie, das einfachste Mantra, und die Krankenschwester, die einen starken osteuropäischen Akzent hatte, sagte: »Jetzt dauert es nicht mehr lang, Darling.«

Endlich tauchte Dr. Starling auf, die winzigste erwachsene Frau, die Izzy je gesehen hatte. Sie trug Trainingskleidung und zog ihre Augenbrauen hoch, als wüsste sie nicht, ob Izzy sich darüber im Klaren war, dass sie ein Kind bekam. Sie zog Handschuhe an, und Izzy ließ sich untersuchen. Wenige Sekunden später hob die Ärztin den Kopf und sagte: »Das Kind ist fast da. Sie haben großes Glück. Es wird sehr leicht gehen.«

»Leicht fühlt es sich nicht gerade an«, entgegnete Izzy, und die Ärztin hob wieder die Augenbrauen und erwiderte lächelnd: »Es könnte schwerer sein.«

Es kamen Krankenschwestern ins Zimmer, Izzy lutschte Eiswürfel und ließ zu, dass der Schmerz sie vernichtete. Dann, sie hätte es nicht erklären können, schienen sich die Wehen in ihr in ein helles Licht zu verwandeln. Bald würde sie ihr Kind sehen, und sie hatte keine Angst. Zwei der großartigsten Dinge auf der Welt träfen zusammen, ihre Schmerzen wären vorbei, und ihr Kind käme zur Welt. Die Ärztin berührte ihren Schenkel, hielt inne und forderte sie auf zu pressen. Izzy gehorchte, hatte aber das Gefühl, als hätte es keine Wirkung. »Pressen!«, sagte die Ärztin wieder, und Izzy schrie: »Versuch ich doch!« Die osteuropäische Schwester half ihr, die Beine in der richtigen Position zu halten, und die Ärztin sagte noch einmal: »Pressen!«, und Izzy presste, zwei, drei Mal, obwohl ihr alles vergeblich und dumm vorkam, und doch so nötig war. Sie presste, presste nicht, presste und presste wieder, bis ihr Körper endlich nicht ihr Körper war, und dann, o Wunder, wenn es sie denn gäbe, wurde jeder Ton unhörbar, alles im Zimmer wurde zu einer Lichtflamme, und in der Stille und Weiße hörte sie den Schrei ihres Kindes. Noch nie hatte sie einen so rauen, papierdünnen Ton gehört, einen durch einen unsichtbaren Draht mit allen Rezeptoren ihres Körpers verbundenen Ton.

Izzy war erschöpft, ihre Zähne klapperten. Dr. Starling legte ihr das Baby auf die Brust, und sie und das Baby wandten sich instinktiv einander zu, und damit war es geschehen. Nichts in ihrem Leben wäre jemals wieder so wichtig, dessen war sich Izzy sicher. Sie hatte etwas geschaffen, und nun gehörte es ihr, und das konnte ihr niemand ausreden. Sie war nicht mehr allein auf der Welt. Wie einsam sie gewesen war, erkannte sie erst jetzt. Nie wieder würde sie es sein. Sie hielt das Kind, und das Kind hielt sie, das neugeborene, blaurote Wesen, dem sie das Leben geschenkt hatte. »Ich habe es geschafft«, sagte sie zu Dr. Starling, halb im Ton einer Frage, halb einer Aussage, und die Ärztin nickte nur. »Ein wunderschöner, gesunder kleiner Junge, Isabel«, sagte die Schwester. Izzy lächelte und legte sich zurück. Sie spürte, wie ihr Körper, um so vieles stärker, als sie ihm je zugestanden hatte, heilte, um sich auf das vorzubereiten, was als nächstes geschehen sollte, was immer es sein mochte.

An den nächsten Tag im Krankenhaus konnte sie sich später nur schwer erinnern; die Zeit verhaftete sich nur mit dem, was das Kind tat. Manchmal trat jemand ins Zimmer, um nach ihr zu sehen, Schwestern, Dr. Starling, die Stillberaterin, eine Frau, die mit ihr über die Ratenzahlung ihrer Krankenhauskosten sprechen sollte, ein Defilee von Leuten, die ihr bestätigten, dass sie Mutter und das fest in Windeln gepackte Baby ihr Junge war. Dr. Kwon rief an, alle würden sich mit ihr freuen, und Dr. Grind sei auf dem Weg zu ihr. Izzy, die gleich nach ihrer Entlassung in die Anlage ziehen sollte, erlebte ihren Aufenthalt in dem kleinen Zimmer, so still und sauber und mit beruhigenden medizinischen Geräten ausgestattet, wie eine Zwischenstation auf dem Weg von ihrem alten in ihr neues Leben. Hier wollte sie möglichst lange bleiben, sicher und vor allem geschützt, was außerhalb jener vier Wände auf sie wartete.

Wenn sich ihr Baby meldete, legte sie es an und gab ihm stolz das, was es brauchte. Sie wechselte seine Windeln, wickelte es, schaukelte es und machte laufend Aufnahmen mit ihrem Handy, verschwommene Bilder von etwas, das Tier wie Mensch gleichermaßen glich.

Mr Tannehill betrat ihr Zimmer, seine Baseballmütze in der

Hand. Er war im Warteraum geblieben, bis eine Schwester ihm Bescheid gab, dass Izzy entbunden hatte. Danach war er nach Hause gefahren und hatte sich an die Arbeit gemacht, bis er wieder zu Izzy fahren konnte. Er wirkte angespannt und rückte nach einer Weile damit heraus, dass er sich nicht sicher sei, ob der neue Pit Boy seiner Aufgabe gewachsen wäre. Er hatte einen Plastikbeutel mitgebracht, in dem zehn perfekte Kugeln in offenen Gestellen hin und her rollten, die er aus einem hellen Holz mit einem schönen, warmen Ton geschnitzt hatte. »Ich hab mir gedacht, es wäre nicht recht, nur eins für dein Baby zu machen. Mit Rücksicht drauf, wie dieses Projekt laufen soll, hab ich für jedes Baby eine Kugel geschnitzt. Ich hoffe, sie haben ihren Spaß dran. Zumindest dürften sie die Kleinen beschäftigt halten.« Izzy dankte ihm überschwänglich und schüttelte den Kopf über die viele Arbeit, die er in seine Schnitzereien gesteckt hatte.

»Dein kleiner Junge ist wunderschön, Izzy«, sagte er, und sie hielt ihm das Baby hin. Sie hatte gedacht, er würde höflich ablehnen, aber er nahm den Jungen auf den Arm, der es sich dort bequem machte und weiterschlief. »Als hätten Sie Ihr Lebtag nichts anderes getan«, bemerkte Izzy und machte mit ihrem Telefon ein Foto.

»Geht es dir gut?« Sie nickte.

»Ich warte darauf, müde zu werden, aber ich bin ziemlich aufgekratzt.«

»Die Müdigkeit wird kommen, ich wette mit dir. Genieß, was du hast.«

Sie saßen einige Minuten still zusammen, und Mr Tannehill betrachtete liebevoll das Baby.

»Wie heißt er?«, fragte er plötzlich.

»Ich hab mich noch nicht entschieden«, erwiderte sie, von dem Geständnis leicht bedrückt. Lange hatte sie gedacht, sie würde ihn Hal nennen, doch jetzt wusste sie, dass sie das nicht tun konnte. Eine traurige Erinnerung an ein Leben, das nicht stattgefunden hatte, wäre ein Fehler. Sie hatte auch an Carson oder Flannery gedacht, nach Flannery O'Connor und Carson McCullers, zwei Schriftstellerinnen, die sie besonders mochte, aber auch diese Namen passten jetzt nicht mehr. In ihrer Familie gab es keine Namen, die sie ansprechend fand, und es schien sinnlos, trotzdem auf die Familie zurückzugreifen, als wäre sie ihr wichtig. Das Formular lag neben ihrem Bett, aber sie konnte sich noch nicht vorstellen, einen Namen einzutragen.

»Wie heißen Sie eigentlich?«, fragte sie Mr Tannehill.

»Izzy, du kennst doch meinen Namen!«

»Nein, ich kenne ihn nicht. Ich kenne Sie nur als Mr Tannehill. Ich glaube, ich habe noch nie gehört, dass jemand Sie anders genannt hat.«

Er schüttelte den Kopf, als hätte er sich danebenbenommen und könnte seinen Fehler nie wiedergutmachen. »Unter Freunden sollte man vielleicht wissen, wie der andere heißt. Mein Name ist Cap. Meine Mutter war eine geborene Caplin, und Cap war der Kompromiss, auf den sich meine Eltern geeinigt haben.«

»Gefällt mir«, sagte Izzy. Niemand war jemals netter zu ihr gewesen als Mr Tannehill. Sie musste daran denken, wie sie zu nachtschlafender Zeit an seinen Wohnwagen geklopft und ihm ihre Schwangerschaft gestanden hatte. Er war der Erste gewesen, der sie darin bestärkt hatte, dass sie es schaffen würde. »Cap Poole«, sagte sie. Der Name passte perfekt zu ihren Vorstellungen.

»Willst du nicht erst darüber nachdenken?«

»Hab ich schon«, erwiderte Izzy. »Ich werde ihn nach dem allerbesten Menschen nennen, den ich kenne.«

Mr Tannehill traten Tränen in die Augen, und er senkte den Blick auf das Baby in seinen Armen. Er hielt Izzy seine freie Hand hin, ergriff ihre und drückte sie fest. »Wenn ich Geld hätte, Izzy, würde ich dir jeden Pfennig schenken. Du bist für mich wie eine Tochter, wenn ich ehrlich sein soll. Ich weiß, dass ich nicht dein Vater bin, und ich tu auch nicht so, als könnte ich das sein, aber seit wir zusammenarbeiten, bedeutest du alles für mich. Ich weiß nicht, was ich von dem Projekt, an dem du teilnimmst, halten soll, und ich finde es nicht gut, dass du wegziehst, aber ich hoffe, dass es dir und diesem kleinen Jungen alles gibt, was ihr verdient.«

»Wären Sie mein Vater gewesen, Mr Tannehill, wäre das Leben ein ganzes Stück leichter für mich gewesen.«

»Seine Familie kann man sich nicht aussuchen«, entgegnete er, »aber man kann sich seine Freunde aussuchen, und ich bin froh, dass wir Freunde sind.« Das Baby bewegte sich und fing an zu weinen. Mr Tannehill schien erschrocken, dass er es auf dem Arm hielt, und reichte es Izzy. Sie öffnete ihren Morgenmantel, um es zu stillen, und er stand auf. »Ich lass dich mal allein«, sagte er, aber sie bat ihn zu bleiben, und er setzte sich wieder. Während sie ihr Kind stillte, probierte sie den Namen in Gedanken immer wieder aus. *Cap.* Er haftete mühelos an dem Jungen in ihrem Arm, stellte sie fest. Fünfzehn Minuten später kündigte eine Krankenschwester einen weiteren Besucher an. Mr Tannehill stand auf und beugte sich über Izzy und das Kind. Er küsste sie auf die Stirn und winkte Cap ein Auf Wiedersehen zu. Sie versprach, ihn sobald wie möglich zu besuchen, zu schreiben und in Verbindung zu bleiben, und er sagte, er würde sich freuen, von ihr zu hören, wann immer sie es möglich machen könne. »Halt die Ohren steif, Izzy.« Mit diesen Worten wandte er sich zum Gehen, und die Türöffnung füllte sich mit seiner großen Gestalt.

Wenige Sekunden später erschien Dr. Grind in derselben Tür, einen kleinen Geschenkkorb in der Hand, um dessen Griff eine blaue Schleife gebunden war. Es lag natürlich nicht an ihm, aber sein Anblick so kurz nach Mr Tannehill, nun der Namenspatron ihres Kindes, enttäuschte sie. Er stand für Veränderung und kam just in dem Augenblick, wo Izzy wollte, dass alles blieb, wie es war, und in diesem Moment erstarrte.

»Kann ich eintreten?«, fragte er zögernd. Izzy forderte ihn mit einer Geste dazu auf. Er stellte den Korb auf den Stuhl und ging sich dann die Hände waschen. Danach setzte er sich neben Izzy und betrachtete das Baby.

»Er ist wunderschön, Izzy. Alle sind aufgeregt und freuen sich für Sie.«

»Er heißt Cap.«

»Hallo, Cap«, sagte Dr. Grind lächelnd mit einem Gesicht, das keine Traurigkeit zu kennen schien, sondern nur die Milde seines glücklichen Lebens ausdrückte. Sie wusste, dass ihr Eindruck falsch war, dass er eine entsetzliche Kindheit gehabt hatte und von Familientragödien nicht verschont geblieben war, und sie fragte sich, wie er diese Ruhe gewonnen hatte, wie er glauben konnte, dass jedes Stück des Universums genau an ein anderes passte.

»Haben Sie es gut? Ist alles in Ordnung hier?«

Sie nickte. »Großartig. Das Baby ist gesund, heißt es, und alles ist normal.«

Das Kind hatte seine Hände aus dem Wickel befreit und seine blauroten, schrumpeligen Finger zuckten in der Luft. Dr. Grind legte den Zeigefinger in seine Handfläche, und der Säugling umschloss ihn sofort mit seinen Fingern. Izzy lächelte, und Dr. Grind sagte: »Es ist nur ein Reflex. Er wird der Palmargreifreflex genannt. In den 1890er Jahren testete ein Arzt, wie Neugeborene greifen, ich glaube, es waren an die fünfzig, und stellte fest, dass man sich auf ihren Griff nicht verlassen konnte, dass sie manchmal ohne Warnung losließen, aber auch an einem Stock hängend ihr eigenes Gewicht bis zu zweieinhalb Minuten halten konnten.« Er beobachtete den Säugling, und jäh ließ Cap Dr. Grinds Zeigefinger los. Dr. Grind machte eine Raupenbewegung mit seinem Finger und sah wieder Izzy an. »Muss eine merkwürdige Untersuchung sein. Die Rolle des Babyfängers dürfte schrecklich schwierig gewesen sein, er musste ständig auf dem Sprung sein für den Fall, dass ein Säugling den Stock loslässt.«

Izzy fragte sich, wieso ausgerechnet Dr. Grind eine Studie über Neugeborene als seltsam empfinden konnte. Jäh wurde ihr bewusst – und es war ein unheimliches Gefühl, das sie beschlich –, dass man jetzt von ihr erwartete, sich auf dieses Projekt einzulassen, sich mit ihrem Baby, ihrem Sohn, in den Wald zu begeben, in einen geheimnisvollen Wohnkomplex, wo sie von Fremden umgeben wären, die ihr Baby ungestraft würden anfassen dürfen. Ihre Angst, eine alleinerziehende Mutter zu sein, hatte sich in die äußerst merkwürdige Angst verwandelt, nur ein Elternteil von neunzehn Eltern zu sein. Dr. Grind nicht mitgerechnet.

»Morgen werden Sie entlassen, Izzy«, sagte er, dabei hätte sie so gern geglaubt, dass er sich auf ihre Fantasie, sie könne ewig im Krankenhaus bleiben, eingelassen hätte. »Ich bringe Sie und Cap zu Ihrem neuen Zuhause, und wir helfen Ihnen, sich dort einzuleben.«

Izzy, die nie Ungelegenheiten machen wollte, die sich vor ihrer Schwangerschaft ein Leben zusammengezimmert hatte, in dem es nur darum gegangen war, keine Spur ihrer Existenz zu hinterlassen, schüttelte es vor Zukunftsangst. Nach Hause, zu dem unglücklichen Leben, das sie dort erwartete, wollte sie nicht zurück, aber sie wollte auch nicht mit Dr. Grind gehen.

»Ich weiß nicht, ob ich es schaffe, Herr Dr. Grind. Ich habe das Gefühl, einen Fehler zu begehen.«

»Daraus mache ich Ihnen keinen Vorwurf, Izzy«, sagte er, und ihr fiel auf, dass er sie meistens beim Namen nannte, als wollte er ein wildes Tier beruhigen. »Es wäre nicht normal, wenn Ihnen das, was jetzt auf Sie zukommt, keine Sorgen bereitete. Aber ich kann Ihnen versichern, dass ich es mir zur Aufgabe gemacht habe, Ihnen und Cap zu einem besseren Leben zu verhelfen.«

»Ich glaube, ich kann ihn nicht aufgeben«, fuhr sie fort. Der Säugling bewegte sich und begann zu weinen. »Sie geben ihn nicht auf, Izzy«, widersprach er. »Sie bringen ihn an einen wunderbaren Ort.«

Ohne auf Dr. Grind zu achten, zum Teufel mit der Sittsamkeit, öffnete Izzy ihren Morgenmantel und versuchte Cap anzulegen. Er konnte oder wollte aber nicht trinken, sondern klang weiterhin wie ein fehlgeschlagenes wissenschaftliches Projekt. »Ich weiß es einfach nicht«, sagte Izzy und veränderte die Lage des Säuglings; sie verlor Milch. Das Kind schrie etliche Dezibel lauter, und Izzy fühlte einen Stich der Unzulänglichkeit. Wie dumm von ihr zu hoffen, dass die Ankunft des Kindes sie von diesem Gefühl befreien würde. Sanft ruckelte sie Cap, aber es nützte nichts. Da hielt Dr. Grind ihr die Hände hin und bot ihr äußerst verlegen seine Hilfe an. Zögernd reichte sie ihm das Kind, und er nahm es, hielt es dicht an die Brust, machte mit dem Mund ein Geräusch wie eine kleine Nähmaschine und wiegte sich schlurfend im Tanz. Das Geschrei ließ nach, vielleicht einfach, weil die Mutter das Kind einem Fremden gegeben hatte, aber dann beruhigte Cap sich ganz; Dr. Grind summte weiter und hielt den Säugling, als wäre er sein eigener. Nach einer Minute Stille übergab er Cap wieder seiner Mutter. Er lächelte.

»In Ordnung«, sagte sie. »Alles in Ordnung. Ich komm mit. Ich mach's.«

»Es freut mich sehr, das zu hören, Izzy.« Er setzte sich auf den Stuhl und stieß übertrieben heftig die Luft aus. »Liegt es an meinem Trick mit dem Baby, dass die Sache für Sie jetzt endgültig in trockenen Tüchern ist?« Izzy nickte. Er schüttelte den Kopf. »Ein Glücksfall, das versichere ich Ihnen, aber mir soll es recht sein.« Wieder fiel ihr auf, wie sehr sie ihn mochte; sie fand es liebenswert und ein klein wenig seltsam, dass jemand, der so unegoistisch zu sein schien, sich die Unendliche Familie ausgedacht hatte und offensichtlich daran glaubte, er handele korrekt und aufrichtig, obwohl so viel dagegen sprach.

Als er endlich aufbrach und versprach, am nächsten Morgen wiederzukommen, wandte sie ihre ganze Aufmerksamkeit ihrem Sohn zu, der sie, wie sie in ihrer Angst meinte, skeptisch betrachtete. Sie gab ihm einen Kuss, es gab nichts Einfacheres und Leichteres, und wartete auf den Augenblick, der sich schnell wieder nähern würde, wenn er sie brauchte und sie ihm geben würde, was er von ihr wollte.

Am nächsten Morgen stellte sie fest, dass die Endorphine, mit denen der Geburtsvorgang sie ausgestattet hatte, völlig aufgebraucht waren. In der Nacht war sie mehrmals auf den Beinen gewesen, hatte das Kind gestillt, seine Windeln gewechselt, es in Schlaf gewiegt, sodass sie sich nun, da die Sonne aufgegangen war und Schwestern in ihrem Zimmer ein und aus gingen, um ihren Pflichten nachzukommen, einen Energydrink, einen Kaffee oder einen Tropf im Arm wünschte. Sie packte ihre Habseligkeiten in die schmale Campingtasche, einschließlich der Geschenke für das Baby, die aus der Wohnanlage und die des Krankenhauses. Sie könne den riesigen Plastikbecher behalten, aus dem sie literweise Wasser getrunken habe, sagten die Schwestern, und sie freute sich so sehr, dass ihr Glück in Verlegenheit umschlug. Sie unterschrieb Papiere, dankte dem Personal und ging dann, völlig verdutzt, dass niemand sie aufhielt, mit ihrem Kind, Cap Ellgee Poole, aus ihrem Zimmer in den Wartebereich, wo Dr. Grind saß, und dann weiter aus dem Krankenhaus hinaus, und immer noch blieb sie unbehelligt, niemand stellte ihr Fragen zum Thema Kinderpflege. Cap gehörte ihr, und kein Mensch, das wurde ihr nun klar, würde ihn ihr nehmen. Dr. Grind verstaute ihre Tasche im Kofferraum und half ihr, Cap sicher in die Babyschale zu schnallen. Sie setzte sich auf den Rücksitz neben ihren Sohn, und nachdem Dr. Grind sich vergewissert hatte, dass sie angeschnallt war, gab er ihr ein Zeichen, es gehe los. Er gab Gas und fuhr auf den Highway. Jeder im Krankenhaus, dachte Izzy, dürfte sie für eine ganz normale Familie gehalten haben.

Nach einer langen Fahrt, die Cap zum großen Teil verschlief, bog Dr. Grind schließlich in eine lange, gewundene, von Bäumen gesäumte Straße ein. Er folgte einem holprigen Weg, bis die Bäume die Aussicht frei gaben und die Anlage wie eine Fata Morgana vor ihnen lag.

»O mein Gott«, entfuhr es Izzy, vom Kunstrasen erschreckt. Die Gebäude wirkten wie eine Computersimulation.

»Ist es nicht wunderbar?«, fragte Dr. Grind, und Izzy konnte nur nicken. Es war eine Welt für sich, und sie begriff jetzt, dass dieser Ort für die nächsten acht Jahre ihr Zuhause sein würde. Es war ihr, als wäre sie in ein Kaninchenloch gefallen und in einer unerforschten Dimension gelandet. Wie ihr Auto sich dem riesigen Hauptgebäude näherte, sah sie winkende Menschen auf den Stufen, acht oder neun, einige mit Säuglingen auf dem Arm. Dr. Grind hielt an und stellte den Motor ab.

»Ich brauche noch eine Sekunde«, sagte Izzy. »Ich kann noch nicht gleich aussteigen.«

»Lassen Sie sich Zeit. Alles ist gut.«

Sie löste Caps Gurte und nahm ihn auf den Arm. Er suchte nach ihrer Brust, und sie spürte die Hitze seines Körpers. Nachdem sie ihn eine Weile gehalten hatte, nickte sie Dr. Grind zu. Er stieg aus, umrundete das Auto und hielt ihr die Tür auf. Vorsichtig setzte sie einen Fuß auf die Auffahrt. Nun konnte sie die Gesichter der Männer und Frauen sehen, die alle so glücklich, so ruhig auf sie und Cap warteten. Dr. Grind legte seinen Arm wie einen Schutzmantel um ihre Schultern, und zu dritt schritten sie dem entgegen, was da kommen würde. Die Familie war komplett.

Zweiter Teil

Kapitel neun

Projekt *Unendliche Familie* (Erstes Jahr)

Izzy legte den Kopf in den Nacken, holte kurz Luft und ließ sich zurück ins Wasser gleiten. Sie schwamm zügig, aber noch nicht so perfekt, wie sie es sich wünschte. Seit vierzig Minuten ging es so ohne Unterbrechung, ohne Ziel in den Infinity Pool, von dessen Wasser sie ständig leicht zurückgestoßen und gezwungen wurde, in Bewegung zu bleiben. Bevor sie in die Anlage kam, kannte sie keine Schwimmbecken mit Gegenstromanlage, in denen man nach Belieben auf der Stelle schwimmen konnte, aber sie hatte gleich Gefallen daran gefunden. Eine Woche lang war ein Schwimmlehrer gekommen, herbeigezaubert, um Izzy die richtigen Schwimmstöße beizubringen, denn bisher, in den öffentlichen Bädern, hatte sie es nur bis zu einem besseren Hundepaddeln geschafft. Jetzt schwamm sie fast jeden Morgen, um den Schlaf oder die Müdigkeit loszuwerden, je nachdem, wie sehr die Babys sie beansprucht hatten. Es war ein gutes Gefühl, gegen den Widerstand anzuschwimmen und Kraft aufzubauen, auch wenn der Kampf aussichtslos war.

Am flachen Ende eines zweiten, herkömmlichen Beckens stand Asean und wirbelte das Wasser mit seinen Händen auf. Er war Anfang zwanzig, perfekt durchtrainiert und am frühen Morgen Izzys einzige Gesellschaft im Schwimmbad. Sie winkte ihm zu, er grinste zurück und hob grüßend einen blauen Gewichthandschuh. Auf ihr »Guten Morgen« hin nickte er nur, denn er hörte Musik auf seinem MP3-Player. In fünfzehn

Minuten musste sie im Kinderzimmer sein, zeigte ihr ein Blick auf ihre Uhr. Sie holte tief Luft und mobilisierte ihre ganze Willenskraft, um sich glücklich zu fühlen. Als sie das Wasser verließ, versuchte sie die Angst aus ihren Gesichtszügen zu verbannen, und fragte sich wie jeden Tag in dieser neuen Welt, ob sie heute endgültig an ihre Grenzen stoßen würde und sich eingestehen musste, an diesem merkwürdigen Ort nicht leben zu können.

Es war Juni, noch nicht sehr schwül, die wirklich hohe Luftfeuchtigkeit war erst für Juli und August zu erwarten, aber es war warm genug, um deutlich sommerlich zu sein. Nach dem Winter und dem regnerischen Frühling war Izzy dankbar, sich mehr im Freien aufhalten zu können. Ihr Haus war zwar sehr nett, wenngleich sparsam dekoriert und möbliert, aber manchmal zählte sie die Sekunden, bis sie es verlassen konnte. Nachdem sie früher ganz einsam gelebt hatte, empfand sie es als merkwürdig, dass sie nun Gesellschaft suchte. Der Grund war ihr auch ohne wissenschaftliche oder psychologische Studie klar. Es lag an Cap; es lag, wenn sie ehrlich war, an allen zehn Babys. Wenn sie nicht aktiv an deren Leben teilnehmen konnte, schien eine Leine gekappt zu sein. Allein gelassen verfiel sie leicht in Selbstzweifel und sorgte sich wegen des geringsten Fehlers, der ihr unterlaufen war; deshalb suchte sie Gesellschaft. Beobachtete sie die anderen Eltern und verglich deren Anpassungsfähigkeit mit ihrer eigenen, ließ sich drohendes Unheil abwenden.

Das letzte Stück zum Hauptgebäude 1 legte sie joggend zurück, verzichtete auf den Fahrstuhl und stieg die Treppe zum Kinderzimmer hinauf, das im obersten Stockwerk lag. Sie trug ihren Namen in den ausliegenden Bogen ein, verglich ihr purpurfarbenes Armband mit dem Farbcode auf dem Papier und stellte fest, dass sie zur richtigen Zeit am richtigen Ort war. Mit ihrer Schlüsselkarte, die sie wie alle Eltern und Angestellten um den Hals trug, öffnete sie die Tür und hielt inne, wie jedes Mal vor Verblüffung eine Weile wie gelähmt. Im ersten Moment war es überwältigend, wie viel im Zimmer los war. Der große Raum barg zehn Babys, die eine große, elementare Bedürftigkeit ausstrahlten. Sie brauchte wie immer ein paar Minuten, bevor sie ihre Verantwortung akzeptieren, sich ihr stellen konnte.

Dr. Patterson hatte Dienst, und Izzy war froh darüber. In ihrer Gegenwart fühlte sie sich am wohlsten. Die am wenigsten förmliche Assistentin Dr. Grinds räumte bereitwillig ein, dass sie in einer seltsamen Konstellation lebten, aber das hielt sie nicht davon ab, so viel Kapital wie möglich daraus zu schlagen. Dr. Washington war so unnahbar seriös, dass Izzy nie wusste, was er dachte, und ob er überhaupt hinter dem Projekt stand. Dr. Kwon, die sehr nett zu Izzy war, schien manchmal so absolut von dem Projekt überzeugt, dass sich irgendwelche Zweifel von vornherein verboten. Dr. Patterson stellte die glückliche Mitte dar, und das war alles, was Izzy sich wünschte. Sie wollte von allzu heftigen emotionalen Schwankungen verschont bleiben.

Neben Dr. Patterson waren vier hervorragend ausgebildete Kinderpflegekräfte anwesend, die zusätzlich über Qualifikationen in frühkindlicher Entwicklung verfügten. Diese drei Frauen und ihr männlicher Kollege wohnten nicht weit entfernt, in La Vergne oder Nashville, und Izzy hatte den Eindruck, dass sie verblüfft über ihre einzigartigen Arbeitsbedingungen waren, begeistert von der Chance, die sich ihnen bot. Erstaunt verfolgte sie, wie gelassen und mühelos sie ihrer täglichen Aufgabe nachkamen, die sechs Monate alten Babys gesund und munter zu halten.

Sie winkte Dr. Patterson zu, die mit Marnie auf dem Fußboden spielte, einem wonnigen Baby, das ein Muttermal auf der Stirn hatte. Es bemühte sich, im Sitzen die Balance zu halten, während Dr. Patterson ihr bunte Formen aus Schaumstoff reichte. Eliza, das größte Baby, eine Amazone in Windeln, lag auf dem Rücken und verfolgte mit weit aufgerissenen eisblauen Augen das rote Bastelpapier, das die Pflegerin Shonda über ihr ausstreute. Die Stückchen schwebten durch die Luft, und Eliza strampelte aufgeregt mit den Beinen. Izzy konnte die Babys wie eine Maschine summen hören. In ihren Ohren klang es, als näherte sich das Glück der Kleinen einem manischen Zustand, und sie hatte Angst, alles könnte umkippen und zu lautem Geheul werden.

Als sie ihren Namen auf dem Klemmbrett eintrug, sah sie, dass die einundzwanzigjährige Nina, nach ihr die Jüngste der Familie, und der sechsunddreißigjährige Jeremy, der älteste Projektteilnehmer, ebenfalls für die Drei-Stunden-Schicht eingeteilt waren. Jeremy, gut aussehend wie der Malboro-Mann, hatte bereits Kenny und Carmens Sohn Maxwell auf dem Arm und ließ sich von ihm den Stoppelbart gegen den Strich reiben. Izzy checkte die Weißwandtafel mit den Namen der zehn Babys, um zu sehen, wer schlief, wer bereits versorgt wurde und wer auf eine Betreuungsperson wartete. Ihr eigener Sohn schlief, ebenso die Babys Lulu und Eli. Die anderen Pflegekräfte versorgten jeweils ein Kind, sodass nur Jackie, die Tochter von Asean und Nikisha übrig blieb, die sich mit dem ihr eigenen skeptischen Blick in der automatischen Schaukel zurücklehnte. In Augenhöhe für das Mädchen krabbelte Izzy auf dem Boden entlang, bis es sie bemerkte und die Hände nach ihr ausstreckte. Izzy nahm die Kleine auf, setzte sie sich auf die Hüfte und gurrte leise. Irgendwann entspannten sich Jackies hochgezogene Brauen, und sie war mit Izzy einverstanden.

In diesem Augenblick kam Nina ins Zimmer und winkte Izzy zu, bevor sie sich eintrug. Ihr Sohn Gilberto wurde gerade von Marcus betreut, einem weiteren Pfleger, der ihm aus einem Stoffbilderbuch vorlas. Dr. Grind hatte den Eltern empfohlen, die erste Stunde nicht mit dem eigenen Kind zu verbringen, und so ging Nina zu Karen, um beim Wechseln von Irenes Windel zu helfen und mit dem Baby zu üben, wie man sich dreht. Zu leiser Musik von Sonny Rollins setzte Izzy Jackie auf den Boden und machte einige Ausdauerübungen mit ihr, an die dreißig Minuten lang spielte sie mit Bällen und Würfeln. Izzy staunte jedes Mal, wie lange sich Babys konzentrieren können; sie hatte sie für ruhelose Kätzchen gehalten, deren Augen ständig auf Suche nach neuer Beute waren.

Danach tauschte sie mit Christie, einer Pflegerin, die den Eltern Zeichensprache beigebracht hatte, und übernahm die Aufsicht über Ally, ein blasses, blondes, blauäugiges Baby, das bei Izzys Anblick freudig lächelte. Ally war hungrig, suchte an Izzys Brust, kaum dass sie das Kind hochgehoben hatte. Izzy ging noch einmal zurück an die weiße Tafel, sah, dass Ally gefüttert werden musste, brachte das Kind zur Milchstation und entnahm eine Flasche Milch, die von Allys Mutter Alyssa abgepumpt worden war.

Vor einigen Monaten, als die Unendliche Familie schließlich komplett war, hatte man über die Fütterung der Babys diskutiert. Anfangs stillte jede Mutter ihren eigenen Säugling oder pumpte die Milch ab, sodass auch der Vater, andere Eltern oder eine Pflegekraft das Füttern übernehmen konnten. Zwei Monate später schlug Dr. Grind vor, die jeweils vorhandene Milch für alle zu nutzen. Die zehn Mütter sollten ihre Milch abliefern, die dann für egal welches Kind verwendet werden durfte. Julie, die am fortschrittlichsten dachte und sich dem Projekt aus dem ehrlichen Wunsch heraus angeschlossen zu haben schien, an einem so einzigartigen Versuch teilzunehmen, und nicht, weil die Umstände sie dazu zwangen, hatte daraufhin vorgeschlagen, dass die Mütter einfach jeden Säugling stillen sollten, der hungrig war. Die meisten Eltern, einschließlich Izzy, stimmten jedoch dagegen, weil der Gedanke sie entweder mit Unbehagen erfüllte oder weil es die Väter vom Füttern ausgeschlossen hätte. Nach sorgfältiger Überlegung und einer Abstimmung, bei der die Eltern, Dr. Grind und seine Assistenten je eine Stimme hatten, wurde beschlossen, das ursprüngliche System beizubehalten, auch wenn es bedeutete, dass die Mütter mehrmals am Tag und in der Nacht die Milch abpumpen mussten, damit sie in der Milchstation bereitstand, wenn sie selbst nicht zum Stillen zur Verfügung standen. Einige Mütter trafen sich im Fernsehzimmer, und während vier oder fünf Frauen ein Baseballspiel oder die Sendung *The Price Is Right* schauten, summten die Pumpen. Andere pumpten ihre Milch lieber in den eigenen vier Wänden ab. Tag und Nacht war das Zischen in den pneumatischen Röhrenbahnen der Anlage zu hören, wenn wieder eine Mutter ihre Milch per Rohrpost zur Etikettierung und Kühlung in die Milchstation schickte. Nie, sagte sich Izzy, war die Zukunft so, wie man sie sich vorstellte.

Cap wachte auf und schrie so laut, dass Izzy ihn sofort erkannte, selbst vor der Geräuschkulisse der anderen Babys. Nina ging zu seinem Bettchen, notierte, wann er aufgewacht war, schaute noch einmal auf seine Karte und nahm ihn dann auf den Arm, wo er sich mit so kummervollem Schluchzen an sie schmiegte und suchte, dass Izzy, ohne es zu merken, Ally an sich drückte, bis das Kind auf ihrer Hüfte zu zappeln begann. Nina kam zu Izzy. »Er muss gestillt werden«, sagte sie, und sie tauschten Babys. Caps winzige Fäuste waren fest geballt, zählten zitternd auf, was Izzy nur als seine vielen Beschwerden über die Unendliche Familie interpretieren konnte. Sie setzte sich in einen Schaukelstuhl und öffnete ungeschickt in aller Eile ihr ärmelloses Oberteil. Ihr Gesicht brannte vor Angst, dass alle im Raum sie beobachten und mitschreiben könnten, wie gut oder schlecht sie es machte. Kaum hatte Cap die ersten Züge getrunken, wurde er ruhiger, war nicht glücklich, aber wenigstens friedlich. Nina saß gelassen neben Izzy und schaukelte Ally. Als die Jazzmusik verstummte und Neko Chase zu hören waren, strampelte Ally aufgeregt. Nina stand auf und trug sie zu einer Spielmatte, wo verschiedene andere Babys saßen oder auf dem Rücken lagen.

Cap saugte kräftig, und Izzy empfand das vertraute Ziehen in der Brust als merkwürdig angenehm. Wenn sie Cap so hielt, dass es mit dem Stillen am besten klappte, schaute er sie mit weit aufgerissenen Augen direkt an, was sie anfangs aus der Fassung brachte. Doch jetzt liebte sie diese Minuten, denn es schien, als wären sie beide allein. Sah sie ihn lange genug an, konnte sie ihm ohne Worte signalisieren, dass sie seine wahre Mutter war. Hatte er fertig getrunken und war sein Zorn ein Gespenst geworden, von dem Izzy nicht mehr glauben konnte, dass sie es überhaupt gesehen hatte, betrachtete er, nachdem sie ihm beim Aufstoßen geholfen hatte, gegen ihre Brust gelehnt das Treiben der anderen Babys und Pflegekräfte. Dann streckte er die Arme aus und sagte: »Ba-ba-ba«, bisher seine einzigen Laute, und Izzy setzte ihn vorsichtig auf dem Fußboden ab, wo er ein paar Sekunden auf dem Bauch liegen blieb und dann zu Gilberto zu krabbeln versuchte, der jedes Mal laut lachte, wenn er mit einer schnellen Kopfbewegung die Plastiksonnenbrille abschüttelte, die Marcus ihm aufsetzte. Cap hob sein Hinterteil, wie um seinen ganzen Körper in die gewünschte Richtung zu schieben, schaffte es aber noch nicht zu krabbeln, und Izzy half ihm, näher bei Gilberto zu sitzen. Die beiden Babys musterten sich, und dann hielt Gilberto Cap die Sonnenbrille hin, der sie nahm und kräftig schüttelte, bis sie ihm aus der Hand fiel und in Gilbertos Schoß landete, woraufhin beide glucksend lachten. Marcus hielt Gilberto die Handflächen hin, und Cap sagte: »Buum, buum, buum«, und die beiden Babys schlugen nach seinen Händen. Izzy hielt Cap ihre Hand hin; er sah sie an und packte ihren Daumen, dass es ihr den Rücken hinunterlief und das Herz überflutete. So war es für Izzy hier in der Anlage, ihr Herz verkrampfte sich vor Angst, und dann begann es noch heftiger als vorher wieder zu schlagen. Sie küsste Cap auf den Kopf, und als Gilberto sie ansah, lehnte sie sich vor und küsste auch ihn. Lächelnd schüttelte er den Kopf, als hätte sie ihm wieder eine Sonnenbrille aufgesetzt.

Izzy spielte mit den Babys oder hielt sie einfach im Arm, wenn sie scheinbar untröstlich weinten, bis ihre Schicht endete. Sie schrieb ihren Bericht, in dem sie alles vermerkte, was für Dr. Grind, der ihn am Abend lesen würde, von Interesse sein konnte. Dann schlenderte sie durch das Kinderzimmer, küsste jedes Baby und verließ anschließend mit Nina und Jeremy den Raum. Es war ihr, als hätte sie Schichtarbeit in einer Fabrik hinter sich, die sich Walt Disney ausgedacht hatte; die leuchtenden Farben und die musikalische Untermalung übertönten die gruselige Tatsache, dass man hier Superbabys am Fließband produzierte.

Um fünf Uhr gingen die angestellten Pflegekräfte zu ihrer eigenen Familie nach Hause. Izzy und die restlichen Eltern trafen sich im ersten Stock von Hauptgebäude 1, im größten Raum, der als Ess- und Spielzimmer zugleich diente. Von jetzt ab würden die zehn Babys bis zum nächsten Morgen von den Eltern, Dr. Grinds Assistenten, Dr. Grind und drei Nachtschwestern, die im Kinderschlafzimmer arbeiteten, versorgt werden. Für Izzy brachen die schönsten Stunden des Tages an, wenn sich Eltern und Kinder zusammen in dem großen Raum aufhielten, der von den Gesprächsfetzen der Erwachsenen und dem gelegentlichen Weinen der Babys erfüllt war. Man reichte die Babys herum, und Izzy staunte, wie schnell sich die Kinder einem neuen Paar Arme anpassten. Sie fragte sich oft, als führte sie eine Art informelle anthropologische Studie durch, wie die Babys mit den merkwürdigen Umständen umgingen, in denen sie lebten (und von denen sie natürlich nichts wussten). Sie fand es ermutigend, dass sie gediehen, was entweder daran lag, dass sie noch zu klein waren oder dass Dr. Grind wusste, was er tat.

Izzy bereitete mit Kenny das Abendessen zu, Jeffrey und Nikisha teilten die zum Zufüttern vorgesehene Babynahrung aus. Köchin Nicole, die für Frühstück und Mittagessen zuständig war, hatte sie vor dem Ende ihrer Schicht zubereitet. Bevor Nicole ihre Stelle in der Wohnanlage antrat, hatte sie in der Tagesstätte einer jungen Firma in San Francisco als Küchendirektorin gearbeitet, bis die Firma pleite ging, wahrscheinlich weil sie zu viel Geld in Dinge wie Küchendirektoren für ihre Tagesstätte gesteckt hatte.

Laute Salsa-Musik beschallte den Saal, während Kenny Burger grillte und Izzy aus Süßkartoffeln perfekte Fritten schnitt, eine Gewürzmischung darüberstreute und sie in den Ofen schob. Izzy hatte sich zur besten Köchin der Familie gemausert, und Nicole machte ihr oft Komplimente. Dass sie so gut kochte, lag natürlich auch daran, dass sie vorher im Grill *Zum ganzen Schwein* gearbeitet hatte, aber mittlerweile konnte sie mehr als nur Schweinefleisch und Frittiertes zubereiten. Ohne fremde Hilfe hatte sie sich das Vakuumgaren angeeignet, hatte Marinieren und das Pochieren von Eiern gelernt. Sie fand es aufregend; als hätte sie durch radioaktive Strahlung eine neue Superpower erworben. Fühlte sie sich unbehaglich, weil sie ein ausgefallenes Gericht zubereiten musste, übte sie so lange, bis es seine Macht, sie zu ängstigen, verloren hatte. Das hatte sie schon oft in ihrem Leben so gehalten, um ihrer Unsicherheit Herr zu werden. Sie eignete sich eine solche Geschicklichkeit an, dass die Leute meinten, das, was sie mache, könne nicht schwierig sein, und ihr keine Beachtung schenkten. Jetzt schnitt sie eine Schüssel voll abgekochter Roter Bete in dünne Scheiben, bestreute sie mit frischen Kräutern und Ziegenkäse. Kenny steckte sich eine Scheibe in den Mund und verzog verzückt das Gesicht. Er nickte begeistert, und Izzy lächelte.

War das Essen fertig, versammelten sich die Erwachsenen um den langen Eichentisch und setzten die Babys in ihre Hochstühle. Izzy trug die Schüsseln mit Gemüse auf, legte einige Laibe selbst gebackenes Brot dazu, Kenny reichte dem jeweiligen Auftraggeber die Burger, die er nach dessen individuellen Wünschen zubereitet hatte. Benjamin, einst Autoverkäufer in Knoxville, erzählte eine komplizierte Geschichte von einem schwierigen Kunden, der nach langem Palaver endlich ein Auto kaufte und es keine dreißig Meter vom Händler entfernt in den Straßengraben fuhr. Jill gestand, an einem Drive-in-Burger-Restaurant, vergessen zu haben, den Rückwärtsgang einzulegen, und in einige unbesetzte Picknicktische gefahren zu sein. Jeder gab eine komische Autogeschichte zum Besten, und damit verging das Abendessen. Die Babys machten ihre eigenen merkwürdigen Geräusche, wollten manchmal für einen Rundgang durch das Zimmer auf den Arm genommen oder auf den Boden gesetzt werden. Izzy fütterte Harris' und Ellens Baby Marnie die weichsten Karottenstückchen, die so leuchtend orange waren, dass sie raren Halbedelsteinen glichen. Sie konnte nicht widerstehen, zum anderen Ende des Tisches zu schauen, wo Cap mit starrem Blick Callie anschaute, die ihn gurrend und lächelnd fütterte. Es tat einen winzigen, scharfen Stich in Izzys Herz, aber sie fing sich und wandte ihre Aufmerksamkeit wieder Marnie zu, die mit den Fingern in eine Avocadocreme geraten war und sie in ihrem Haar verteilt hatte.

Ihre Vergangenheit, jene vielen Jahre, in denen sie sich kein Gefühl erlaubt, sondern alle Gefühle gestrichen hatte, war eine gute Vorbereitung auf ihre jetzige Situation gewesen, wusste Izzy nun. Sie unterdrückte ihr Verlangen, im Mittelpunkt von Caps Leben zu stehen, und sagte sich stattdessen, dass es nichts ändern würde. Statt sich auf ihn zu konzentrieren, würde sie ihr Herz der Welt öffnen und hoffen, dass alles gut würde, auch wenn sie immer wieder einen Stich des Bedauerns fühlte. Als sie Marnie auf die Wange küsste, blinzelte das Baby sie an, lächelte und hielt ihr die Hände hin. Izzy zog die Kleine an sich, auch wenn das verschmierte Essen an ihren Kleidern hängen blieb. Das reicht völlig, sagte sie sich. Es ist fast genauso gut.

Nachdem alle Babys gewaschen und frisch gemacht waren, eine endlose Prozedur, nach der sich Izzy wie ausgewrungen fühlte, stillte sie Cap und reichte ihn Carmen, die für die Nachtschicht eingeteilt war. Auch wenn sie gelegentlich die ganze Nacht auf den Beinen sein musste, hatte Izzy den Nachtdienst am liebsten, die Möglichkeit bei den Kleinen zu sein, sie alle einträchtig atmen zu hören, das Gefühl zu erleben, sie beschütze sie allein durch ihre Anwesenheit. Izzy küsste noch ein paar der anderen Babys und verabschiedete sich von den Eltern, die Dienst hatten.

Im Freien dachte sie an den Infinity Pool, entschied sich aber doch für ihr Haus. Beim Öffnen der Tür traf sie dessen Leere wie ein Schlag. Kein Laut eines Mitbewohners. Sie stieg in den ersten Stock, wo ihr Schlafzimmer war, ließ sich aufs Bett fallen und blieb liegen, ohne unter die Decke zu schlüpfen. Ein weiterer Tag war vergangen, der Weg zum nächsten Morgen war frei, und nun würde sie sich dem Schlaf überlassen, gegen den sie seit Stunden angekämpft hatte. Während sich die Wohnanlage um sie herum verschob und erweiterte, umfasste sie sich mit beiden Armen, damit alles in ihrem Körper still und perfekt werden konnte.

Endlich für sich allein, ließ sie los, ließ sich gehen und weinte ohne Anstrengung, kaum dass ein Gefühl sie dazu antrieb. Sie weinte und weinte und stellte sich jedes einzelne Mitglied der Unendlichen Familie vor, wie sie alle um sie herum standen, sie ansahen und ihr versicherten, alles würde gut. Als der Schlaf auf sich warten ließ, versuchte sie zu glauben, dass tatsächlich alles gut war, dass dies das Richtige für sie war.

Dennoch, sie beging einen Fehler. Selbst wenn es klappen sollte, war es ein Fehler gewesen, an diesem Projekt teilzunehmen. Es würde sie unwiderruflich verändern. Es war so schräg, und sie alle gaukelten sich mit so viel Mühe vor, sie führten ein normales Leben.

Andererseits war sie daran gewöhnt, Fehler zu machen. Sie war daran gewöhnt, im Fehler zu leben. Das Geheimnis war, das wusste sie, den Fehler zu biegen und zu formen, ihn nicht in Ruhe zu lassen, bis er sich in etwas verwandelte, das sie überleben konnte.

Sich im Bett aufsetzend zwang sie sich mit schierer Willenskraft, hart zu werden.

Sie stellte sich ihr Leben außerhalb des Projekts vor. Das winzige Zimmer, in dem sie hausen würde, ihre seit vielen Jahren tote Mutter, ihren ewig betrunkenen, zu nichts zu gebrauchenden Vater. Sie hätte das Kinderbett in ihr Zimmer pferchen müssen, an Schlaf wäre nicht zu denken gewesen. In dem winzigen Raum hätte sie sich kaum rühren können. Ihr Haar hätte nach Holzfeuer gestunken, ihre Augen wären rot und gereizt. Sie hätte noch einen zweiten Job annehmen müssen, mehr Stunden arbeiten müssen. Es wäre ein schlechter Job gewesen, denn für etwas Besseres war sie nicht qualifiziert. Er hätte sie so sehr gefordert, dass sie abends völlig ausgelaugt gewesen wäre. Cap hätte sie alten Frauen überlassen müssen, die in ihren Bruchbuden Kinder betreuten, Frauen, vom Leben so ausgebrannt, dass sie die Kleinen prügelten, damit sie gehorchten, und dafür so viel kassierten, dass Izzy sich und ihren Sohn kaum hätte durchfüttern können, dazu noch von Lebensmitteln, die sie noch langsamer gemacht hätten. Die Leute im Ort hätten sich gefragt, wer wohl der Vater ist. Die arme Izzy Poole, so ein gescheites kleines Ding, aber was für ein elendes Leben. Wie sie es hasste, bemitleidet zu werden! Und dann hätte sie es eines Tages bereut, Cap geboren zu haben, wie sie Hal bereute und einen Großteil ihres verdammten Lebens.

Das würde sie nicht zulassen, sagte sie sich, jetzt im Bett sitzend wie ein Soldat oder perfekt aufrecht wie in einer Yoga-Position. Sie hatte sich aus jenem Leben herausgekämpft, den weiten Weg bis zu diesem Ort im Wald zurückgelegt. Sie hatte Bammel. Sie hatte Schiss, alles zu versauen. Egal. Sie würde es schaffen. Sie würde subtile Mittel und Wege finden, unentbehrlich zu werden, erfolgreich zu sein, auch wenn es so wenig wahrscheinlich schien. Acht Jahre hatte sie Zeit. Sie würde alles herausholen, alles, worauf es ankam, während dieser acht Jahre, und sie würde verwandelt werden. »Unendlich«, sagte sie zu sich. »Unendlich. Ich bin unendlich.« Und das war sie und würde es bleiben.

Kapitel zehn

Projekt *Unendliche Familie* (Erstes Jahr)

Dr. Grind saß in Gerdie Kents Büro im Erdgeschoss des Hauptgebäudes 1. Sie erläuterte ihm die Finanzlage seines Projekts am Ende des ersten Jahres. Die Zahlen kamen ihm unwirklich vor, denn für seine Studie stand ihm so viel Geld zur Verfügung, dass es einfach nicht möglich war, alles auszugeben. Trotzdem drehte Gerdie jeden Pfennig zweimal um. Sie sah ihre Aufgabe darin, Dr. Grind darauf hinzuweisen, dass er für die grobmotorische Förderung der Babys vielleicht doch keinen fest angestellten Physiotherapeuten brauche, wenn er ein entsprechendes Angebot der Krankenhausambulanz in Nashville nutzen oder für ein paar Monate einen Freiberufler verpflichten konnte. Und Dr. Grind sah es als seine Aufgabe an oder als eine seiner vielen Aufgaben, sich Gerdies Fachkenntnis zu fügen. »Sparen Sie mehr, als Sie ausgeben«, war einer ihrer Sprüche, »dann ist Geld vorhanden, wenn Not am Mann ist.« Es lag Dr. Grind auf der Zunge zu erwidern, dass ständig Not am Mann sei, weil es immer Projektbereiche gebe, wo Veränderungen den Eltern und Kindern das Leben erleichterten. Er sprach auch nicht aus, dass es das Ende seiner beruflichen Karriere bedeuten könnte, wenn ihm das Projekt um die Ohren fliege. Dergleichen interessierte Gerdie nicht.

Gerdie, siebenundfünfzig und mit zahllosen Universitätsabschlüssen dekoriert, ließ sich von seinem Projekt nicht beeindrucken. Sie und ihr Mann hatten sechs Pflegekinder großgezogen. Beim Einstellungsgespräch meinte sie: »Manchmal muss man mit einer künstlichen Familie anfangen, später kann man sie dann in eine wirkliche umwandeln.« Sie war ein bärbeißiger Typ, und Dr. Grind schien es, als sehe sie ihn oft leicht verwundert an. Eine Mitarbeiterin, die durchblicken ließ, dass er eventuell nicht wusste, was er tat, war durchaus nach seinem Geschmack. Allen anderen gegenüber musste er Selbstvertrauen ausstrahlen.

»Wir haben im ersten Jahr etwas weniger verbraucht als geplant. Unsere Ausgaben werden sich jedoch kräftig erhöhen, weil wir von jetzt ab die Kosten für die Aus- und Fortbildung der Eltern tragen müssen. Und wir müssen zusätzlich Personal einstellen, weil die Eltern seltener zur Verfügung stehen. Es wäre hilfreich, wenn wir die zusätzlichen Ausgaben irgendwie einsparen könnten, hier sind meine Vorschläge.« Sie reichte ihm einen Packen Unterlagen, die zu lesen ihn Tage kosten würde.

»Schenken Sie mir reinen Wein ein, Gerdie. Wir kennen uns lange genug. Sie wissen, was ich hier auf die Beine stellen will. Werden mir von diesen Sparmaßnahmen welche auf den Magen schlagen?«

»Ihnen schlägt jede Sparmaßnahme auf den Magen. Aber diese sind am wenigsten schlimm!«

»Also gut. Machen wir weiter.«

Sie gingen den Etat für die einzelnen Projektteilnehmer durch. Bei einigen war es einfach, wie beispielsweise bei Susan Lin, sie wollte Hausfrau sein und konnte weitere Verpflichtungen in der Wohnanlage übernehmen. Zusätzlich würde sie an Kursen teilnehmen, Finanzen, Kinderentwicklung und wofür sie sich sonst noch entschied. Ihr Mann David hingegen würde sich am Peabody College of Education and Human Development der Vanderbilt University in Nashville einschreiben, um zu promovieren, was komplett vom Projekt finanziert würde.

Jeremy und Callie Gipson hatten sich für die Teilnahme an dem Projekt entschieden, weil sie die Farm verloren hatten, die fünf Generationen lang Jeremys Familie gehört hatte. Sie würden auf mehreren Hektar Land der Anlage ökologische Landwirtschaft betreiben und ihre Produkte an einheimische Restaurants verkaufen. Dafür mussten Maschinen, Geräte und eine Ausbildung finanziert werden, die sie in die Lage versetzen würden, ökologischen Gemüseanbau zu betreiben, der über die kleinen Biogärten hinausging, die zur Anlage gehörten.

Link und Julie Howser waren insofern interessante Fälle, weil sie auf ihrem jeweiligen Gebiet etabliert waren und hauptsächlich Zeit brauchten, um in Ruhe arbeiten zu können. Link war ein talentierter Studiomusiker und jahrelang mit verschiedenen Bands unterwegs gewesen. Er wollte nicht mehr auf Tournee gehen, sondern sich auf seine eigene Musik konzentrieren. Ein Vater sein, der daheim war. Julie hatte vor zwei Jahren ihren ersten Roman geschrieben, der positiv aufgenommen worden war, und arbeitete jetzt an ihrem zweiten Buch. Abgesehen von den Kosten für Unterbringung und Ernährung und vielleicht etwas Geld, um in der Wohnanlage ein Studio für Link einzurichten, würden die beiden keine finanzielle Unterstützung brauchen.

Harris und Ellen Tilton waren mit ihrem Kaffeeladen Konkurs gegangen. Sie wollten Betriebswirtschaft an einem einheimischen College studieren, um später wieder ein Geschäft zu gründen, sofern Gerdie und Dr. Grind grünes Licht zu ihren Plänen gaben.

Kenny Floyd würde seine Ausbildung als Mechatroniker in Nashville abschließen und dann seine eigene Werkstatt eröffnen. Seine Frau Carmen Rivera hatte vor, eine Ausbildung an einer Krankenpflegeschule zu machen.

Asean Watts wollte wieder aufs College gehen, um Physiotherapeut zu werden, und seine Frau Nikisha, die schon die Hochschulreife erworben hatte, beabsichtigte Bibliothekswissenschaften an der Middle Tennessee State University in Murfreesboro zu studieren. Gerdie hatte sichtlich ihre Freude daran, Dr. Grind gegenüber zu wiederholen, dass diese beiden dem Projekt außer Unterkunft und Verpflegung so gut wie nichts kosten würden, weil ihre Stipendien alle Ausgaben deckten.

Carlos Torres, der im ersten Jahr des Projekts seine allgemeine Hochschulreife gemacht hatte, und seine ebenfalls erst zweiundzwanzigjährige Frau Nina wollten an der Middle Tennessee State University in Murfreesboro studieren.

Benjamin und Alyssa Raymond hatten vor, einfach wieder zu arbeiten, nachdem sie ihre Anstellung bei einem Autohändler in Georgia verloren hatten. Sie würden abgesehen von Geld für Fortbildungsmaßnahmen keine weitere finanzielle Unterstützung brauchen.

Paul Brook und Mary Hubbard waren auf Sozialhilfe angewiesen gewesen, nachdem Paul seine Stelle als Kassierer in einem Lebensmittelladen verloren hatte und Mary keine Arbeit fand. Beide hatten vor, auf ein Community College zu gehen, um Betriebswirtschaft zu studieren, und Teilzeitarbeit zu finden.

Izzy Poole schließlich würde an der Middle Tennessee State University studieren, hatte aber noch keine Ahnung, welches Hauptfach. Dank Köchin Nicole, die sie für außerordentlich begabt hielt, würde sie auch in der Küche helfen dürfen.

Es erstaunte Dr. Grind, der sich ursprünglich vor allem auf die Kinder konzentriert hatte, wie viel Zeit er auf die Betreuung der Eltern verwenden musste. Alle acht Wochen suchten sie einen Psychiater auf, mit dem sie über ihr Leben in der Wohnanlage sprachen, und auch Dr. Grind hatte ständig ein Auge darauf, wie sie mit ihrem neuen, gemeinschaftlichen Leben klarkamen. Die Babys gediehen prächtig und hatten viele Entwicklungsziele erreicht, zur Überraschung aller Beteiligten sogar früher als es normal gewesen wäre. Ally konnte schon sprechen, und einige andere Babys standen kurz davor. Dr. Grind hatte die Eltern, seine Mitarbeiter und die Angestellten gewarnt, dass sich die Kinder in der kurzen Zeit nicht viel besser entwickeln würden als ihre Altersgenossen außerhalb der Unendlichen Familie. Sie überholten jedoch bereits die Ergebnisse seines Projekts *Künstliches Dorf*. Er vermutete, es liege daran, dass sie mit dem Tag ihrer Geburt an dem Projekt teilgenommen hatten. Brenda Acklen, mit der er alle vierzehn Tage Video Chats führte, war außer sich vor Freude, dass mit den Kindern alles so gut lief. Er versäumte nie, sie mit Videos und Fotos zu versorgen und ihr alles zu zeigen, was die Kleinen vollbrachten. Sie interessierte sich hauptsächlich für die Kinder, zu den Eltern stellte sie selten Fragen, aber er hielt sie mit Informationen über deren Zukunftspläne auf dem Laufenden. »Es ist deine Familie, Preston«, wurde sie nicht müde zu wiederholen. »Ich bin die Geldgeberin, aber du bist der Papi.« Ihre Logik löste Unbehagen in ihm aus, die darin enthaltene schwierige Frage der Vaterrolle lag ihm im Magen. Andererseits begeisterte es ihn, von ihr zu hören und es selbst zu fühlen, dass er wieder Teil einer Familie war.

Ganz traf das allerdings nicht zu. Er setzte sich sehr dafür ein, dass sich eine Gemeinschaft bildete, aber er blieb der Herr Doktor, und als solcher automatisch ein Außenseiter. Betrat er ein Zimmer, schienen die Eltern und seine Assistenten Haltung anzunehmen, als gingen sie davon aus, er mache sich Notizen über jede Einzelheit ihres Umgangs miteinander. Dann jedoch gab es jene anderen Momente, wenn ein Vater oder eine Mutter ihm ein Kind anvertrauten, ihr eigenes Kind, und das bestärkte ihn in seinem Glauben, etwas aufzubauen, das er brauchte, wie immer das Ergebnis für die Eltern aussehen würde. Am Ende der acht Projektjahre würde er auf die Füße gefallen sein, genau wie alle anderen, nur dass niemand wüsste, dass er sich verändert hatte.

Nach seiner Besprechung mit Gerdie besuchte er die Babys im Kinderzimmer. Das lebhafte Treiben dort, der Lärm, die Farben und die Bewegung überwältigten ihn kurzfristig. Einige Sekunden lang ließ er sich von dem Durcheinander überfluten, dann kehrte er in die Welt zurück. Er nahm Cap auf, das ruhigste und nachdenklichste Kind, wie er fand, das ihn anlächelte, als er Nasenreiben mit ihm spielte. Einige Kinder saßen im Kreis beieinander, jedes mit einem Musikinstrument, das es unsanft mit seinen winzigen Händen in ein Schlagzeug verwandelte. Dr. Grind setzte Cap zu den anderen und legte ihm eine kleine Ukulele in den Schoß.

Nach Jodys Geburt hatte Marla angefangen, sie zu spielen, lange nachdem ihre Band sich aufgelöst und sie das Schlagzeug aufgegeben hatte. Sie sang ihrem kleinen Sohn bearbeitete New-Wave- und Punk-Songs vor, während sie klirrend die Saiten des zerbrechlichen Instruments zupfte. Er erinnerte sich noch gut daran, wie sie Jody in seinem Bett vorsang und er selbst das Geschirr des Abendessens abwusch. Es waren die schönsten Klänge seines Familienlebens, seine Frau, die leise Songs verzerrten Zorns sang, sein Sohn, der sie begleitete, bis seine Stimme immer leiser wurde und dann gänzlich verstummte.

Während er selbst zufällige Akkorde auf dem Hals des Instruments spielte, strich Cap zu seinem Erstaunen mit der ganzen Handfläche weich über die Saiten, sodass sie beide gemeinsam eine kleine Melodie erzeugten. Bei Cap zeigte sich ein angeborenes Gefühl für Rhythmus, soweit ein Kleinkind es umsetzen kann, und er spielte mit einem sehr zufriedenen Lächeln noch ein wenig weiter. Dann schaute er verstohlen seinen Begleiter an, und der erfüllte bereitwillig seine Forderung nach Lob. Danach hatte Cap keine Lust mehr und schob die Ukulele ganz in Dr. Grinds Hände, der noch ein paar passable Klänge produzierte und irgendein Kauderwelsch dazu sang. In diesem Augenblick deutete Cap lächelnd auf ihn und sagte glockenhell: »Papi.«

Sogleich drehte sich Christie um, die mit Marnie Schlagzeug spielte. »Das war sein erstes Wort«, sagte sie. Jeffrey überließ die Babys, mit denen er beschäftigt war, sich selbst und kam herüber. »Ich habe es bis dort drüben gehört. Papi.«

Wie auf Befehl sagte Cap noch einmal »Papi«, immer noch auf Dr. Grind deutend. Christie fasste sich ans Herz und machte »oh« und »ah«, weil es so süß klang. »So etwas Wonniges habe ich noch nie erlebt.« Jeffrey ging zum Klemmbrett und notierte die neue Entwicklung. Zwei weitere Eltern kamen herüber, denn Cap konnte oder wollte jetzt, da er einmal angefangen hatte, nicht mit dem Reden aufhören. Dr. Grind kniete unbequem über den Kleinen gebeugt, der auf ihn zeigte, und konnte die Ukulele nicht loslassen. Keine drei Sekunden, das wusste er, und er würde schluchzen, und richtig erklären würde er es nicht können, nicht einmal sich selbst. Er küsste Cap auf die Stirn und verließ das Kinderzimmer.

Ein Stück den Korridor hinunter, außer Sichtweite und endlich allein, blieben die Tränen aus. Die Ukulele im Arm dachte er an seinen Sohn. Er wusste nicht mehr, wann Jody »Paps« zu ihm gesagt hatte. Die Erinnerung war weg, und er fragte sich, wie viel anderes er verloren haben mochte, an die Zeit oder durch Unaufmerksamkeit. Er musste an das Foto denken, das er in dem Gebäude versteckt hatte, und wünschte sich jetzt, er könnte den Verputz von der Decke klopfen und es herausholen. War er wirklich so naiv gewesen zu glauben, dass eine Familie den Platz einer anderen einnehmen konnte? Oder dass eine Familie, die es nicht mehr gab, für immer in ihm weiterleben würde?

Nach einigen Minuten spürte er, wie sich die Gefühle auflösten, die ihn zu überwältigen gedroht hatten, ganz wie seine Eltern ihn gelehrt hatten, mit Stress umzugehen, ob er von außen kam oder in ihm war. Du gestehst ihn dir ein, legst die Hand darauf und machst ihn zu einem Teil deiner selbst, damit er die Macht über dich verliert.

Er erinnerte sich, wie seine Mutter, als er klein war, ihre Hand sanft auf seinen Unterleib legte und ihm gut zuredete, alle innere Unruhe, allen Schrecken und alle Ungewissheit in seinen Bauch zu ziehen, den Hochofen seines Seins. Waren sie dort gefangen, atmete sie mit ihm, langsam und zuversichtlich, bis sie sich in Luft verwandelt hatten. »Fühlst du, was übrig ist?«, pflegte sie ihn zu fragen, den Mund dicht an seinem Ohr. »Nichts ist übrig. Nur Wolken. Wenn sie durch deinen Körper hindurchgehen, in deine Arme, Beine, Füße und Hände, kitzelt es ein bisschen, und danach ist alles für immer fort.« Dann rückte sie ein Stück von ihm ab, fasste ihn bei den Schultern und zwang ihn, ihr geradewegs in die Augen zu sehen. »Alles ist für immer fort«, sagte sie. »Und du? Du bist noch da. Du bist unberührt.« Sie umarmte ihn, und er fiel in ihre Arme, es war nichts mehr in ihm, das Schmerz verursachen konnte.

Die Welt bemühe sich nach Kräften, uns zu verletzten, sagten seine Eltern, aber nichts von da draußen könne das, was in ihm sei, zerstören. »Wenn du machst, was wir dir sagen«, behauptete sein Vater, »bist du unbesiegbar.« Und er hatte ihnen aufs Wort geglaubt.

Als er sich aufrichtete, um seinen Tag fortzusetzen, pfiff er eine Melodie von Tin Pan Alley und fühlte, wie er wieder der Mensch wurde, der er sein musste. Er lehnte die Ukulele, nicht gezupft und stumm, gegen die Wand und ging zurück zu seinem Büro. Dort warteten seine Assistenten vor der Tür auf ihn. »Es gibt ein Problem«, begrüßte ihn Kalina Kwon, und Dr. Grind lächelte, vielleicht unabsichtlich, weil es wieder etwas gab, worum er sich kümmern musste.

»Ich habe mit einer der Nachtschwestern gesprochen«, fuhr die junge Frau fort, während alle das Büro betraten, »und sie hat mir erzählt, dass Ellen Tilton, die Dienst hatte, gegen ein Uhr zum Bettchen ihrer Tochter gegangen ist und sie aufgenommen hat. Marnie schlief fest, aber Ellen hat sie wach gerüttelt, bis sie schrie. Anschließend hat sie das Kind in den Armen gewiegt, bis es wieder eingeschlafen war. Anstatt die anderen zu füttern oder Windeln zu wechseln, hat sie ihre Tochter zwei Stunden im Arm gehalten.«

»Nachvollziehbar«, kam es von Jill Patterson. »Wir haben darüber gesprochen, dass es dazu kommen könnte. Sie wollte mehr Zeit mit ihrem Kind verbringen.«

»Es ist nachvollziehbar«, gab Dr. Grind zu, »aber so läuft es nicht in unserer Familie. Ich werde mit ihr reden.«

»Wie wollen Sie das denn machen? Wollen Sie sagen: *Hören Sie damit auf, schenken Sie Ihrem Baby nicht so viel Aufmerksamkeit?*«

»Nein«, erwiderte Dr. Grind. Er war daran gewöhnt, dass Jill seinen Standpunkt infrage stellte, nur um zu sehen, wie er reagierte; als wollte sie testen, wie stark seine Überzeugung war. »Das wäre schrecklich. Ich werde sie an die Ziele unseres Projekts erinnern und wie wichtig es ist, dass alles wie in einer einzigen Familie abläuft.«

»Sie werden sehr einfühlsam und freundlich vorgehen«, sagte sie, und Dr. Grind nickte.

»Und wenn sie sich weigert und unbegrenzte Zeit mit ihrem Baby fordert?« Jill ließ nicht locker.

Dr. Grind hob die Hände. »Wir haben darüber gesprochen. Dann werden wir gemeinsam einschreiten.«

»So etwas Peinliches habe ich noch nie gehört«, sagte Jill, bei der Vorstellung lächelnd.

»Ich werde mit ihr sprechen«, sagte Dr. Grind mit Nachdruck, und sie wechselten das Thema.

Nachdem seine Assistenten gegangen waren, beschäftigte sich Dr. Grind in Gedanken mit Ellen. Sie hatte an Depressionen gelitten und war deshalb im Krankenhaus gewesen. Die Mitarbeiter des Projekts waren darauf vorbereitet, dass es bei den Müttern zu einer postnatalen Depression kommen konnte, aber bisher hatten sie Glück gehabt, es war nicht dazu gekommen. Er hatte sich erhofft, dass der Druck auf die einzelnen Eltern geringer wäre, wenn die Verantwortung gemeinsam getragen wurde, doch nun machte er sich Sorgen, dass die Einzigartigkeit der Umstände Ellen überforderte. Aber wie in allen Krisensituationen ging er erst einmal vom harmlosesten Szenario aus, dass nämlich Ellen ihre Tochter – und das konnte er nachvollziehen – ein paar Stunden im Arm halten wollte und es sich bei dem Vorfall um eine einmalige Sache handelte. Als er sich seine Unterhaltung mit Ellen vorstellen wollte, gelang es ihm nicht, und er beschloss, sich die Einzelheiten für später aufzuheben. Er würde improvisieren.

Vor dem Abendessen, während sich Eltern und Kinder versammelten, beobachtete Dr. Grind Ellen, die mit Jeremy und seinem Sohn Eli spielte. Nichts an dem, was sie tat, war außergewöhnlich, und es machte ihr offensichtlich Spaß, den Kleinen zusammen mit Jeremy durch Grimassen und Gesten zu unterhalten. Er wartete auf den richtigen Augenblick, um zu ihr hinüberzugehen, ließ aber mehrere Gelegenheiten verstreichen. Ihm geisterte die Befürchtung im Kopf herum, es könnten sich riesige Fehler in seiner Planung auftun, alles um ihn herum könnte in Scherben gehen, wenn er das kleine Problem thematisierte. Ging Ellen, würden Harris und Marnie folgen. Wenn erst einmal eine Familie die Erfahrung machte, dass sie das Projekt verlassen konnte, wer würde dann als nächstes aufbrechen? Er hatte etwas Wunderbares geschaffen, glaubte er, aber er wusste auch, wie prekär alles war, besonders jetzt im Anfangsstadium. Callie gesellte sich zu Ellen und Jeremy, und die drei Erwachsenen begannen sich zu unterhalten. Mit unvorstellbar wackeligen Schritten setzte sich daraufhin das kleine Mädchen in Bewegung, mit einem Motor ausgestattet, der sie unzweifelhaft dahin bringen würde, wohin sie wollte. Dr. Grind war im Begriff aufzustehen, als Asean sich schnell neben das Kind hockte und es ermunterte, nicht aufzugeben, als würde er eine Olympialäuferin anspornen. Dr. Grind setzte sich wieder.

Izzy kam zu ihm, Cap auf dem Arm. Mutter und Kind betrachteten ihn mit einem Ausdruck, den er nicht deuten konnte, und er fühlte sich unwohl in seiner Haut.

»Hallo, Izzy.«

»Ich habe gehört, dass Cap heute sein erstes Wort gesprochen hat.«

»Ja. Wir sind sehr stolz auf ihn.«

»Papi«, sagte Izzy.

»Richtig«, bestätigte er.

»Ich wünschte, ich wäre dabei gewesen.«

Sie überragte ihn, wie sie so vor ihm stand und ihre Gefühle allem Anschein nach unterdrückte. Er fand ihr Gebahren rätselhaft. Sie hielt ihre Empfindungen unter der Oberfläche, wo sie sich verflüchtigen konnten und leichter zu bewältigen waren. Wenn er ehrlich war, fühlte er sich an sich selbst erinnert.

»Izzy«, sagte er schließlich, »ich hoffe, das Wort Papi berührt Sie nicht seltsam.«

»Es ist komisch«, erwiderte sie. Sie wurde rot und schien ihre Worte sorgfältig zu wählen, als würde sie von der Polizei verhört und wäre lieber woanders. »Aber wenn ich bedenke, dass er dieses Wort nie oder zumindest lange Zeit nicht in seinen Wortschatz aufgenommen hätte, wenn ich ihn allein großgezogen hätte, ist es vermutlich eine gute Sache, dass er durch das Projekt die Möglichkeit hat, es zu gebrauchen, zu verstehen und bewusst einzusetzen.« Als sie fertig war, war ihr Gesicht ruhig und zeigte den Anflug eines Lächelns. Dr. Grind bezweifelte, dass es echt war.

»Ihre Überlegung hat etwas für sich.«

»Hätte er Mami gesagt, könnte ich weniger gut damit umgehen, muss ich gestehen.«

»Papi«, flüsterte sie Cap zu, und das Kind sah sie fasziniert an. »Papi«, sagte sie wieder, und, ermutigt, wiederholte Cap »Papi«, die Augen auf ihr Gesicht geheftet.

Lächelnd wandte sie sich Dr. Grind zu: »So perfekte, aberwitzige Kinder hat es noch nie gegeben.« Das brachte ihn endlich zum Lachen.

Nach dem Essen, als die Kinder ins Bett gebracht werden mussten, blieb Dr. Grind, um beim Abräumen mitzuhelfen. Ellen und Asean räumten die Spülmaschine ein und hörten dabei nicht identifizierbaren, verlangsamten Southern Rap, an dem alles rund war und der leicht durch die Küche rollte. Kaum waren sie fertig, setzte Asean sich ab, um noch dabei zu sein, wenn sein Sohn ins Bett gebracht wurde, sodass Ellen und Dr. Grind die letzten Handgriffe in der Küche alleine erledigten.

»Wie steht's, Ellen?«, fragte er.

»Gut.«

»Ich wollte mit Ihnen reden, sofern Sie eine Sekunde Zeit haben«, sagte er. Sie schien zu erstarren, und ihre Augen weiteten sich.

»Stimmt was nicht?«

»Alles gut«, fuhr er fort. »Ich will nur einfach hören, wie es so läuft. Wir haben fast ein Jahr hinter uns gebracht, mich interessiert, wie Sie sich in Ihrer Elternrolle fühlen.«

»Es ist kompliziert. Ich weiß, dass Marnie es nicht besser haben könnte, wir alle nicht, aber ich kann nicht so tun, als ob ich das hier nicht merkwürdig fände. Die anderen Eltern haben anscheinend kein Problem damit. Vielleicht liegt es daran, dass ich älter bin als die meisten, ich brauche manchmal mehr Zeit, um mich an die ständigen Veränderungen zu gewöhnen. Ich will eine gute Mutter sein.«

»Sie sind eine gute Mutter.«

»Das glaube ich auch, aber wer weiß? Ich bin's zum ersten Mal. Ich habe nicht genug Indizien, um mir sicher zu sein. Ich versuche nur, mein Bestes zu geben.«

»Das tun wir alle, wir versuchen zusammen, unser Bestes zu geben.«

»Es sagt sich leicht, dass wir alle in einem Boot sitzen, aber ehrlich, Herr Dr. Grind, einige Dinge sind privat, und mit denen muss ich allein fertigwerden. Ich rede mit den anderen Eltern. Ich rede mit Harris. Ich rede mit dem Psychiater. Ich rede mit Ihnen. Und das ist gut so, aber egal wie viele Leute auf mich einreden, es könnte uns nicht besser gehen, ich bin davon noch nicht völlig überzeugt. Ich brauche einfach Zeit, schätze ich. In meinem Leben läuft es immer so, dass alles in die Brüche geht, wenn ich denke, alles ist in Ordnung. Vermutlich bin ich nur auf der Hut, wenn mal etwas zu funktionieren scheint. Manchmal brauche ich ein bisschen Ermutigung. Manchmal muss ich mich selbst ermutigen, auf meine Art.«

»Dagegen ist nichts einzuwenden, das kann ich nachvollziehen.«

»Gut«, sagte Ellen.

Es kam zu einer Pause, und beide überlegten, wie sie das Gespräch fortsetzen konnten. Als sie nichts fanden, fragte Ellen nach einer Weile: »Es geht darum, dass ich Marnie gehalten habe, oder?«

»Zum Teil«, antwortete Dr. Grind, verdutzt über ihre Ehrlichkeit. »Nun, genau genommen, ja. Exakt darum.«

»Das habe ich mir gedacht. Ich hab es gewusst, als ich sie weckte. Ich wusste, ich würde Ärger kriegen, aber ich konnte nicht anders. Ich musste sie etwas länger im Arm halten.«

»Das verstehe ich, Ellen, Sie müssen mir glauben, ich verstehe, dass es Sie danach verlangt.«

»Aber trotzdem wollen Sie nicht, dass ich dem nachgebe«, sagte sie sachlich.

»Nicht unter den gegebenen Umständen. Ich möchte, dass sich jeder an die Verfahrensweisen hält, die wir festgelegt haben, damit wir sichergehen, dass alle Kinder gleich gut betreut werden. Wir müssen uns weiterhin an die Situation anpassen, um dafür bereit zu sein, was als Nächstes kommen mag.«

»Also gut«, sagte sie und machte eine resignierte Geste. »Ich weiß, dass Ihnen dieses Gespräch keinen Spaß macht. Ich weiß, dass ich die Dinge unnötig kompliziere. Irgendwann kriege ich es hin.«

Sie berührte die Stirn, als schaute sie in die Zukunft und sei unglücklich über das, was sie sah. Schließlich schaute sie Dr. Grind an. »Sie wissen, was Sie tun, ja? Es wird alles gut ausgehen?«

»Es wird gut ausgehen, Ellen.«

»Ich glaube Ihnen, glaub ich«, sagte sie nach einer Weile und ließ Dr. Grind in der Küche stehen.

Schlaf würde er keinen finden, das wusste er, noch nicht einmal den flüchtigen, unruhigen Schlaf, an den er gewöhnt war, deshalb zog er seine Trainingskleidung an und machte sich auf den Weg durch die Wohnanlage. Der Innenhof war durch Solarlampen beleuchtet, es war erfrischend kalt, der Himmel über ihm war riesig und klar. Einige Familien waren bereits in ihrem Haus, sahen fern oder saßen an ihren Laptops, und er fühlte sich sofort mies, weil er sie beobachtete, wo er sich doch ohnehin ständig in ihr Leben einmischte. Nachdem er seine Schlüsselkarte durch den Schlitz gezogen hatte, betrat er Hauptgebäude 2 und ging in Richtung Fitnessraum, wo er auf dem Laufband bis zur Erschöpfung rennen wollte. Er hatte Julie Howsers Roman als Hörbuch dabei und war auch schon in der Mitte der dichten, komplizierten Geschichte über mehrere Generationen von Aufrührern in den Südstaaten der USA. Julies Sprache war so kunstvoll, die Sätze entfalteten sich in so komplexen Rhythmen, dass er manchmal den Faden verlor und seinen MP3-Player zurückstellen musste.

Sein Assistent Jeffrey Washington hielt sich im Fitnessraum auf, er machte gerade Hanteltraining, dann Hampelmänner und anschließend Ausfallschritte, sein Gesicht eine perfekte Maske des Unglücks. Bei Dr. Grinds Anblick hielt er inne und nickte.

»Ich dachte mir schon, dass Sie kommen. Wie ist es mit Ellen gelaufen?«

»Ich bin mir nicht sicher«, gab Dr. Grind zu. »Wir haben über das Problem gesprochen, und ich glaube, wir sind übereingekommen, dass sie daran arbeitet.«

»Also kein kollektives Einschreiten nötig?«

»Nein, Gott sei Dank nicht.« Er ging zu einem Laufband und stellte es an. Bevor er loslegen konnte, stand Jeffrey vor der Maschine. »Was ist?«, fragte Dr. Grind, der seine Unruhe verbrennen wollte, seine Beine freuten sich schon beim Gedanken an die Bewegung.

»Dergleichen wird immer wieder passieren«, kam es von Jeffrey. »Es ist natürlich, dass Eltern sich von ihrem eigenen Kind angezogen fühlen.«

»Das weiß ich. Wir haben es vorausgesehen. Deshalb haben wir für entschärfende Strukturen gesorgt.«

»Wir können tun, was wir wollen, wir werden mit diesem Problem konfrontiert bleiben, besonders jetzt am Anfang. Das können wir nicht ändern.«

»Was wollen Sie von mir hören, Jeffrey? Halten Sie mich für herzlos? Ich verbiete den Eltern nicht, ihr Kind zu lieben. Ich verlange nur, dass sie ihre Gefühle auch auf andere Menschen ausdehnen sollen.«

»Wenn man Sie so hört, klingt es gut. Ich will nur darauf hinweisen, dass es in der Praxis schwierig sein wird.«

»Gut, da stimme ich Ihnen zu. Wir haben den Schritt von der Theorie zur Praxis getan und werden uns den Umständen anpassen.«

»Wie Sie wissen, stand ich Ihrem Projekt anfangs skeptisch gegenüber. Ich konnte mir nicht vorstellen, wie es funktionieren sollte, aber ich wollte es versuchen. Ich habe darin eine Chance für mich gesehen. Jetzt, nach einem Jahr, bin ich ehrlich überzeugt, dass sich hier etwas Erstaunliches tut. Immer wenn wir unsere Testergebnisse mit unseren Erwartungen vergleichen, haben wir sie übertroffen. Die Kinder sind gesund und glücklich, und sie werden auf eine Weise betreut, die sonst nicht möglich wäre.«

»Aber?« Dr. Grinds Herzschlag beschleunigte sich, als würde er bereits laufen.

»Sorgen machen müssen wir uns um die Eltern«, kam es endlich von Jeffrey. »Die Kinder werden ganz große Klasse sein; die Eltern sind der Unsicherheitsfaktor. Sie müssen beobachtet werden.«

»Wir wollen nicht zu Big Brother werden, Jeffrey. Wir müssen ihnen, im Rahmen des Projekts, eine gewisse Freiheit zugestehen. Ich kann sie nicht vierundzwanzig Stunden am Tag beobachten. Ich will es auch nicht.«

»Ich auch nicht. Mein Schwerpunkt sind die Kinder. Vielleicht lösen sich diese Probleme in Wohlgefallen auf, wenn die Eltern anfangen zu arbeiten oder ihre Ausbildung beginnen. Wenn sich ihr Leben außerhalb der Anlage erweitert, fühlen sie sich vielleicht auch in der Familie wohler. Hoffe ich. Ich äußere nur meine Bedenken.«

»Ich höre«, antwortete Dr. Grind.

»Das war's schon, was ich sagen wollte.«

Er nahm das Handtuch, das er auf ein Gerät gelegt hatte, und wischte sich den Schweiß aus dem Gesicht. »Ich gehe zu Bett. Ich habe Frühschicht bei den Kindern.«

»Gute Nacht«, wünschte Dr. Grind.

Alleine, stellte er das Laufband an und setzte sich in Bewegung; es war, als würde er in Teer treten. Seine Muskeln zuckten. Er erhöhte die Geschwindigkeit, bis er ein stattliches Tempo erreicht hatte, aber selbst damit wurde er die Unruhe nicht los, die seine Muskeln verhärtete und abbaute. Er stellte die Maschine noch schneller, gab noch ein paar Klicks dazu, bis er sein Höchsttempo erreicht hatte. Er wusste, dass ihn die Wucht des Laufbandes gegen die Wand schleudern würde, wenn er ausrutschte oder anhielt, also rannte er weiter, fühlte, wie seine Lunge sich zusammenzog, seine Beine brannten. Er sagte den Namen jedes Kindes auf, jedes Elternteils, als wäre die Reihenfolge ein Code, der etwas in seinem Gehirn freisetzte. »Marnie, Eli, Cap, Eliza, Ally, Lulu, Gilberto, Jackie, Irene und Maxwell.« Ein Lied ohne Melodie. »Izzy, Harris, Ellen, Julie, Link, Asean,

Nikisha, Kenny, Carmen, David, Susan, Paul, Mary, Benjamin, Alyssa, Carlos, Nina, Jeremy und Callie.« Selbst hier war er noch nicht zu Ende. »Kalina, Jill, Jeffrey.« Er lief und lief, »Marla… Jody.« Wie konnte er für alle diese Menschen Platz in seinem Herzen haben? Was machten sie dort überhaupt? Er hatte sie im Verlauf eines Jahres gesammelt, und jetzt lastete der Gedanke auf ihm, sie könnten ihm entgleiten, sich in alle Himmelsrichtungen zerstreuen und nie mehr zurückkehren, wenn er sie nicht fest genug hielt. Endlich schlug er auf die Konsole des Laufbands, und die Geschwindigkeit verringerte sich nach und nach, bis er merkte, dass seine Beine ein Teil seines Körpers waren und er wieder lautlos einen Fuß vor den anderen setzte.

An Schlaf würde diese Nacht nicht zu denken sein, keine Minute. Als er vom Laufband stieg, meinte er auf einem unwirtlichen Planeten zu stehen. Am liebsten wäre er in den Schlafraum der Kinder gegangen, um nach dem Rechten zu sehen. Stattdessen begab er sich ins Freie, wo sich die Kühle sofort auf seine verschwitzten Arme und Beine legte. Er setzte sich auf eine Bank mitten im Hof, sah zum Himmel, zu den Sternen hinauf und wartete, dass sich sein Körper der Außentemperatur anpasste. Nach ein paar Minuten, in denen seine Gedanken wanderten und er sich auf nichts konzentrieren konnte, außer dass er hineingehen sollte, hörte er, wie sich eine Haustür öffnete. Er zuckte deutlich sichtbar zusammen, und dann vernahm er Carlos, der ihn rief: »Herr Dr. Grind?«

»Ja, Carlos«, sagte er, der Gestalt im Schatten des Türrahmens zuwinkend.

»Alles in Ordnung?«

»Alles bestens«, antwortete er, besorgt, dass seine Stimme die anderen Eltern wecken könnte.

Carlos ging wieder ins Haus zurück und kam einige Sekunden später in Jacke und Sportschuhen zur Bank gejoggt. Dr. Grind hätte am liebsten das Weite gesucht, blieb aber, wo er war.

»Es ist kalt hier draußen«, sagte Carlos, und Dr. Grind stimmte ihm zu.

»Wieso sind Sie auf den Beinen?«, fragte er Carlos.

»Nina hat abgepumpt. Ich stehe immer mit ihr auf, hole Wasser für sie. Wenn sie zurück ins Bett geht und einschläft, bin ich noch hellwach. Ich habe etwas im Internet gesucht, und dann habe ich Sie hier draußen entdeckt.« Er sah ihn an und fügte hinzu: »Sie sollten drinnen sein.«

»Gleich, Carlos, ich war gerade auf dem Sprung ins Büro, aber ich fand die Ruhe so schön.«

»Gut«, sagte Carlos. Sie schwiegen ein paar Sekunden, und Carlos sah hinauf zu den Sternen. »Uns gefällt es hier. Ich habe wirklich gedacht, ich würde es unausstehlich finden, mit einem Haufen fremder Leute und zehn schreienden Babys zusammengesperrt zu sein, aber so ist es nicht. Mir gefällt es rundum.«

»Das freut mich«, sagte Dr. Grind und tätschelte Carlos die Schulter.

»Danke für alles«, fuhr Carlos fort und nahm Dr. Grind zu dessen Überraschung kurz in den Arm. »Danke, dass Sie auf uns aufpassen.«

Dr. Grind nickte nur, um Worte verlegen. Carlos eilte zurück in sein warmes Haus und winkte, bevor er leise die Tür schloss. Dr. Grind stand auf und ging langsam zum Hauptgebäude 1 zurück. Er hatte keine Vorstellung davon, wie sich das Projekt weiter entwickeln würde, aber wenn alle meinten, er wüsste es, konnte das Experiment gelingen. Solange die Eltern dachten, dass er auf sie aufpasste, konnte nichts Schlimmes passieren. Er würde ihnen jeden Wunsch erfüllen, selbst diejenigen Wünsche, die ihnen selbst nicht bewusst waren, und am Ende ginge es allen gut.

Bei seiner Rückkehr ins Hauptgebäude erwartete ihn eine Nachtschwester im Flur. »Was ist los?«, fragte er, als er ihren angespannten Blick bemerkte. Es musste etwas Unerfreuliches geschehen sein.

»Es ist nicht alles so, wie es sein sollte. Ellen ist im Schlafraum, obwohl sie heute Nacht keinen Dienst hat. Seit etwa dreißig Minuten.«

»Was macht sie? Hat sie Marnie geweckt?«

»Nein. Sie beugt sich nur über ihr Bettchen. Wir haben sie nach Hause geschickt, aber sie reagiert nicht. Wir wollen natürlich nicht, dass die Sache eskaliert und die Kinder wach werden.«

»Rufen Sie Harris«, befahl er. »Wecken Sie ihn und bitten Sie ihn zu kommen.«

Er rannte die Treppen hinauf, verflogen waren die Sicherheit und die Ruhe, die er nach dem Gespräch mit Carlos empfunden hatte. Während er seine Karte einführte, dachte er flüchtig, dass er vielleicht das Lesegerät so programmieren sollte, dass niemand den Schlafraum betreten konnte, der keinen Dienst hatte. Die Eltern und die Schwestern standen ein gutes Stück von Ellen entfernt, die reglos über das Kinderbett gebeugt stand. Dr. Grind nickte der schweigenden Gruppe zu, die wie Geiseln wirkte, und ging langsam zu Ellen hinüber. Er legte die Hand auf ihre Schulter. Ohne ihn anzusehen, sagte sie: »Ich weiß, dass ich Mist baue.«

»Es ist kein Mist«, flüsterte er. »Es ist völlig verständlich.«

»Ich hab versucht, nicht herzukommen«, fuhr sie fort. »Aber dann bin ich doch gekommen.«

»Entfernen wir uns ein Stück von Marnie, Ellen, damit wir sie nicht wecken.« Mit diesen Worten führte er sie behutsam von dem Kinderbett weg, vorbei an den verdutzten Eltern und aus dem Raum hinaus. Klickend fiel die Tür ins Schloss. Kaum waren sie im Flur, taumelte sie, und er musste sie stützen. »Ich kann nicht dagegen an, ich habe Angst, einen schrecklichen Fehler zu machen«, sagte sie mit aufeinander schlagenden Zähnen.

In diesem Moment erschien Harris an der Tür zum Treppenhaus, die Arme geöffnet, als wartete er auf Weisung. Dr. Grind hielt die Hand hoch, er wollte noch einige Minuten mit Ellen allein sein.

»Sie machen keinen Fehler, Ellen, ich versichere es Ihnen.« In ihm öffnete sich ein schwarzes, rotierendes Loch, das alle Gefühle, die aus ihm hätten herausspritzen können, einsaugte. »Nichts ist schwieriger, als Eltern zu sein. Wir versuchen alle, uns daran zu gewöhnen. Wir versuchen alle unser Bestes.«

»Ich glaube, mein Bestes ist nicht gut genug.«

»Doch. Ich weiß mit absoluter Sicherheit, dass es mehr als gut genug sein wird.«

»Harris denkt das auch. Er sagt, wir mussten hier einfach mitmachen. Er sagt, es ist gut für Marnie und für uns. Es kann also nur an mir liegen.«

»Jeder hat Zweifel.«

»Sie auch?«

»Ja«, gab er zu. »Natürlich.«

Ihre Zähne hörten auf zu klappern, und sie richtete sich langsam auf, sodass die Füße ihren Körper trugen. Dabei entzog sie sich behutsam seinem Griff. Dr. Grind bedeutete Harris, näherzukommen.

Bevor ihr Mann in Hörweite war, neigte sie sich zu ihm und flüsterte: »Selbst wenn alles gut enden sollte, Herr Dr. Grind, irgendwie hasse ich Sie.«

Er reagierte mit einem leichten Nicken; einen kurzen Moment dachte er, dass Ellen ihm einen Kuss geben würde, aber da legte Harris auch schon die Hände auf die Schultern seiner

Frau. Ellen sagte lächelnd: »Ich werde es nicht wieder tun«, und er war überzeugt, dass sie es ehrlich meinte. Vielleicht hatte sie diese Überschreitung gebraucht, um ihre Grenzen zu testen, und würde sich jetzt mehr anstrengen, die Regeln der Gemeinschaft zu befolgen. Oder auch nicht, das war ebenso gut möglich. Vielleicht würde sie die Führerin einer Revolte werden, welche die Anlage bis auf den Grund abfackelte. Ihm blieb nur, ihr mitfühlend die Hand zu drücken und dem Paar nachzusehen, bis es aus seinem Blickfeld verschwunden war.

Die Eltern hatten die Szene durch das Korridorfenster des Schlafzimmers beobachtet. Er nickte ihnen zu. Als er die Daumen hob, fühlte er sich lächerlich, er war doch kein Navy SEAL, der gerade eine Bombe entschärft hatte. Er setzte den Weg zu seiner Wohnung fort, schloss die Tür hinter sich, stand eine Minute still, atmete tief durch und brachte Ordnung in seine Gefühle. Mit großer, mit überwältigender Traurigkeit setzte er seinen Weg fort ins Schlafzimmer und zog sich bis auf die Unterhose aus, öffnete die unterste Schublade seines Nachttischs und entnahm ihr einen kleinen schwarzen Lederbeutel mit Reißverschluss.

Er setzte sich mit überkreuzten Beinen auf den Fußboden und öffnete den Beutel, der eine Plastikbox mit Rasierklingen enthielt, ein rundes Dutzend Alkoholtupfer, eine kleine Packung Papiertaschentücher, eine Tube antibiotische Salbe und eine Packung Klammerpflaster. Er griff nach einer Wilkinson Sword, packte sie aus, streckte ein Bein aus und untersuchte seinen Oberschenkel. Mit einem tiefen Einatmen zog er die Klinge mit gleichmäßigem Druck durch seine Haut und beobachtete die dünne Linie Blut, die langsam wie ein beschworener Geist erschien. Er atmete aus und fühlte, wie die Giftstoffe, einwandfrei ein Produkt seiner Fantasie, für ihn dennoch greifbar, von tief innen aus ihm heraussickerten.

Nachdem er die benutzte Klinge in den Schlitz auf der Rückseite der Box gesteckt hatte, legte er ein Taschentuch auf die Wunde und sah zu, wie sich eine dunkelrote Spur auf dem weißen Papier bildete. Er schloss die Augen und erinnerte sich daran, was Ellen zu ihm gesagt hatte, spürte ihren heißen Atem im Gesicht. Die Blutung hörte nach kurzer Zeit auf; er war so vorsichtig gewesen, nicht zu tief zu schneiden. Binnen kurzem waren Ellens Worte zu einer fremden Sprache geworden, zu einer ausgestorbenen Sprache, die nie übersetzt werden würde. Die Wörter waren bedeutungslos geworden, er war entspannt, fühlte sich seines Platzes auf der Welt sicher. Nachdem er die Wunde mit einem Tupfer gereinigt hatte, verband er sie und schob seine Utensilien zurück in den Lederbeutel, legte ihn in die Nachttischschublade, und schwor sich beim Schließen, den Beutel nie wieder herauszunehmen.

Angefangen hatte es, als er neun Jahre alt war. Seine Erinnerung war verblasst und hatte etwas von einem Traum, was sie für ihn wirklicher und gleichzeitig unwirklicher machte. Mit ihrer Dauerreibungsmethode hatten seine Eltern ihn darauf abgerichtet, auf die von ihnen herbeigeführten Katastrophen mit minimalen Gefühlen zu reagieren. Er war gelehrig, und sie waren sehr stolz auf ihn, weil er unablässig bewies, wie vernünftig ihre Methode war. Nur gab es Zeiten, an denen einige Tage ohne inszenierten Vorfall verliefen, Tage, die ruhig und friedlich waren, und das war für Preston unerträglich. Er lebte in einem Zustand gespannter Erwartung, fragte sich dauernd, wann er den nächsten Test bestehen musste. Seine Eltern pausierten manchmal längere Zeit und zwangen ihn dadurch wachsam zu bleiben, sich auch dann unter Kontrolle zu haben, wenn alles ruhig war. Gleichgültig, was er und seine Eltern zusammen machten, immer schwebte die Möglichkeit im Raum, dass sie störend eingriffen. Eines Tages hielt er es nicht länger aus. An einem besonders trägen Sonntag, als seine Mutter und sein Vater in ihrer Bibliothek lasen und ihn sich selbst überlassen hatten, konnte er den seltsamen Rhythmus seines Herzschlags nicht länger ignorieren. Alles in ihm schien darauf zu warten, dass etwas geschah. Er ging ins Badezimmer, nahm eine Rasierklinge aus der Schublade seines Vaters, eine Wilkinson Sword, und schlitzte ungeschickt seinen Arm auf. Das Blut tropfte von seinen Fingerspitzen, als er die Bibliothek betrat. Er hielt seinen Eltern den Arm hin: »Geht das? Für heute?« Seine Eltern machten ein Gesicht, das er nicht an ihnen kannte. Bewunderung gemischt mit Neugierde, dass er sie überrascht hatte. Bei ihrer Studie hatte sich eine Komplikation eingestellt. Langsam knieten sie sich vor ihn hin, umarmten ihn, küssten ihn und beteuerten, dass es nicht sein Fehler sei, sondern ihrer. »Es tut uns leid, Preston«, sagte seine Mutter, und in dem Bewusstsein, dass er für einige Minuten tatsächlich in Sicherheit war, entspannte er sich in ihren Armen.

Er schnitt sich von nun ab ein- oder zweimal im Jahr, wenn die Spannung unerträglich wurde, aber in ihren Berichten erwähnten seine Eltern diese Vorfälle nicht. Er tat das Seine, indem er sich an Stellen verletzte, die man nicht sah. Das eine Mal, als er zu tief geschnitten hatte, nähte er die Wunde selbst mit Nadel und Faden zusammen, um nicht die Notaufnahme aufsuchen zu müssen, und seine Eltern waren demonstrativ dankbar für seine Rücksichtnahme. Ihm ging es jedoch vor allem darum, ihnen von Zeit zu Zeit zu beweisen, dass er ihnen nicht, wie sie glaubten, mit Haut und Haar gehörte. Er schnitt sich und zeigte ihnen das Ergebnis, damit sie am eigenen Leib erlebten, wie es ist, durch die Handlungen eines geliebten Menschen erschreckt zu werden.

Im College hatte er damit aufgehört, nachdem er Marla

gefunden hatte, und so war es folgerichtig für ihn gewesen, zu einer Drogerie zu fahren und alles einzukaufen, was er brauchte, um seine Gewohnheit fortzusetzen, kaum dass sie und sein Sohn unter der Erde waren. Wenn die Gefühle ihn überwältigten und er seinen Schmerz nicht mehr ertragen konnte, griff er zur Rasierklinge und, als hätte er Drogen genommen, fand er den seltsamen Frieden, der es ihm ermöglichte, einen weiteren verdammten Tag zu überstehen. Den Beutel hatte er in die Wohnanlage mitgenommen. Er war stolz darauf gewesen, ihn so lange nicht gebraucht zu haben.

Er zog seinen Pyjama an, obwohl an Schlaf nicht zu denken war. Am liebsten wäre er zu den Kindern zurückgekehrt, um eines auf den Arm zu nehmen, das warme Bündel an sich zu drücken und es in den Schlaf zu wiegen. Er verstand mühelos, was Ellen suchte, als sie Marnie aus dem Bettchen nahm. Wenn man den Boden unter den Füßen verlor, gab es nichts Besseres, als ein hilfloses kleines Wesen im Arm zu halten und ihm immer wieder zu versichern, man werde es behüten und nichts Schlimmes könne ihm passieren, solange man da sei. Stattdessen lag er wach in seinem Bett und wartete darauf, dass der Rest der Welt erwachte und er sich frei in seiner Familie bewegen und alles tun konnte, was nötig war, um sie zusammenzuhalten.

Kapitel elf

Projekt *Unendliche Familie* (Zweites Jahr)

Izzy hatte den schlimmsten Kater ihres Lebens. Bourbon wirbelte durch ihre Blutbahn, während sie Speckstückchen und Paprikawürfel unter eine Mischung aus Maisgrieß und Weizenmehl mischte. Ein Fotograf von Time Magazine schoss Bilder von ihr, als wäre sie eine Celebrityköchin und kein junges Ding, das für seine Familie das Essen zubereitet. Vor allem wollte sie verhindern, dass ihr der Schweiß in die Schüssel tropfte, was schwieriger war, als sie gedacht hatte. Der Fotograf bombardierte sie mit Fragen über die Wohnanlage, die Kinder, die Eltern, die befremdlichen Kunstrasenhäuser und machte nach jeder Frage ein weiteres Bild. Izzy war überzeugt, dass sie auf jedem aufgeregt mit den Zähnen knirschte.

Verschwommen wie im Traum kamen ihr immer wieder Szenen der vergangenen Nacht in den Sinn und versetzten ihr peinliche Stiche. Ihr schleichender Wahn war so weit gediehen, dass sie mit einem Besuch Dr. Grinds rechnete, der ihr mitteilen würde, er wisse Bescheid, sie könne ihre Sachen packen, mit ihrer Teilnahme am Projekt sei es aus und vorbei. Ihr Sohn, würde er sie informieren, bliebe in der Unendlichen Familie.

Es war Alyssas Geburtstag gewesen, und obwohl Izzy wegen der Partyvorbereitungen für Time Magazine bis zum Hals in Arbeit steckte, hatte sie Alyssas Lieblingskuchen, einen deutschen Schokoladenkuchen, gebacken. Die ganze Familie hatte »Happy Birthday« gesungen, die Kinder, fröhlich plappernd und scharf auf etwas Süßes, hatten nach dem Kuchen gegrapscht. Hinterher hatten einige Eltern die Küche in Ordnung gebracht und anschließend geholfen, die Kinder ins Bett zu bringen. Izzy war danach sofort zurück in die Küche gegangen, hatte kontrolliert, was sie kochen wollte, jedes Rezept noch einmal durchdacht und letzte Vorbereitungen erledigt. Kurz vor Mitternacht fiel ihr Blick auf die Küchenuhr; eine Welle der Erschöpfung überflutete sie. Nachdem sie aufgeräumt und die Arbeitsplatte abgewischt hatte, verließ sie die Küche. Im Fernsehzimmer brannte Licht. Leise ging sie den Korridor hinunter und spähte durch das Flurfenster in den Raum; sieben Eltern waren noch wach. Benjamin hielt einen Cocktail Shaker in der Hand. Lächelnd winkte er Izzy hereinzukommen. Sie schüttelte den Kopf, aber mittlerweile hatten Alyssa und Ellen sie entdeckt und gestikulierten wild, sie solle sich ihnen anschließen. Beim Anblick der Drinks in ihren Händen entschied sie, dass sie etwas zur Entspannung brauchte, denn sie fühlte sich wegen der geplanten Party unter Druck.

»Izzy!«, schrie Alyssa. »Benjamin macht Whisky Smashes. Unsere Milch können wir zwar wegschütten, aber es lohnt sich! Trink mit!«

Bevor sie antworten konnte, reichte ihr Benjamin ein randvolles Glas. Sie nahm einen kräftigen Schluck und fühlte den süßen Cocktail in der Kehle brennen. Nicht an Alkohol gewöhnt freute sie sich, wie er ihre zerfransten Nerven glättete. Ihre Milch, ja, die wäre hin, aber Milch gab es immer wieder, der Milchvorrat war unendlich; jetzt musste sie an sich denken.

Sie fühlte sich wohl in diesem Raum, einen Drink in der Hand. Benjamin, mit breitem Brustkorb und gleich auf den ersten Blick beeindruckend, war ein großartiger Unterhalter, der immer einen Weg fand, die Menschen aus ihrem Schneckenhaus zu locken, und der jedem Thema gewachsen war.

Er konnte auf die Leute zugehen, wusste, was sie wollten, und konnte sie einschätzen, eine Kunst, die er vermutlich seiner früheren Arbeit als Autoverkäufer verdankte. Eines Tages hatte er Izzy beim Geschirrspülen nach dem Abendessen so offen von seiner Kindheit erzählt, wie er von einer Pflegefamilie zur nächsten weitergereicht worden war, misshandelt und ungeliebt, dass Izzy ihm ungewollt vom Tod ihrer Mutter und der lähmenden Traurigkeit danach erzählte. Er hatte die Gabe, so viel von sich zu geben, dass man sein Geschenk mit Zinsen zurückzahlen wollte.

Seine Frau Alyssa, ruhig, aber bestimmt, konnte während eines ganzen Abendessens schweigen, bis sie eine zufällige Bemerkung machte, sprachlich perfekt und inhaltlich ins Schwarze treffend. Izzy hatte oft den Eindruck, als existierte sie in zwei Zuständen, in der physischen Welt der Wohnanlage als auch in einem geheimen, sehr viel interessanteren Paralleluniversum.

Die mit Abstand stacheligste Projektteilnehmerin war Ellen. Nie ließ sie eine Gelegenheit verstreichen, sich darüber zu beklagen, wie verwirrend die Regelungen in der Wohnanlage waren. Izzy war überzeugt, dass sie weder an Dr. Grind noch an die Studie insgesamt glaubte. »Wenn ich geahnt hätte …«, lautete ihre stereotype Reaktion, wenn sie sich mit einer neuen Facette des Projekts konfrontiert sah. Dann brach sie ab, ohne ihren Satz zu beenden. Heute Abend jedoch, anscheinend durch die Cocktails beflügelt, tat sie so, als könne kein Ort der Welt den eigentümlichen Wohnkomplex überbieten.

Neben Ben, Alyssa und Ellen waren Jeremy, Callie, Asean und David anwesend. Asean und David sahen sich interessiert Gemischte Kampfkünste im Fernsehen an, aber die anderen waren ruhelos und lachten beim geringsten Anlass. Sie versuchten sich an Partyspielen, waren aber viel zu betrunken, um sich an die Regeln zu erinnern. Aufgekratzt, weil sie so spät noch auf den Beinen waren, während alle anderen schliefen, tranken sie einfach weiter. Und Izzy gab ihr Äußerstes, um mitzuhalten. Wenn sie genug trinken würde, dachte sie, würde sie die Party am nächsten Tag vergessen, und beim Erwachen käme sie ihr als großartige Überraschung wieder in den Sinn. Sie leerte ihren zweiten Whisky Smash, und Benjamin schüttelte schon die nächsten. Callie und Ellen machten sich auf den Weg zur Küche, um den restlichen Geburtstagskuchen zu holen. Der Kampf im Fernsehen war vorbei, und nun wandten sich sogar Asean und David der improvisierten Party zu. Izzy beobachtete, wie Asean mit Jeremy und Alyssa lächelnd einige Partien Poker spielte und sie dabei auf den Arm nahm. Er legte einen Straight Flush hin, schob einen Haufen imaginärer Chips auf seine Tischseite und baute daraus einen Turm.

Izzy fiel auf, dass mit Asean, Callie und ihr selbst die drei schüchternsten Projektteilnehmer anwesend waren. Der Stimmung schien es jedoch keinen Abbruch zu tun. Sie drehte sich um und sah Callie ein Stück Kuchen aus der Hand essen, ihre Zähne schwarz von Schokoladenkrümeln. Benjamin wollte ihren Drink auffüllen, aber sie schüttelte den Kopf. Ihr fehlte die Übung. Sie war schon betrunken.

Gegen halb vier Uhr morgens verlor die Party an Schwung. Die letzten dreißig Minuten hatten sie alle zusammen eine Werbesendung über einen Staubsauger angesehen, der mit einer Kurbel von Hand angelassen wurde und den man mit einigen Handgriffen in einen Laubbläser verwandeln konnte. »Ob wir Dr. Grind überreden können, uns so einen zu kaufen?«, fragte Ellen. Alle waren tief in die Kissen der Couch gesunken, so betrunken, dass sie nicht mehr gerade sitzen konnten, sondern sich aneinanderlehnten. Auf die Werbung folgte ein religiöses Programm. Asean stellte den Fernseher ab, und alle machten Anstalten aufzubrechen, um in ihre eigenen vier Wände zurückzukehren.

»Das war schön«, sagte Alyssa. »Dieser Abend hat mir mehr geholfen, euch näher zu kommen, als alles, was wir bisher zusammen unternommen haben.«

»Jetzt liebe ich euch«, kam es von Ellen.

»Es ist komisch«, meldete sich Benjamin zu Wort, »ich habe verstanden, wie unsere Beziehung zu den Kindern funktioniert. Wir sind die Eltern aller Kinder. Jedes Kind ist unser Kind. Man muss sich dran gewöhnen, aber ich hab's begriffen. Nur, wie es mit uns ist, den Erwachsenen, das war nie richtig klar. Wie stehen wir zueinander?«

»Geschwister?«, kam es von David.

»Vielleicht eher Cousins und Cousinen zweiten Grades«, schlug Benjamin vor.

»Ich glaube, wir sind wie die Leute in *Gilligans Insel*«, sagte Alyssa. »Eine zufällige Gruppe von Gestrandeten.«

»Und wenn wir von der Insel runterkommen?«, fragte Izzy, die sich sehr bemühte, Schritt zu halten.

Alyssa zuckte mit den Schultern. »Wer weiß.«

»In der Serie gab es große sexuelle Spannungen«, sagte Jeremy.

»Was?«, lachte Ellen. »Nie im Leben.«

»Aber ja doch. Du hast nur wissen müssen, worauf du achten musst«, widersprach Jeremy.

»Leuchtet mir ein«, sagte David. »Wenn man auf einer Insel festsitzt, muss Sex eine Rolle spielen.«

Alle schwiegen einen Augenblick.

»Was heißt das in unserem Fall?«, fragte Alyssa.

»So war das nicht gemeint«, erwiderte David errötend.

»Aber es stimmt«, sagte Ellen, die wieder aufzuleben begann. Das logische Ende der Party war gekommen und vergangen, und nun steckten sie sozusagen in kabbeliger See. Die Strömungen zogen sie ... irgendwohin; Izzy war zu müde, um dagegen anzugehen.

»Es steht außer Frage, dass es hier sexuelle Spannungen gibt«, fuhr Ellen fort. »Aber wir können nichts tun, richtig? Es würde alles kaputt machen. Das wäre schrecklich. Aber es wäre verrückt, die Dinge nicht beim Namen zu nennen.«

»Okay, nennen wir sie also beim Namen«, sagte Benjamin. »Und das wär's dann.«

»Hier ist alles genauestens berechnet«, fuhr Ellen fort. »Gefühle spielen keine Rolle. Es geht allein darum, was am besten für die Kinder ist. Für die Familie. Alles ist ein Experiment, ob Dr. Grind das nun zugeben will oder nicht. Er lebt von der Hand in den Mund, ohne Plan, richtig? Warum also können wir nicht auch experimentieren?«

»Es ist schon spät«, sagte Callie, aber Ellen ließ niemandem Zeit, Callie zuzustimmen und zu gehen.

»Wir sollten diesem Verlangen nachgeben«, sagte sie, »allerdings nicht unkontrolliert.«

»Wie?«, fragte Benjamin und lehnte sich nach vorn.

»Flaschendrehen?« Ellens Vorschlag fiel so laut zu Boden, dass Izzy hätte schwören mögen, den Aufprall gehört zu haben.

David, der betrunkener war, als es den Anschein hatte, wie Izzy jetzt merkte, warf ein: »Aber das wäre nicht fair, oder? Es könnte passieren, dass manche nie geküsst werden und manche küssen ständig.«

»Und vielleicht müssten sich Frauen küssen oder Männer«, ergänzte Alyssa.

Izzy konnte nicht entscheiden, ob sie selbst am wenigsten oder am meisten betrunken war. Es war zu schwer, das auseinanderzudividieren.

»Wir ziehen Lose!«, schrie Ellen. Sie nahm Stift und Papier, schrieb Zahlen darauf, zerriss das Blatt und legte die Zettel auf zwei getrennte Stapel, die beschriebene Seite nach unten. »Männer ziehen von hier, Frauen von da«, sagte sie mit einer Geste auf ihr Werk.

Niemand rührte sich, auch Ellen nicht. Izzy blickte in die Runde. Wenn jetzt jemand aufstand und sagte, er müsse gehen, wäre der Spuk vorbei. Sie wartete, aber niemand regte sich. Sie sah Asean an, Callie. Die beiden konnten unmöglich mitmachen wollen. Aber noch immer rührte sich niemand. Mit Schrecken fiel ihr ein, dass auch sie diejenige sein könnte, die ausstieg. Sie brachte es jedoch nicht über sich. Betrunken wie sie war, konnte sie nicht feststellen, ob sie keine Aufmerksamkeit auf sich lenken wollte oder ob sie wirklich erleben wollte, wie es war, wenn man einen Projektteilnehmer küsst.

Schließlich griff Benjamin nach einem Zettel. Ellen ebenfalls. Es folgten Alyssa, Jeremy, David und Callie. Asean zögerte, dann nahm er die letzte Nummer vom Stapel der Männer. Alle schauten Izzy an. Ellen lächelte. Izzy griff nach dem letzten Zettel und drückte ihn an die Brust.

»Gut, dreht eure Zettel um«, kam es von Ellen, die immer etwas mehr Power als die anderen hatte. Sie stand dem Projekt am skeptischsten gegenüber und hatte daher die geringsten Hemmungen, es infrage zu stellen. Und jetzt folgten alle ihrer Aufforderung.

Jeremy and Ellen. Callie und Benjamin. David und Alyssa. Asean und Izzy.

»Perfekt«, sagte Ellen. »Es wäre langweilig gewesen, wenn sich die beiden Ehepaare gefunden hätten, was ja nicht auszuschließen war.«

»Und jetzt?«, fragte David.

»Wir sind vier Paare. Der Raum hat vier Ecken. Vielleicht geht jedes Paar einfach in eine Ecke?«, schlug Benjamin vor.

Es war völlig absurd, es war blöde, aber alle setzten sich in Bewegung. Izzy und Asean blieben auf der Couch sitzen.

»Wir brauchen nicht mitzumachen«, sagte sie. Asean nickte, sah dann aber, dass die anderen Paare auf sie warteten.

»Ich glaube, es wäre merkwürdig, wenn wir an diesem Punkt einen Rückzieher machten«, entgegnete er, nicht in der Lage, sie anzusehen. Er nahm ihre Hand, und sie gingen in die unbesetzte Ecke.

»Also, los«, kam es von Ellen.

Asean war der größte Mann der Gruppe, aber Izzy war die größte Frau, es war also nicht so schwierig, wie es hätte sein können. Sie umarmten einander. Es war schön, gehalten zu werden, das konnte Izzy auf jeden Fall gleich einräumen. Ihr fiel ein, wie Asean ihr einmal erzählt hatte, dass verschiedene Trainer ihn, seit er denken kann, als Footballspieler gewinnen wollten, er aber immer abgelehnt hatte. »Ich will niemand verletzen, ich habe mehr Spaß am Helfen.« In der Highschool war er Teamtrainer geworden und hatte gelernt, wie man einen Knöchel wickelt, wann man Eis und wann Wärme anwendet. Es hatte bestimmt merkwürdig ausgesehen, wenn Asean, größer und kompakter als sämtliche Spieler mit ihren Schutzpolstern, während einer Spielpause auf den Platz joggte, einen verletzten Spieler aufhob und ihn mühelos hinter die Seitenlinien trug. Nicht verletzen, sondern helfen, dachte sie. Das liege ihm, hatte er ihr versichert.

Sie neigte ihr Gesicht vor, und sie küssten sich. Es hätten zwei Sekunden oder zwei Stunden sein können. Izzys Zeitgefühl ließ sie im Stich. Sie küsste Asean und war erstaunt, wie einfach es war. Dann erschrak sie; es ging so leicht. Sie zog das Gesicht zurück, und Asean streichelte nervös ihre Schulter. Obwohl sie wussten, dass es keine gute Idee war, sahen sie zu den anderen, die sich alle küssten, zögernd und langsam, aber ganz entschieden küssten.

»Warten wir, bis sie fertig sind«, flüsterte Asean, und Izzy stimmte zu, obwohl es bei ihr keiner großen Überredung bedurft hätte, Asean noch einmal zu küssen. Jeder Tropfen Alkohol in ihrem System war verbrannt, und sie konnte, heilige Scheiße!, den Kater bereits in ihrem hohlen Schädel miauen hören.

Endlich waren die anderen fertig und kamen verlegen zurück in die Zimmermitte. Lächelnd traten sie von einem Fuß auf den anderen. »Will noch jemand einen Drink?«, fragte Benjamin.

»Es ist spät«, sagte Callie und zog Jeremy am Arm. Er nickte, und das Paar verließ ohne ein weiteres Wort das Zimmer. David folgte schweigend.

Ellen sah in die Runde. »War es schlimm? War es ein Fehler?«

»Vielleicht«, sagte Asean mit einer Stimme so weich wie ein Wiegenlied.

»Das liegt in der Natur des Projekts«, verteidigte sich Ellen. »So läuft es ab im Leben. Man weiß erst hinterher, ob etwas eine gute Idee war oder nicht.«

Alyssa und Ben blieben zurück, um gemeinsam mit Ellen aufzuräumen, Asean und Izzy verließen den Raum zusammen.

»Hätte ich das nur nicht getan«, sagte Asean.

»Ich kann dich verstehen«, erwiderte Izzy.

»Nicht deinetwegen, ja?«, schob Asean nach

»Das weiß ich.«

»Ich hätte niemand anderes gewollt.«

»Danke«, sagte Izzy, eine Weile nicht fähig, seinen Blick zu erwidern. Dann sah sie ihn an. Er sah so gut aus, war so sanft, einen solchen Partner hatte sie sich immer gewünscht. Und hier war er, stand vor ihr, lebte mit ihr in der Anlage, sie benutzten dieselben Räumlichkeiten. Aber das Projekt hatte seine

Grenzen, da konnten sie noch so viel darüber reden, dass sie eine einzige Familie waren. Asean war nicht ihr Mann, und selbst wenn sie einander begehrten, konnten sie einander nicht haben. Izzy war weniger traurig darüber, als sie gedacht hätte. Grenzen waren in Ordnung für sie. Wenn es zwischen ihr und Asean merkwürdig funkte, dann war es eben so. Es würde sie nicht ins Verderben stürzen.

»Ich geh besser heim«, sagte Asean. Er hielt ihr die Hand hin, und sie schüttelte sie verlegen, als hätte er ihr gerade eine sehr großzügige Lebensversicherungspolice verkauft. »Gute Nacht.«

»Gute Nacht«, erwiderte Izzy.

In ihrem Haus, unter der Bettdecke, wusste sie, dass sie nicht einschlafen würde, und fragte sich, ob Asean, da Nikisha die Nacht im Schlafraum der Kinder verbrachte, den Weg zu ihr zurückfinden würde, ob er an die Tür klopfen und ob sie ihn hereinlassen würde. Millionen Mal hoffte sie, er möge nicht kommen, aus dieser Nacht möge nie etwas werden. Sie wünschte es sich so sehr, dass ihr der Kopf schmerzte, aber als es Morgen war, fand sie, dass der Fehler, den sie gemacht hatte, so unbedeutend, so sehr ein Traum gewesen war, dass es nichts ausmachen würde. Nichts hatte sich geändert oder würde sich ändern.

Sie goss die Buttermilchmischung zu den Zutaten in ihrer Schüssel und rührte so lange, bis alles richtig aussah. Von Zeit zu Zeit warf sie einen Blick auf Nicole, die, in eine Zeitschrift vertieft und die Füße auf einen Arbeitstisch gelegt, entweder Izzys Fähigkeiten vertraute oder sich von der Veranstaltung distanzieren wollte. Im Hof garte ein ganzes Schwein in einem Smoker, den Gerdie Kent, ohne mit der Wimper zu zucken, gemietet hatte, ein Meadow Creek auf einem Anhänger, so groß wie ein Unterseeboot aus dem Kalten Krieg. Das Schwein war von einer einheimischen Farm gekauft worden, ein perfektes Exemplar, noch so ein Wunder, das Gerdie vollbracht hatte.

Fast zwei Jahre waren vergangen, seit Izzy ein ganzes Schwein zubereitet hatte, aber nach den vielen Tagen an Mr Tannehills Seite war ihr die Arbeit in Fleisch und Blut übergegangen. Sorgen machten ihr die traditionellen südstaatlichen Beilagen, über die sie und Nicole sich bereits in der vergangenen Woche den Kopf zerbrochen hatten, um sie raffinierter, schmackhafter und einzigartig zu machen. Den Kohl würde sie nur ein paar Minuten in Schweinefett schmoren, statt ihn stundenlang köcheln zu lassen. Die russischen Eier würde sie in Rote-Bete-Saft einlegen, damit sie kräftig rosa leuchteten und würziger schmeckten, und dann mit karamellisiertem Speck bestreuen. Nicole hatte sich an ein Rezept des Restaurants WD-50 in New York erinnert, wo man ein traditionelles Gericht gebackener Bohnen mit Pinienkernen verfeinert servierte. Sie machten mehrere Versuche, bis es genau richtig schmeckte. »Es soll eine Überraschung für den Gaumen sein«, sagte Nicole, »und trotzdem die wesentlichen Eigenschaften des traditionellen, geliebten Gerichts behalten.« Wie die Unendliche Familie, dachte Izzy sogleich und überlegte während der nächsten fünfzehn Minuten, wie sie die Bemerkung der Köchin dem Reporter unterjubeln konnte.

Als könnte sie die Temperatur des Smokers telepathisch kontrollieren, verfolgte Izzy das Treiben im Innenhof durchs Fenster. Die Kinder, inzwischen alle auf den Beinen und mit einem eingebauten nuklearen Triebwerk versehen, bewegten sich mit großer Zielstrebigkeit auf dem Spielplatz und waren immer knapp davor, aufs Gesicht zu fallen. Die Eltern machten Fotos oder hoben die Kinder auf die verschiedenen Spielgeräte. Jeden Monat stellte ein anderes Familienmitglied einige

Dutzend Fotos zusammen, die in den vergangenen Wochen aufgenommen worden waren, ließ davon Alben drucken und sie an die Projektteilnehmer schicken. Izzy hob die dünnen, nicht sehr stabilen Fotobücher in chronologischer Reihenfolge im Regal neben ihrem Bett auf und schaute sie sich oft an, mit etwas schlechtem Gewissen, weil sie auf jeder Seite sofort nach Cap suchte.

Am Rand des Treibens sah Izzy den Reporter vom Typ markiger Abenteurer, der sich mit Dr. Grind und Dr. Patterson unterhielt. Die Größe der Familie schien ihn zu erstaunen, als hätte er einen unbekannten Volksstamm entdeckt. Der kleine Maxwell kam zu Jill, griff bettelnd nach ihrer Hand, sie solle spielen kommen, und sie begleitete ihn zu einem Minikarussell und drehte es für ihn. Die Atmosphäre war die eines ganz normalen Straßenfests in den amerikanischen Südstaaten. Das hatte Dr. Grind am Herzen gelegen, wie er vor dem Besuch besonders nachdrücklich gesagt hatte. Er schien leicht verärgert gewesen zu sein, dass die Zeitschrift über das Projekt berichten wollte, aber wie Izzy von Dr. Kwon erfahren hatte, steckte Brenda Acklen, ihre geheimnisvolle Wohltäterin, dahinter, die Wert darauf legte, dass die Arbeit in der Wohnanlage wahrgenommen wurde, und landesweit in das Bewusstsein der Öffentlichkeit einging. »Wir weisen nicht auf die Punkte hin, in denen sich unser Projekt von anderen unterscheidet«, hatte Dr. Grind ein paar Tage vor der Veranstaltung beim Abendessen gesagt, »wir betonen das, was wir mit aller Welt gemeinsam haben.«

»Warum?«, fragte Julie Howser. »Warum nicht herausstreichen, was an uns so anders ist?«

Mit einer großen Geste hatte Dr. Grind alle umfasst, die am Tisch saßen. »Weil das auf der Hand liegt, wenn unsere Besucher eine Weile mit uns verbracht haben.«

Izzy entschuldigte sich bei dem Fotografen, rannte aus der Küche, die Treppe hinunter in den Innenhof, um die Temperatur des Smokers zu überprüfen. Sie legte Holz nach und bestrich das Schwein rundum mit Essigsoße, ihr eigenes Rezept, das sie in Anlehnung an die Soße des Grills *Zum ganzen Schwein* kreiert hatte, und schloss den schweren, wie eine Gefängnistür scheppernden Deckel des Smokers. Asean und Alyssa kamen, um zu sehen, ob das Fleisch schon fertig war. Sie taten erst so, als interessierten sie sich für den Smoker, bis sie endlich Izzy ansahen. »Es war ein Fehler. Es war blöde. Wir waren betrunken. Jetzt ist es wichtig, dass wir nicht darüber reden. Was passiert ist, ist passiert, ja?«

Izzy sah Asean an. Er nickte. »Wir wissen, dass es nichts zu bedeuten hat, aber andere vielleicht nicht«, fuhr Alyssa fort. Izzy hatte sie noch nie so lange an einem Stück reden gehört. »Kannst du dir vorstellen, was Dr. Grind sagen würde? Es ist passiert, es ist vorbei, und wir werden es einfach für uns behalten.«

»In Ordnung«, stimmte Izzy zu.

»Ich habe einen solchen Hunger«, schloss Alyssa, die sich wieder dem Smoker zugewandt hatte. »Ich bin am Verhungern.« Dann entfernte sie sich mit Asean, und Izzy beobachtete das Paar, wie es sich mit perfekter Gelassenheit unter die Menge mischte.

Sie wusste, dass sie eigentlich zurück in die Küche gehen sollte, um die Beilagen fertig zu machen, aber sie wollte lieber bei den Kindern bleiben. Discomusik kam aus dem Ghettoblaster, und die Kinder hampelten dazu, setzten die Klänge in Bewegung um, ohne auf den Rhythmus zu achten. Der Fotograf war wieder nach draußen gekommen und machte Fotos von ihnen. Cap und Ally rollten einen überdimensionalen Wasserball hin und her und versuchten zwischendurch, auf ihn hinaufzuklettern. Gilberto, allein am Rand des Spielplatzes, fiel hin und weinte. Selbst wenn so viele Erwachsene aufpassten, dachte Izzy, war es erstaunlich leicht, ein Kind aus den Augen zu verlieren. Sie hob Gilberto auf, streichelte die schwellende Beule auf seiner Stirn, bis er sich in ihren Armen entspannte und ruhig wurde. Nina kam, um zu sehen, was los war, und Izzy reichte ihr den Jungen; kaum war der Wechsel vollzogen, kehrte das Lächeln auf sein Gesicht zurück, und er zappelte ungeduldig, bis Nina ihn wieder auf den Boden setzte, wo er im Krebsgang ins Treiben zurückkehrte. Es überraschte Izzy, wie viele komplizierte Gefühle bei Kindern übergangslos kurz aufeinander folgen konnten. Sie stiegen schnell an die Oberfläche, und dann verpufften sie wie Feuerwerksknaller, und was anfangs so schwierig für sie gewesen war, die offene Emotionalität der Kinder, war ihr jetzt ein großer Trost. Alles, egal was, würde irgendwann etwas anderem weichen.

Sie wünschte sich, dass es auch bei Erwachsenen so wäre. Sie musste wieder an Asean denken, den Kuss, den Anblick der Paare in den Ecken. Warum zum Teufel hatten sie sich in die Ecken zurückgezogen, als würden sie bestraft? Einen flüchtigen Augenblick, gerade lang genug, den Gedanken zu registrieren, dachte sie daran zu fliehen, so weit weg zu fahren, wie sie konnte. Wie lange würde es wohl dauern, bis jemand merkte, dass sie nicht mehr da war? Aber sie wusste, es würde sofort bemerkt werden, so eng wie ihre Beziehung zu den anderen war. Was sie beunruhigte und was zu einem gefährlichen Gedanken wurde, war die Frage, wie lange die anderen brauchen würden, um mit ihrem Verschwinden fertigzuwerden, wie schnell würden sie wieder zur Tagesordnung übergehen, weitermachen, als hätte es sie nie gegeben?

Der Reporter bemerkte Izzy und wandte sich flüsternd an Dr. Grind. Der nickte lächelnd. Als Izzy sich umwandte, um in die Küche zu flüchten, war der Mann schon neben ihr und fragte: »Sie sind die Jüngste hier?«

»Wenn man von den Kindern absieht«, erwiderte sie aus dem Wunsch heraus, ihn loszuwerden, bevor sie die Küche erreichte.

»Und Sie sind die einzige Alleinerziehende?«

»Na ja«, entgegnete sie leicht angefasst. »Allein bin ich nicht. Genau darum geht es bei diesem Projekt. Ich bin hier, damit mir andere helfen können.«

»Und Sie finden das nicht merkwürdig?«

»Das kann ich nicht beantworten«, erwiderte sie und musste an die improvisierte Party denken und wie merkwürdig der Abend gewesen war. »Mir kommt es nicht merkwürdig vor, es ist mein Leben. Meine Familie.«

»Aber Sie können doch sicher-«, sagte der Mann, sie schnitt ihm jedoch das Wort ab. »Es ist einmalig, aber nicht merkwürdig. Wir sind hier, weil wir etwas Neues ausprobieren wollen, Zugang zu Dingen haben wollen, die wir sonst nicht hätten.«

»Haben Sie einen Freund?« Sie wurde rot.

»Nein.«

»Und wenn Sie jemand kennenlernten, wie würden Sie ihm das hier erklären?«

»Ich habe nicht vor, jemand kennenzulernen, also zerbreche ich mir darüber nicht den Kopf«, fertigte sie ihn ab, ging zurück ins Hauptgebäude 1, zog ihre Karte durch das Lesegerät und schloss die Tür, bevor er ihr folgen konnte.

Izzy studierte im zweiten Semester Literatur und Geschichte, langweilte sich aber zu Tode. Ganz ohne Gehirn ging es zwar nicht, aber wirklich schwierig waren die Fächer nicht, und sonderlich begeistert war sie auch nicht. Das lag daran, war ihr klar geworden, dass sie große Freude an ihrer Arbeit mit

Nicole hatte. Nach dem Gerede über Theorien, Themen und Metaphern fand sie es wunderbar, ein Stück Lachs in die Hand zu nehmen, dessen Farbe so intensiv war wie etwas aus einem Fantasyroman für Kinder, und es mit Wein und Dill so cremig zu rühren, dass jeder, der es aß, glaubte, sie hätte den Geschmack hineingezaubert. Die Vorbereitungen eines Gerichts machten ihr Freude, und sie schnitt das Gemüse so exakt, wie Nicole es verlangte. Nachdem sie früher Barbecuefleisch mit Hackmessern in unregelmäßige Stücke zerteilt hatte, machte es ihr jetzt großen Spaß, schnell eine Schale voll Zwiebeln mit deftigen Bewegungen in identisch große, perfekte Stückchen zu zerschneiden.

In der Küche war Nicole streng und wenig gesprächig, hielt Izzy aber sehr bestimmt dazu an, sich eine Vielzahl von Kochmethoden anzueignen, und Izzy wollte sie zufriedenstellen. Es inspirierte sie, dass Nicole sich nichts dabei dachte, den Kindern zum Frühstück so etwas Simples wie pürierte Avocados zu servieren, die sie mit einem geschmacklich perfekt abgestimmten Schaum aus Erdbeeren und Sahne garniert hatte. Die Kinder aßen einfach alles, was man ihnen vorsetzte, es mochte noch so ungewöhnlich sein. Izzy und Nicole machten sich einen Spaß daraus auszuprobieren, was sie sich erlauben, was sie dem Gaumen der Kinder zumuten durften.

Izzy holte die Muffins aus dem Ofen, dünstete rasch jeweils eine Handvoll Kohlblätter an und versah sie mit dem perfekten Glanz von ausgelassenem Speck. Sie brach die karamellisierten Schinkenwürfel in winzige Stücke und streute sie über die roten russischen Eier, von denen es so viele gab, dass man meinte, beim Ostereierrollen im Weißen Haus zu sein. Sie stellte mit Nicole die Beilagen auf den Teewagen und schob ihn über den unebenen Boden des Innenhofs. Seine rumpelnden

Räder lockten die Eltern herbei wie die Erkennungsmelodie eines Eisverkäufers die Kinder.

Während Köchin Nicole den Kleinen das Essen servierte, bat Izzy Asean und Link, die Beilagen auf den Picknicktischen zu verteilen. Sie selbst ging zum Smoker, wo sie mit Jeremys Hilfe das gare Schwein aufs Hackbrett wuchtete. Einige Eltern nahmen die Kinder auf den Arm, damit sie das dampfende Tier besser sehen konnten, dessen Haut den perfekten Ton von feinem Leder angenommen hatte. Die Kinder machten große Augen. Verlegen zog Izzy Handschuhe an und machte sich daran, unter den gebannten Blicken der Kleinen das Schwein zu zerzupfen. Dekonstruktion vom Allerfeinsten. In weniger als zehn Minuten hatte Izzy einen Großteil des Fleisches zerkleinert, und die Eltern häuften es sich auf ihre Teller. Der Reporter kam zum Hackbrett, nahm ein Stück Fleisch, steckte es in den Mund und verzog überrascht das Gesicht. »Unglaublich«, sagte er. Izzy senkte die Augen, nicht in der Lage, seinen Blick zu erwidern. »Freut mich, dass es Ihnen schmeckt«, sagte sie, wieder einmal dankbar für den Glücksfall, dass sie an dem Projekt teilnehmen durfte, ständig Gelegenheit hatte etwas zu tun, das bemerkt wurde, Menschen um sich zu haben, die sie zu würdigen wussten.

Izzy erntete großes Lob für ihr Schweinefleisch, die Familienmitglieder überboten einander an Begeisterung. Nachdem Paul sich die dritte Portion geholt hatte, verkündete er, es sei das Beste, was er je in seinem Leben gegessen habe. Der Fotograf schwebte über den Resten des Schweins und machte ein Foto nach dem anderen, als wäre er am Tatort eines Verbrechens. Obwohl die Erfahrung, von Außenstehenden beobachtet zu werden, bei der Familie Unbehagen auslöste, war das Fest ein großer Erfolg; die Schüsseln leerten sich, jeder war glücklich. Die Kinder liebten besonders die russischen Eier, ihre hübsche

Farbe und die weichen, schaumigen Eigelb. Ihre Fingerspitzen waren zart rosa verfärbt und ihre Gesichter mit püriertem Eigelb verschmiert. Izzy, der noch vom Vorabend übel war, aß nichts, und keinem fiel es auf.

Als die Kinder aus ihren Stühlen befreit waren, verband Dr. Grind den iPod der Anlage mit dem Sound System und mischte die Musik. Auf dem iPod gab es eine Musikliste speziell für die Kinder. Sie wurde täglich erweitert, je nachdem, was im Spielzimmer gehört worden war. Die Lieder waren gewöhnlich mit Tanz oder Bewegung verbunden, und es war immer wieder ein Schock für Izzy, wenn die Kleinen, fast noch Babys, sofort ihre persönliche Tanzversion vorführten, jedes seinen eigenen Videoclip. Der Reporter und der Fotograf von Time schienen von dem zuckenden Tanzstil der Kinder fasziniert zu sein, als die Musik nach dem Lied »Taba Naba« von The Wiggles zu »Get Buck« von Pretty Tony wechselte. Nach einigen Songs wandten sich die Kinder anderen Dingen zu, stampften aber gelegentlich mit den Füßen auf, wenn ihnen etwas besonders gut gefiel.

Als sich das Fest dem Ende zuneigte, stellte Izzy für den Reporter und den Fotografen je einen Teller zum Mitnehmen zusammen. »Sie können bestimmt nachvollziehen, warum mich diese Anlage fasziniert«, sagte der Reporter, als sie ihm das Essen reichte. »Es klingt seltsam, wenn man davon hört. Aber es war wirklich ein Erlebnis, dabei zu sein. Es ist nichts Alltägliches, woran Sie hier teilnehmen.«

Für den Bruchteil einer Sekunde spürte sie etwas Unbekanntes im Magen, das unverkennbar Furcht war. Am liebsten hätte sie dem Reporter von Jeremy erzählt, der nicht wollte, dass Elis Nägel wie die der anderen Kinder rot lackiert wurden, oder von Carlos und Nina, die es nicht für fair hielten und schon mehrmals dagegen protestiert hatten, dass die Kinder nicht mit

Schwertern oder Spielzeuggewehren spielen durften. Man enthalte ihnen dadurch einen wichtigen Teil ihrer Kindheit vor, behaupteten sie. Oder dass die Kinder manchmal alle identisch klangen und ihr Tonfall und Vokabular an den schon viele Male gehaltenen Vortrag eines erfolgreichen Professors erinnerten. Wie die Eltern sich sorgten, Dr. Grind erziehe die Kinder zu Egoisten. Sie hätte ihm auch gern erzählt, dass ihre Mutter psychisch labil und krankhaft fettleibig gewesen war und sie Angst hatte, diese Veranlagung geerbt zu haben, weil die dauernde Belastung, die es für sie bedeute, mit fremden Menschen zusammenleben zu müssen, sich als ihr Ruin erweisen könnte. Manchmal ist hier alles so perfekt, wollte sie ihm sagen, dass sie befürchte, der Rest der Welt sei bei einem atomaren Zwischenfall ausgelöscht worden und niemand hätte ihnen Bescheid gesagt. Sie hätte ihm gern ihre große Angst vor der Zeit nach dem Projekt gestanden, dass das Projekt ihre Rettung und ihr Untergang war. Sie wollte ihm sagen, was für dumme Menschen sie waren, wie leicht sie das zarte Pflänzchen in ihren tollpatschigen Händen zerstören konnten. Aber sie sagte nur: »Es ist, glaube ich, wirklich nicht alltäglich.«

Mit den Worten »Viel Glück« verabschiedete sich der Reporter. Während er sich mit Dr. Grind in Richtung Ausgang entfernte, kamen Nina und Susan zu Izzy. »Du wirst der Star des Artikels sein«, zog Nina sie auf und stupste sie in die Rippen.

»Lies nur ja nicht die Kommentare«, riet Susan.

»Ich weiß, ich weiß«, antwortete Izzy.

Diesen Fehler hatte sie in der Vergangenheit oft genug gemacht. Alle Projektteilnehmer hatten Seiten angeklickt, auf denen das Projekt *Unendliche Familie* online in Artikeln oder Blogs erwähnt wurde. Izzy hatte an die 1500 Kommentare zu einer Yahoo-Titelgeschichte überflogen und war über das

Gift, das darin verspritzt wurde, wütend und äußerst peinlich berührt gewesen.

Methode eure Kinder zu versauen, SPASTIS.

2 zu 1 dass der Doktor alle Frauen fickt.

Wie geistig behindert muss man sein, sein eigenes Kind zu so was mitzunehmen? Deshalb geht unser Land kaputt. Keine traditionellen Familienwerte mehr.

Die Frauen sind potthässlich, wetten?

Das Projekt könnte funktionieren, aber man darf nicht einfach die Rassen mischen. Es muss rein bleiben.

Die Kinder werden alle transsexuelle vegane Serienkiller.

Das ist sozialistische Propaganda; so sieht die Zukunft aus, Leute. Ein Wohlfahrtsstaat für arbeitsscheue, arme Leute.

Izzy machte jetzt einen weiten Bogen um die sozialen Medien und das Internet, sie zog es vor, sich auf die Wohnanlage zu beschränken, wo alles übersichtlich und durchdacht war. Es beunruhigte sie jedoch, dass sie eines Tages in die Welt zurückkehren musste, wo die Leute, die diese Kommentare schrieben, auf sie warteten.

»Feine Pinkel aus dem ganzen Land werden dir zu Füßen liegen«, fügte Susan hinzu.

»Dann wünsche ich ihnen viel Glück«, antwortete Izzy. Von Zeit zu Zeit schienen Susan, Nina und noch einige andere

Frauen des Projekts Izzy das Geständnis entlocken zu wollen, dass sie auf der Suche nach einem Mann sei. Wenn Izzy das leugnete, glaubten sie ihr nicht. Dabei widmete sie der Familie so viel Zeit und musste sich immer noch an die individuellen Eigenheiten der einzelnen Teilnehmer gewöhnen, dass es sie überfordert hätte, auch noch eine Beziehung zu knüpfen und mit den Macken eines Partners umzugehen. Sex beschäftigte sie nicht, sie fand es peinlich, dass die Frauen häufig in ihrer Gegenwart darüber witzelten. Ihren ersten Sex hatte sie, gleich nachdem ihre Mutter gestorben war. Der Zusammenhang zwischen den beiden Ereignissen war so offensichtlich, dass sie das Gefühl hatte, ein sehr schlichtes Gemüt zu sein, psychologisch banal. Sie hatte vier verschiedene Jungen gehabt, einen nach dem anderen, und dann hatte sich die Sache totgelaufen, sie brauchte keinen Sex mehr. Zumindest galt das, bis sie Hal traf und wieder Spaß daran bekam. Vielleicht lag ihr jetziges Desinteresse an der traurigen Seite ihrer Beziehung zu Hal, sie dachte jedenfalls selten an Sex, und sie wurde lieber allein damit fertig, als sich die Schritte auszudenken, deren es bedurft hätte, damit ein Außenstehender in den Wohnkomplex kommen konnte, um mit ihr zu schlafen. Und schließlich waren da die Kinder. Sie nahmen so viel von ihrer Zeit in Anspruch, füllten sie emotional so sehr aus, dass es ihr schien, als sei Sex etwas für Menschen ohne solche Komplikationen. Was auch immer der Grund für Izzys Verhalten sein mochte, sie war nicht interessiert, und das schien die Frauen verrückt zu machen.

Aber da war nun Aseans Kuss und seine Hand in ihrem Kreuz, wie er sie an sich drückte. Etwas daran war lustvoll gewesen. Nein, Lust war es nicht, es war nur ein Experiment gewesen. Kein Gefühl dahinter. Ein Experiment, das hoffentlich schiefgelaufen war.

»Irgendwann wirst du uns leid sein«, sagte Susan, »dann

willst du jemand im Bett haben, mit dem du über uns herziehen kannst.«

»Macht ihr das?«, fragte Carmen.

»Noch nicht«, antwortete Susan.

»Ich habe später noch Zeit für Männer und Beziehungen«, sagte Izzy, ihrem Gefühl nach zum x-ten Mal. »Wenn wir die Anlage verlassen und alleine leben. Dann suche ich mir einen Mann.«

»Das dauert aber noch verdammt lang, Izzy«, gab Carmen zu bedenken.

»Es geht schneller, als du denkst«, erwiderte Izzy und hoffte, es wäre nicht wahr.

»Ich kann es immer noch kaum glauben, dass in einigen Jahren unser eigenes Kind bei uns im Haus wohnt«, sagte Carmen, und Izzy spürte, wie sich die Atmosphäre um sie und die beiden anderen verdichtete und auflud. Alle wussten, dass es eines Tages so weit wäre und die Kinder den gemeinsamen Schlafraum verlassen würden, um rund um die Uhr bei ihren biologischen Eltern zu wohnen, aber merkwürdigerweise kam ihnen der Gedanke so unnatürlich vor, dass sie ihn zu verdrängen versuchten. Sie verdrängten ihn, bis sie nicht aufpassten und ununterbrochen daran dachten. Izzy konnte es nicht abwarten, Cap nachts bei sich im Haus zu haben, zu wissen, dass nur sie beide die Luft dort miteinander teilen würden. Und in ihren kleinmütigen Augenblicken überkam sie die Furcht, sie könnte damit nicht allein fertigwerden. Dann fiel ihr ein, dass der Sinn des Projekts war, sie auf den Tag vorzubereiten, an dem sie sich um ihren Sohn kümmern musste, als wüsste sie, wie man das macht.

»Kann ich euch etwas fragen?«, kam es plötzlich von Susan. »Etwas Persönliches?« Zum Abendessen war Bier serviert worden, was selten genug vorkam, und Susan, ein Leichtgewicht, hatte zwei Flaschen getrunken. Vor Angst, was nun kommen würde, verspannte sich Izzy. Hatte David ihr verraten, was gestern Abend passiert war? Dennoch nickte sie wie Carmen, weil sie automatisch einer Mitbewohnerin einen Wunsch erfüllen wollten.

»Kennt ihr das? Das Gefühl, ihr könntet eins von den Kinder mehr lieben als euer eigenes?« Die Tränen stiegen Susan in die Augen, und sie verzog das Gesicht, als sei ihre Geburtstagsparty ins Wasser gefallen.

»Süße«, sagte Carmen und rückte sofort näher an Susan heran, wohingegen Izzy erstarrt dort stehen blieb, wo sie war, als hätte Susans Eingeständnis einen Nerv getroffen. »Ich weiß genau, was du meinst, aber du machst einen Denkfehler. Wir sind den ganzen Tag mit den Kindern zusammen, tagein, tagaus. Und Kinder, besonders Kleinkinder, haben gute und schlechte Tage. Da passiert es leicht, dass man jeden Tag einen anderen Liebling hat. Es ist nicht dasselbe wie ein Kind mehr lieben als ein anderes.«

»Das meine ich nicht«, widersprach Susan und schüttelte heftig den Kopf. »Wie findest du es, dass ich einige Kinder mehr liebe als Irene? Es ist so schwer, einen Draht zu ihr zu finden. Sie ist nicht sehr anschmiegsam, wogegen ich nichts habe, aber dann gibt es Schmusekatzen wie die süße Eliza. Oder, Schiete, auch Maxwell, den ich wahnsinnig gern um mich habe. Er klatscht mich mit dem Handrücken ab, jedes Mal wenn er mich sieht, als wäre das unser Markenzeichen.«

Carmen versteifte sich sichtlich bei diesem Geständnis, zumindest kam es Izzy so vor, aber sie ließ ihre Hand auf Susans liegen.

»Das ist ganz normal«, kam es schließlich von Izzy, als seien ihre Worte durch viele Lagen Spinnweben gedrungen. »Wirklich, Susan.«

»Aber hier ist gar nichts wirklich normal, oder?«, erwiderte Susan. Izzy sagte sich, dass ihr diese Dinge seit Monaten durch den Sinn gingen und, nicht infrage gestellt, für sie Tatsachen geworden waren.

»Was heißt normal«, entgegnete Carmen. »Es funktioniert, die meiste Zeit funktioniert es definitiv, und ich weiß, dass du es auch so siehst. Ich weiß, dass Izzy es so sieht.«

»Die Sache ist aber doch die, dass wir dieses Projekt auf uns genommen haben, um Problemen aus dem Weg zu gehen. Was ist, wenn wir uns andere Probleme schaffen, Probleme, die Eltern außerhalb der Anlage noch nicht einmal verstehen würden?«, fuhr Susan fort, nicht in der Lage, sich zurückzuhalten.

Izzy wandte sich sofort Carmen zu, als hätte Susan nun doch etwas Vernünftiges gesagt, und sie brauchte jetzt ihre Freundin Carmen, um von ihr wie Susan zurück auf Linie gebracht zu werden. Carmen schien das zu spüren, hatte Izzy das Gefühl, denn sie holte tief Luft, lächelte und sprach dann sehr ruhig und langsam, abwechselnd zu Izzy und zu Susan.

»Tun wir doch nicht so, als hätten wir nicht in der Scheiße gesteckt, als wir festgestellt haben, dass wir schwanger waren. Ich auf jeden Fall. Nachdem ich den Schwangerschaftstest gemacht hatte, war mein erster, zweiter, dritter, vierter und fünfter Gedanke, dass ich abtreiben würde. Ich konnte mir einfach nicht vorstellen, wie es mit einem Kind klappen sollte. Aber Kenny wollte unbedingt, dass es klappte, und je länger ich brauchte, um mich zu entscheiden, desto mehr wollte ich auch, dass es klappte. Aber das heißt nicht, dass wir es tatsächlich allein geschafft hätten. Wir haben diese Familie gebraucht. Es war ein Muss, dass Dr. Grind uns auswählte. Und es klappt. Kenny und ich sind hier sehr glücklich und werden in der Welt zurechtkommen, wenn das Projekt vorbei ist. Und es wird ja nicht enden. Wir werden in Verbindung bleiben, es geht also weiter, nur anders. Und ehrlich, wenn dein Problem darin besteht, dass es Eltern gibt, die nicht damit fertigwerden müssen, andere Kinder ebenso oder noch mehr zu lieben als ihr eigenes, findest du das nicht erstaunlich? Findest du es nicht Wahnsinn, dass du eine solche Rolle in Maxwells Leben spielst, dass er dich liebt, als wärst du seine Mutter?«

»Findest du das nicht beschissen abartig?«, fragte Susan.

»Ich finde es tausendmal besser als die Alternative.« Carmen bedeutete Izzy, doch verdammt noch mal ein Stückchen näher zu rücken, und so hockte sie sich neben Carmen und nahm Susans andere Hand. Wenn jetzt jemand von der Familie dazu kommt, ging ihr durch den Kopf, glaubt er bestimmt, hier geht es um Sex.

»Dieses Projekt ist eine gute Sache«, beteuerte Carmen, und endlich, als wäre es das letzte Stück einer fehlenden Codierung, damit das Programm korrekt funktioniert, nickte Susan zustimmend und sagte: »Ja.«

Carmen sah Izzy an, hob das Kinn in Richtung Susan und riss dabei die Augen auf. Izzy musste Susan recht geben, auch wenn Carmens Argumente Sinn ergaben. Sie hatte im ersten Jahr gewaltig gekämpft, nicht den Verstand zu verlieren. Es ärgerte sie, dass Susan ausgerechnet jetzt die seltsamen Seiten des Projekts entdeckte. Die Zweifel erwachten wieder in ihr, dabei wollte sie stark sein und ihrer Sache sicher wie Carmen, aber besonders nach den vielen Fragen des Reporters fiel ihr das schwer. Carmen fixierte sie jedoch mit ihrem Blick.

Zum ersten Mal empfand Izzy deutlich, dass dem Projekt etwas Sektiererisches anhaftete. Sie hatte sich schon immer Gedanken darüber gemacht, hatte aber nie etwas gefunden, woran sie ihre Vermutung hätte festmachen können. Susan spielte mit dem Gedanken, die Familie zu verlassen, und es lag an ihr und Carmen, sie zurückzuhalten, dafür zu sorgen, dass sie bei ihnen blieb. Denn wenn sie Susan verlieren würden, verloren sie auch David. Und Irene. Und wer würde danach gehen? Sie selbst wollte bleiben, ging Izzy auf, deshalb musste sie dafür sorgen, dass auch Susan blieb.

»Es ist eine gute Sache«, pflichtete sie Carmen bei. »Es ist echt eine gute Sache.«

»Und du wirst Irene lieben, wenn die Zeit dafür reif ist«, fiel Carmen ein, die das Eisen schmieden wollte, solange es heiß war. »Eigentlich liebst du sie schon jetzt, aber später wirst du sie noch mehr lieben.«

»Ja«, sagte Susan.

»Gut«, sagte Carmen und sah Izzy an. »Geht es uns gut?« Ihre Gesichtszüge erschlafften kurz, als wollte sie Izzy eingestehen, dass auch sie in der Luft hing und Izzy brauche, um ihr Halt zu geben.

Izzy nickte. Vielleicht würde es ja immer so laufen. Alle hätten ihre Zweifel und das Gefühl, einen Fehler zu begehen, aber sie würden einander stützen und hoffen, dass ihr Gefühl sie täuschte.

»Ich hab einen sitzen«, sagte Susan. »Tut mir leid.«

»Es war gut, darüber zu reden«, beruhigte Izzy sie, ohne es im Geringsten zu meinen. Die drei standen da, hielten sich an den Händen, dann nahmen sie einander in den Arm, und weil es sonst nichts zu tun gab, trennten sie sich und gingen nach Hause.

Es fiel Izzy nach dieser gefühlvollen Szene nicht schwer, in ihr leeres Haus zu gehen, denn sie wusste, dass der nächste Tag sie alle wieder zusammenbringen würde. Und doch, vielleicht lag es an dem Gespräch, an der vertrackten Ehrlichkeit, denn als sie sich aufs Bett legte, ohne zu duschen, die Zähne zu putzen oder sich auszuziehen, dachte sie, es wäre ein bisschen netter, ein winziges bisschen einfacher, wenn da jemand im Bett auf sie gewartet hätte. Nicht Asean. Keiner von den Eltern. Jemand, der nichts mit dem Projekt zu tun hatte. Aber dann versuchte sie, sich diesen Menschen vorzustellen, die Umstände, die ihn hierherbringen könnten, die Eigenschaften, die es einleuchtend machen würden, und sie beschloss, vielleicht nur aus Erschöpfung, dass es der Mühe nicht lohnte. Und, überlegte sie, nur wenige Meter von ihrem leeren Bett entfernt waren so viele Leute. Im angrenzenden Gebäude schlief ihr Sohn tief und fest, behütet von einer Schar von Menschen, die ihn liebten. Das reichte aus, beschloss sie wieder einmal. Es war mehr als ausreichend. Sie schlief so fest in jener Nacht, dass sie ihren Gedankengang noch für vernünftig hielt, als sie am nächsten Morgen aufwachte.

Ein neues Gerücht kursierte in der Familie, ein seltsamer Telefonreigen von Paar zu Paar, bis alle dachten, sie verstünden, was sich Merkwürdiges tat.

Izzy hatte so etwas schon einmal erlebt. Damals war sie gerade erst drei Monate in der Anlage gewesen. Es hatte sie völlig durcheinandergebracht, wie verschiedene Leute, in der Meinung, sie seien die ersten, sich nach dem Essen oder wenn Izzy durch den Innenhof ging, zu ihr gesellten, um sie darüber aufzuklären, dass David und Susan sich mit einem Ehepaar außerhalb der Anlage angefreundet und mehrere Male in Nashville getroffen hatten.

»Wer hat denn Zeit für andere Leute?«, fragte Nina verwundert, als David und Susan in die Stadt gefahren waren, um mit dem Paar ins Kino zu gehen. David kannte den Mann vom College. »Sollten wir Dr. Grind Bescheid sagen?«, fragte Kenny, und Carmen erwiderte: »Warum?«

»Sollte er nicht wissen, dass Mitglieder der Familie mit anderen Leuten unterwegs sind?«

»Das klingt aber wirklich sehr merkwürdig, Kenny«, versetzte Carmen. »Du klingst wie ein Stalker.«

Nina sprang Kenny bei. »Mag sein, aber komisch ist es doch. Ich weiß, es ist nicht drin, dass wir uns alle mögen, und wir können auch nicht alle beste Freunde werden, aber es ist wie eine Ohrfeige, dass sie diese Leute vorziehen.«

»Der Unterschied ist vielleicht, dass wir Familie sind und sie sind Freunde«, sagte Izzy, und Carmen runzelte die Stirn.

»Nun mal langsam, Izzy«, erwiderte sie. »Dr. Grind ist weit und breit nicht zu sehen.«

Nina fuhr fort: »Ich meine, gibt es denn niemand in der Anlage, mit dem sie ihre Zeit verbringen wollen?«

»Fühlst du dich verletzt?«, fragte Carmen.

»Ja«, kam es gleichzeitig von Kenny und Nina, und dann sagte Kenny noch einmal: »Sollen wir nicht Dr. Grind informieren?«

Am nächsten Tag ging er tatsächlich zu ihrem Projektleiter, der jedoch nur sagte, dass es ein Prozess sei, sich an die Wohnanlage und das Leben darin zu gewöhnen, und alles würde sich von selbst geben. Und es war tatsächlich so gekommen. Einige Monate später hörten David und Susan auf, sich mit ihren Freunden zu treffen, und als Nina eines Abends beim Essen das Thema beiläufig anschnitt, sagte Susan: »Zuerst war es nett, wir hatten das Gefühl, als hätte sich nichts in unserem Leben verändert, aber dann sprachen wir über die Dinge, die hier so ablaufen, die Kinder und die Anlage, und da waren sie völlig baff. Jedes Mal, wenn wir uns trafen, fingen sie damit an, wir sollten doch zugeben, dass wir in einer Art Sekte leben, und so haben wir einfach aufgehört, auf ihre E-Mails zu antworten, und dann haben sie sich nicht mehr gemeldet.«

»Wir haben uns Sorgen gemacht«, sagte Kenny.

»Was? Dass wir ausziehen?«, fragte David lächelnd.

»Vielleicht«, sagte Kenny.

»Wir bleiben hier«, sagte Susan. »Da brauchst du dir keine Sorgen zu machen.«

Ein paar Sekunden später, als alle wieder mit ihrem Essen beschäftigt waren, sagte Kenny: »Gut.« Er sprach so leise, dass Izzy meinte, nur sie hätte es gehört.

Jetzt ging das Gerücht um, Benjamin und Alyssa hätten Krach. Link war eines Abends zum Arbeiten in das provisorische Studio gegangen, das er sich in einem Raum des Hauptgebäudes 2 eingerichtet hatte, als er im Nebenzimmer Licht sah. Auf sein Klopfen öffnete Benjamin verlegen die Tür und gab den Blick frei auf einen Schlafsack, ein Kopfkissen, Kartoffelchips und ein Buch. »Ärger im Paradies«, hatte er schulterzuckend gesagt.

Link verbrachte den größten Teil der Nacht im Gespräch mit Benjamin und berichtete am nächsten Morgen seiner Frau Julie davon. Die erzählte es David und Susan weiter, und danach machte die Neuigkeit die Runde. Link und Julie standen Alyssa und Benjamin am nächsten, sie verbrachten die meiste Zeit mit ihnen, weil sie gleichaltrig waren und ähnliche Interessen hatten. Von ihnen erfuhren die anderen, die über die Sache sprachen, sobald Benjamin und Alyssa (und Dr. Grind) außer Hörweite waren, dass Benjamin sich manchmal verdrückte, sich einen Film ansah oder am PC saß, wenn Alyssa Hilfe brauchte. Und wenn Alyssa ihm erzählte, wie ihr Tag gelaufen war, hörte er kaum zu.

»Aber er ist der Meinung, er habe nichts Unrechtes getan«, sagte Link. Ellen verdrehte die Augen: »Immer wenn ein Mann sagt, er habe nichts Unrechtes getan, hat er ganz entschieden Dreck am Stecken. Aber ich glaube auch, dass die Männer wirklich davon überzeugt sind, sie hätten nichts falsch gemacht. Ihr Männer seid so dumm.«

»Alyssa jedenfalls hat ihn rausgeworfen und gesagt, er muss sich was einfallen lassen, wenn er zu dieser Familie gehören will, oder, vermutlich, zu ihrer Familie, sonst will sie nicht mit ihm zusammen sein.«

»Wer von den beiden würde die Wohnanlage verlassen?«, fragte Izzy.

»Beide?«, schlug Ellen vor. Link schüttelte den Kopf und sagte: »Vermutlich Benjamin.«

»Wir sollten Dr. Grind informieren«, sagte Kenny.

»Ben würde sich gedemütigt fühlen«, wandte Link ein und schüttelte den Kopf.

»Wir gehen doch sowieso alle zum Therapeuten, warum gehen sie nicht zum Eheberater?«, schlug Julie vor.

Beim Abendessen saßen Benjamin und Alyssa an den gegenüberliegenden Enden des Tisches. Izzy blickte öfter zu Dr. Grind, ob er etwas ahnte, aber er lächelte nur auf seine milde, geduldige Art und beschäftigte sich hauptsächlich mit den Kindern. Nachdem alle Eltern nach Hause gegangen waren, beobachtete Izzy von ihrem Fenster aus, wie Benjamin zwanzig oder dreißig Minuten später aus dem Haus schlüpfte und in Richtung Hauptgebäude 2 ging. Sie hatte daran gedacht, ein paar Zeitschriften zu kaufen und Plätzchen zu backen, um sie an der Tür des Raumes hinzulegen, wo er schlief, hatte die Idee aber verworfen. Sie ging zu Bett, starrte die Decke an und fragte sich, was Benjamin wohl tat, so weit von allen entfernt, von seiner Frau getrennt. Dann überlegte sie zum x-ten Mal, ob die anderen Projektteilnehmer sich dasselbe fragten, wenn sie, Izzy, jeden Abend allein in ihr Haus ging. Während der ganzen Zeit dieser Trennung auf Probe oder wie immer die Unendliche Familie es bezeichnen mochte, schlief Izzy schlecht und hatte unruhige Träume.

»Dr. Grind ist auf dem Laufenden«, sagte Link einen Monat später zu der Elterngruppe, die im Fernsehraum Karten spielte.

Sofort sah Carmen ihren Mann an. »Du hast es ihm gesteckt, oder? Obwohl ich dir gesagt habe, du sollst es lassen.«

Kenny schüttelte den Kopf, dann runzelte er die Stirn. »Nein, eigentlich nicht. Ich meine, ich habe es ihm gesagt, aber er wusste es schon. Alyssa ist direkt zu ihm gekommen, sagt er, sie und Ben hätten Probleme und sie wüsste nicht, wie es weitergeht.«

»Und?«, fragte Carmen.

Link meldete sich zu Wort. »Benjamin hat mir erzählt, sie bleiben beide hier, das Projekt geht weiter, sie werden beide gebraucht. Das hat Dr. Grind zu ihm gesagt. Sollten sie sich trennen, öffnet er ein leeres Apartment im Hauptgebäude 1, da kann Benjamin dann wohnen. Ben will jedoch lieber noch in Hauptgebäude 2 bleiben, weil das weniger endgültig ist.«

»Ich frage mich«, sagte Julie, »ob es etwas gibt, womit wir Dr. Grind wirklich wütend machen könnten. Würde er je einen von uns rauswerfen?«

»Wenn wir ein Familienmitglied umbringen würden«, sagte Kenny und verzog das Gesicht, als wolle er sich für seinen Vorschlag entschuldigen.

»So abwegig ist das gar nicht«, sagte Link, »lasst uns erst einmal das fünfte oder sechste Jahr erreicht haben.«

»Ich glaube, uns passiert nichts«, sagte Paul, der auf dem Sofa saß und sich ein Fußballspiel ansah. Alle drehten sich zu ihm um, sie waren sich nicht dessen bewusst gewesen, dass er zuhörte. »Dr. Grind braucht uns genauso sehr, wie wir ihn brauchen«, fuhr er fort. »Vielleicht sogar noch mehr.«

Izzy fragte sich, ob das wahr sein konnte, schaffte es aber nicht, die Fakten in ihrem Kopf zu sortieren. Sie würde es einfach glauben und hoffen, dass sie es nie herauszufinden brauchte.

Eine Woche nach diesem Gespräch spielten Eltern und Kinder vor dem Abendessen im Speisesaal. Izzy sah von der Küche aus, wie Ally, Gilberto und Jackie gemeinsam zu Alyssa stürmten, sie am Arm packten und mit großem Nachdruck zu Benjamin am anderen Ende des Raumes zogen. Jackie befahl Benjamin aufzustehen. Sie hielt beide Eltern an der Hand, während sie ihnen etwas zu sagen versuchte. Benjamin und Alyssa hörten zu, sahen sich aber dabei nicht an. Bald kamen die anderen Kinder und bildeten einen Kreis um sie. Nun nickten die beiden Erwachsenen einander zu und schwangen das kichernde, strampelnde Kind an den Armen vor und zurück. Nach Jackie wollte Ally geschaukelt werden, und als sie genug hatte, baten die anderen Kinder darum. Alyssa und Benjamin sahen einander an und mussten wissen, dass die ganze Familie sie in diesem Augenblick beobachtete und ihre Gefühle zu entziffern versuchte. Als wollten die siebzehn Eltern sie mit schierer Willenskraft zusammenhalten. Izzy musste die Nudeln abgießen, ließ aber den Raum nicht aus den Augen, sie suchte Dr. Grind, der Cap in den Armen hielt, auch er blickte zu dem Paar.

Ben und Alyssa verloren kein Wort, sahen einander nur an, dann drehte sich Alyssa um und setzte sich an den Tisch. Benjamin nahm ebenfalls Platz und vertiefte sich in seine Zeitschrift, die er wie einen Stock in der Hand aufgerollt hielt. Beim Abendessen herrschte gedrückte Stimmung, niemand sprach.

Als die Kinder im Bett waren, blieben die zur Nachtschicht eingeteilten Eltern bei ihnen, und der Rest begab sich in den Innenhof. Benjamin und Alyssa mussten wissen, dass ihre Probleme allgemein bekannt waren, das hinderte sie aber nicht daran, gemeinsam zu ihrem Haus zu gehen. Benjamin verließ es erst, wenn die Luft rein war. Und wie immer setzte sich Izzy in ihrem dunklen Haus ans Fenster und wartete. Dreißig Minuten vergingen, und Benjamin kam nicht. Eine weitere halbe Stunde, noch eine halbe Stunde. Endlich erlosch bei ihnen das Licht. Izzy wartete noch einige Minuten, nichts deutete darauf hin, dass Benjamin sich zurückziehen wollte. Sie holte ihr Telefon und rief Carmen an.

»Was ist?«

»Es ist alles gut«, sagte Izzy. Sie wusste nun, wie wichtig es für sie war, dass alle Eltern zusammenblieben, dass die Unendliche Familie komplett blieb. Dieses Projekt musste ein Erfolg werden, sie musste ihre ständige Sorge überwinden, dass es scheitern könnte, und deshalb musste sie sich auf Menschen verlassen, von denen sie vor ein paar Jahren noch nicht gewusst hatte, dass es sie überhaupt gab. Sie musste Menschen trauen, die es vielleicht nicht verdienten, aber vielleicht dachten die anderen genau dasselbe von ihr, dem schwächsten Glied der Kette, der Einzigen, die alleine lebte. Also, sie würde es tun, sie würde ihr Los zu den anderen in die Waagschale werfen.

»Was ist gut?«, fragte Carmen, ernst geworden.

»Alles«, sagte Izzy, nicht in der Lage, sich klar auszudrücken. »Benjamin und Alyssa. Ally. Wir alle. Es ist gut.«

»Izzy …«, sagte Carmen, unterbrach sich für eine Weile und fuhr dann fort: »Bist du betrunken?«

»Nein«, versicherte ihr Izzy.

Carmen vertröstete sie auf den nächsten Morgen und legte auf.

Bei Benjamin und Alyssa war alles still und ruhig. Izzy beobachtete das Haus, den Kopf auf die Fensterbank gelegt, bis sie den Schlaf nicht länger zurückhalten konnte. Sie wurde von der Idee heimgesucht, alles würde wieder zerfallen, sobald sie die Augen schloss. Es war eine seltsame Vorstellung, sie hätte eine Art Macht über alle im Wohnkomplex, aber sie war zu müde, um sich mit einem Gedanken auseinanderzusetzen, den ihrer Meinung nach die anderen ebenfalls hatten.

Zwei Wochen später durfte Izzy allein nach Coalfield fahren, im Anschluss an den Besuch einiger Familienmitglieder im Aquarium von Chattanooga. Die Lichtstrudel und die bunten, dicht an den Scheiben entlangschwimmenden Fische, die ihre Besucher zu beobachten schienen, hatten die Kinder fasziniert. Izzy wollte mit Cap zu Mr Tannehill, zum ersten Mal seit seiner Geburt. Sie hatte Maxwell dabei, damit, in Dr. Grinds Worten, »Cap nicht davon überwältigt wird, dass er ganz allein im Mittelpunkt steht«.

Die beiden Jungen saßen zufrieden in ihren Autositzen und beklebten sich Arme und Gesicht mit einer scheinbar unendlichen Anzahl von Smileys, die Izzy an einer Tankstelle gekauft hatte. Als sie auf den Parkplatz des Lokals *Zum ganzen Schwein* fuhr, sortierte Mr Tannehill gerade im Hinterhof Holzscheite und führte dabei Selbstgespräche. Sie rief seinen Namen, er hielt schützend die Hand über die Augen und breitete dann lächelnd die Arme aus, als wollte er die ganze Welt umarmen. Izzy hob die Jungen aus ihren Autositzen und sah zu, wie sie sich Mr Tannehill tapsig näherten, als wüssten sie instinktiv, dass er nett zu ihnen wäre. Der alte Mann senkte sich behutsam auf ein Knie und hielt den Jungen beide Zeigefinger hin, um sie zu begrüßen. Maxwell und Cap blieben kurz vor ihm stehen, musterten ihn mit leicht schräg gelegtem Kopf, als wäre er ein Rätsel, das ihre Augen nicht ganz entziffern konnten. Plötzlich packte Cap Mr Tannehills linken Zeigefinger. Ein kindlicher Handschlag. Maxwell machte es ihm sofort nach, und da erst merkte Izzy, dass sie wie erstarrt auf der Stelle stand und keinen Schritt getan hatte, während sich die Kinder und Mr Tannehill begrüßten. Sie wünschte sich, sie hätte eine Kamera dabei. Sie hatte nicht daran gedacht, denn in der Wohnanlage zeichnete immer wenigstens einer das Geschehen auf. Mr Tannehills Lächeln wurde so breit, dass es allumfassend war, es verriet ein

Glück, das nicht geheuchelt sein konnte. Endlich näherte sich Izzy den Jungen, die inzwischen das Haar auf Mr Tannehills Armen untersuchten, als wären sie Wissenschaftler, die Experimente an einer unbekannten Spezies ausführten.

»Reizende Kinder«, sagte Mr Tannehill.

»Der da ist Cap.« Sie zeigte auf ihren Sohn, »und das ist Maxwell.«

»Freut mich, eure Bekanntschaft zu machen, Jungs«, sagte Mr Tannehill. Er wies auf die kleinen Aufnahmegeräte, die um den Hals der Kinder hingen. »Was ist das?«

»Sie tragen sie ein paar Tage in der Woche, und alles, was sie sagen und was jemand zu ihnen sagt, wird aufgezeichnet. Dr. Grind und seine Assistenten analysieren die Aufnahmen und vergleichen die Unterhaltungen, die zwischen den Kindern stattfinden, und auch die Gespräche zwischen den Kindern und Erwachsenen. Es ist kompliziert. Ich weiß nicht, ob ich es richtig verstanden habe.«

»Da ist meine Stimme drauf?«, fragte Mr Tannehill, und Izzy nickte. »Sie nehmen jetzt an der Studie teil, würde ich meinen.« Beide lachten.

Er schaute zu Izzy auf, immer noch lächelnd, nur dass sich jetzt eine andere Art von Glück auf seinem Gesicht zeigte. »Gut siehst du aus, Izzy.«

»Sie haben mir wahnsinnig gefehlt.«

»Wem sagst du das. Deine Briefe und Bilder waren so ziemlich das Schönste in diesen Jahren, ehrlich.«

Izzy schwieg und sah zu, wie Mr Tannehill beide Jungen auf den Arm nahm und sich aufrichtete. Anfangs stand er etwas unsicher auf den Beinen, bis er etwas anders zupackte, und dann schien es die natürlichste Sache der Welt für ihn zu sein, zwei kleine Jungen auf dem Arm zu tragen. Izzy war dankbar, dass Cap, der manchmal fremdelte, es zuließ.

»Mögen diese Jungs Barbecue?«

»Sie mögen alles«, antwortete sie.

»Dann gehen wir doch essen«, sagte er und wies auf das Lokal. Wieder spürte Izzy, wie ihre Beine den Dienst verweigern wollten, was sie jedoch durch einen ungeschickt beschwingten Gang überspielte, um Mr Tannehill und die Jungen einzuholen, als würde er die beiden in das Lokal tragen und in einem völlig neuen Leben verschwinden, das sie im Inneren erwartete.

Wie Izzy gesagt hatte, aßen die Jungen tatsächlich alles, was ihnen vorgesetzt wurde. Mehr noch als das gegrillte Fleisch schien Cap die salzige Brühe der Kohlblätter zu mögen, mit der er sein ganzes Gesicht grün besprenkelte, wohingegen Maxwell krachend die verbrannten Kanten des Schweinefleischs kaute. Während die Jungen aßen, erzählte Izzy Neuigkeiten aus der Wohnanlage, und der alte Mann nickte stirnrunzelnd. »Ich glaube, ich brauche ein Notizbuch und einen Bleistift, wenn ich mir die vielen Namen merken will.«

»Das Gefühl kann man in der Tat kriegen«, erwiderte Izzy. »In den ersten Monaten hab ich immer: ›He, du‹ oder ›Hallo‹ gesagt, weil ich eine panische Angst hatte, die Namen zu verwechseln. Nach einer Weile gehen sie einem in Fleisch und Blut über.«

»Und du scheinst dort wirklich glücklich zu sein«, sagte Mr Tannehill. Seine Vermutung enthielt den winzigsten Anflug einer Frage.

»Bin ich. Und Cap, ohne jeden Zweifel.«

»Das höre ich gerne.« Er machte eine Pause, ließ den Blick über den Parkplatz schweifen, als suchte er nach einem Gesprächsgegenstand. »Hast du deinen Vater schon besucht?«

»Nein.«

»Hast du es vor?«

»Nein.«

Anfangs hatte sie ihrem Vater Briefe geschrieben und Fotos geschickt, aber nie eine Antwort von ihm erhalten. Einige Male hatte sie ihn angerufen, aber er klang völlig apathisch, Caps Namen fiel ihm nur mit Mühe ein. Nach einer Weile hatte sie es aufgegeben, mit ihm in Verbindung zu bleiben. Ihr Vater war Vergangenheit geworden, sie hatte eine Familie gegen eine andere eingetauscht, was seltsam war, wie sie jetzt erkannte. Den anderen Projektteilnehmern ging es jedoch ähnlich. Die wenigen, die tatsächlich Familie hatten, hielten nur spärlich Kontakt, denn die Geschwister, Eltern oder Cousins, denen sie E-Mails schickten, schienen nicht an ihrem Leben interessiert zu sein. »Ich hatte keine Ahnung, wie wenig uns verbindet«, sagte Alyssa von ihrer zwölf Jahre älteren Schwester, die ihre Kindheit und Jugend kaum miterlebt hatte. »Sie scheint geradezu erleichtert zu sein, dass ich nicht mehr zu ihrem Leben gehöre.«

Die meisten Projektmitglieder waren entweder völlig von ihren Familien entfremdet oder ihre Eltern waren tot. Es war allgemein bekannt, dass familiäre Ungebundenheit ein Auswahlkriterium gewesen war. Izzy fand den Gedanken gruselig, dass sie bei der Unendlichen Familie mitmachen durften, weil niemand sie wollte. Niemand würde sie vermissen, wenn sie verschwanden, und niemand wäre für sie da, wenn alles in Scherben ging.

»Es geht ihm nicht gut, soweit ich das beurteilen kann«, fuhr Mr Tannehill fort. »Manchmal, wenn ich in den Laden gehe, ist ein ganzer Gang leer, weil er vergessen hat, die Regale aufzufüllen. Einmal habe ich ihn schlafend angetroffen. Und ich weiß, dass man ihn dieses Jahr schon ausgeraubt hat.«

»Sie wollen, dass ich ihn besuche«, sagte Izzy. Wieder eine Aussage, die sich wie eine Frage anhörte.

»Nein«, erwiderte Mr Tannehill. »Ich bin einfach dein Freund. Wir unterhalten uns. Du bist erwachsen. Du hast selbst ein Kind. Du weißt, was du tust, Izzy. Ich dachte nur, dass du Bescheid wissen solltest.«

»Gut«, sagte Izzy, die das Thema bereitwillig fallen ließ. Gerade in diesem Augenblick versuchte Maxwell aus seinem Hochstuhl zu steigen, und Izzy stand auf, um ihn zu halten. Er entwand sich ihren Armen und begann, um die Nachbartische zu streichen, wodurch sich Cap veranlasst fühlte auch aufzustehen. Mr Tannehill hob den Jungen aus seinem Stuhl und setzte ihn vorsichtig auf dem Boden ab.

»Sie sitzen nur ein paar Minuten still, dann wollen sie gleich wieder herumrennen«, erklärte Izzy.

»Ich weiß«, antwortete Mr Tannehill.

»Es muss sehr ungewohnt für Sie sein.«

»In der Tat«, erwiderte er lächelnd, »aber trotzdem schön. Du bist ein anderer Mensch geworden, Izzy. Du siehst gut aus; deine Jungs sind liebe Jungs. Und wenn es dafür eine Unendliche Familie braucht, die dich behütet, dann finde ich es großartig.«

»Sie sind immer noch der beste Mensch, den ich kenne.«

»Bin ich nicht«, erwiderte er errötend. »Ich war ein verdammt schrecklicher Mensch. Ich hing an der Flasche und habe meine Familie sitzen lassen. Aber durch dich habe ich gelernt, dass ich wenigstens jetzt anständig sein kann, und darum bemühe ich mich. Aber frag mal die Leute im Lokal. Die werden dir sagen, dass ich ein echter Arsch sein kann.«

»Arsch«, sagte Cap, und dann wiederholten er und Maxwell: »Arsch, Arsch, Arsch, Arsch.«

»Siehst du?« Aber Izzy neigte sich zu ihm und umarmte ihn.

»Gut, euch zu sehen«, sagte er. »Echt gut.«

Auf dem Weg aus der Stadt fuhr Izzy am Laden ihres Vaters vorbei, dem geduckten, hässlichen Bau aus Gasbetonsteinen, der jedoch etwas in ihr anrührte. Ihr fiel ein, wie ihr Vater erlaubt hatte, dass sie sich ein Päckchen Schokoladenzigaretten nahm und sie so viel Limonade trinken durfte, wie sie wollte. Sie erinnerte sich, wie sie unter der Theke schlief, während ihr Vater seiner Arbeit nachging. Fast hätte sie einen Unfall verursacht, wäre sie nicht noch rechtzeitig in eine Parkbucht an der Ecke des Gebäudes eingebogen. Vom Auto aus konnte sie in den Laden sehen, in dessen Mitte eine Verkaufstheke stand, und da war ihr Vater im Flanellhemd, seiner Uniform. Den Kopf auf die Faust gestützt, las er eine Zeitschrift. Sie wusste, dass es richtig wäre, Cap seinem Großvater vorzustellen. Aber was würde sie mit Maxwell tun? Was würde sie zu ihrem Vater sagen? Sie spürte die vage Angst, die Nähe ihres Vaters könnte sie in ihr altes Leben zurückziehen, wo sie wieder völlig allein wäre, ohne jede Aussicht auf eine bessere Zukunft.

Und doch, er war ihr Vater. Nun gab er gerade einer Gruppe Teenager Wechselgeld heraus, so nahe bei ihm war sie zwei Jahre nicht gewesen. Sie könnte einfach in den Laden rennen, ihn umarmen und dann nach Hause fahren.

Maxwell begann zu nörgeln, er wurde unruhig in dem parkenden Auto, und Cap stimmte mit ein, noch lauter, noch ärgerlicher als sein Bruder. In Izzys Gehirn bildete sich ein Nebel; die Zunge lag dick in ihrem Mund. Plötzlich fühlte sie sich so weit von ihrem vergangenen Leben entrückt, als wäre es das eines anderen Menschen gewesen, als wäre sie ohne nennenswerte Vergangenheit mit Cap im Arm in der Wohnanlage eingetroffen.

Aber merkwürdigerweise fühlte sie sich gleichzeitig von der Unendlichen Familie abgeschnitten. Hier in ihrem Auto, wieder in Coalfield, schien der Wohnkomplex meilenweit entfernt zu sein, und nichts verband sie mit ihm. In diesem Augenblick, wer wusste, wie lange er dauern würde, war sie gänzlich frei von Vergangenheit, Gegenwart und Zukunft. Es gab nur sie, Izzy, im All, völlig mit sich im Frieden. Und dann sah sie im Rückspiegel Cap und Maxwell. Sie waren beide bei ihr, ihre Söhne. Sie konnte gehen, wohin sie wollte, tun, was sie wollte, niemand würde jemals davon erfahren. Niemand würde nach ihnen suchen, ihr Vater nicht und Dr. Grind nicht, niemand.

Sie ließ das Auto an, fuhr rückwärts aus der Parkbucht und auf die Straße. Sie schlug die südliche Richtung ein, entfernte sich von Coalfield, aber auch von der Wohnanlage. Sie würde die Küste hinunterfahren, bis sie Key West erreichte. Sie würde eine Wohnung mieten, einen Job als Kellnerin annehmen oder Barbecue machen. Sie beschleunigte, fuhr hundertdreißig Stundenkilometer, wo nur achtzig erlaubt waren. Sie legte Kilometer zwischen sich und ihr ganzes bisheriges Leben. Die Jungen auf dem Rücksitz waren eingeschlafen. Kenny und Carmen würden ihr nicht böse sein, dass sie Maxwell mitgenommen hatte. Sie hatten noch acht andere Kinder zum Lieben. Dr. Grind würde auch nicht böse sein über ihr Verschwinden. Er hatte noch so viele Menschen, um die er sich kümmern konnte. Es käme nicht darauf an. Er musste bei der Planung davon ausgegangen sein, dass es während der Dauer der Studie zu Verlusten kommen würde. Man würde sie ziehen lassen.

Sie atmete so schnell, dass sie zu sprinten vermeinte, als würde sie ihr Auto mit schierer Willenskraft antreiben. Vierzig Minuten später war sie in Georgia. Niemand hatte sie angerufen. Niemand wusste, wo sie war. Sie konnte nicht glauben, was sie tat. Sie angelte nach ihrer Handtasche auf dem Beifahrersitz und nahm ihre Börse heraus. Achtzig Dollar. Wenn sie rechtzeitig an einem Geldautomaten hielt, konnte sie wahrscheinlich noch ein paar Hundert abheben, ohne dass es bemerkt wurde. Sie würde die allerbeste Mutter sein. Sie würde Maxwell und Cap so lieben wie alle Menschen im Projekt zusammen. Es könnte klappen, redete sie sich gut zu. Es würde klappen.

Und dann fing Cap an zu weinen, er zeterte und zappelte in seinem Sitz. Mit kleinen Grunzlauten versuchte er Izzys Aufmerksamkeit zu erregen. »Alles ist gut, Süßer«, sagte sie. »Alles ist gut.«

Dann wachte Maxwell auf und zeterte ebenfalls. »Izzy«, jammerten beide. »Izzy!«

Sie bremste, verlangsamte die Fahrt und fuhr an den Straßenrand. Ein vorbeifahrender Lastwagen rüttelte ihr Auto durch. Sie löste ihren Gurt und drehte sich zu den beiden Jungen um. Sie reckten die Hände nach ihr. Izzy kletterte auf den Rücksitz, es war kaum Platz für sie zwischen den Kindersitzen. Sie löste die Sicherheitsgurte der Kleinen, zog sie auf ihren Schoß, schmuste mit ihnen, flüsterte ihnen Laute ins Ohr, die keine Worte waren, nur Töne, die sie beruhigen sollten. Sie klammerten sich an sie.

Sie konnte es nicht schaffen. Hätten die Kinder den ganzen Weg geschlafen, dann vielleicht. Je schneller sie von ihrer Vergangenheit und Gegenwart in eine neue Zukunft rannte, desto mehr blieb die Gegenwart immer genau da, wo sie war, behielt sie immer im Griff. Es war unmöglich, sich zu dritt vom Rest der Familie zu trennen; die anderen würden ihr zu sehr fehlen. Sie wusste nicht, wo sie war. Irgendwo auf einer Straße in Georgia, ihre beiden Jungen im Arm. Langsam setzte sie die Kinder wieder in ihre Autositze. Sie schob sich hinter das Lenkrad und ließ das Auto an. Zeitweilige Unzurechnungsfähigkeit. Mehr war es nicht gewesen. Sie würde es nie erwähnen. Niemand würde je davon erfahren.

Sie wendete und machte sich auf den Heimweg. Für Cap und Maxwell sang sie »Die Räder vom Bus«, und als die Türen des Busses sich öffneten und schlossen, waren beide wieder ruhig und zufrieden, und sie war sich sicher, die richtige Entscheidung getroffen zu haben.

Die Familie traf gerade erste Anstalten, die Kinder ins Bett zu bringen, als Izzy ankam. Sie küsste Maxwell und Cap und trug sich als zurückgekehrt ein. Auf dem Weg zu ihrem Haus begegnete ihr Dr. Grind. Er schwenkte eine Plastikdose.

»Nicole hat heute einen Nachtisch mit Erdnussbutter und dunkler Schokolade gemacht«, sagte er. »Ich weiß, dass Sie das besonders gern mögen, deshalb habe ich ein Stück für Sie aufgehoben.«

Lächelnd und mit großer Freude nahm Izzy die Gabe entgegen, umarmte Dr. Grind kurz und setzte den Weg zu ihrem Haus fort.

»Der Ausflug ist gut verlaufen?«, fragte er.

»Großartig«, sagte sie. »Es hätte nicht besser sein können.«

»Freut mich zu hören.«

In ihrem Haus setzte sich Izzy auf den Küchenboden und verschlang das Dessert mit drei riesigen Bissen. Es schmeckte so köstlich, dass ihr davon eine Weile schwindelig wurde. Sie ließ den Tag Revue passieren. Sie dachte an Mr Tannehill, an ihren Vater hinter der Theke seines Ladens, an die rasende Fahrt Richtung Meer, als niemand bei ihr war, um sie aufzuhalten, nur ihr eigenes Herz. Und sie dachte an Dr. Grind, der ihr ein Dessert wie einen Blumenstrauß überreicht hatte, an Cap und Maxwell, die wahrscheinlich in ihren Betten lagen. Endlich stand sie auf, spülte die Plastikdose und die Gabel und ging hinauf in ihr Schlafzimmer.

Nach dem Besuch in Nashville wollten die Kinder unbedingt Fische haben, ein Aquarium so groß wie ein Fußballplatz, mit verschiedenen leuchtend bunten Arten. Sie füllten ihre Hefte mit detaillierten Zeichnungen von Haien, Stechrochen und Piranhas. Auf der wöchentlichen Versammlung von Personal und Eltern kam Dr. Grind auf die Anschaffung eines Aquariums zu sprechen.

»Ich bin überfragt, warum wir daran nicht früher gedacht haben«, sagte er. »Ein Aquarium ist eine sinnvolle Sache. Die Kinder lernen etwas über das Leben und die Welt unter Wasser, und sie machen die Erfahrung eines Haustieres, das nur eine minimale Verantwortung mit sich bringt. Studien belegen, dass es sich sehr positiv auf Angstzustände auswirkt, wenn man Fische beobachtet. Das würde den Kindern helfen, tiefer in die Entspannungstherapie einzusteigen, die wir, wie Sie wissen, verstärkt mit ihnen betreiben.«

»Da könnte ich auch dafür sein«, sagte Link.

Alle waren sich einig, dass Zierfische eine großartige Idee waren, und Dr. Grind erteilte Susan und Asean die Aufgabe, sich zu informieren, welche Fischarten infrage kämen, wie sie gepflegt werden müssen und welche Ausrüstung dafür erforderlich war.

»Es gibt noch eine andere Überlegung, die für Fische spricht, auch wenn sie auf den ersten Blick vielleicht ein wenig erschreckend ist«, fuhr Dr. Grind fort, immer noch lächelnd, was seine Bemerkung leicht beunruhigend machte, als wäre er ein gewissenloser Wissenschaftler, der seinem Opfer das Experiment erklärt, dem er es gleich unterziehen wird. »Wir sind noch im Anfangsstadium, aber es wäre interessant, das Verständnis, das unsere Kinder von bestimmten Begriffen haben, mit dem Durchschnitt zu vergleichen. Ein solcher Begriff ist, nun, der Tod.«

»Das gefällt mir aber gar nicht«, platzte Ellen heraus und sah herausfordernd in die Runde. Die Mienen etlicher anderer Eltern legten nahe, dass sie ihre Meinung teilten.

»Es ist ziemlich harmlos«, erläuterte Dr. Grind. »Für Kinder unter drei Jahren ist es typisch, keine richtige Vorstellung davon zu haben, wie der Tod funktioniert oder noch nicht einmal, was er ist. Um das vierte Lebensjahr herum beginnen die Kinder die Unwiderruflichkeit des Todes zu verstehen. Sie wissen dann, dass etwas Totes nicht wieder lebendig werden kann. Zwischen fünf und sieben finden sie heraus, dass tote Körper nicht mehr tun, was lebende Körper tun können, dass sie nicht mehr funktionieren. Ein toter Mensch oder ein totes Tier kann nicht mehr essen. Schließlich verstehen sie die Universalität des Todes, dass jeder und alles stirbt.«

»Das behagt mir wirklich gar nicht«, wiederholte Ellen mit zitternder Stimme. »Ich will nicht, dass Marnie darüber nachdenkt, dass sie sterben könnte.«

»Vielleicht tut sie es ja schon«, warf Link ein, was nicht ganz so hilfreich war, wie er sich vielleicht vorstellte.

»So problematisch, wie Sie vielleicht denken, wird es nicht sein. Es ist ziemlich wahrscheinlich, dass ein Fisch stirbt oder sogar mehrere. Das würden wir zum Anlass nehmen, mit den Kindern über den Tod zu sprechen und festzustellen, inwieweit sie ihn verstehen. Wir werden nicht auf dem Thema herumreiten, und wir werden den Kindern keine Angst machen. Wir werden ihnen ein paar Fragen zu den toten Fischen stellen und sehen, was sie wissen.«

»Und wenn die Kinder wissen wollen, ob sie selbst eines Tages sterben werden, was dann?«, fragte Carmen.

Dr. Grinds Schultern hoben sich so leicht, dass es mehr wie Einatmen denn Unsicherheit wirkte. »Wir sagen ihnen, ja, dass jeder sterben muss…«

»O mein Gott«, stöhnte Ellen.

»Aber wir erklären ihnen auch«, fuhr Dr. Grind fort, »dass es in der Regel noch eine ganze Weile dauern wird, bis es so weit ist.«

»Und was ist mit dem Himmel?«, fragte Izzy, obwohl sie wusste, dass Religion kein Leitprinzip der Studie war, wozu die Eltern, alles nicht praktizierende Christen oder Atheisten, ihr Einverständnis gegeben hatten. »Wenn sie fragen, ob es einen Ort gibt, wo sie nach dem Tod hingehen?«

»Nein«, sagte Dr. Grind. »Wir halten uns von abstrakten Vorstellungen fern.«

»Der Tod scheint mir eine ziemlich abstrakte Vorstellung zu sein«, meldete sich David zu Wort. »Ich meine, ich verstehe immer noch nicht, dass der Tod für alle gilt. Oder vielleicht will ich es auch nicht verstehen, damit ich nicht verrückt werde.«

»Es handelt sich um einen notwendigen Entwicklungsschritt«, erklärte Dr. Grind. »Es ist nicht einfach, aber wir machen das, damit wir die Bedürfnisse der Kinder besser voraussehen und ihnen bei ihrer Entwicklung helfen können.«

Die Eltern stimmten mit einem gewissen Zögern zu. Gegen Ende des Treffens kam Izzy ein Gedanke. »Und was ist, wenn die Fische nicht sterben?«

Dr. Grind sah sie skeptisch an. »Wie soll ich das verstehen?«

Izzy spürte, wie ihr Gesicht heiß wurde, und sie wusste, dass sie heftig errötete, sprach aber weiter. »Ich meine, ich weiß, dass Fische sterben. Das habe ich begriffen. Ich will wissen, was ist, wenn die Fische nicht bald sterben. Was ist, wenn sie länger leben als das Projekt?«

»Mm.« Dr. Grind machte einen gequälten Eindruck, als zwänge ihn Izzy, ein Geheimnis preiszugeben, das er in ihrem Interesse hatte verschweigen wollen. »Wenn nach sechs Monaten kein Fisch gestorben ist, werden wir einen aus dem Aquarium entfernen und setzen danach das Gespräch mit den Kindern über den Tod in Gang.«

»Aber der Fisch wird nicht getötet, ja?«, fragte Julie.

Dr. Grind lachte. »Himmel, nein. Wir bringen ihn zum Laden zurück.«

Harris, den die ganze Diskussion zu langweilen schien, meinte beiläufig: »Nach sechs Monaten dürfte der Laden das Geld wohl kaum zurückerstatten.«

»Das ist kein Problem«, entgegnete Dr. Grind.

»Vielleicht ist ein Gutschein drin.« Ellen schubste Harris mit dem Ellbogen in die Seite.

»Es ist also beschlossene Sache. Die Kinder bekommen Fische«, beendete Dr. Grind die Diskussion und verließ das Zimmer, gefolgt von seinen drei Assistenten. Die Eltern blieben sitzen und debattierten darüber, wie ein Fischbegräbnis ablaufen könnte, für den Fall, dass ein Fisch starb, den sie noch gar nicht besaßen.

Dr. Grinds Eltern hatten ihrem Sohn einen Welpen mitgebracht, ein liebes Tier, das den Kleinen gleich ins Herz schloss. Sie drehten jede Menge Filme und Videos von ihm. Huck schlief bei Preston, der ihn täglich an einer schwarzen Lederleine spazieren führte. Als er etwas älter war, benutzte er diese Leine zusammen mit anderen Materialien, die seine Eltern ihm zur Verfügung gestellt hatten, damit er sich aus einem tiefen Loch befreien konnte, in das sie ihn gesperrt hatten. Die Gegenwart eines weiteren Lebewesens schien die Stimmung in der Familie zu heben, auch seine Eltern verwöhnten den Hund und erlaubten ihm, auf dem Sofa zu schlafen, während sie arbeiteten. Das Tier brachte eine Art Stabilität, und obwohl Prestons Erziehung ihn etwas anderes gelehrt hatte, glaubte er, dass sie anhalten würde.

Eines Tages jedoch wachte er auf, und Huck war weg. Preston war nicht beunruhigt, er hatte diese Möglichkeit vorausgesehen. Er ging nach unten, wo er seine Eltern Kaffee trinkend und Zeitung lesend am Frühstückstisch vorfand.

»Wo ist Huck?«

»Süßer, er ist weg«, antwortete seine Mutter.

»Ist er«, begann Preston, machte eine Pause und hoffte das Beste, »ist er tot?«

Sein Vater blickte zu ihm hinunter, dann stellte er seine Kaffeetasse ab. Er kniete sich neben Preston und nahm ihn in den Arm. »O nein, Champ, keineswegs. Er ist nicht tot. Er ist nur weg.«

Preston entspannte sich in der festen Umarmung seines Vaters. »Sehe ich Huck wieder?«

Sein Vater warf seiner Mutter einen Blick zu, etwas Unausgesprochenes geschah zwischen ihnen, das Experiment wurde erweitert. Sein Vater sah Preston lächelnd an. »Das wissen wir nicht, Champ. Wir wissen es einfach nicht.«

Preston holte Luft, spannte die Bauchmuskeln an, zerbrach seine Traurigkeit, seine Sorge um Huck, zertrümmerte sie langsam. Und dann war sie weg. Er nickte seinem Vater zu und ging zu seiner Mutter, die er fest umarmte. »In Ordnung«, sagte er, und beide Eltern nickten lächelnd.

Dr. Grind sah Huck nicht wieder, erfuhr nie, wo er gelandet war.

Zwei Wochen später besaß die Wohnanlage ein Aquarium, ausgestattet mit Neonfischen und verschiedenen anderen Tetras, so bunt, dass man sich wie auf einem niedrig dosierten LSD-Trip fühlte, wenn man sie durchs Wasser flitzen sah. Sieben Tage danach waren drei Fische tot. Dr. Kwon fischte sie aus dem Aquarium und tat sie in einen wassergefüllten

Plastikbeutel. Am Abend wurden die Fische im Garten beerdigt, jedes Kind dufte einen Stein an die Stelle legen. Dr. Grind informierte die Eltern, dass er und seine drei Assistenten mit den Kindern darüber gesprochen hatten, was passiert war, und ihnen erlaubt hatten, sich die toten Fische anzusehen. Sobald die Kinder damit fertig waren und sich einer anderen Beschäftigung zugewandt hatten, hatte Dr. Grind die Kinder einzeln zu sich geholt.

»Es war aufschlussreich«, begann er, und Izzy wünschte sich, er würde etwas weniger Eifer an den Tag legen, wenn er über die Ergebnisse eines Experiments mit noch nicht einmal dreijährigen Kindern berichtete. »Wir haben einfach erklärt, dass sich die Fische nicht mehr bewegen, weil sie gestorben sind. Die Kinder haben das akzeptiert, ohne eine Frage zu stellen. Als wir sagten, wir würden die Fische nie wieder sehen, winkten einige Kinder und sagten: »Tschüss, Fisch.« In den meisten Fällen war das Thema damit abgehakt. Wir fragten sie, ob sie verstehen, dass die Fische nicht wieder lebendig würden. Über die Hälfte hatte verstanden, dass etwas geschehen war, das nicht mehr rückgängig gemacht werden konnte. Die restlichen dachten, es gäbe vielleicht einen Weg oder vielleicht sogar einen Zauberspruch, der die Fische wieder lebendig machen würde. Über die Hälfte ist eine ziemlich beträchtliche Zahl, wenn man sie mit den Ergebnissen anderer Experimente zu diesem Thema vergleicht.«

»Unsere Kinder sind also reif für ihr Alter, wenn es um den Tod geht?«, fragte Kenny.

»In gewisser Weise, ja«, erwiderte Dr. Grind.

»Nun … das ist gut, vermute ich«, sagte Kenny.

»Weder gut noch schlecht, aber es eröffnet uns einen weiteren Weg, diesen Kleinen zu helfen.«

Die Eltern nickten nur, Izzy überlegte jedoch, welche Türen

in den Köpfen der Kinder nun geöffnet waren und nicht mehr geschlossen werden konnten.

Nikisha fragte: »Sie haben gesagt, dass die Kinder *größtenteils* relativ leicht zur Tagesordnung übergegangen sind. Was soll das heißen? Gab es Kinder, die mit der Sache nicht so gut umgehen konnten?«

Dr. Grind warf einen Blick zu seinen Mitarbeitern, machte eine nachdenkliche Pause und sah die Eltern stirnrunzelnd an. »Einige Kinder, eine sehr kleine Anzahl, zwei, reagierten heftig auf den Tod der Fische. Sie weinten. Es brauchte eine Weile, sie zu beruhigen.«

»Welche Kinder?«, wollte Nikisha wissen.

»Das können wir nicht sagen. Wir halten die Daten wie immer unter Verschluss, bis wir mehr haben.«

»Warum haben die Kinder Ihrer Meinung nach geweint?«, fragte Paul, und Izzy wusste, dass sich alle Eltern fragten, ob ihr eigenes Kind unter dem Tod der Fische gelitten hatte.

»Nun«, sagte Dr. Grind und zog das Wort besorgniserregend in die Länge. »Nun«, versuchte er es noch einmal. »Diese beiden Kinder verstehen, dass der Tod unwiderruflich ist. Aber sie verstehen auch, und die Fragen dazu kamen von den beiden, wohlverstanden, die Nichtfunktionalität des Todes und …« Dr. Grind ließ den Blick durch den Raum streifen. »Sie verstehen auch, dass der Tod jedes Lebewesen betrifft. Das sind unglaublich reife gedankliche Leistungen. Es ist ziemlich ungewöhnlich.«

»Diese beiden verstehen also, dass jeder sterben muss?«, fragte Paul.

»Genau.«

»Sie verstehen, dass sie selbst sterben müssen?«, bohrte Paul weiter.

»Ja«, sagte Dr. Grind.

»Das ist wirklich beunruhigend«, sagte Paul, »wirklich beunruhigend. Ich hab das Gefühl, wir hätten diese Fische vielleicht besser nicht getötet.«

»Noch einmal von vorne. Wir haben die Fische nicht getötet. Sie sind eines natürlichen Todes gestorben. Und wenn ich ehrlich sein soll, könnten sich Ihre Kinder an keinem besseren Ort aufhalten als hier, wenn sie solche Erkenntnisse haben. Sie werden rund um die Uhr psychologisch betreut. Wir machen langsame, kleine Schritte. Wir passen unsere Methoden an, während wir voranschreiten. Ich kann Ihnen versichern, dass dies Erlebnis keinen schädigenden Einfluss auf die Kinder haben wird. Es zeigt vielmehr, wie schnell sie mit der richtigen Betreuung und Ihrer aller Hilfe zu großartigen Kindern werden.«

»Ich meine ja nur«, sagte Paul, der während Dr. Grinds Rede mit dem Fuß auf den Boden geklopft hatte, »dass ich mich nicht wohl dabei fühle.«

»Das ist verständlich, Paul«, antwortete Dr. Grind.

Izzy musste an ihre Mutter denken, an jene Monate nach ihrer Beerdigung, als sie sich eingebildet hatte, dass ihre eigenen Gedanken, ihr Frust über die Labilität ihrer Mutter, deren Tod verschuldet hatten. Ihr fiel auch wieder ein, wie sie sich aufgeführt hatte, ein paar Wochen lang, wie sie in Läden geklaut hatte, aus Trotz in der Schule schlechte Noten geschrieben hatte, sich an Jungen weggeworfen hatte, immer in der Hoffnung, dass ihre Mutter wieder lebendig und ihr die Leviten lesen würde. Erst im Laufe der Zeit hatte sie akzeptiert, dass sie nichts mit dem Tod der Mutter zu tun hatte und ihn nicht rückgängig machen konnte. Die daraus entstandene Depression, das Hinnehmen, war noch schlimmer als der tatsächliche Tod der Mutter. Sie hatte lange gebraucht, um wieder auf die Beine zu kommen, wenn sie die Erfahrung überhaupt je überwunden hatte.

Nach dem Treffen schaute sie durch das Fenster das Aquarium im Kinderzimmer an, das schimmernde Wasser, die Farbenpracht der Fische, die an der Scheibe entlang und umeinander flitzten. Sie hoffte, dass kein Kind auf die Idee gekommen war, der Tod der schönen, verfluchten Fische sei seine Schuld.

Am nächsten Tag ging Izzy zu den Kindern zum Spielen. Sie setzte sich zu Cap, Eliza und Ally, die einen Ball hin und her rollten. Izzy konnte ihre Neugier, was sie den Kindern mit den toten Fischen angetan haben mochten, nicht bezähmen und deutete auf das Aquarium: »Sind die nicht hübsch?« Die Kinder blickten hoch und nickten. Eliza sagte: »Ich kann Name nennen.«

»Ich auch!«, sagte Cap, und dann sagte Ally ebenfalls: »Ich auch!«

»Und wie heißen sie?«, wollte Izzy wissen und fiel fast um, als die drei Kinder die Namen der Fische herunterratterten, aber jedes andere. *Boing Boing, Janky, Mutt, Boba, Fischi* und *Dum-dum*, bis es ihr vorkam, als hätten die Kinder jeden einzelnen Fisch im Weltmeer benannt.

Danach lachten alle und wandten sich wieder dem Ball zu. Ally saß nun auf Izzys Schoß. Izzy fragte: »Und wie ist das mit den Fischen, die gestorben sind?«

»Kein Namen«, sagte Eliza.

»Doch Namen«, sagte Cap.

»Sie sind tot«, sagte Ally.

Ein paar Sekunden lang schwiegen die Kinder, und Izzy sah, wie ihre Gehirne greifbare Dinge machten.

»Aber wir sterben nicht«, sagte Eliza.

»Wir sterben nicht«, wiederholte Cap. Und Ally bekräftigte: »Nein, wir nicht.«

Sie sahen Izzy an. Die packte lächelnd alle drei, obwohl sie strampelten und sich befreien wollten, und sie lachten, ihrer Unsterblichkeit sicher. Izzy freute sich. Sie waren noch nicht so weit entwickelt, dass der Tod in ihre Knochen gesickert war. Sie küsste die Kinder und wiederholte: »Wir sterben nicht«, und es war ihr gleichgültig, was Dr. Grind dazu sagen mochte.

Kapitel zwölf

Projekt *Unendliche Familie* (Drittes Jahr)

Sorgfältig legte Izzy die Holzbuchstaben, die klein genug waren, um in ihre Handfläche zu passen, hintereinander auf den Fußboden ihrer Werkstatt, die ganz mit einer feinen Schicht Sägemehl überzogen war. Während sie Sätze bildete, suchte sie an den einzelnen Buchstaben nach Mängeln. Dann kehrte sie an die Bandsäge zurück, die Dr. Grind, ein Zauberer, der Weihnachtsmann oder ein wohlmeinender Gott gekauft hatten, eine haarsträubende Ausgabe, damit Izzy an ihrem Projekt weiterarbeiten konnte. Mit ihrer ruhigen Hand, die sie an sich besonders bewunderte, führte sie das Holzstück an den tiefschwarzen Linien entlang, bis das sich auf und ab bewegende Sägeblatt ein annähernd perfektes »c« ausgesägt hatte. Sie legte es zu den anderen auf den Fußboden, musterte den Satz »Ich möchte Arsen«, schob dann die Buchstaben zusammen, hob sie auf und warf sie in ein halb volles Zweihundert-Liter-Fass aus blauem Plastik. Mit einem schwarzen Filzstift, den sie von der Werkbank genommen hatte, ging sie zu einer Wand, die mit Schreibpapier bedeckt war. Sie suchte den Satz und strich ihn durch. Für den nächsten Satz »Der Drogist sah auf sie herab«, griff sie nach einem neuen Stück Holz und den Schablonen, um die nächsten Buchstaben vorzuzeichnen. Die Kette von Wörtern erschien ihr endlos, obwohl sie im tiefsten Innersten wusste, dass sie eine Geschichte bildeten, die wie alle Geschichten schließlich enden würde.

Izzy musste sehr viel Zeit in der Küche verbringen, hatte aber trotzdem, vielleicht dummerweise, Kunst als Hauptfach gewählt. Sie durchschaute durchaus auf irgendeiner Bewusstseinsebene, dass ihre Wahl etwas mit Hal und dem Einfluss zu tun hatte, den er auf sie in der Highschool ausgeübt hatte, aber dessen ungeachtet sehnte sie sich auch danach, etwas zu machen, das weniger vergänglich als Essen war. Thema ihres Kunstkurses – sie hatte den Professor angefleht, sie zuzulassen, obwohl sie Anfängerin war – waren dreidimensionale Gegenstände, und Izzy arbeitete jetzt fieberhaft an ihrer Abschlussarbeit. Während andere Teilnehmer komplizierte Decken strickten, die über einen ganzen Lastwagen passten, oder von toten Tieren Gipsabdrücke herstellten, die an Seilen aufgehängt werden sollten, hatte Izzy auf ihre Begabung für Holzarbeiten zurückgegriffen, die sie als Mitglied der Unendlichen Familie weiterhin gepflegt hatte.

Ursprünglich hatte sie ein berühmtes Gedicht als Vorlage nehmen, die einzelnen Buchstaben von Hand schnitzen und dann auf einem Holzbrett befestigen wollen, das an die Wand gehängt werden sollte. Nachdem sie begonnen hatte, sah sie sich jedoch mit zwei Problemen konfrontiert. Erstens war sie keine so geschickte Schnitzerin, wie es für diese Aufgabe nötig gewesen wäre. Sie konnte die für das Gedicht nötige Buchstabenzahl nicht von Hand schnitzen. Zweitens war das, was sie machen wollte, zu klein, zu billig, nicht eindrucksvoll genug, um dafür zu kompensieren, dass sie nichts weiter als ein Baum-Gedicht von Joyce Kilmer zum Anfassen machen wollte. Wenn sie rückblickend daran dachte, wie ihre Familie in der Ausstellung um sie herumgestanden und ihr albernes Werk höflich gelobt hatte, wurde sie immer noch verlegen.

Jeremy hatte sie auf Bandsägen aufmerksam gemacht, mit denen die Windungen der Buchstaben leichter nachzubilden waren. »Verdammt«, hatte er eines Tages beim Abendessen gesagt und ihr mit seinem Messer an einem Stück Rinderlende gezeigt, was er erklären wollte, »mit einer Bandsäge könntest du in der Zeit, die du brauchst, um einen Buchstaben zu schnitzen, jede Menge davon herstellen.« Izzy verbrachte viele Stunden in der Bildhauerwerkstatt der Universität und arbeitete unter der Anleitung ihres Professors an der Bandsäge, bis es ihr vergleichsweise leichtfiel, die vorgezeichneten Buchstaben auszuschneiden. Ihr nächster Schritt war gewesen, den Umfang ihres Projekts zu erweitern.

Eliza, die Tochter von Julie und Link, erzählte Izzy eines Morgens, als sie im Schwimmbad spielten, von einem Traum, den sie in der Nacht gehabt hatte. »Ich war in einem Boot und steckte meine Hand ins Wasser und holte verschiedene Sachen heraus«, sagte sie ruhig und bedächtig. »Einen Stern, einen kleinen Vogel, und dann holte ich Buchstaben aus dem Wasser, bis das Boot voll war.« Izzy sah sich sogleich ihre Hände in einen See tauchen, und das Wasser verwandelte sich zu Holzbuchstaben, zu vielen potenziellen Wörtern und Sätzen. Sie stellte sich vor, dass der See eine Geschichte war, zu der jeder Buchstabe beitrug. Sie umarmte Eliza, die diesen Gefühlsausbruch hinnahm, als ob jede Erinnerung an einen Traum mit Umarmungen belohnt gehört. Izzy schwebte ein Text von einem gewissen Umfang vor. Kein Roman, nicht *Moby Dick*, aber etwas, das länger als ein Gedicht war.

Sie dachte über ihre Lieblingsgeschichten nach, über Bücher, die sie früher in den Sommerferien in der Bücherei gelesen hatte. Da war die Erzählung »Die Lotterie« von Shirley Jackson, die Lieblingsgeschichte ihrer Mutter, deren Handlung in einem fiktiven Dorf sozusagen ein schlagendes Beispiel für die Platzangst ihrer Mutter war. Sie hatte auch »Hände« aus Sherwood Andersons *Winesburg, Ohio, und andere Erzählun-*

gen sehr gemocht, eine niederschmetternde Geschichte über Einsamkeit. Handelten alle Lieblingsgeschichten ihrer Mutter von gescheiterten, vereinsamten Menschen, die in kaputten Dörfern wohnten und völlig am Ende waren?

Nach einer Weile fiel ihr Faulkners »Eine Rose für Emily« ein, eine Erzählung, die sie in der achten Klasse gelesen hatte und von der sie entsetzt gewesen war. Es war die Geschichte einer alten Jungfer, die von den Bewohnern ihrer Heimatstadt ausgegrenzt wurde. Sie endet mit der Entdeckung, dass die alte Frau im selben Bett geschlafen hatte, in dem die sich zersetzende Leiche ihrer einstigen großen Liebe lag. Izzy hatte eine Schwäche für diese Geschichte und hatte sie immer wieder gelesen, auch wenn ihr davor grauste. Es war wunderbar, wie die erste Person Plural, das Wir, die gesamte Stadt Jefferson, Mississippi, in das Geschehen mit einbezog. Sie musste daran denken, wie alle im Wohnkomplex anfingen, wir statt ich zu sagen, wie die eigenen Wünsche sich irgendwie mit den Wünschen der Unendlichen Familie zu decken schienen. Sie lud sich die Geschichte herunter und ermittelte die Zahl der Wörter. Es waren mehr als fünfzehntausend, und sie schnappte erschreckt nach Luft, als hätte ihr jemand einen Stich mit einer Nadel versetzt. Von ihrem Vorhaben abhalten ließ sie sich dennoch nicht. Sie würde sich an die Arbeit machen, beschloss sie augenblicklich, und sah vor ihrem geistigen Auge alle Kinder der Wohnanlage, wie sie in den Berg griffen und dessen Buchstaben wie Münzen durch die Finger gleiten ließen.

Izzy war dankbar für das Kunstprojekt, weil es etwas ganz anderes war als ihr Alltag im Wohnkomplex. Aus den Babys, bei ihrer Geburt zehn göttliche Konstellationen, waren wilde Tiere geworden, zehn Hyänen nach Sonnenuntergang. Cap und einige andere Kinder bissen bei jeder Gelegenheit zu. Eine unerfreuliche Phase. Wenn sich die Kinder alle auf einmal auf einen Ball oder ein Stofftier stürzten, endeten selbst die unschuldigsten Spiele mit Kratzern oder Verletzungen. Zur Verblüffung der Eltern wurden sie aufsässig, und das verursachte ihnen Kopfzerbrechen, weil die Kinder gemeinsam großgezogen wurden. Es war nicht weiter schwierig, ein fremdes Kind auf den Arm zu nehmen, wenn es weinte, oder ein verträumt lächelndes Kleines in den Schlaf zu wiegen. Etwas ganz anderes war es, ein fremdes Kind zu bestrafen, wenn es seine Krallen durch dein Gesicht gezogen hatte. Die Eltern reagierten sehr geduldig, streng, aber gerecht, insgeheim grollten sie jedoch einander, machten trotz aller Gemeinschaftlichkeit die Eltern des jeweiligen Kindes verantwortlich. »Gene«, flüsterte Carmen einmal Izzy zu, »die Gene haben auch noch ein Wörtchen mitzureden.« Und Izzy, im Bewusstsein, dass mit ihren eigenen Genen so wenig Staat zu machen war wie mit denen anderer Leute, versuchte zu lächeln.

Dr. Grind schien sich keine Gedanken zu machen. Oder vielmehr, Dr. Grind machte sich auf jeden Fall Gedanken um den Fortschritt der Kinder und ihr verändertes Verhalten, aber er sah keinen Anlass, die Hände über dem Kopf zusammenzuschlagen oder das Programm zu überarbeiten. »Ich erinnere mich«, sagte er mit einem merkwürdigen Lächeln zu Izzy, »wie Jody einmal Marla in die Wange biss, weil sie ihm kein Smartie geben wollte.« Es erschreckte sie, ihn von seinem Sohn und seiner Frau reden zu hören, denn er hütete sich, sie zu erwähnen, und die Familie machte einen Bogen um das Thema, um ihn zu schonen. Als hätte er gemerkt, dass er eine Tür aufgestoßen hatte, holte Dr. Grind langsam tief Luft, lächelte aber weiter. »Mir ist entfallen, warum ich das erwähne, ich glaube, ich wollte Sie beruhigen. Mit den Kindern ist alles in Ordnung. Sie entwickeln sich großartig. Es wird sich auswachsen, ganz gewiss.«

Der Unterricht war zu Ende, eine Gruppe Kommilitonen machte sich auf den Weg ins Campuscafé. David, der seine Zigarette so beiläufig rauchte, als wolle er damit etwas in Brand setzen, kam zu Izzy. »Wir hängen eine Weile ab. Kommst du mit?«

David war ein höheres Semester und der Liebling der Fachschaft Kunst. Er machte klassisch schöne Objekte, erstaunliche Vasen und Schalen und schlug sie dann mit dem Hammer in winzige Stücke, während er sich dabei filmte. Anschließend klebte er die Scherben, so gut er konnte, wieder zusammen. Das fertige Werk setzte sich aus den Fotos des ursprünglichen Gegenstands, dem Video seiner Zerstörung und dem grob reparierten Objekt zusammen. Sie hatte gleich an Hal denken müssen, an den ersten Tag ihres Kunstunterrichts, an die Vase, die er der Klasse präsentiert hatte. Es hatte ihr den Atem verschlagen, als wäre David irgendwie von Hal geschickt, um sie an ihn zu erinnern.

David sah auch unglaublich gut aus, er hatte olivfarbene Haut und dunkles Haar, und zum Vergnügen seiner Freunde flirtete er manchmal ganz nebenbei mit Izzy. Er war zweiundzwanzig, wirkte aber sehr viel jünger auf Izzy. Auch die anderen Kursteilnehmer kamen ihr viel jünger als ihr tatsächliches Alter vor, als würde sie, Izzy, von irgendwelchen Höhen der Erfahrung auf sie herabblicken. Sie war sich ganz sicher, dass es die Studenten geärgert hätte, wenn sie es gewusst hätten.

»Besser nicht«, antwortete sie. »Ich muss nach Hause und Abendessen machen.«

»Seid ihr nicht so um die fünfzig Leute, wo du wohnst?«, fragte David und ließ seine Zigarettenasche neben ihre Füße fallen, was Izzy ungezogen fand. Seit dem Artikel in Time und verschiedenen Berichten im Internet, die Izzy nicht einmal mehr las, erkannten sie die Leute als Teilnehmerin des Projekts Unendliche Familie.

»Nicht ganz so viele«, erwiderte sie. »Und Kochen macht mir Spaß. Aber danke.«

»Komm schon. Eine Stunde«, sagte er und zog sie scheinbar bettelnd am Arm. »Wie kannst du eine richtige Künstlerin sein, wenn du keinen Kaffee trinkst, Zigaretten rauchst und über Kunst sprichst? Willst du nicht zur Boheme gehören?« Izzy war sich unsicher, wie ernst er seine Bemerkung meinte. Sie sah ihn an, wie er seine Zigarette, die nach Weihrauch roch, zwischen den langen, schlanken Fingern hielt. Sie musterte seine leuchtend blaue Künstlerjacke, made in France, Bill Cunningham nachempfunden. Mittlerweile war sie sich sicher, dass er keineswegs scherzte. In seinen dunklen Augen sah sie, wie sehr er von sich selbst überzeugt war. Wie, fragte er sich vermutlich, kann sie mir widerstehen? Und wie hätte sie können?

Im Café hörte sie zu, wie David und seine Freunde berühmte Künstler durchhechelten, die sie doof fanden, weil sie entweder immer schon Nachäffer gewesen waren oder, noch schlimmer, zu Nachäffern geworden waren, weil sie Erfolg hatten. Dann sprachen sie über Partys, wie die letzte gewesen war und wann die nächste stattfinden würde. Sie versuchte ihre Gedanken nicht schweifen zu lassen, sich daran festzuhalten, dass es einige Dinge gab, die sie mit diesen Menschen verbanden, aber sie führte einen aussichtslosen Kampf. Lächelnd folgte sie der Unterhaltung und zählte innerlich die Minuten, bis es halbwegs vertretbar war, dass sie aufbrach. Gerade in diesem Augenblick fragte die sarkastische Meggy, eine Goth, Izzy nach der Unendlichen Familie.

»Du hast doch ein Gör?« Izzy nickte.

»Ein Gör ist der Tod der Kunst«, kam es von David, »Gören sind echt im Weg, um ein richtiger Künstler zu werden.« Er sprach, als müsste sein Rat Izzy zwingen, in eine Zeitmaschine zu springen und Cap nie zur Welt zu bringen. Nach kurzem Nachdenken verbesserte er sich: »Also, so ist es zumindest für Männer. Vielleicht ist es für Künstlerinnen anders.«

»Aber, sozusagen, es ist nicht dein Gör, richtig?«, fuhr Meggy fort. Es war schwer auszumachen, ob sie nur neugierig war oder etwas gegen Izzy hatte. »Es ist, sozusagen, das Gör von euch allen, ja?«

»Es ist kompliziert. Er ist mein Kind. Wir ziehen aber alle Kinder gemeinsam groß.«

»Wie Geschwister«, sagte David verständnisvoll.

»Gewissermaßen.«

»Und die Eltern? Wie läuft das unter denen ab?«, fragte Meggy.

»Vielleicht wie in einer Großfamilie?«, sagte Izzy. Obwohl Kalina Stunden darauf verwendet hatte, wie sie sich Dritten gegenüber verhalten sollten, konnte Izzy immer noch nicht gut erklären, wie die Unendliche Familie funktionierte.

»Pennt ihr miteinander?«, fragte Meggy.

»Nun halt mal den Ball flach, Meggy«, warf David ein, den das Gespräch zu langweilen begann.

»Ich versuch ja nur, es zu kapieren. Für mich ist das alles schräg.«

»Für mich auch«, sagte Izzy. »Ich muss übrigens los. Ich muss Abendessen machen.«

»Tut mir leid, wenn ich dich in Verlegenheit gebracht habe. Ich an deiner Stelle würde ständig darüber reden.«

»Nicht nötig«, kam es von David. »Es gibt so viel Interessantes, worüber man reden kann.«

»Okay«, sagte Izzy. »Danke, Leute. Bis zum nächsten Mal.«

Sie winkten ihr zum Abschied zu, sogar Meggy, und Izzy ging zum Parkplatz, David im Schlepptau.

»Tut mir leid. Meggy ist nett, aber sie rafft es nicht immer.«

»Alles ist gut, wirklich«, erwiderte Izzy und holte die Schlüssel aus ihrer Tasche. Sie fragte sich, ob vielleicht alle Studenten einiges nicht rafften.

»Hör mal«, sagte er. »Wir sollten mal zusammen abhängen, darauf hätte ich echt Lust. Willst du essen gehen?«

»Ich kann jetzt nicht«, erwiderte Izzy, »ich muss …«

»Weiß ich doch, du musst heute Abend kochen. Ich meinte einen anderen Abend. Irgendwann bald.«

»Lieber nicht.«

»Hast du einen Freund?«, fragte er, ehrlich verwirrt, dass sie ihm für so etwas Alltägliches wie ein Essen einen Korb gab.

»Nein«, sagte Izzy schnell. »Es ist nur so, dass mein Leben kompliziert ist und ich mich zurzeit auf die Kinder konzentrieren muss.«

»Auf dein eigenes Glück kannst du dich nicht konzentrieren? Du hast echt Talent. Kriegst du es nicht hin, Zeit für Leute zu haben, denen so etwas wichtig ist? Ich wäre gut für dich, glaube ich.«

»Ich weiß nicht«, sagte Izzy. »Ich habe jetzt einfach keine Zeit.«

Als David sie schnell küsste, dachte sie, er hat einen Film gesehen, wo das zum Ziel geführt hat. Sie fand es widerlich, dass er davon ausging, sie würde ihre Meinung ändern, nur weil sie sich abknutschten. Sein Atem duftete nach Nelken oder Wacholder, und ihr ganzer Mund schmeckte danach. Sie hatte noch nie so etwas Weiches gefühlt wie seine Lippen, bis sie seine Hände auf ihrem Gesicht spürte, Geisterhänden so ähnlich, dass sie in der Lage schienen, ihren Körper widerstandslos zu durchdringen.

Nachdem er solchermaßen sein Argument angebracht hatte, ließ er sie los und fischte in seinem Künstlerjackett nach einer Zigarette.

»Du solltest dir Zeit für das Zusammensein mit anderen lassen. Du bist noch jung. Du solltest das Leben genießen.« Allem Anschein nach zuversichtlich, dass seine Bemerkungen Hand und Fuß hatten, entfernte er sich und hörte nicht, dass Izzy beim Öffnen ihrer Autotür erwiderte: »Ich genieße doch das Leben.« Und sie meinte es ehrlich, auch wenn sie niedergeschlagen klang.

Izzy hatte sich in der Unendlichen Familie eine Feindin gemacht. Das Zerwürfnis belastete sie, da es ihr vor Augen führte, wie zerbrechlich der Zusammenhalt der Familie war, wie leicht sie zerfallen konnte. Sie hatte mit einigen Kindern in der Turnhalle gespielt, als sie Zeugin wurde, wie Mary, die einzige Erwachsene außer ihr, den kleinen Maxwell festhielt und so kräftig versohlte, dass seine Füße von der Wucht der Schläge den Kontakt mit dem Boden verloren.

Izzy rief: »Autsch!«, als hätte sie jemand in den Bauch geboxt. Sie hielt sich gleich die Hand vor den Mund, als hätte sie damit ihren Ausruf rückgängig machen können. Mary hatte sich jedoch schnell umgedreht und Izzy angestarrt. Sie ließ den Jungen los. Maxwell warf sich auf den Boden, mehr aus Kummer denn vor Schmerzen, deutete auf seinen Hintern, machte wilde Boxbewegungen in Marys Richtung und bekundete den Bruch seines Vertrauens mit Klagelauten. Mary sah sich gehetzt um und presste die Zähne so fest zusammen, dass Izzy das Knirschen zu hören vermeinte. Schließlich gewann Izzy die Kontrolle über ihren Körper zurück, rannte zu Maxwell und nahm ihn auf den Arm.

»Dieser …« Mary unterbrach und verkniff sich, was immer sie hatte sagen wollen. »Er hat Lulu gekratzt, weil er ihren verdammten Ball haben wollte.«

»Mary«, sagte Izzy. »Wir dürfen sie nicht schlagen. Niemals.«

»Das weiß ich selbst, verdammt noch mal«, erwiderte sie und schüttelte den Kopf.

»Wir dürfen auch nicht fluchen, nicht vor den Kindern.«

»Du bist perfekt, was?«, zischte Mary. »Die perfekte kleine Izzy, in jeder Hinsicht.«

Marys Stimme klang so giftig, dass Izzy, zutiefst erschrocken, ihre Gegnerin nur schweigend anstarrte, bevor sie sich wieder Maxwell zuwandte, der sich an sie schmiegte.

»Wir gehen zurück ins Kinderzimmer«, rief Mary den Kindern zu und trat so fest gegen einen Fußball, dass er krachend gegen die Wand am Ende der Turnhalle prallte. »Los!«, rief sie, und die Kinder folgten ihr verunsichert. Izzy, ratlos, behielt Maxwell auf der Hüfte, sammelte die Bälle ein, verstaute sie und machte sich dann ebenfalls auf den Weg ins Kinderzimmer zu den restlichen Kindern und dem Personal.

Als Izzy eintrat und Maxwell auf einer Matte absetzte, damit er mit den anderen spielen konnte, unterhielt sich Mary gerade lächelnd mit Nina, folgte Izzy aber so lange mit den Augen, bis Izzy sich als abgemeldet eintrug, in die Frauentoilette ging und eine Viertelstunde in einer Kabine sitzen blieb, aus Angst, Mary könnte ihr folgen.

Mary, drahtig und mit ruhelosem Blick, als wäre sie auf der Hut vor Raubtieren und gleichzeitig auf der Suche nach leichter Beute, stammte aus den Bergen des östlichen Tennessee. Sie hatte die Angewohnheiten eines Mädchentyps, den Izzy aus der Highschool kannte, Mädchen aus abgelegenen Winkeln des Landes, die Tabak kauten, gut schießen konnten und jede Zurschaustellung von Weiblichkeit verpönten. Es hatte Izzy immer Angst gemacht, wie diese Mädchen, ohne nachzudenken, zu allen grausam waren, die sie für schwach oder überflüssig hielten. Izzy, die sich zu den kleinen Leuten zählte, wenn sie sich mit ihren gepflegten, selbstsicheren Mitschülerinnen aus wohlhabenden Familien verglich, wirkte neben diesen ungehobelten Teenagern wie von königlichem Geblüt. Mary, immer wie auf leisen Sohlen, immer mit einer leicht irritierten Miene, hatte um Izzy stets einen Bogen gemacht, was diese aber nicht persönlich genommen hatte. Jetzt wollte ihr nicht aus dem Sinn gehen, dass Mary sie »die perfekte kleine Izzy« genannt hatte. Ihr fiel nur eine einzige Strafe ein, mit der sie den Schmerz, den Mary ihr zugefügt hatte, lindern konnte.

Bei einer Tasse Kaffee mit Dr. Grind einige Tage später nutzte sie die Gelegenheit, ihn von dem Vorfall zu unterrichten. Er dankte ihr mit den Worten: »Das ist wirklich eine ernste Sache, Izzy. Marys Verhalten verstößt gegen alles, was wir hier machen. Es überfordert sie, mit so vielen Kindern auf einmal fertigwerden zu müssen. Sie und ich werden darüber sprechen, und ich werde sie noch einmal darauf hinweisen, wie wichtig es ist, dass wir die Kinder unter gar keinen Umständen schlagen. Wissen Kenny und Carmen Bescheid?«

Izzy schüttelte den Kopf.

»Das ist wahrscheinlich das Beste, und sei es nur, damit die Sache keine Kreise zieht. Ich werde Maxwell sagen, dass er nie wieder geschlagen wird, dass er sich nichts hat zuschulden kommen lassen. Wir kriegen das in den Griff.« Und Izzy empfand befriedigt, dass die Dinge in Ordnung gebracht worden waren, dass sich ein Puzzleteilchen nahtlos in ein anderes fügte und das Bild wieder komplett war.

An jenem Abend jedoch, Izzy arbeitete gerade an ihren Buchstaben, kam Mary in ihre Werkstatt. Sie schloss die Tür hinter sich.

»Es tut mir leid«, sagte Izzy sofort. »Es tut mir leid, aber ich musste es ihm sagen.«

Mary biss die Kiefer so fest zusammen, dass es schien, als würde ihr der Kopf vor Druck platzen. »Da verliere ich ein einziges verdammtes Mal die Beherrschung, und du musst es gleich ausposaunen.«

Sie starrte Izzy mit so unverhohlener Wut an, dass Izzy wusste, sie konnte jetzt nur noch den Mund halten und alles über sich ergehen lassen.

»Mein ganzes verdammtes Leben treffe ich auf Leute wie dich«, fuhr Mary fort. »Du bist nicht mehr wert als ich. Ich höre deiner Stimme an, wie du um jeden Preis verstecken willst, zu was für Gesindel du gehörst. Mädchen wie dich habe ich noch nie ausstehen können. Ihr bildet euch ein, was Besseres zu sein, auch wenn es euch genauso mies geht wie mir oder noch mieser. Ihr meint, ich bleibe im Dreck stecken und ihr schafft es nach oben.«

»Das stimmt nicht«, entfuhr es Izzy, die sofort bereute, widersprochen zu haben. Mary stellte sich dicht neben sie. »Wir brauchen uns nicht zu mögen. Ich weiß, wie das hier abläuft. Wir sollen uns lieben, um der Familie willen, aber wir brauchen uns nicht zu mögen. Und ich will nur, dass du weißt, dass ich dich nicht mag. Dass ich dich nie mögen werde. Ich bin wegen meinem Kind hier, genau wie du. Du kannst dir sparen, dich für was Besseres zu halten. Wir müssen zusammen arbeiten, zusammen leben und so weiter, und ich bin nett zu dir, aber du schreibst es dir besser hinter die Ohren, dass ich dich nicht ausstehen kann.«

Mary verließ das Zimmer, und Izzy atmete tief durch. Ihr Kopf brummte vor Adrenalin. Sie sah den Buchstaben in ihrer Hand an, ein D, es schien ihr durch Mary so besudelt, dass sie es in den Mülleimer warf. Sie nahm ein neues Stückchen Holz, aber ihre Hände zitterten so heftig, an Weitermachen war nicht zu denken. Sie fegte den Raum, schüttete das Sägemehl zum Abfall und löschte das Licht. Auf dem Weg zu ihrem Haus beschlich sie die Angst, dass Mary mit einem Hammer in der

Hand auf sie warten könnte, um endgültig mit ihr Schluss zu machen.

Am nächsten Tag indessen unterhielt sich Mary mit Carlos und Jeremy, und Izzy kam vorbei. Mary lächelte sie an und winkte. »Hallo, Izzy, ich habe Kaffee gemacht, willst du welchen?« Izzy brachte kein Wort über die Lippen und begegnete dem freundlichen Angebot nur mit gerunzelten Brauen. Marys Lächeln schwankte keinen Augenblick. Izzy merkte, dass Jeremy und Carlos über ihr Schweigen verdutzt waren, und als sie an der Gruppe vorbeiging, spürte sie, wie alle sie musterten. Sie fragte sich, wie viele Menschen sie wohl verabscheuten, und war bestürzt darüber, wie sehr ihr an der Antwort lag. Noch schlimmer, sie fragte sich, wie viele Menschen unter anderen Umständen nichts von ihr halten würden.

Nicht in der Lage zu schlafen, stand Izzy eines Nachts auf und ging barfuß in ihre Werkstatt, um ihre endlose Arbeit an den Buchstaben fortzusetzen. Vor der Tür angekommen hörte sie das Surren der Säge. Verwirrt fragte sie sich, ob sie träumte. Doch beim Eintreten sah sie Jeremy an der Bandsäge stehen, und Ellen, aus deren Schürze ein schwarzer Stift ragte, legte gerade frisch ausgesägte Buchstaben auf den Fußboden. Jeremy blickte auf und hob sofort die Hände, als wäre er das Opfer eines Raubüberfalls. Ellen, damit beschäftigt, einen Buchstaben mit einem Stück Sandpapier zu glätten, sah Izzy erst eine Weile später. Sie wurde rot.

»Hallo, Izzy«, sagte Jeremy schließlich. Izzy machte zögernd ein paar Schritte in den Raum. Auf den Blättern an der Wand war fast ein ganzer Absatz frisch durchgestrichen.

»Was macht ihr denn hier?«

Ellen reichte Izzy einen Holzbuchstaben, ein perfektes G, und erwiderte: »Wir helfen dir.«

»Wir haben gedacht, wenn du alles alleine machst, wirst du vielleicht nicht rechtzeitig fertig. Deshalb packen wir mit an. Ich weiß, wir hätten dich fragen sollen, aber vielleicht hättest du geantwortet, du müsstest alles alleine machen, damit es zählt.«

»Warhol hatte Hilfe von allen möglichen Assistenten«, fügte sie hinzu, immer noch knallrot im Gesicht.

Izzy legte den Buchstaben auf den Boden und umarmte Jeremy und Ellen. »Vielen Dank, Leute.« In Wahrheit, ja, sie wollte dieses Projekt tatsächlich ganz alleine machen. Es war ihre Idee gewesen, ihre Vision, es hatte etwas werden sollen, das mit der Familie nichts zu tun hatte. Doch als sie den besorgten, leicht manischen Gesichtsausdruck der beiden sah, wurde ihr klar, dass es in der Wohnanlage unmöglich war, etwas ganz für sich alleine zu tun. Wenn ein Mensch dein Kind anfassen darf, als wäre es sein eigenes, was um alles in der Welt würde ihn davon abhalten, einen Holzbuchstaben zu berühren, der dir gehörte?

In diesem Augenblick wurde Izzy wieder einmal klar, wie sehr das Leben in der Unendlichen Familie dem Leben in einer Sekte ähnelte, aber sie wusste, dass der Vergleich nicht fair war. War vielleicht die Institution Familie, egal in welcher Ausprägung, ihre eigene Art von Sekte? Partnersuche, Kind in die Welt setzen, sich mit Menschen umgeben, die einem am Herzen liegen, um das zu tun, musste man sein Gehirn umorganisieren, die eigene Welt erweitern.

Aber nein, entschied Izzy schließlich. Sie hatte ein Recht darauf, enttäuscht zu sein, dass Jeremy und Ellen hier waren und Buchstaben machten, auch wenn sie glücklich war, dass sie zur Familie zählten. Kleinlichkeit, Eifersucht und Geheimniskrämerei gehörten zu ihrer Persönlichkeit, und sie würde diese Eigenschaften nicht ablegen. Im Augenblick war das aber nicht weiter wichtig. Allein lassen würden Ellen und Jeremy sie jetzt nicht, also rollte sie die Ärmel hoch und machte sich mit ihnen an die Arbeit.

David hatte Izzy eine E-Mail geschickt, sie solle zu ihm ins Atelier kommen. »Ich brauche deine Hilfe«, hatte er geschrieben, und sie gab ihrer Neugier nach, weil sie von Davids Arbeiten aufrichtig gefesselt war und sich fragte, warum jemand, der so schöne Dinge schuf, den Wunsch hatte, sie in etwas Hässliches zu verwandeln.

Er trug ein ärmelloses Shirt, auf dem in leuchtend roten Buchstaben JAPAN stand. Auf seine rechte Schulter waren ein Hammer und Pinsel tätowiert, die ein X bildeten. Seine Hosen waren zu kurz, um lange Hosen, und zu lang, um Shorts zu sein. Er lehnte gegen den Tisch in der Mitte des Raumes und drehte sich einen Joint, neben ihm stand eine Tonvase, rein weiß mit einem Dutzend schwarzer Vögel im Flug. Izzy hätte die Vase spontan als uralt eingeschätzt, so herrlich war die Arbeit.

Er winkte sie zu sich. »Wunderschön«, sagte sie und wies auf die Vase, aber er zuckte nur mit den Schultern. »Noch nicht«, erwiderte er. »Schön wird sie sein, wenn wir fertig sind.«

»Wobei soll ich dir helfen?«

Er hielt den perfekt gerollten Joint hoch. »Erst einmal rauchen wir das hier«, antwortete er. »Und dann zerschmetterst du dieses verfluchte Ding mit dem Hammer.«

»O nein«, wehrte Izzy ab. »Nein, danke.«

»›Nein, danke‹ – bezieht sich das auf den Joint? Oder den Hammer? Oder beides?«

»Ich weiß nicht«, gab Izzy zu. »Ich schätze beides.«

»Komm schon, Izzy. Wenn du Künstlerin bist, musst du auch kreativ sein.«

»Ich bin keine Künstlerin. Kreativ bin ich nur manchmal.«

Er beugte sich zu ihr und küsste sie, wieder ohne ihre Erlaubnis einzuholen, aber diesmal überließ sie sich seinem Kuss, weil er sich so gut anfühlte. Sie hörte, wie seine Hand über den Tisch strich. Als sie mit dem Küssen aufhörten, hielt er den Joint hoch.

»Es wird dir Spaß machen, ganz bestimmt. Es gibt nichts Besseres, als high zu sein und Scheiße zu zerschmettern.«

»Gut«, gab sie nach, noch damit beschäftigt sich von dem Kuss zu erholen. »Also gut.«

David zündete den Joint an, inhalierte tief und reichte ihn weiter an sie. Eine Sekunde lang hielt sie ihn in der Hand und betrachtete die orangefarbene Glut. Sie dachte an Dr. Grind, wie enttäuscht er über sie wäre, aber sie führte den Joint an die Lippen und inhalierte, bis ihre Lunge keinen Rauch mehr fassen konnte, ihre Nervosität ausradiert war. Sie war jung, oder etwa nicht? Sie durfte unbesonnen sein, durfte sich sehenden Auges für Dummheiten entscheiden. Sie durfte mit Gleichaltrigen zusammen sein, auch wenn sie keine Kinder hatten, nicht in einer Wohnanlage im Wald wohnten, die von einer Milliardärin finanziert wurde, mit Gleichaltrigen zusammen sein, deren Leben kein großartiges Experiment war. Während sie den Rauch in der Lunge hielt, dachte sie daran, wie sie nach dem Tod ihrer Mutter ausgeflippt war und wie aufregend es gewesen war, die Sau rauszulassen und zu wissen, dass niemand dich abhalten würde. Izzy blies David eine lange Rauchfahne ins Gesicht, woraufhin er lächelte. Sie knutschten wieder, diesmal auf dem Fußboden. Er schob seine Hand in ihre Hose und strich mit seinen langen, schlanken Fingern über ihren Bauch, und sie erschauderte und sah bunte Blitze vor den Augen. »Etwas langsamer.« Sie schob seine Hand vom Taillenbund ihrer Unterhose weg und tätschelte seine Handfläche, als wollte sie ein ängstliches Pferd beruhigen.

David zuckte lächelnd mit den Schultern. »Dafür ist später noch Zeit«, meinte er und griff nach dem Hammer. »Jetzt ist die Kunst an der Reihe.«

David filmte mit seinem Telefon, wie Izzy, schrecklich bekifft, eine Schutzbrille aufsetzte, nach dem Hammer griff und dessen Gewicht prüfte. Sie blickte auf die Vase, deren Vögel sich zu bewegen schienen, und sah David um Bestätigung bittend an. Er nickte, sie durfte sein Werk zerstören. Izzy wusste zwar, dass sie sich später Vorwürfe machen würde, hob aber den Hammer und ließ ihn auf den Vasenrand fallen. Tonscherben spritzten über den Tisch, die Vase, noch als solche erkennbar, war schwer beschädigt. Wieder schlug sie zu, dann wieder und wieder, und nun war die Vase unkenntlich geworden. Mit seiner freien Hand bedeutete David ihr, sie solle weitermachen, aber Izzy schüttelte den Kopf. Zu mehr war sie nicht in der Lage, ihren Magen füllte eine schwarze Wolke, sie stand inmitten so vieler Scherben, dass sie sich fragte, wie sie die jemals wieder zusammensetzen konnte.

»Großartig!«, kam es endlich von David, und er verstaute sein Telefon in der Hosentasche. Lächelnd griff er nach dem unversehrten Boden der Vase, legte ihn vor sich hin, ließ den Blick über die Scherben auf Tisch und Boden gleiten und nickte, als würde er sie in Gedanken zusammensetzen. Dann ging er zu seiner Tasche und holte einen Sekundenkleber heraus. »Das macht nicht so viel Spaß«, gab er zu, »aber es ist das Wichtigste.« Er zündete seinen Joint noch einmal an, nahm ein paar Züge und hielt ihn Izzy hin, die ablehnte, noch schrecklich bekifft. Als er fertig war, las er einzelne Scherben auf und hielt sie gegen das Licht. Schließlich fand er ein Stück, das zu dem Vasenboden passte. Er trug Kleber auf und drückte die Scherbe gegen den Boden. Einige Minuten später, für Izzy schien ein ganzer Tag vergangen zu sein, ließ er los, und das Stück hielt.

»Gut«, sagte er nickend. Dann suchte er nach dem nächsten passenden Bruchstück.

»Wie lange dauert das?«, fragte Izzy.

»Tage. Wochen. Eine Ewigkeit«, erwiderte er. Er schien vergessen zu haben, dass sie da war, seine Aufmerksamkeit galt ganz der Vase. Sie beobachtete ihn, wie er die Scherben durchsuchte, bis er wieder eine passende entdeckte. »Dafür muss ich high sein. Sonst geht es nicht.«

Vielleicht war es unvermeidbar, dass sie Hal in ihm sah. David öffnete eine Art Fenster, durch das sie das Leben Hals sehen konnte, bevor sie sich kennenlernten, zu einer Zeit, als er noch jung war und ganz in seiner Begabung aufging, überzeugt von seinem zukünftigen Ruhm. Die Intensität, mit der David sich konzentrierte, und das Gefühl, ihm sei ihre Anwesenheit völlig entfallen, erinnerten sie an jene Momente mit Hal, wenn er an ihrer Seite und doch weit weg war. Und dann, von einer Minute auf die andere, wurde ihr alles zu viel. Joint, Hal, David. War das der Anfang einer Beziehung? Was spielte sich ab? Sie holte tief Luft, als sei das ein Mittel, den Nebel in ihrem Gehirn zu vertreiben. Vergeblich.

Auf ihrem Telefon sah sie, wie spät es war. Sie hätte schon längst in der Anlage sein und mit dem Abendessen helfen sollen. »Mist«, sagte sie, »ich muss los.«

»Tschüss«, kam es von ihm, ohne dass er von seiner Arbeit aufsah. Izzy suchte nach ihren Autoschlüsseln und wollte aus dem Atelier eilen.

»Am Wochenende ist eine Party«, sagte er da, immer noch ohne sie anzusehen. »Lass uns hingehen.«

»Vielleicht«, erwiderte Izzy, die über seinen Vorschlag nicht nachgedacht hatte, sondern nur nach Hause wollte.

»Auf jeden Fall«, sagte er.

Den Weg bis zur Küche legte sie rennend zurück. Die

eigenen Schritte kamen ihr fremd vor, sie war so high, dass ihr alles schwerfiel. Nicole und Carmen waren schon mitten in den Vorbereitungen. »Ich kann es nicht ausstehen, wenn Leute nicht pünktlich sind«, begrüßte sie die Köchin. »Das solltest du inzwischen wissen.«

»Ich weiß«, erwiderte Izzy. »Ich wurde in der Uni aufgehalten. Es tut mir leid.«

Nicole wies auf Carmen. »Du hast Glück, dass Carmen so geschickt ist. Du läufst Gefahr, ersetzt zu werden.« Izzy sank das Herz. Schließlich bemerkte Nicole ihr erschrecktes Gesicht. »Das war nur ein Witz, Izzy, nichts für ungut.«

Izzy stand da und wusste nicht, was tun, wie sollte sie wieder in die Normalität zurückfinden? Carmen stellte ihre Schüssel ab und kam zu ihr.

»David?«, fragte sie lächelnd. Izzy hatte ihr David auf Facebook gezeigt. Carmen hatte bei jedem Bild genickt. »O ja«, hatte sie gesagt, »ein so gutes Aussehen kann einen zur *Raserei* bringen.«

Izzy nickte. »Ich habe mich mit ihm getroffen. Wir *haben uns geküsst.*«

Carmen runzelte die Stirn. »Bist du high, Izzy?«, flüsterte sie.

Izzy nickte, sie konnte nicht lügen.

»Man kann es riechen. Geh duschen. Erhol dich. Ich spring für dich ein. «

»Es tut mir leid«, entschuldigte sich Izzy errötend.

»Komm«, sagte Carmen wieder lächelnd. »Du bist ein schlimmes Mädchen. Nun bist du in.«

»Nein«, sagte Izzy und schüttelte den Kopf, aber Carmen war schon wieder bei der Arbeit. »Bin ich nicht.«

Ein paar Tage später nahm Izzy Gilberto und Jackie auf den Schoß. Die Kinder rückten hin und her, bis sie gemütlich saßen, und plapperten dabei über das Essen, das Izzy gekocht hatte. Nach dem Zwischenspiel mit David war ihr Leben zur Normalität zurückgekehrt. Sie öffnete die erste Seite von *Ein lustiges Hundeleben*, und sofort verstummten die Kinder und hörten zu, wie sie die Hunde in verschiedenen Situationen beschrieb. Gilberto legte den Finger auf das Bild eines blauen Baumes und zog eine Linie zu dem Wort Baum. Izzy nickte lächelnd. Jackie deutete auf das Wort gelb und sprach es langsam, nicht unsicher, sondern sorgfältig aus. »Gut gemacht, ihr Süßen, aber lasst mich erst einmal die Geschichte vorlesen, dann blättern wir zurück und ihr beide könnt sie selbst lesen.« Sie schlug die nächste Seite auf. Die einzigartigen Hunde wurden immer mehr. Nach ein paar weiteren Seiten drehte sie sich nach Paul um, der seine Tochter Lulu auf dem Schoß hielt und ihr *Lyle, Lyle Crocodyle* vorlas. Cap sollte das Buch mit Lulu zusammen lesen, hatte aber anscheinend das Interesse verloren und war damit beschäftigt, einen Turm aus Bauklötzen umzuwerfen, den er gerade gebaut hatte. Während sie kurz zusah und einen Anflug von Ärger über Paul verspürte, der sich nicht um Cap kümmerte, tätschelte Jackie ihr Knie, deutete auf die nächste Seite und sagte: »Party!«, so oft, bis auch Gilberto aufgeregt das Wort wiederholte. »Ja«, sagte Izzy und wandte sich endlich wieder ihren Schützlingen zu. »Eine große Hundeparty.«

Es kam natürlich sehr selten vor, dass so junge Kinder Wörter in einem Buch erkannten. Trotzdem wünschte sich Izzy, dass Cap einer der fünf wäre, die schon lesen konnten. Er hörte gern zu, wenn vorgelesen wurde, und er verstand auch, wie Jill Patterson ihr immer wieder versicherte, dass die Geschichte, die er hörte, aus den gedruckten Wörtern auf der Seite bestand, schien aber nicht daran interessiert zu sein, die Symbole in Wörter umzuwandeln. Er kannte das Alphabet, sprach die Buchstaben aber lieber einen nach dem anderen aus, um sie dann zu vergessen. Benjamin, dessen Tochter Ally auch noch nicht lesen konnte, sagte einmal zu Izzy und ein paar anderen Eltern: »Wenn ich sehe, was diese Kinder Unglaubliches vollbringen, mache ich mir Sorgen, dass ich bei Ally etwas falsch mache. Und dann, verdammt, fällt mir ein, dass Ally nicht unser Kind ist, oder vielmehr, nicht nur unser Kind ist. Sie gehört allen. Ich war es also nicht allein. Es liegt an uns allen. Und dann weiß ich nicht, ob mich das glücklich oder traurig macht.«

Dr. Grind wurde nicht müde zu wiederholen: »Das Ziel der Unendlichen Familie sind keine kleinen Übermenschen, kein Heer von genialen Babys. Natürlich geben wir unser Bestes, damit sich diese Kinder gut entwickeln und Selbstvertrauen haben. Unter dem Strich ist es aber wichtiger, dass sie glücklich sind. Wir schenken ihnen Liebe und unterstützen sie. Wenn sie statt mit zwölf Monaten mit sieben laufen, ist das für uns nicht von Bedeutung. Wir wollen, dass sie sich sicher und geborgen fühlen und glücklich sind. Der Rest folgt automatisch.« Izzy, die den Großteil ihrer Abende damit verbrachte, Buchstaben für eine Geschichte in der ersten Person Plural zu machen, fiel auf, dass Dr. Grind »wir« statt »ich« sagte.

Seit die Kinder nicht mehr gestillt wurden, war das Leben einfacher geworden. Die Abende waren weniger streng durchorganisiert, auch wenn es noch einen Dienstplan für die Schlafenszeit gab. Es war jetzt unkomplizierter, sich bei den Kindern aufzuhalten, man konnte helfen, wann es einem selbst zeitlich am besten passte. Auch wenn Izzy sich besonders freute, wenn ihr Cap zugeteilt wurde, empfand sie es als beglückend, wie leicht sie sich auf jeden Wechsel einstellen konnte. Den einen Abend schnappte sie sich etwa Irene und Marnie, und Asean packte mit an, die Kinder in ihre Pyjamas zu stecken. Sie hatte

Asean den ganzen Tag nicht gesehen und die ganze Woche vielleicht keine einzige Minute mit ihm allein verbracht, aber es war beruhigend zu erleben, wie eingespielt sie waren, wenn sie behutsam an Marnies Oberteil zupften, bis ihr Kopf durch die Öffnung rutschte. Und wenn alle Kinder eingeschlafen waren, drückte Asean sie kurz, wünschte ihr eine gute Nacht und legte dann den Arm um Nikisha, und sie zogen sich in ihr Haus zurück. Izzy ging in ihre Werkstatt und machte eine Geschichte, die vor langer Zeit geschrieben worden war.

Am Samstagnachmittag erhielt sie eine SMS von David *Heute Abend Party. Komm.* Es war das erste Mal, dass er sich gemeldet hatte, seit sie bei ihm im Atelier gewesen war. Auf dem Campus hatte sie sich rargemacht, weil es ihr peinlich war, dass sie, wenn auch nur kurz, die Kontrolle verloren hatte. Sie überlegte, wie es wohl auf der Party sein würde. Rote Pappbecher, Musik, die sie nicht kannte, zu der sie aber mitsingen konnte. Sie dachte an David, an seine zarten Hände, und dann schrieb sie zurück *Kann nicht.* Sie wartete auf seine Antwort, aber die Stunden vergingen, und es kam kein Wort von ihm. Später, als sie mit ein paar Kindern auf dem Spielplatz war, schrieb sie *Sorry*, erhielt aber immer noch keine Antwort. Jetzt war der Zug abgefahren, ein normales Leben zu führen, die Dinge zu tun, die ihre Altersgenossen taten. Sie hätte rennen wollen wie die wild durcheinanderschwirrenden Kinder, bis ihre Beine nachgaben, sie zusammenbrach und jemand käme, dessen Job es war, sich um sie zu kümmern.

Nach dem Essen, Izzy räumte gerade die Teller ab, kam Gilberto zu ihr gerannt. »Ich habe in die Hose gemacht.« Sofort stellte Izzy die Teller hin. »Wirklich, in die Hose?« Gilberto nickte lächelnd. »Oje«, sagte sie. »Dann müssen wir dich sauber machen.«

Je weniger sie daran dachte, wie es gewesen war, zehn Kinder gleichzeitig zur Sauberkeit zu erziehen, desto besser. Es war wie auf einer Art Schlachtfeld gewesen, fest und flüssig überall. Sie lebten in der ständigen Angst, dass mindestens ein Kind einen Unfall haben könnte. Einmal flitzten fünf Nackedeis durchs Badezimmer, und Nina hatte geschrien: »Unendlich. Das heißt unendlich Pisse und Scheiße. Wie hier.« Und doch hatten sie es irgendwie geschafft, einen weiteren Meilenstein im Leben der Kinder erreicht, und ihr eigenes Leben war bis auf das gelegentliche Unglück erheblich leichter geworden.

Im Badezimmer zog sie Gilberts Hosen hinunter und zog ihm vorsichtig die Unterwäsche aus, die so verschmiert war, dass Izzy nur denken konnte, die muss weg. Während sie die Hand nach den Wischtüchern ausstreckte, grinste Gilberto plötzlich spitzbübisch und sagte: »Ich mach jetzt Pipi in dein Gesicht.«

»Mach das nicht, Gil«, sagte Izzy, ganz in Gedanken, weil sie versuchte, ein einzelnes Tuch von dem Packen zu lösen.

»Mach ich aber doch. Ich mache Pipi in dein Gesicht«, wiederholte er kichernd.

»Lass das, bitte«, erwiderte Izzy, und schon pinkelte Gilberto in ihren offenen Mund.

»Scheiße«, sagte Izzy, und Gilberto lachte. »Hilfe!«, schrie Izzy. »Hilfe!«

Carmen kam ins Badezimmer gerannt. »Was ist los?«, fragte sie, und Gilberto verkündete: »Ich habe Pipi in ihr Gesicht gemacht«, und Izzy sagte: »Er hat Pipi in mein Gesicht gemacht.«

Izzy schaute zu Carmen hoch, die sich nur mit Mühe ein Lachen verkniff. »Ich muss hier weg, Carmen«, sagte sie, plötzlich von der Situation überfordert. »Ich brauche eine Pause.«

»In Ordnung«, stimmte Carmen zu, mit einem Mal ernst. »Wo willst du hin?«

»Es gibt da eine Party. David hat mich eingeladen.«

»Dann fahr hin. Aber pass auf. Kein Alkohol am Steuer. Wenn nötig, rufe mich an.«

»Danke«, sagte Izzy.

»Ich meine es ernst«, beruhigte Carmen sie mit der Fürsorge einer großen Schwester. »Pass auf. Mach nichts, was du bereuen könntest.«

Izzy nickte, hatte aber eigentlich nicht zugehört; sie verließ bereits das Badezimmer, wo die schmutzige Unterwäsche auf dem Boden lag und Gilberto unabgewischt stand, holte ihr Telefon heraus und schrieb: *Komme doch. Wohin?*

Fünf Minuten nach ihrer Ankunft auf der Party, die aus einer Reihe Autos am Feldrand und ein paar Jugendlichen bestand, die in einem Tümpel badeten, wollte Izzy einen Drink. David war nirgendwo zu sehen, die Leute um sie herum kamen ihr zwar vage bekannt vor, aber für ein Gespräch reichte es nicht. Auf der Fahrt hatte sie beschlossen, mit David zu pennen, wenn er sie fragte. Nachdem ein Dreikäsehoch sie angepinkelt hatte, brauchte sie einen Vorwand, sich begehrt und sinnlich zu fühlen. Sie drehte eine Runde, immer noch kein Zeichen von David. Dreimal hatte sie ihm schon eine SMS geschickt. Sie setzte sich ans Ufer des Weihers und beobachtete die Leute, die hineinsprangen und kreischten, wenn Schaum und Schlamm an ihrem Körper klebten. Wie Sumpfmenschen sahen sie aus, wenn sie aus dem Teich krochen, sich an einem der vielen Fässer, die ein Frachtflugzeug anscheinend in unregelmäßigen Abständen vom Himmel hatte fallen lassen, ein Bier zapften und zurück in Schlamm und Schleim tauchten.

Mehr als eine Dreiviertelstunde war vergangen, seit sie angekommen war, und sie erhob sich, auf dem weichen Untergrund schwankend, um zu einem Fass zu gehen. Auf dem Boden fand sie einen leeren Pappbecher und füllte ihn zur Hälfte mit Bier. Sie drehte noch eine Runde, erstaunt, wie einfach es war, unbemerkt zu bleiben. David, dachte sie, liegt entweder auf dem Grund des Tümpels, für immer verloren, oder er vertreibt sich in einem Auto die Zeit mit Sex. Sie schickte ihm wieder eine SMS: *Wo bist du*?, rechnete aber nicht mit einer Antwort.

Zu ihrer Stelle am Weiher zurückgekehrt trank sie vorsichtig einige Schlucke Bier. Es schmeckte nach vergorener Pisse. Gemocht hatte sie Bier nie, und doch zwang sie sich weiterzutrinken, aus Gründen, die ihr Gehirn sich weigerte preiszugeben. Als ihr aufging, dass sie auch dann nicht betrunken wäre, wenn sie den ganzen Becher leerte, goss sie ihn aus. Noch fünfzehn Minuten, schwor sie sich, dann würde sie aufbrechen. Genau in diesem Augenblick hörte sie jemand rufen: »He, du Miststück!« Verblüfft drehte sie sich um. Drei Mädchen rannten auf sie zu. Sie hob die Hände, um die kreischenden jungen Dinger abzuwehren, doch sie blieben plötzlich ernüchtert stehen. »O Scheiße!«, sagte eine von ihnen. »Wir haben dich verwechselt.« Ein Mädchen näherte sich Izzy, um sie genauer zu betrachten, und lallte: »Mit jemand, den wir kennen.«

»Tut mir leid«, sagte Izzy.

»Vielleicht ist sie im Weiher«, sagte das erste Mädchen.

»Halt das hier, bitte«, wandte sich das betrunkene Mädchen an Izzy und schob ihr einen Joint zwischen die Finger. Instinktiv wollte Izzy ablehnen, aber das Wort »bitte«, so fehl am Platz aus dem Mund von jemand, der so betrunken war, veranlasste sie nachzugeben. Sie nahm den Joint, die Mädchen rannten ins Wasser, ohne sich die Mühe zu machen, vorher die Kleider auszuziehen.

Izzy, die sich fühlte, als hätte man ihr ein hoch zu verzinsendes Darlehen aufgeschwatzt, rief ihnen hinterher: »Kommt ihr wieder?« Sie reagierten nicht auf ihre Frage, denn die Jungen hatten den Teich umstellt, um sie am Verlassen des Wassers zu hindern, und die Mädchen kreischten schrill über ihre Dummheit. Izzy steckte sich den Joint zwischen die Lippen, nahm einen tiefen Zug, den sie so lange in der Lunge hielt, dass die Zeit stillstand und dann wieder neu anfing. Nach zwei weiteren Zügen entspannte sich ihr Körper und wurde wohlig träge. Sie beobachtete das Treiben um sie herum. Zwei Jungen, die vergeblich versuchten, einen Heuballen anzuzünden, ein Mädchen, das sich in den Teich hinein übergab, was niemanden kümmerte, keiner kam heraus. Izzy schnippte den restlichen Joint in den Tümpel, sie hatte kein Zeitgefühl mehr und bahnte sich ihren Weg, es dauerte eine Weile, zu dem Auto, das sie sich von der Wohnanlage ausgeliehen hatte. Sie fuhr auf die Sandstraße und versuchte, so viel Abstand wie möglich zwischen sich und die Party zu bringen. Kaum hatte sie, etwas bekiffter, als sie gedacht hatte, die Straße gefunden, summte ihr Telefon, und eine Botschaft von David erschien: *Bist du hier?* Izzy setzte ihren gewundenen Weg nach Hause fort.

Dort angekommen, sie war die ganze Strecke unter der Höchstgeschwindigkeit geblieben, wusste sie, dass es keinen Sinn hätte, ins Bett zu gehen. Von dem Joint hatte sie einen Bärenhunger, deshalb ging sie in die Küche, nachdem sie sich umgezogen hatte. Sie machte sich Rühreier, pürierte eine Avocado, und ohne dass Küchenchefin Nicole anwesend war, setzte sie sich in Szene und bräunte sie mit der Blowtorch an und zog abschließend das Püree unter die Eier. Dann machte sie sich einen Eiskaffee und nahm beides mit in ihr Atelier. Dort traf sie Dr. Grind an, der vor der Wand stand, in die Lektüre der Erzählung von William Faulkner vertieft und die Hände auf dem Rücken verschränkt, wie um jede Berührung zu vermeiden. Beim Schließen der Tür sagte sie: »Hallo«, und er drehte sich ohne überrascht zu wirken um. Izzy, die mittlerweile mehr über seine Kindheit und die Theorien seiner Eltern wusste, sah im Geiste, wie sie ihn trainierten, auf alles Unerwartete ruhig und vernünftig zu reagieren. Er lächelte, wies auf die Erzählung und sagte: »Tut mir leid, ich fühlte mich nach etwas leichter Lektüre.«

Sie setzte Teller und Eiskaffee auf dem Tisch ab, stellte sich neben ihn und betrachtete die fast ganz durchgestrichene Erzählung, die sie inzwischen auswendig kannte.

»Ich weiß, dass alle geholfen haben, und deshalb wollte ich auch mitmachen. Die Säge sieht aber ziemlich kompliziert aus, und ich wollte keinen Buchstaben ruinieren. Es ist vielleicht doch besser, ich schaue nur zu.«

Nachdem Jeremy und Ellen Izzy überzeugt hatten, fremde Hilfe anzunehmen, hatten noch andere mit angefasst, wenn sie Zeit erübrigen konnten. Kam Julie mit ihrem Roman nicht weiter, half es ihr, ein paar Buchstaben auszusägen, sie zu den anderen zu werfen und dann zurück an ihren Computer zu gehen. Die letzte Seite der Erzählung hatte Izzy bei sich zuhause versteckt, um sicherzugehen, dass sie das Ende der Geschichte alleine machen würde.

»Kennen Sie die Erzählung?«

»Nein«, erwiderte er.

»Sie ist ziemlich traurig.«

»Ich habe es mir schon gedacht.« Er deutete auf den ersten noch leserlichen Satz, der lautete:

Sie starb in einem Zimmer im Erdgeschoss, in einem schweren Nussbaumbett mit Vorhängen, ihr grauer Kopf lag auf einem vom Alter vergilbten und von fehlender Sonne modrigen Kopfkissen.

»Sagt es etwas über mich aus, dass ich diese spezielle Erzählung gewählt habe?«, fragte sie. Er schüttelte lächelnd den Kopf.

»Nichts, was einer genaueren Prüfung standhalten würde.«

»Ich bin gerade bekifft, Herr Dr. Grind«, fuhr sie fort, von ihrem Geständnis überrascht. Musste sie jedes Mal, wenn sie high war, jemand darüber informieren? Andererseits, sie war davon ausgegangen, dass er vermutlich bereits im Bilde war und es schlimmer wäre, wenn sie sich nicht zu ihrer Verfassung bekannte.

»Ja, Carmen sagte etwas von einer Party. Ich bin davon ausgegangen, dass sie unter anderem auch so enden könnte.«

»Normalerweise tu ich so etwas nicht«, erwiderte sie. »Und schon gar nicht, wenn die Kinder in der Nähe sind.«

»Daran zweifele ich nicht, Izzy.« In seiner Stimme schwang weder Enttäuschung noch Überraschung mit.

»Waren Sie schon einmal bekifft, Herr Dr. Grind?«

»Ja. Mehrmals. Als ich klein war, machten meine Eltern manchmal Pot-Brownies für mich, um zu testen, wie sie meinen Umgang mit Konflikten beeinflussten. Es hat mir keine Freude gemacht.«

Wenn sie eine normale Unterhaltung suchte, jemanden mit einem Leben verständlicher Erfahrungen, wurde Izzy wieder einmal klar, durfte sie sich nicht an Dr. Grind wenden. Und doch zog die Erkenntnis, dass er seine merkwürdigen Erlebnisse irgendwie lebend überstanden hatte, sie unwiderstehlich an.

Dr. Grinds Gesicht war offen und einladend, immer schien er sie faszinierend zu finden. Wenn David sie ansah, schien er sie nur im Umriss zu sehen, als fesselte nichts an ihr seine Aufmerksamkeit wirklich. Sie fuhr fort, die beiden Männer zu vergleichen, und versuchte sich vorzustellen, wie es wäre, Dr. Grind zu küssen, und, ohne nachzudenken, beugte sich zu ihm und gab ihm einen Kuss.

Er empfing ihn zärtlich, auch wenn er leicht zurückwich, erwiderte ihn jedoch, glaubte sie. Sie fühlte Tiefe darin. Sie hatte die Idee, dass ein guter Kuss, der lange genug dauerte, in den Füßen zu spüren sei. Und in ihren Füßen war mit Sicherheit etwas los. Als sie den Kuss abbrach, war er entweder zu höflich oder zu involviert, um sich von ihr abzuwenden, und lächelte nur kopfschüttelnd.

»Das ist keine gute Idee, Izzy! Eigentlich sogar eine ziemlich schlechte.«

»Es kommt nicht wieder vor«, entgegnete sie und fühlte sich sogleich beschämt wie ein Kind. »Ich bin einfach … high, wissen Sie?«

Er nickte. »Meine Verantwortung …«, begann er und stoppte, als wüsste er nicht, wie er fortfahren sollte, und der angefangene Satz stand im Raum.

»Ich verstehe«, sagte Izzy.

»Gut«, meinte er und schien sich für den Bruchteil einer Sekunde zu winden, bevor er ihren Blick erwiderte.

»Möchten Sie etwas für mein Projekt tun?«, fragte sie, um die Spannung abzubauen. Zu ihrer Überraschung nickte er, nachdem er einen kurzen Moment nachgedacht hatte. Als wäre nichts geschehen, entfernte er sich einen Schritt von ihr und beugte sich noch einmal über die Buchstaben.

Die nächsten beiden Stunden arbeiteten sie gemeinsam. Er zeichnete die Buchstaben vor, und Izzy bediente die Säge. Sie war entschlossen, nicht noch einmal zu versuchen, ihn zu küssen. Er würde den Vorfall mit Sicherheit nie wieder erwähnen. Es wäre ein ziemlich guter Kompromiss, dachte sie, besser als den Wohnkomplex verlassen zu müssen, und als sie im Laufe der Zeit immer nüchterner wurde, war sie dankbar, dass Dr. Grind, im Gegensatz zu den meisten normalen Menschen, ihr nicht böse sein würde. Er wäre geschmeichelt, würde aber an seinen Prinzipien festhalten und vergessen, was vorgefallen war. Nachdem ein Satz vollendet war, legten sie eine Pause ein. Izzy trank ihren Kaffeebecher leer, während Dr. Grind, auf dem Boden sitzend, die Holzbuchstaben musterte.

»Caps Vater war Künstler?« Seine Stimme war fest und liebevoll, er wusste sehr wohl, dass seine Frage sie traurig machen konnte.

»Ja«, sagte sie. »Er war Maler, aber als ich ihn kennenlernte, war er mehr an experimenteller Kunst interessiert. Ich glaube, es war nicht so gelaufen, wie er sich das vorgestellt hatte, und deshalb hat er die traditionelle Kunst für langweilig erklärt. Ich fand seine Gemälde wunderbar. Er konnte sie nicht ausstehen. Es waren hauptsächlich Porträts, die er auf alte Türen gemalt hatte, groß und unhandlich. Diese bemalten Türen waren in seiner Garage gestapelt, noch nicht einmal abgedeckt, sie sind dort einfach verstaubt und vergilbt.«

»Was, meinen Sie, ist aus ihnen geworden?«

Izzy hatte keine Ahnung und auch nie daran gedacht, sich danach zu erkundigen. »Ich weiß es nicht. Hoffentlich hat man sie nicht weggeworfen, aber das ist wahrscheinlich passiert. Ich wünschte, er hätte mir eins geschenkt.«

»Das wäre schön gewesen. Marla war Mitglied einer Band, manchmal höre ich mir ihr Album an, und das ist in gewisser Weise tröstlich.«

»Und ich wette, in anderer Hinsicht ist es traurig«, sagte Izzy.

»Ja, das auch«, räumte er ein.

»Wenn ich an Hal denke«, sagte sie und hielt inne, weil sie zum ersten Mal seit langer Zeit seinen Namen ausgesprochen hatte und er nicht in ihren Projektunterlagen stand. Sie sah Dr. Grind an, der geduldig wartete. Letztendlich kam es nicht darauf an, dachte sie. Sie konnte seinen Namen getrost nennen. Es würde niemandem schaden. »Wenn ich an Hal denke, macht es mich wütend, dass er sich umgebracht hat. Und dann fällt mir ein, dass ich andernfalls nicht hier wäre. Das ist ein seltsames Gefühl, es macht mich ganz unsicher. Manchmal denke ich, auch wenn es schrecklich ist, dass sein Tod für alle Beteiligten das Beste war.«

Schweigend zog Dr. Grind einen Kreis im Sägemehl auf dem Fußboden. Plötzlich befürchtete sie, einen Fehler gemacht zu haben. Weil er so unkompliziert war, sah sie in Dr. Grind oft nur einen weiteren Teilnehmer des Projekts und nicht dessen Leiter. Ähnlich verunsichert fühlte sie sich, wenn er ihr den Hof zu machen schien, er hatte eine Art, ihr scheinbar zur Verfügung zu stehen. Sie hatte zwar begriffen, dass er einfach so war, dass er allen in der Wohnanlage das Gefühl vermittelte, der wichtigste Mensch dort zu sein, aber trotzdem war sie manchmal, auch weil sie einsam war, verwirrt. Jetzt hoffte sie nur, dass er etwas sagen würde, damit ihr Geständnis nicht mehr im Raum stand.

»Es ist überhaupt nicht schrecklich, Izzy«, begann er, setzte seinen Satz aber nicht fort. Er malte weiter seinen Kreis im Sägemehl, der langsam größer wurde. Izzy wollte gerade aufstehen, als Dr. Grind, den Blick immer noch auf seinen Kreis geheftet, sagte: »Marla und unser gemeinsamer Sohn starben bei einem Autounfall. Wussten Sie das?«

Sie nickte.

»Marla entwickelte großes Interesse an der Arbeit meiner Eltern. Die Dauerreibungsmethode faszinierte sie.« Ihm fiel ein, dass Izzy vielleicht nicht wusste, wovon er sprach, und sah auf, um zu erklären, was es damit auf sich hatte, aber sie winkte ab. »Ich habe davon gelesen. Wir haben alle Nachforschungen angestellt, bevor wir hierherkamen.«

»Davon war ich ausgegangen. Nun, Marla hatte großes Interesse daran. Sie behauptete, wenn das Verfahren mich hervorgebracht hatte, konnte es so schlecht nicht sein. Natürlich habe ich ihr die verschiedenen Gründe genannt, warum ich dagegen war, und sie kannte diese Gründe auch selbst, aber trotzdem blieb bei ihr eine Schwäche für die Methode. Einige Male habe ich sie dabei überrascht, wie sie Jody absichtlich gefährdete. Es war nicht gravierend, sie spielte mit Streichhölzern mit ihm oder stellte ihm ein Bein, wenn sie dachte, ich würde es nicht sehen. Wir sprachen oft darüber, sie machte sogar eine Therapie. Es wurde besser, und ich hörte auf, mir darüber Gedanken zu machen. Und dann starben sie.«

Wieder verstummte er und starrte auf den Boden. Hätte ein Mitglied der Unendlichen Familie diese Geschichte erzählt, hätte Izzy Trost gespendet, aber sie brachte es nicht über sich, Dr. Grind zu berühren. Wenn sie das getan hätte, dessen war sie sich sicher, hätte sie ihn wieder geküsst. Sie wartete einfach, dass er weitersprach, in der Hoffnung, er habe noch etwas zu sagen.

»Tut mir leid, dass ich davon gesprochen habe.«

»Völlig in Ordnung«, erwiderte sie. Sie war erstaunt, dass er überhaupt so viel gesagt hatte. Es gab ihr ein gutes Gefühl. Sie fühlte sich irgendwie benommen, es war besser, als high zu sein, warm und angenehm, weil Dr. Grind sich nur ihr allein geöffnet hatte, ein Fenster seines Lebens aus der Zeit vor dem Projekt für sie aufgetan hatte.

»Ja, ich frage mich oft, besonders spät abends, wenn ich wach liege und alle anderen schlafen, ob sie mit Absicht ein Risiko eingegangen ist. Ich frage mich, ob sie vielleicht die Straße verlassen wollte, um Jody zu erschrecken, und dann tatsächlich die Kontrolle verloren hat. Ich frage mich, gütiger Gott, ob sie, in dem Glauben, sie würden es überleben, absichtlich gegen den Baum gefahren ist. Und dann wiederum denke ich, Marla würde so etwas nicht getan haben. Aber genau das ist der springende Punkt, nicht wahr? Wir sind einander ein Rätsel, egal, wie sehr wir uns bemühen.«

Diesmal berührte Izzy ihn doch, zart wie fallender Schnee legte sie die Hand auf seine Schulter, und Dr. Grind nahm ihre Hand, auch wenn ihm die Geste peinlich zu sein schien, und drückte sie. Dann stand er auf, um zu gehen. Kurz vor der Tür hielt er inne und drehte sich zu Izzy um.

»Egal, was in jener Nacht passiert ist, es ändert nichts daran, dass ich Marla sehr geliebt habe. Selbst wenn ich darüber wütend bin, was sie vielleicht getan hat. So sind Gefühle, glaube ich, sie sind komplex und wandelbar, und dennoch bilden wir uns ein, dass jede Abweichung von dem, was wir meinen, fühlen zu sollen, uns zu einem schlechten Menschen macht. Wir sind gute Menschen, Izzy. Hal war ein guter Mensch. Marla war ein guter Mensch. Aber sie sind nicht mehr, und wir müssen das Beste aus der Situation machen.«

Er verließ die Werkstatt. Izzy fühlte sich sehr allein gelassen, trauerte um ihn und sich selbst, um die beiden Mitglieder der Unendlichen Familie, die so große Verluste erlitten hatten. Sie konnte nicht anders, als wieder an ihre Säge zu gehen und ihre Arbeit fortzusetzen. Selbst wenn das, was sie jetzt machte, nicht gelingen sollte und sie es morgen wegwerfen musste, in diesem Moment war es wichtig, daran zu glauben. Und so fertigte sie Buchstaben, ordnete sie und las die Wörter laut vor.

Bei ihrer nächsten Begegnung packte David sie am Arm und fragte: »Warum hast du nicht auf mich gewartet?«

»Hab ich doch«, erwiderte sie und entzog sich ihm. »Ich habe über zwei Stunden gewartet. Wo warst du?«

»Ich habe gearbeitet«, sagte er und zuckte verärgert mit den Schultern. »Ich habe ein Kunstwerk geschaffen. Etwas Wichtiges getan.«

»Alles gut und schön«, entgegnete Izzy. »Auch ich mache Kunstwerke. Und ich mache noch vieles andere, aber ich bin trotzdem zu der Party gekommen, um dich zu sehen.«

»Ich will nicht unverschämt sein«, sagte er und war so mühelos unverschämt, dass er sich gar nicht anzustrengen brauchte, »aber deine Kunst ist nicht meine Kunst. Du kopierst nur eine Geschichte, die jemand anderes geschrieben hat. Du produzierst Buchstaben.«

Sie musste daran denken, wie Hal gesagt hatte, alles sei Kunst. Nie hatte er gesagt, dass eine Art Kunst besser sei als eine andere. In diesem Augenblick freute es sie, dass er aufgeschlossener gewesen war als David.

»Dann dürfte sich jede weitere Diskussion erübrigen«, antwortete sie.

»Hast du Lust auf einen Joint? Zu knutschen?«

»Nein.«

»Sex?«, fragte er lächelnd.

»Ich gehe jetzt besser.«

»Wie lange musst du dort leben?«

»Acht Jahre. Alles in allem.«

»Und wenn die vorbei sind, hast du die ganze Welt verpasst. Alles hast du verpasst.«

»Möglich«, räumte Izzy ein.

»Mich wirst du auch verpasst haben.«

»O Gott, David, du bist mir so etwas von verdammt egal.« Davids gutes Aussehen erlaubte ihm, ein mieser Mensch zu sein und trotzdem alles zu kriegen, was er wollte. Aber nicht sie. Ihr Leben würde er nicht anrühren können. Sie hielt beide Hände hoch, den Mittelfinger gestreckt. Die Geste war wenig erwachsen, aber ihr schien sie verdammt treffend.

»Nun«, begann er, unsicher, wie er fortfahren sollte. »Tschüss dann.«

»Tschüss«, sagte sie und ging zu ihrem Auto. Sie fragte sich, wie sie abgeschnitten hatte, und dachte, dass es vielleicht Null zu Null stand. Eine Stunde später, als sie in die Wohnanlage fuhr, korrigierte sie sich. Nein, sie hatte ihn um Längen geschlagen.

Izzy las das Buch *And to think that I saw it on Mulberry Street* von Dr. Seuss vor, schon lange ein Lieblingsbuch der Kinder. Die Eltern wechselten sich beim Vorlesen ab, und Izzy freute sich immer auf den Tag, an dem sie wieder an der Reihe war. Die Kinder jubelten, wenn jede Wiedergabe dessen, was in der Mulberry Street geschah, fantastischer wurde. Maxwell hatte damit angefangen, dass die Kinder »Ja« schrien und ihren Zeigefinger in die Luft hielten, wenn neue Gegenstände, Personen oder Tiere in der Geschichte auftraten. Als Izzy die Augen von dem Buch hob, lächelten ihre kleinen Zuhörer verschmitzt. Die Finger wie Teufelshörner an den Kopf haltend erwarteten sie das nächste neue Ding in der Mulberry Street. »Ja!«, begrüßten sie den Chinesen, der mit Stäbchen isst, den dicken Zauberer mit seinen Tricks und den Bart von zwei Meter Länge, der einen Kamm braucht. »Ja, ja, ja«, riefen sie wild gestikulierend. Und dann kehrte das Buch zu seinem ruhigen Anfang zurück, einer schlichten Pferdekutsche, und die Kinder stöhnten theatralisch auf und ließen sich auf den Boden fallen.

Als sie mit dem Buch fertig war, fragte Izzy, was die Kinder selbst gern in der Mulberry Street sähen, und sie ließen ihre Fantasie spielen. Ally wollte einen Eisbären auf Rollschulen, der einen großen Geburtstagskuchen hielt. Jackie wollte ein schönes Auto mit Prinzessinnen. Als Cap an der Reihe war, wollte er sich und Izzy zusammen auf einem Motorrad sehen. »Das ist alles?«, fragte Maxwell, und Cap nickte lächelnd. Izzy erwiderte das Lächeln Caps, ihres Sohnes, der doch noch nicht ganz ihr eigener Sohn war, so herzlich, dass ihr Tränen in die Augen traten und selbst die Kinder verstanden, dass Cap sich etwas Gutes gewünscht hatte.

Izzy warf Maiskörner in den Topf auf ihrem Herd, und es prasselte wie Maschinengewehrfeuer. Carmen machte Hurricane Drinks, knallrot und süß. Im Ofen backten Plätzchen mit Schokoladenstücken. Sie sahen sich *Mahogany* auf DVD an, aber die meiste Zeit unterhielten sie sich, ließen ihre Woche Revue passieren und sprachen über die zahlreichen komischen Aspekte ihres Lebens in der Anlage.

Wenn es sich einrichten ließ, trafen sie sich jeden Mittwochabend. Izzy fühlte sich Carmen am engsten verbunden von allen Familienmitgliedern. Mit ihr zu reden fiel ihr am leichtesten, und sie freute sich darüber, Carmens Vertrauen vor allen anderen Frauen zu genießen. Sie fühlte sich wie ihre jüngere Schwester und bemühte sich um Carmens Lob, weil sie überzeugt war, dass Carmen über Erfahrung verfügte, die ihr fehlte. Carmen behandelte Izzy aufmerksam und fürsorglich, fast wie eine Verwandte.

Aufgewachsen war sie in der Nähe von Memphis. Ihre Eltern ließen sich scheiden, als sie drei Jahre alt war, und ihr Vater zog mit seinem neunjährigen Sohn nach Texas. Carmen sah sie nie wieder, hörte weder von Vater noch Bruder je ein Wort. »Sie könnten ebenso gut tot sein. Oder auf dem Mond. Oder noch in Texas, ohne auch nur einen Gedanken an mich zu verschwenden.«

Wie Izzy war Carmen dreizehn, als ihre Mutter an einem schnell verlaufenden, inoperablen Lungenkrebs starb, und Carmen zog in die Stadt Memphis, um bei einer entfernten älteren Cousine zu wohnen, die bereits eine eigene Familie hatte. Dort blieb sie, bis sie sechzehn war und ihre Cousine mit Familie nach Florida zog. Danach blieb sie zwei Jahre bei Freunden, bis sie die Highschool beendet hatte. Kenny arbeitete in der Werkstatt, wo Carmen die Buchführung machte, es war einer ihrer beiden Jobs. Zwei Monate, nachdem sie sich kennengelernt hatten, heirateten sie. »Wir waren verliebt«, beteuerte Carmen, als hätte Izzy das in Zweifel gezogen, »aber wir waren auch einfach selig, jemand gefunden zu haben, der nicht bei der nächsten Gelegenheit das Weite suchen würde. Wir beide hatten erlebt, wie es ist, verlassen zu werden, und wir dachten, es würde uns besser gehen, wenn wir einander Halt geben.« Zwei Monate nachdem Carmen die Entscheidung gefällt hatte, an die Zukunft zu denken und Krankenschwester zu werden, wurde sie schwanger, und nun war die Zukunft gekommen, und sie saß auf Izzys Couch und unterhielt sich leicht angeheitert mit ihr über Izzys Liebesleben.

»Mit David wird es also nichts?«

»Ich weiß nicht, ob es überhaupt je etwas geworden wäre, aber jetzt ist er definitiv weg vom Fenster«, erwiderte Izzy, die Zähne rot vom Cocktail. »Die Tür ist zu.«

»Sein Pech. Es gibt noch jede Menge anderer Kerle für dich.«

»Ich kann mir nicht vorstellen, etwas mit einem von ihnen anzufangen. Sie kommen mir sehr, sehr jung vor.«

»Du alte Seele«, sagte Carmen kopfschüttelnd.

»Ich habe ein Kind. Ich habe Verantwortung. Es macht mich nicht neidisch, dass sie ungebunden sind, aber ich kann nichts mit ihnen anfangen.«

Und dann, gerade beschwipst genug, um nicht zu überlegen, ob es klug ist, fragte sie: »Was hältst du von Dr. Grind?«

»Wie meinst du das? Für eine Beziehung?«

»Ich schätze mal«, antwortete Izzy, jetzt überzeugt, einen Fehler gemacht zu haben.

»Izzy?« Überrascht brach Carmen in lautes Lachen aus. »Hast du dich in Dr. Grind verknallt?«

»Ich weiß nicht.« Izzy konnte fühlen, wie ihr Gesicht glühte. Aber an Rückzug war nicht zu denken. »Ich glaube.«

»Er ist niedlich, würde ich sagen, obwohl er wie ein kleiner Junge aussieht. Keine Schönheit, aber nicht unattraktiv. Er ist lieb. Für mich wäre er zu ernst. Er spricht mit den Leuten wie mit einem Rassehund, der beißen könnte. Und immer trägt er diesen Schlips. Und es hat etwas Gespenstisches, wie er sich so leise durch die Anlage bewegt.«

»Aber er ist gütig«, unterbrach Izzy sie, die Dr. Grind plötzlich verteidigen wollte.

»Und weiter brauchst du nichts, nur Güte? Dr. Grind sieht nicht so aus, als hätte er eine einzige Minute seines Lebens damit verbracht, an Sex zu denken.«

»Ich finde, Güte ist sehr sexy«, widersprach Izzy, die sich jetzt an Strohhalme klammerte, leise.

»Ihr würdet ein niedliches Paar abgeben«, räumte Carmen ein und nahm sich noch ein Plätzchen.

»Es ist nicht weiter wichtig«, sagte Izzy, die an den Kuss dachte. »Es geht nicht.«

»Nein, vermutlich nicht«, bestätigte Carmen. »Nicht, solange er hier den Löwenbändiger spielt.«

»Also lohnt es sich nicht, darüber zu reden.«

»Du hast damit angefangen, Izzy.«

»Tut mir leid.«

»Ich frage mich, ob er eine Freundin hat«, überlegte Carmen laut. »Meinst du, er hat eine Internetfreundin, mit der er redet?«

Izzy, der schon beim Gedanken an diese Möglichkeit übel wurde, lenkte ab: »Sehen wir uns den Film zu Ende an.«

Sie sahen Diana Ross, deren Text sie fast auswendig kannten. Nach zehn Minuten Schweigen, Izzy war davon ausgegangen, dass ihre Unterhaltung abgeschlossen war, streichelte Carmen ihre Schulter und sagte: »Es ist völlig in Ordnung, Izzy, wenn man jemand für sich haben will. Dr. Grind ist ein guter Mensch.«

»Vielleicht eines Tages«, sagte Izzy, um das Thema zu beenden. Plötzlich müde, lehnte sie sich an Carmen. Carmen prustete los. »Dieser Schlips. Diese Turnschuhe.«

Izzy schloss die Augen, sie konnte nicht anders, auch sie musste lächeln.

Nachdem Carmen gegangen war, stieg Izzy nach oben und setzte sich ins Bett, auf einmal nicht mehr in der Lage zu schlafen. Sie griff in die Schublade ihres Nachttischs und holte eine mit grauem Samt bezogene Schachtel heraus. Sie öffnete sie nicht, sondern hielt sie nur in der Hand. Die Schachtel gehörte zu den wenigen Dingen, die sie mitgenommen hatte, von denen sie sich nicht trennen konnte, und so war sie hier, wieder in ihrer Hand.

Hal hatte ihr zum Geburtstag einen alten Ring mit einem Smaragd geschenkt, ein Schmuckstück aus der alten Welt und von unvergleichlicher Schönheit. Er passte perfekt. »Den kann ich nicht tragen«, hatte sie gesagt, sofort die Freude dämpfend, die sie beim Anblick des Ringes überkam.

»Warum denn nicht?«, fragte er lächelnd, stolz, dass sein Geschenk so perfekt war.

»Weil jemand wie ich, der keine fünf Dollar in der Tasche hat und Kleider von Goodwill tragen muss, in der Schule nicht mit so einem Ring am Finger aufkreuzen kann. Die Leute würden wissen wollen, woher er stammt.«

»Du brauchst ja nicht die Wahrheit zu sagen. Sag, dass er deiner Großmutter gehört hat.«

»Meine beiden Großmütter haben Bauern geheiratet, ihre

Kleider selbst genäht und starben mit genausoviel Geld, wie sie hatten, als sie auf die Welt kamen. Da kannst du ein Dutzend Generationen weit zurückgehen, ich komme nicht aus einer Familie, die einen solchen Ring ihr Eigen nennen würde.«

»Nun«, sagte er, und sie errötete, als sie die Zuneigung in seinem Blick erkannte, aus dem abzulesen war, dass sie für schöne Dinge gemacht sei, »du kannst ihn hier bei mir aufbewahren und nur tragen, wenn du mich besuchst.«

»Dann ist dieses Geschenk doch nicht so groß, wie es den Anschein hatte, Mr Jackson.«

Immer wenn sie sticheln, ihn mit roten Ohren sehen wollte, nannte sie ihn bei seinem Lehrernamen. Albernheiten waren eigentlich nicht ihre Art, aber diese kleine Bosheit machte ihr großen Spaß.

Er bemerkte die Stichelei jedoch gar nicht, er konzentrierte sich so sehr auf sie, dass sie das seltsame Gefühl verspürte, wahrgenommen zu werden, was zu vermeiden sie sich in den meisten Fällen sehr bemühte. »Ziemlich bald, Izzy«, fuhr er fort, »wenn du noch willst, wirst du so viele so schöne Dinge haben, dass du dir Beschränkungen auferlegen wirst, damit sie etwas Besonderes bleiben.«

Sie erlaubte ihren Gefühlen nicht, sich an der Oberfläche zu zeigen, aber sein Gedanke an die Zukunft überschwemmte sie wie eine Woge. Ihre gemeinsame Zukunft. Sie wusste nicht, und es schien kindisch zu fragen, was er von ihrer Beziehung erwartete. Sie grub sich die Nägel ins Fleisch und hoffte, dass die Abdrücke sie noch Jahre später an eine Zeit erinnern würden, die gut war.

»Ich weiß nicht, wie jemand dessen überdrüssig werden kann«, sagte sie und legte den Ring vorsichtig zurück in seine Schachtel, stellte sie auf dem Couchtisch ab und zwang sich zu vergessen, dass es ihn gab.

Jetzt, wie sie in ihrem Bett saß, die Schachtel in der Hand, die sie seit Hals Tod nicht geöffnet hatte, wusste sie, dass sie nicht sehen wollte, was sie enthielt. Sie fragte sich sogar, ob der Ring noch in der Schachtel war oder ob er sich aufgelöst hatte, kaum dass Hal gegangen war. Sie sah den Ring vor ihrem geistigen Auge, deutlicher als Hal, den sie nur noch verschwommen in Erinnerung hatte. Wenn sie den Ring trug, würde er Hal wieder ins Leben zurückbringen? Nachdem sie das Kästchen einige Sekunden betrachtet hatte, stellte sie es ungeöffnet zurück. Sie legte sich hin und grub ihre Finger in den Arm, der leichte Schmerz war so angenehm, dass sie in tiefen Schlaf fiel.

Am Abend der Ausstellung ihres Kunstkurses kam die Unendliche Familie fast komplett zur Galerie, einschließlich der Kinder, die sorgfältig um die zerbrechlichen Kunstwerke herumgeleitet werden mussten. Die Erwachsenen betrachteten Punsch schlürfend mit höflichem, aber verwirrtem Gesichtsausdruck eine zwei Meter lange Kette, die aus Gipsabdrücken von Krabben bestand und wie eine Weihnachtsbaumbeleuchtung um einen unechten Baum drapiert war. Irgendwann zog Marnie Izzy am Arm und holte sie zurück in die Wirklichkeit. »Wo ist dein Kunstwerk, Izzy? Ich will es sehen.« Izzy wies auf den zweiten Ausstellungssaal: »Da drin.« Alle Mitglieder drehten sich auf dem Absatz um und gingen auf dem kürzesten Weg in den nächsten Raum, ohne die anderen Ausstellungsstücke eines weiteren Blickes zu würdigen.

Es hatte Stunden gedauert, bis Izzy, von mehreren Helfern unterstützt, die vollen Plastikfässer auf den Lieferwagen geladen hatte. Den Aufbau in der Galerie hatte sie ganz allein gemacht. Jetzt war sie froh darüber, weil ihr Werk für die Familie zu etwas Neuem geworden war, auch wenn sie einzelne Teile davon bereits Dutzende Male gesehen hatten.

»Izzy«, sagte Nina, hielt ihre Hand und drückte sie. »Es ist wunderschön. Es ist auch unheimlich, aber es ist schön. Es sieht wie ein richtiges Kunstwerk aus.«

»Danke.« Sie blickten beide auf den Buchstabenberg, der, fast den ganzen Raum füllend, Ausläufer in alle Richtungen hatte. An der Wand hingen die vergrößerten Bögen mit der Erzählung »Eine Rose für Emily«. Sie wurden aber von den unzähligen Buchstaben verdeckt.

Zusammen mit zwei Kindern knieten sich Dr. Grind und Jeffrey hin, vergruben ihre Hände in den Buchstaben und ließen sie wie Regen zu Boden fallen. Dr. Grind drehte sich zu Izzy um, die nickend ihre Zustimmung gab, und er lächelte zurück. Auch wenn auf den Schildern BITTE NICHT BERÜHREN stand, hatte Izzy gehofft, dass die Kinder der Unendlichen Familie mit den Buchstaben spielen würden, die sie und viele Eltern gemacht hatten. Ihr Lehrer hatte angedeutet, dass Interesse bestehe, die ständige Ausstellung auf dem Campus um ihr Werk zu erweitern. Verlegen, weil sie so jung war und ihre Professoren ihr aus Höflichkeit Nettigkeiten sagten, hatte sie sich gefreut.

Es dauerte nicht lange, und Maxwell, der Lausbub der Gruppe, bewarf Marnie mit Buchstaben. Einige Aufseher, Kunststudenten, rannten herbei, um ihn davon abzuhalten. Izzy sagte: »Alles gut«, die Aufseher zuckten mit den Schultern, und das Spiel nahm seinen Lauf. Zuschauer versammelten sich, auch solche, die nicht zur Unendlichen Familie gehörten, und sahen zu, wie die Kinder Hände voll Buchstaben durch den Raum warfen, sodass sie über den Boden schlitterten. Izzy bemerkte David, der eine verächtliche Miene zog, denn seiner Meinung nach hatte das, was sie aus ihrem Leben machte, nichts mit wahrer Kunst zu tun. Es herrschte ein heilloses Durcheinander, und die Teilnehmer des Kunstkurses betrachteten Izzy und ihre Familie wie betäubt, aber sie wandte sich von ihnen ab und ihrer Familie zu. Sie beobachtete, wie Cap und Ally bedächtig die Buchstaben, aus denen sich ihre Namen zusammensetzten, auswählten und auf den Boden legten. Dann kamen sie zu ihr gerannt und wiesen auf ihr Werk, und sie lobte beide für das wunderschöne, perfekte Ding, das sie mit eigenen Händen geschaffen hatten.

Kapitel dreizehn

Projekt *Unendliche Familie* (Viertes Jahr)

Dr. Grind war eine halbe Stunde lang in den Wäldern hinter der Wohnanlage spazieren gegangen. Als er zu seinem Büro zurückkam, stand Kalina vor der Tür. Er begrüßte sie mit einem Lächeln, sah dann aber, dass sie geweint hatte oder vielleicht noch immer weinte. Sie machte einige Schritte zurück, als er näher kam, und stotterte: »Es tu-ut mir leid, Herr Dr. Grind. Es tut mir wirklich leid.«

»Alles gut«, erwiderte er. »Das heißt, ich weiß noch nicht, was los ist, aber ich kann Ihnen versichern, dass alles gut ist.«

»Ich bin schwanger. Ich kriege ein Kind.«

Diese Aussage konnte er nicht verarbeiten, ihm fehlte der Bezugsrahmen, er erinnerte sich an nichts Vergleichbares aus seiner Arbeit. Also watete er wie immer in aller Ruhe hindurch, bis er trockenes Land erreichte.

»Das ist kein Grund zu weinen, Kalina. Sie sollten feiern.«

»Ich weiß, deshalb geht es mir so schlecht.«

»Setzen Sie sich. Lassen Sie uns reden.«

»Es ist kompliziert«, sagte sie, als würde diese Aussage ihn ermutigen, alles abzublasen und so zu tun, als hätte es nie stattgefunden.

»Erzählen Sie«, sagte er und setzte sich neben sie.

»Ich habe eine Beziehung gehabt, wir haben uns wirklich gut verstanden«, begann sie, und ihrer Stimme war anzuhören, dass sie die Fassung wiedergewann.

»Ich hatte keine Ahnung«, sagte Dr. Grind.

»Ich weiß. Ich habe es Ihnen nicht gesagt. Als wir in die Anlage kamen, hielten Jill, Jeffrey und ich es für besser, diesen Teil unseres Lebens für uns zu behalten. Wir wollten nicht, dass sich unsere Beziehungen außerhalb der Unendlichen Familie auf unsere Arbeit auswirken.«

»Jeffrey und Jill haben also auch einen Freund oder eine Freundin?«, fragte er. Es war ihm ein Rätsel, wieso er diese Möglichkeit nie auch nur in Erwägung gezogen hatte.

»Jill hat eine sehr nette Partnerin, die in D.C. wohnt. Sie waren schon vor Beginn des Projekts zusammen. Jill besucht sie, immer wenn sie frei hat. Bei Jeffrey bin ich mir nicht sicher, ich weiß nur, dass er mehrere Freundinnen hatte, seit wir hier sind, aber nichts Ernstes. Als das Projekt begann, war ich mit Marco befreundet, den ich in einer Galerie in Nashville getroffen hatte. Er ist Barista, aber auch ein wirklich begabter Künstler.« Sie sprach so schnell, als hätten sich die Worte seit Monaten aufgestaut und könnten jetzt abfließen. »Er macht Kaffeeporträts.«

»Was ist das?«

»Er verziert den Milchkaffee seiner Kunden mit ihrem Porträt. Im Internet ist er quasi berühmt.«

»Nun, ich kann es kaum erwarten, ihn kennenzulernen«, sagte Dr. Grind, der nicht wusste, wie er Kaffeeporträts kommentieren konnte, ohne herablassend zu klingen.

»Nein, wir haben uns im vergangenen Jahr getrennt. Danach bin ich allein geblieben, aber dann habe ich jemand getroffen. Er ist wirklich nett, hat Verständnis für mich und meine Arbeit und wie kompliziert sie sein kann. So gut wie mit ihm habe ich mich noch nie mit jemandem verstanden.«

Sie begann wieder zu weinen und verfiel in einen unfreiwillig rhythmischen Schluckauf. Dr. Grind reichte ihr sein Taschentuch, und sie nahm es dankbar an. »Jetzt weiß ich nicht, was ich tun soll. Ich bin schwanger geworden, dummerweise, und ich weiß nicht, was ich tun soll.«

»Sie sollten heiraten. Sie sollten das Kind zur Welt bringen.«

»Das geht nicht!«, heulte sie, als würde er ihr Problem nicht verstehen oder nur zum Teil.

Plötzlich kristallisierte sich in seinem Gehirn eine Erkenntnis, er ahnte, warum sie verzweifelt war. »Kalina«, fragte er jetzt und hatte Angst vor ihrer Antwort. »Gehört er zur Unendlichen Familie?«

Kalinas Augen weiteten sich. Dann fasste sie sich und nickte.

»Ist es einer der Eltern?« Diesmal wusste er die Antwort.

»Ja.«

»Wer ist es?« Er versuchte seiner Enttäuschung Herr zu werden. Nun sabotierten sogar schon diejenigen seine Ziele, die er extra eingestellt hatte, um sie zu erreichen.

»Ich kann es Ihnen nicht sagen. Es ist sowieso nicht wichtig.«

»Es ist sehr wohl wichtig, Kalina«, widersprach er. Im Geiste blätterte er ein Rolodex durch. Kenny? David? Vielleicht Link? Jeder Name schien ihm gänzlich ausgeschlossen und gleichzeitig durchaus im Bereich des Möglichen zu sein.

»Ich meine damit, es ist vorbei. Es war eine einmalige Sache. Wir waren eines Abends in der Turnhalle, und unsere Sicherungen sind durchgebrannt. Wir wussten sofort, dass es ein Fehler war, und haben es nie wieder getan. Als ich ihm sagte, dass ich schwanger bin, antwortete er, er könne seine Frau nicht verlassen, auch nicht das Projekt, aber das hätte ich sowieso nie von ihm verlangt. Er war eisern, dass ich das Kind nicht austrage. Und ich bin ihm nicht böse deswegen. Ich hatte mir keine Illusionen über ein Leben mit ihm gemacht.«

»Aber das Kind wollen Sie behalten?«

Sie nickte. »Ich habe so viel Zeit damit verbracht, mich um andere Leute zu kümmern, ihnen zu helfen, bessere Eltern zu werden. Ich finde, mir steht diese Gelegenheit zu, mich um mein eigenes Kind zu kümmern. Ich habe einem Kind so viel zu bieten. Die Sache mit … mit dem Vater war zum Scheitern verurteilt, das verstehe ich. Aber vielleicht hatte sie ihr Gutes. Sie bietet mir eine Chance.«

»Ja«, sagte Dr. Grind und spielte in Gedanken die Umstände durch. »Dann müssen Sie dieses Kind behalten.«

»Aber ich will das Projekt nicht aufgeben«, erwiderte sie, schon wieder kurz vorm Heulen.

»Sie brauchen das Projekt nicht aufzugeben«, beruhigte er sie schnell. Dann ging ihm durch den Kopf, dass sie ihre Mitarbeit vielleicht doch würde beenden müssen. Was bedeutete es, wenn eine seiner Assistentinnen schwanger war? Wie würde es die Gruppendynamik beeinflussen, vor allem, wenn der unbekannte Vater in der Anlage lebte? Würden Mutter und Kind überhaupt hier wohnen können? Würde das Baby in die Studie aufgenommen werden? Er hatte ausführlich mit den Eltern besprochen, dass es eine Grundvoraussetzung für ihre Teilnahme war, für die Dauer des Projekts auf ein weiteres Kind zu verzichten. Es war eine vielleicht unfaire Maßnahme, um zu gewährleisten, dass die ursprünglichen zehn Kinder im Mittelpunkt des Interesses blieben und bestimmte Probleme verhindert wurden, die nun durch Kalinas Schwangerschaft, ging ihm auf, entstehen würden.

»Ich kann bleiben?«, sagte sie, bereits fröhlicher. »Wie?«

»Nun«, ruderte er zurück und überlegte, wie er fortfahren sollte. Und da fiel ihm ein, dass Brenda Acklen ihm uneingeschränkte Vollmacht gegeben hatte, ihm aufgetragen hatte, etwas Unglaubliches zu machen. Wenn er wollte, dass Kalina blieb, und er wollte es auf jeden Fall, dann konnte sie bleiben. Sie war eine wichtige Mitarbeiterin, eine bessere Forscherin war ihm noch nicht begegnet, und was die Arbeit mit den Eltern betraf, war sie spitze, obwohl er einräumen musste, dass ihre Beziehungen zumindest zu einem der männlichen Elternteile etwas zu eng gewesen waren. »Wir können mit der Familie reden und eine Lösung finden. Dann, äh, könnten Sie, vermute ich, das Kind bekommen, und es gehört zur Familie. Nicht offiziell, verstehen Sie, nicht als Teil der Untersuchung, aber Ihr Kind würde von allen behütet und geliebt.«

»Das ist kaum zu glauben«, sagte Kalina mit leicht verquollenem Gesicht, aber sie lächelte wenigstens wieder. »Es klingt perfekt.«

»Gut«, sagte Dr. Grind, »wann immer Sie so weit sind, können wir die Neuigkeit bekannt geben, und ich glaube, alle werden Sie sehr unterstützen. Fast alle. Wie der Vater reagieren wird, entzieht sich natürlich meiner Kenntnis.« Ihm kamen Zweifel, ob seine Behauptung zutraf, er fragte sich, wie die Familie einem Kind gegenüberstehen würde, das von Anfang an einen leiblichen Elternteil hatte. Und wollte er wirklich das gesamte Projekt gefährden, indem er Kalina und ihrem Kind erlaubte, das Leben der Familie komplizierter zu machen? Wenn das Kind nun einem der Väter wie aus dem Gesicht geschnitten wäre? Warum diese Zeitbombe in der Anlage wohnen lassen? Im tiefsten Herzen wusste er die Antwort. Er konnte einfach niemanden gehen lassen, durfte keinen einzigen Menschen verlieren, sonst hätte er das Gefühl, versagt zu haben. Er musste alle möglichst dicht um sich scharen, sagte er sich, sonst würde er sein Ziel nicht erreichen.

Er hatte seine Versprechungen immer gehalten, jetzt konnte er nur hoffen, dass die Eltern ihm ausreichend gewogen waren, Kalinas neuen Status zu akzeptierten, dann wäre alles gut. Er war überzeugt, dass es nicht so kommen würde, wiegte sich aber dennoch in dem Glauben, damit er den nächsten Schritt tun konnte.

Jeffrey und Jill erschienen in der Tür; Jill kniete sich sofort neben Kalina und nahm sie in den Arm, während Jeffrey mit feierlicher Miene stehen blieb.

»Es ist alles gut. Dr. Grind hat gesagt, ich kann bleiben.«

Jill lächelte Dr. Grind an. »Wir wären gegangen, wenn Sie sich geweigert hätten«, erklärte sie. Jeffrey fiel ihr ins Wort. »Wir haben über die Möglichkeit gesprochen. Es war noch keine beschlossene Sache oder so.«

»Jeffrey, er hat bereits grünes Licht gegeben. Alles ist gut«, sagte Jill.

Kalina stand auf, und Jeffrey umarmte sie. Die drei Assistenten gingen Arm in Arm aus Dr. Grinds Büro. Wieder einmal war die Familie größer geworden und er fragte sich, wie viele Menschen noch an Bord kommen würden, wie sich die von ihm geschaffene Welt nach und nach noch verwandeln würde, bis er sie nicht mehr steuern konnte. Aus Erfahrung wusste er, dass der Unterschied zwischen der Unendlichen und einer echten Familie nicht groß war. Man musste sich auf die Ungewissheit einlassen und für alles offenbleiben, was da kommen mochte.

An jenem Abend lud Dr. Grind, nachdem alle gegessen hatten und die Kinder ins Bett gebracht worden waren, die Eltern zu einem Treffen in einem der Aufenthaltsräume ein, um, wie er es formulierte, eine Familienangelegenheit zu besprechen. Er merkte gleich, dass der Begriff übertrieben und albern klang, verbesserte sich aber nicht. Die Eltern ließen sich auf Sofas und Sitzkissen nieder oder standen an die Wand gelehnt, einige hielten ein Glas Wein in der Hand. Dr. Grind setzte sich auf ein Sofa, fand aber, dass er zu verdeckt war und stellte sich hin, um das Wort zu ergreifen.

Gerade als er beginnen wollte, platzte Harris mit der Frage

heraus: »Beenden Sie das Projekt?« Dr. Grind sah ihn sprachlos an. Harris war so blass, als hätte er die Hälfte seines Bluts verloren.

»Nein«, antwortete Dr. Grind. »Davon kann nicht die Rede sein.«

Einige Eltern atmeten hörbar erleichtert auf und setzten sich bequemer hin. Harris, dessen letzte Firma, wie Dr. Grind sich erinnerte, in Konkurs gegangen war, fügte hinzu: »Das sollten Sie immer gleich deutlich sagen, wenn Sie ein geheimnisvolles Treffen einberufen.«

»Es tut mir leid«, sagte Dr. Grind. »Es ist nichts dergleichen. Ich habe eine gute Nachricht. Dr. Kwon ist schwanger.« Er sah die überraschten Gesichter einiger Eltern, aber ihn interessierten mehr diejenigen, die völlig gelassen blieben. Julie, beispielsweise, nickte nur, die Arme über der Brust verschränkt.

»Einige von Ihnen scheinen es bereits zu wissen«, sagte er. Er sah fünf oder sechs Eltern zustimmend nicken. »Hat Dr. Kwon es Ihnen erzählt?« Julie schüttelte den Kopf und erklärte: »Ich hab's gewusst. Ihr Leute bemüht euch krampfhaft, euer Privatleben geheim zu halten, aber wir wissen Bescheid. Wir haben Augen im Kopf.« Dann nickte Nina: »Das zu merken war nicht schwer.« Jeremy gab zu, er habe keine Ahnung gehabt, und Dr. Grind fiel auf, dass Julie die Augen verdrehte, was er für später beiseiteschob, wenn er sich Gedanken über Anzeichen möglicher Risse in der Familie machen wollte.

»Ja«, sagte er, durch die Art, wie seine Neuigkeit aufgenommen worden war, aus dem Konzept gebracht, »dann haben wir uns also verstanden, Dr. Kwon ist schwanger, was eine ziemlich interessante Verschiebung in der Familiendynamik zur Folge haben könnte.«

»Wer ist der Vater?«, fragte Carmen. »Heiratet sie?«

Dr. Grind musterte die Männer, aber einer machte ein ausgezeichnetes Pokergesicht. »Nun, es ist kompliziert. Der Vater bleibt außen vor. Dr. Kwon will das Kind allein großziehen.«

Da hob Link die Hand, und Dr. Grind erteilte ihm verlegen das Wort. »Ich bin verwirrt. Wird sie hierbleiben?«

Dr. Grind zögerte eine Sekunde, versuchte die Gefühle in dieser Frage zu analysieren. War er der Vater? Wollte er Kalina aus dem Projekt entfernen, damit seine Untreue ein Geheimnis blieb? Schließlich antwortete er: »Um darüber zu sprechen, sind wir hier. Ich fürchte, ich habe diese spezielle Konstellation nicht eingeplant, aber sie kommt mir wie eine Erweiterung unserer Arbeit vor. Meiner Meinung nach sollten wir Dr. Kwons Kind in der Anlage willkommen heißen als einen neuen wichtigen Bestandteil unserer Familie.«

Es war so still, man hätte eine Stecknadel zu Boden fallen hören. Dr. Grind schwante Schreckliches, aber es war zu spät, er konnte es nicht verhindern, die Zeit reichte nur noch, um Angst vor dem unvermeidlichen Schmerz zu haben.

»Da bin ich anderer Meinung«, entgegnete Link schließlich, stand auf und legte seine Hand auf Julies Schulter. »Einige von uns diskutieren seit geraumer Zeit über diese Entwicklung, und ich will niemanden zwingen, das Wort zu ergreifen, aber wir sind übereingekommen, dass es nicht im Interesse unserer Familie wäre, worunter ich die neunzehn Eltern und die zehn Kinder verstehe, die eigentliche Unendliche Familie, dieses unbekannte Element in der Wohnanlage zu haben. Sie werden einräumen müssen, dass es einige größere Herausforderungen für das Projekt zur Folge hätte. Ich hätte gedacht, Sie als Wissenschaftler sind zurückhaltender, wenn es darum geht, das Projekt um dieses unbekannte Element zu erweitern.«

Dr. Grind fragte, aufrichtig neugierig: »Link, wenn Sie von einem ›unbekannten Element‹ sprechen, verstehen Sie darunter Kalinas ungeborenes Kind?«

»Ja.« Link war ein äußerst lockerer Projektteilnehmer, er organisierte Trommelrunden, hörte das nachmittägliche Nachrichtenprogramm des öffentlich-rechtlichen Rundfunks und backte Pot-Kekse. Dr. Grind, der so naiv war sich einzubilden, er hätte einen Draht dafür, was in seiner Familie vorging, musterte schnell die Eltern und meinte auf mindestens fünf oder sechs Gesichtern deutlich Zustimmung ablesen zu können. Der aus seiner Verwirrung herrührende Nebel in seinem Kopf wich einem gerechtem Zorn. Er hatte diesen Menschen alles gegeben, und sie waren immer noch nicht zufrieden. Es war weder großzügig von ihm noch einfühlsam, aber sein Zorn verfestigte sich zu einer Tatsache, zu einer schwarzen Wolke von der Härte eines Diamanten.

»Ehrlich gesagt, ich stehe vor einem Rätsel«, erwiderte er, kontrollierte jedoch den kleinsten Muskel seiner Züge, damit seine Betroffenheit sie nicht zu etwas verformte, das als Ärger interpretiert werden konnte. Sein Gesicht blieb flach und undurchdringlich, aber er wusste, ewig würde er das nicht durchhalten. »Der ganze Sinn des Projekts besteht darin, eine größere Familie zu schaffen, die mehr Menschen in sich aufnehmen kann, damit sie stärker wird.«

»Deshalb haben wir mitgemacht«, entgegnete Susan. »Wir haben starke Beziehungen aufgebaut, und wir haben getan, was von uns verlangt wurde, auch wenn es gegen unseren Instinkt ging. Aber jetzt verändern Sie die Parameter. Sie verlangen, dass wir noch ein Kind aufnehmen sollen, obwohl es hieß, dass wir für die Dauer der Studie alle nur ein Kind haben dürfen. Was passiert mit Dr. Kwons Kind? Hat es eigene Lehrer und eigenes Pflegepersonal? Haben wir wieder Schichtdienst im Schlafsaal, um es zu hüten? Für dieses Kind sollen anscheinend eine Menge Ausnahmen gemacht werden, wohingegen unsere eigenen Kinder ein Kollektiv bilden, das wie ein einziger Körper funktioniert. Ich weiß nicht, ob ich damit umgehen kann.«

»Und das soll ich Dr. Kwon sagen?«

Link meldete sich zu Wort: »Die Unendliche Familie, das sind wir. Wir sind die Familie, Herr Dr. Grind. Dr. Kwon und die anderen Assistenten, das Pflegepersonal und die Lehrer, Gerdie, selbst Mrs Acklen tragen nur dazu bei, diese Familie zu ermöglichen. Aber sie gehören nicht auf die gleiche Weise dazu.«

Dr. Grind brachte es nicht über sich zu fragen, ob er selbst dazugehöre oder nicht. Er war schockiert, denn er war immer davon ausgegangen, die Unendliche Familie sei offen und nicht in sich geschlossen.

»Dazu möchte ich Folgendes sagen. Ich bin der Meinung, dass Dr. Kwon wichtig ist für die Arbeit, die hier geleistet wird, ohne jeden Zweifel. Ihr Beitrag ist in vielerlei Hinsicht unbezahlbar. Sie ist direkt dafür verantwortlich, dass einige von Ihnen überhaupt hier sind. Sie hat ihr Glück gefunden, ein Kind, und doch will sie ihre Arbeit hier fortsetzen. Mir fällt kein guter Grund ein, warum sie nicht wie bisher bei dem Projekt mitmachen kann. In ihrem Vertrag steht nirgendwo, dass sie kein Kind haben darf.«

»Wir sagen nicht, dass sie kein Kind haben darf«, meldete sich Julie zu Wort. »Wir sagen, wenn sie ein Kind hat, muss sie ausziehen und ihre Aufgaben in der Familie einschränken. Ich finde nicht, dass unsere Einstellung so kalt ist, wie Sie es darstellen.«

»Dann schlage ich Folgendes vor«, erwiderte Dr. Grind, der sich nicht die Mühe machte, auf diese Argumentation einzugehen, weil er nur noch möglichst schnell verschwinden wollte. »Wenn diese Sache Ihrer Meinung nach nur die Familie angeht, dann stimmen Sie darüber ab. Alle neunzehn von Ihnen haben jeweils eine Stimme. ›Ja‹ bedeutet, dass Dr. Kwon ihre Arbeit fortsetzt und wir das Kind versorgen. ›Nein‹ bedeutet, dass sie die Anlage verlassen muss und ich ihre Aufgaben im Projekt ändere.«

»Stimmen wir jetzt gleich ab?«, fragte Nikisha.

»Ja, ich muss Dr. Kwon Ihre Entscheidung mitteilen. Es wäre grausam, sie warten zu lassen.« Er griff in eine Schublade und holte eine Schachtel Stifte und ein Notizbuch hervor. Ohne sich Mühe zu geben, riss er neunzehn Blätter heraus und reichte jedem Elternteil einen ausgefransten Zettel. »Die Wahl ist geheim. Ich warte im Flur. Izzy, wenn Sie die Stimmen einsammeln und mich dann rufen würden, treffen wir unsere Entscheidung.«

»Bei neunzehn gibt es wenigstens kein Unentschieden«, rutschte es Link heraus. Dr. Grind hätte ihn am liebsten geohrfeigt, bereute seine Regung aber sofort. Link war kooperativ, sehr nett und engagiert. Warum ausgerechnet er diesen Angriff führte, war ihm ein Rätsel; Link als heimlicher Liebhaber Kalinas ergab keinen Sinn, so wie er Julie auf Händen trug. War es Neid? Er fragte sich, wie viele Eltern sich insgeheim Sorgen machten, dass jede Veränderung ihren Platz und den ihres Kindes bedrohte.

Dr. Grind saß fast zehn Minuten im Flur. Er konnte sich nicht vorstellen, wozu es gut sein konnte, dass er so lange warten musste, als sich die Tür öffnete und Izzy ihn ins Zimmer rief. Auf dem Couchtisch lagen neunzehn gefaltete Zettel. Er nahm sie auf, schob sie ordentlich zusammen und trug die Stimmen in die Spalten seines Notizbuchs ein. Auf den ersten vier Zetteln stand »Nein«, und Dr. Grind zerriss beim Abhaken fast das Papier. Aber dann folgte eine Flut von »Ja«, bis die Ja-Stimmen in der Mehrzahl waren – ein Wunder, das sich direkt vor seinen Augen abspielte –, und das endgültige Ergebnis von dreizehn zu sechs bedeutete, dass Dr. Kwon bleiben würde.

»Es ist ein ›Ja‹«, verkündete Dr. Grind. Er sah Izzy kurz lächeln und dann schnell wieder ein ernstes Gesicht machen. Link fixierte den Boden, dann lächelte er Dr. Grind an, dem die Schnelligkeit, mit der er sich auf die neue Situation einstellte, nicht ganz menschlich vorkam. »In Ordnung«, sagte er. »Das war alles, was ich wollte, eine Abstimmung der Familie. Mit dem Ergebnis kann ich leben.«

Die restlichen Eltern flüsterten, standen langsam auf, die Entscheidung war gefallen. Beim Verlassen des Raumes sagte Link: »Also, ich *mag* Kalina. Sie ist ein großartiger Mensch. Nur damit das klar ist.« Und obwohl er verlegen lächelte, wusste Dr. Grind, dass diese Entscheidung an Link und all denen nagen würde, die dagegengestimmt hatten, Kalina in die Familie aufzunehmen, allen voran am Vater des Kindes. Oder hatte dieser für ihr Bleiben gestimmt, um die Entwicklung seines Kindes verfolgen zu können, um unerkannt an dessen Leben teilzuhaben? Jetzt über diese Dinge nachzudenken war ihm zu viel. Er wusste nur, dass seine Familie auseinander zu fallen drohte und er alles tun musste, sie zusammenzuhalten, auch wider seine bessere Einsicht.

Er blieb allein im Raum zurück. Er ging die Stimmen noch einmal durch, zählte sie wieder, dreizehn zu sechs. Zählte erneut, dreizehn zu sechs. Er versuchte sich nicht vorzustellen, was geschehen wäre, wenn das Ergebnis umgekehrt gewesen wäre. Es war eine Familienentscheidung, von allen neunzehn Elternteilen getroffen. Aber Dr. Grind wusste, tief an den geheimen Stellen in seinem Herzen, egal, was diese zehn Eltern entschieden, ob es ihnen gefiel oder nicht, sie waren seine Kinder, sie waren alle seine Kinder, jeder Mann, jede Frau und jedes Kind, alle, die in den rasenbedeckten Gebäuden des Wohnkomplexes wohnten. Und wenn sie seine Kinder waren, war er ihr Vater.

Er würde Dr. Kwon nie verraten, was in diesem Raum zur Sprache gekommen war. Morgen früh würde er ihr mitteilen, dass die Familie enthusiastisch übereingekommen war, sie solle bleiben. Ob sie wollten oder nicht, er würde sie zusammenhalten. Er dachte an die Zeit, wenn das Projekt abgeschlossen wäre, wenn er seine Arme ausbreiten und seine Kinder in das hinein wandern lassen würde, was als nächstes kam. Er dachte, wie schwierig es sein würde, aber vielleicht, sagte eine dunkle Seite seiner selbst, wäre es nicht annähernd so schlimm, wie er sich das vorstellte. Vielleicht würde er niemanden jemals wieder sehen wollen, wenn ihre Zeit hier abgelaufen war.

Die Stimmzettel nahm er mit in seine Wohnung und machte Konfetti daraus. Es dauerte länger als erwartet, aber er zerriss sie mit Hingabe. Die Stückchen, ein Schneesturm aus Papier, warf er in den Mülleimer. Dann ging er ins Schlafzimmer, holte seinen Kulturbeutel hervor und vertrieb die Dämonen, von denen er seiner Meinung nach besessen war.

Dr. Grind legte einen Marshmallow auf den Tisch, und Cap, der auf einem Stuhl saß, betrachtete interessiert die Süßigkeit, als wäre sie eine Kristallkugel, die ihm die Zukunft verraten konnte. »Und jetzt Cap«, sagte er, »kannst du diesen Marshmallow essen, wenn du willst. Wartest du aber fünfzehn Minuten, gebe ich dir noch einen Marshmallow. Dann hast du zwei.«

Cap nickte, er hatte die Regeln des Experiments verstanden. »Ich lasse dich jetzt allein und komme in fünfzehn Minuten zurück.« Cap lächelte und winkte auf Wiedersehen. Dr. Grind verließ den Raum und ging in das Beobachtungszimmer, von wo aus er Cap durch eine Spiegelscheibe sehen konnte. Er hatte noch nicht die Tür hinter sich geschlossen, da sagte Jill: »Cap hat den verdammten Marshmallow schon verputzt.« Dr. Grind wandte sich schnell der Scheibe zu und sah den kleinen Jungen mit Engelsmiene selig kauend. »Halbe Sekunde«, sagte Jill mit einem Blick auf die Kontrolluhr.

Das Stanford-Marshmallow-Experiment war ein Standardtest zur kindlichen Entwicklung, der aus den Siebzigerjahren des vergangenen Jahrhunderts stammt. Man gibt dem Kind einen Marshmallow, den es sofort essen darf. Wartet es jedoch fünfzehn Minuten, ohne ihn zu essen, wird es mit einem zweiten belohnt. Die Studie hatte einen Zusammenhang zwischen der Fähigkeit, einen Wunsch aufzuschieben, und dem Erfolg im späteren Leben belegt. Einfach ausgedrückt, die Kinder, die sich die Erfüllung ihres Wunsches nicht verkneifen können, schneiden später in verschiedenen Kategorien schlechter ab.

Im Verlauf ihrer Forschungen, bei denen ihnen Dr. Grind als Mentor zur Seite stand, publizierten seine Assistenten Artikel in wissenschaftlichen Zeitschriften, sammelten Daten, um die dem Projekt *Unendliche Familie* zugrunde liegenden Thesen zu untermauern. Dr. Grind schrieb zusammenfassende Rezensionen dieser Artikel für The New York Times, Time Magazine und Parents Magazine. In der Mehrzahl der Studien schnitten die Kinder besser ab als ihre Altersgruppe außerhalb des Projekts. Manchmal waren die Unterschiede so beträchtlich, dass nicht klar war, ob nur das Projekt dafür verantwortlich zu machen war. Als die Kinder im richtigen Alter für das Marshmallow-Experiment waren, hatte sich das Team keine Gedanken über das mögliche Ergebnis gemacht. Man hatte darüber diskutiert, welche Kinder sich hervortun und welche es schwierig finden würden. Die Assistenten hatten sogar eine komplizierte Wettliste erstellt, und Dr. Grind hatte sie gewähren lassen, auch wenn er nicht viel davon hielt. Er hatte für sich einige Kinder ausgesucht, die seiner Meinung nach das Experiment bravourös meistern würden. Umso verwirrender war das Ergebnis. Von den zehn getesteten Kindern hatte keines dem Impuls widerstanden, seinen Marshmallow sofort zu essen.

Gilberto, das erste Kind, sagte später, als er von Dr. Grind befragt wurde, er habe wirklich nur einen Marshmallow gewollt und keinen Sinn darin gesehen, fünfzehn Minuten auf einen Marshmallow zu warten, den er nicht wollte. Daraufhin war man übereingekommen, dass er reif und logisch nachgedacht hatte, auch wenn er zu einem anderen Ergebnis als dem erwarteten gekommen war. Das Experiment war immer noch aussagekräftig.

Ally, das nächste Kind, sagte jedoch, sie habe nicht geglaubt, dass Dr. Grind ihr den zweiten Marshmallow vorenthalten würde, selbst wenn sie den ersten vor der Zeit aß. Sie schien wirklich verwundert, warum er ihr den zweiten nicht schon gegeben hatte, und Dr. Grind fiel es schwer, ihr den Wunsch nicht zu erfüllen.

Jackie sagte, wenn sie später noch einen Marshmallow wollte, würde sie einfach ihre Eltern darum bitten, sie würden ihr wahrscheinlich einen geben. Auch die anderen sagten mehr oder weniger, dass man ihnen den Marshmallow nicht vorenthalten würde, wenn sie wirklich einen zweiten wollten, egal was sie mit dem ersten gemacht hatten.

Nach fünfzehn Minuten kehrte Dr. Grind zu Cap zurück. »Der Marshmallow hat gut geschmeckt!«, begrüßte ihn das Kind. Dr. Grind nickte und bemühte sich, kein strenges Gesicht zu machen. Dann fragte er, warum Cap nicht auf den zweiten Marshmallow gewartet habe.

»Weil ich Marshmallows wirklich liebe und ihn unbedingt essen wollte«, antwortete er fröhlich.

»Aber Cap, weil du die fünfzehn Minuten nicht gewartet hast, kriegst du keinen zweiten.«

Cap runzelte die Stirn. »Was?«

»Du hättest zwei köstliche Marshmallows haben können, aber weil du nicht gewartet hast, hast du nur einen bekommen.«

»Kann ich es noch einmal versuchen?«

Dr. Grind überlegte einen Augenblick. »Cap, was würdest du tun, wenn ich noch einen Marshmallow auf den Tisch legte und sagte, du bekommst einen weiteren, wenn du wartest?«

»Ich würde den Marshmallow essen.«

»Sofort?«, fragte Dr. Grind ungläubig.

»Ja«, bestätigte Cap lächelnd.

»Warum?«

»Könnte ich danach den Test noch einmal machen?«

Dr. Grind schüttelte den Kopf, zuckte mit den Schultern und schickte Cap zurück ins Klassenzimmer zu seinen Freunden. Er wandte sich zu dem Einwegspiegel, auch wenn er seine Assistenten nicht sehen konnte, und wiederholte sein Schulterzucken. Er stand vor einem Rätsel.

»Und was machen wir jetzt?«, fragte Jeffrey.

»Sie halten sich nicht an die Parameter des Experiments, weil sie nicht glauben, dass die Regeln stärker sind als ihre Wünsche, so viel steht fest«, entgegnete Dr. Grind.

»Sind sie verwöhnt?«, fragte Jill. »Leben sie in einer Fantasiewelt? Sind sie so sehr daran gewöhnt, in einer utopischen Idealwelt zu leben, dass sie die Vorstellung, sich für etwas anstrengen zu müssen, nicht verstehen?«

»Nein«, erwiderte Dr. Grind. »Alle unsere anderen Tests haben erbracht, dass sie geduldig sind und unter normalen Umständen mehr als genug Willenskraft haben. Sie können Dinge mit anderen teilen. Sie erledigen Arbeiten, um dafür Punkte zu bekommen, sie verstehen also durchaus die Beziehung zwischen Arbeit und Belohnung.«

»Und wo liegt dann die Erklärung?«, fragte Kalina. »Haben

Sie ein Experiment gefunden, gegen das die Kinder immun sind? Haben sie das Experiment zum Scheitern gebracht?«

»Wir sind gescheitert«, sagte Jeffrey.

»Ich weiß nicht«, wandte Dr. Grind ein. »Ich glaube, unsere Informationen reichen nicht, um eine Aussage zu machen.«

»Aber für einen Außenstehenden sieht es nicht danach aus, als stünde es gut mit unserer Arbeit und um unsere Kinder. Ihre Gratifikationsspanne beträgt keine zwei Sekunden«, widersprach Jill. »Und sie sind der Meinung, dass die Regeln nicht für sie gelten. Gut ist das nicht.«

»Wenn man es so eingeschränkt darstellt, sieht es tatsächlich nicht gut aus«, räumte Dr. Grind ein.

»Und was machen wir jetzt?«, fragte Jill.

Dr. Grind dachte über die Möglichkeiten nach. Er konnte die Ergebnisse an Mrs Acklen weiterleiten, konnte Jill erlauben, die Ergebnisse für ihren geplanten Artikel über frühkindliche Entwicklung zu verwenden. Sie konnten das Experiment wiederholen, um festzustellen, ob das Ergebnis ein Ausreißer war. Es gab viele Möglichkeiten, aber alle machten ihn gereizt.

»Wir halten die Ergebnisse zurück«, sagte er schließlich.

»Verlieren die Daten?«, fragte Jill.

»Nein, keineswegs«, fuhr Dr. Grind fort. »Wir löschen die Daten nicht. Wir heben sie nur noch eine Weile auf, bis sie mehr Sinn ergeben. Wir lassen uns Zeit damit, behalten sie für uns, bis der Kontext stimmt und wir wissen, wie man sie am besten präsentiert.«

»Das klingt problematisch«, wandte Jeffrey ein.

»Es ist problematisch«, gab Dr. Grind zu. »Aber wir kennen diese Kinder. Wir kennen die Rahmenbedingungen, die wir geschaffen haben, um sie zu fördern. Das Ergebnis dieses Experiments ergibt keinen Sinn. Deshalb warten wir ab, bis wir genügend Daten haben, die es erklären.«

»Gut«, sagte Kalina. »Wir machen den Marshmallowtest im nächsten Jahr. Und später noch einmal. Wir werden sehen, ob die Kinder lernen, mit dem Experiment umzugehen, oder ob sich ihr Verhalten nicht ändert.«

»Genau«, sagte Dr. Grind, erleichtert, dass jemand es ausgesprochen hatte. »Das heutige Experiment war das erste einer mehrjährigen Reihe.«

Die Assistenten nickten. Dr. Grind war sich jedoch nicht ganz sicher, was in diesem Nicken außer Zustimmung noch enthalten war. Nachdem alle gegangen waren, starrte er wieder durch den Fensterspiegel auf den leeren Sitz im anderen Zimmer. Hatte er einen Fehler gemacht? Waren die Kinder überbehütet, verwöhnt? Lag die Verantwortung für die Ergebnisse allein bei ihm? Er ermahnte sich, dass Zweifel ein Luxus waren, den er sich nicht leisten konnte, ebenso wenig wie er sich den Gedanken erlauben durfte, er könnte mit dieser Familie etwas anderes ausprobieren.

Andererseits, der Moment war nicht ungünstig. Es war noch kein Schaden entstanden. Im Zweifelsfall konnte er das Unternehmen abblasen. Es würde nicht einfach zu erklären sein, und Gefühle würden verletzt, vielleicht käme es sogar zu Prozessen, aber abbrechen konnte er. Nur, überlegte er, wofür immer er sich entscheiden mochte, er würde auf jeden Fall mit den Folgen fertigwerden müssen. In dem einen Szenario würde er wieder alleine dastehen, auch wenn er die richtige Entscheidung getroffen hätte. In dem anderen Szenario, bei dem er nicht wusste, ob er richtig oder falsch lag, würde er hier in der Wohnanlage bleiben, bei dieser Familie. Es lohnte sich nicht, darüber nachzudenken, beschloss er. Was immer er angefangen hatte, er würde es bis zum bitteren Ende durchziehen müssen.

Drei Wochen später bereitete er sich auf den Besuch Brenda Acklens vor. Nachdem sie das erste Mal in der Wohnanlage gewesen war, ganz zu Beginn des Projekts und noch vor Eintreffen der Eltern, hatte sie ihm zu verstehen gegeben, sie werde sich im Hintergrund halten, werde damit zufrieden sein, die Studie zu finanzieren und von ihm über den Entwicklungsstand der Kinder und die Auswirkungen auf die Eltern informiert zu werden. »Du hast eine Familie gegründet, Preston«, hatte sie am Telefon gesagt. »Das Geld bleibt am besten außen vor.«

Aber sie hatten eine Klausel in ihren Vertrag aufgenommen, der ihnen einen Rückzug aus dem Projekt auf halbem Weg gestattete, wenn sich die Dinge nicht zur beiderseitigen Zufriedenheit entwickelten. Er hatte die Idee damals für gut gehalten, weil er sich Sorgen machte, das Projekt weiterführen zu müssen, wenn Eltern und Kinder keinen Gewinn daraus zogen. Die Klausel erlaubte ihm, den Rückzug anzutreten und nicht noch weitere Jahre seines Lebens an eine Familie verschwenden zu müssen, die schließlich doch zerfallen würde. Mrs Acklen konnte die Finanzierung abbrechen, wenn das Projekt die von ihr skizzierten Ziele, so vage sie auch waren, nicht erfüllte. Der Gedanke, ihm könnten die finanziellen Mittel entzogen werden, hätte ihm schlaflose Nächte bereitet, wäre er ein normaler Schläfer gewesen.

Deshalb hatte er sie oft eingeladen, hatte sich gewünscht, dass sie die Familienmitglieder kennenlernte. Alle Vierteljahre informierte er sie über die Entwicklung der einzelnen Kinder, schickte ihr ein dickes Paket mit den Daten, die er und seine Assistenten gesammelt und ausgewertet hatten. Seine Einladungen hatte sie aber immer abgelehnt. »Ich werde langsam«, sagte sie, »der Weg vom Schlafzimmer in die Küche wird beschwerlich. Ich verlasse kaum noch das Haus.« Trotzdem beschenkte sie jedes Kind an seinem Geburtstag mit einer altmodischen Holly-Hobbie-Stoffpuppe oder Star Trek Inter-Space Communicators, kurioses Spielzeug, dass aus einem Wurmloch der Zeit in die Wohnanlage gefallen zu sein schien. Jedem Geschenk lag eine Karte bei, auf der »In Liebe, Tante Brenda« stand.

Jetzt, fast in der Mitte des Projekts und kurz vor der Wiedervereinigung der Eltern mit ihren Kindern, hatte er argumentiert, es sei wichtig, dass sie die Anlage besuche, um einen Eindruck davon zu gewinnen, bevor sie sich dafür oder dagegen entscheide, das Projekt fortzusetzen, vor allem da sich alles sehr verändern würde, wenn sie die Ziele der zweiten Hälfte ansteuerten. Mrs Acklen hatte schließlich zugesagt, mit ihrer Enkelin Patricia zu kommen, von der Dr. Grind gehört hatte, dass sie sich darauf vorbereitete, in naher Zukunft die Unternehmensleitung zu übernehmen. »Sie will wissen, was ich mit meinem Geld mache. Ich habe das Projekt nicht an die große Glocke gehängt, ich wollte nicht, dass meine Familie denkt, ich hätte eine neue gegründet, weil ich von ihr enttäuscht bin.«

Der Tag war gekommen, ein Sonntag, an dem alle anwesend waren, und Izzy bereitete wieder ein üppiges Picknick vor. Die Kinder beschäftigten sich mit einem Memory-Spiel, das sie selbst hergestellt hatten, zwei riesige Kunstwerke aus Bastelpappe, dessen Einzelteile jetzt mit der Vorderseite nach unten auf dem Rasen lagen. Benjamin und Asean hatten die Aufgabe übernommen, die Bilder umzudrehen, wenn die Kinder versuchten, identische Paare zu finden, und die zwei Mannschaften der Kinder dirigierten sie jetzt zu den Karten. Andere Eltern hörten Link zu, der Gitarre spielte, und Mary, die Volkslieder dazu sang. Es waren auch einige Lehrer der Kinder anwesend, die sich für die Unendliche Familie so ins Zeug legten, dass sie manchmal über ihre Arbeitszeit hinaus in der Anlage blieben und mit den Kindern spielten, sich mit den Eltern unterhielten und sogar im Haushalt halfen, wenn ihre Zeit es erlaubte. Dr. Grind bewertete ihren Einsatz als eine überzeugende Werbung für die Qualität seiner Arbeit. Sie schien vollkommen auf einer Linie mit den Werten von Acklen Super Stores zu liegen, selbst wenn die Unendliche Familie demografisch nicht ganz mit deren Käuferschicht identisch war.

Als sich Brenda Acklen der Wohnanlage näherte, machte sich Dr. Grind, der eine SMS erhalten hatte, sie sei auf der Zufahrt, auf den Weg, um seine Gönnerin zu begrüßen. Den anderen hatte er nicht Bescheid gesagt, um ihre Nerven noch eine Weile zu schonen. Bei ihrer letzten Begegnung hatte sie jung für ihr Alter gewirkt, wie eine Art Rodeo Girl, das seine Welt vollkommen unter Kontrolle hatte. Es war deshalb ein Schock für ihn, als der Chauffeur, einen Rollator bereithaltend, die Beifahrertür öffnete und der schwankenden Mrs Acklen auf die unsicheren Füße half. Sie hatte an Gewicht verloren, und ihre Western-Kleidung war für sie zu weit geworden. Aber als er näher trat, um sie zu begrüßen, sah er in ihren klaren Augen, wie sie sich innerlich gegen seine Umarmung wappnete. Lächelnd nickte sie ihm zu. »Ich kann im Augenblick meine Hände nicht vom Rollator nehmen, du musst die ganze Arbeit alleine tun.« Daraufhin nahm er sie behutsam in den Arm. Er wollte gerade eine Bemerkung machen, als er eine Frau Anfang Vierzig in einem Seersucker-Jackett und mit einem leuchtend orangefarbenen Tuch an Mrs Acklens Seite eilen sah. »Hallo, Herr Dr. Grind.« Er gab ihr die Hand, und Mrs Acklen stellte sie vor: »Das ist meine geliebte Patricia. Hellster Kopf der ganzen Familie.«

»Nach dir, Großmama«, widersprach Patricia. »Mich interessiert sehr, was Sie hier machen, Herr Dr. Grind. Ich habe Großmama gebeten, es mit eigenen Augen sehen zu dürfen.«

»Willkommen in der Wohnanlage«, sagte er.

»Sie sind so jung«, fuhr sie mit einem offenen, aber kritischen Ausdruck fort, als hätte er falsche Angaben auf einem Formular gemacht. »Ich dachte, dass Sie viel älter sind.«

»Ich habe dir doch gesagt, dass er ein Wunderkind ist«, unterbrach Mrs Acklen sie, irritiert über die Bemerkung ihrer Enkelin und als wäre Dr. Grind nicht anwesend.

»Leider fühle ich mich gar nicht so jung«, erwiderte er. »Ganz gewiss nicht, wenn ich den ganzen Tag hinter zehn kleinen Kindern hergelaufen bin.«

»Ich würde gern die Anlage besichtigen«, sagte Patricia und sah an Dr. Grind vorbei, als würde er die Kinder hinter seinem Rücken verstecken. Er hatte sich immer gehütet, Menschen nach dem ersten Eindruck zu beurteilen, aber Patricias Zielstrebigkeit und die Art, wie sie stillschweigend Entscheidungen über die Zukunft der Anlage zu fällen schien, machten ihn nervös. Sie war das genaue Gegenteil von Mrs Acklen, ihrer zwanglosen Art und ihrem Vertrauen in Dr. Grind.

»Jetzt brauche ich erst einmal etwas zu essen«, meldete sich Mrs Acklen zu Wort. »Etwas zu essen und einen bequemen Stuhl. Dann begrüßen wir die Kinder.«

In der Woche vor dem Besuch war es zu einer heißen Diskussion gekommen, ob man noch einmal ein Schwein grillen sollte und wenn ja, wie man das Ereignis erzieherisch einbringen konnte. Jeremy hatte gesagt, er habe Erfahrung im Schlachten und hatte gefragt, ob die Kinder nicht einmal den gesamten Vorgang erleben sollten, vom Leben zum Tod und auf den Tisch. »Sie könnten verstehen lernen, was für eine enge Verbindung zwischen uns und unserem Essen besteht. Wie dankbar wir für die Nahrung sein sollten, die uns am Leben erhält.« Es klang, als würde er gleich in seine Hosentasche greifen und ein Pamphlet mit weiteren Details für Interessierte hervorholen.

»Ich will nicht, dass mein Kind zusieht, wie einem Schwein in den Kopf geschossen wird, und es ihm dann als Essen vorsetzen«, sagte Julie kopfschüttelnd.

»Sie werden nicht erschossen.« Jeremy klang beruhigend und fürsorglich. »Man schneidet ihnen die Kehle durch.«

»Nein«, sagte Julie.

»Es ist humaner, als es klingt«, fuhr Jeremy fort, und dann meinte Ellen, dass sie die Idee gut fände. »Es erinnert daran, wie unsere Vorväter gelebt haben. Und vom Hof auf den Tisch liegt voll im Trend.«

»Unter normalen Umständen«, begann Dr. Grind, »könnten wir das ausführlicher besprechen, aber ich möchte auf einen Punkt hinweisen, den wir nicht vergessen dürfen. Wir müssen berücksichtigen, dass unsere Wohltäterin anwesend ist und ihre Enkelin, die über unsere Arbeit nur ansatzweise informiert ist. Wir müssen aufpassen, wie wir vor einer breiteren, vielleicht skeptischen Öffentlichkeit für unser Projekt werben. Wir mögen der Meinung sein, dass unsere Kinder etwas Sinnvolles lernen. Wie wirkt es aber auf Außenstehende, die den Zusammenhang nicht kennen, wenn die Kinder ihr Erlebnis bis zum nächsten Mittag nicht verarbeitet haben und traurig sind oder weinen?«

»Die Leute würden denken, dass wir unsere bereits verkorksten Kinder noch weiter verkorkst haben«, frotzelte Benjamin.

»So könnte es jemand, der uns nicht gewogen ist, formulieren«, bestätigte Dr. Grind.

»Kam mir nur so in den Sinn«, sagte Jeremy.

»Stimmen wir ab«, schlug Dr. Grind vor. Weniger einstimmig als er erwartet hatte, beschlossen die Eltern, die Schlachtung eines Schweins zur Bereicherung der Kinder zu verschieben.

»Ich stelle ein Menü zusammen, das keine Tiere enthält«, sagte Izzy mehr zu sich selbst als zu den anderen, aber ihr Projektleiter nickte zustimmend.

Izzy führte Dr. Grind um den Tisch herum, während sie einen Teller für Mrs Acklen füllte. »Ich kann ihr etwas anderes machen, wenn sie davon nichts mag«, sagte sie, als sie eine Portion Kartoffelsalat auf den bereits vollen Teller löffelte. »Bei dieser großen Auswahl«, erwiderte er, »wäre es ein Verbrechen, noch etwas anderes zu kochen. Sie sollten ihr den Teller persönlich bringen, da Sie das Essen zubereitet haben.« Aber Izzy schüttelte den Kopf. »Ich bin innerlich noch nicht bereit, sie kennenzulernen.«

»Eine Milliardärin, die so normal ist und so fest mit beiden Füßen auf der Erde steht, werden Sie nicht ein zweites Mal finden«, entgegnete er und schubste sie sanft zu dem Picknicktisch, an dem Mrs Acklen und ihre Enkelin warteten. Die drei Assistenten machten Konversation mit ihnen. Dr. Grind räusperte sich und reichte jedem ein Glas Wasser mit Gurkenscheibe. »Das ist Izzy, sie gehört zu den Eltern und hat das Essen zubereitet.«

Izzy stellte den Teller vor Mrs Acklen, die leise einen langen Pfiff ausstieß.

»Ich mache Ihnen gern etwas anderes, wenn Sie möchten«, stammelte Izzy, aber Mrs Acklen schüttelte den Kopf. »Wenn ich auf diesem Teller nichts finde, das mir schmeckt, liegt es an mir«, erwiderte sie. Sie nahm etwas auf ihre Gabel, probierte vorsichtig und schien augenblicklich erleichtert. »Das schmeckt sehr gut. Was ist es?« Sie bot Patricia einen Bissen an, die höflich, aber entschieden ablehnte.

»Es ist gegrillter Tofu mit Wasabi-Soja-Soße«, beantwortete Izzy ihre Frage.

»Es schmeckt sehr viel besser, als es klingt«, bemerkte Mrs Acklen. Sie nahm einen weiteren Bissen und richtete dann den Blick auf Izzy. »Über Sie habe ich viel Gutes gehört.« Izzy wurde rot. »Sie sind ein interessanter Fall, ich erinnere mich noch an die Zeit, als Sie zu dem Projekt kamen. Es freut mich, dass sich die Dinge gut für Sie entwickelt haben.«

»Das haben sie«, sagte Izzy mit Nachdruck, als fiele ihr nicht ein, wie sie es Mrs Acklen genau erklären konnte.

»Weiter so«, sagte Mrs Acklen und wandte sich wieder ihrem Teller zu. Izzy ging zu den anderen Eltern, die mit den Kindern spielten, etwas mühsam die Party in Gang hielten und gleichzeitig ihre Hälse reckten, um Mrs Acklen zu beobachten.

Während die alte Dame unter den verlegenen Blicken der drei Assistenten und ihrer Enkelin winzige Bissen von allem nahm, das auf ihrem Teller war, bemerkte Dr. Grind, dass Cap, Eliza und Marnie mit Karten in den Händen auf dem Weg zu ihm waren. Sie schienen vor Aufregung zu vibrieren. Dr. Grind kniete sich hin, und Marnie flüsterte: »Wir haben was für die alte Dame gemacht. Wir sollen warten, aber wir gehen jetzt trotzdem zu ihr.«

Dr. Grind nickte zustimmend. Es schien sinnlos, die beiden Parteien noch länger getrennt zu halten. Er stand auf, nahm Blickkontakt mit den Eltern auf, die den Rest der Kinder gehütet und zurückgehalten hatten, und winkte ihnen zu kommen. Die Kinder rannten los, ihre Karten wie Eintrittskarten zum größten Ereignis der Geschichte in den Händen.

»Gott hab Erbarmen«, kam es etwas erschrocken von der lächelnden Mrs Acklen beim Anblick der sich nähernden Schar. Cap, der die Führung übernommen hatte, wurde plötzlich schüchtern, als sei seine Karte die ganze Aufregung nicht wert. »Hast du etwas für mich, kleiner Mann?«, fragte Mrs Acklen. Er überreichte ihr seine Karte und sah auf seine

Füße. »Wir haben alle Karten!«, rief Marnie. »Sie sind wunderschön!«

Patricia half Mrs Acklen, Caps Karte zu öffnen, auf der mit Wasserfarben eine riesige Frau gemalt war, die einen Wolkenkratzer zusammensetzt. »Und was soll das bedeuten?«, fragte sie Cap. »Das bist du«, sagte er leise. »Du baust ein Haus für uns.«

»Das gefällt mir«, sagte Mrs Acklen. »Wie heißt er?«, wandte sie sich an Dr. Grind, der Cap einen kleinen Stups gab, sodass der Junge antwortete: »Cap.«

»Das gefällt mir, Cap.« Sie nahm ihn in den Arm, und er entfernte sich lächelnd und wie benommen von dem Haufen Kinder, der Mrs Acklen belagerte. Ein Kind nach dem anderen reichte ihr seine Karte. Sie freute sich an jeder, besonders aber an Jackies Bild eines Strichmännchens, aus dessen Händen Dollarzeichen in die Münder kleiner Strichmännchen flogen. »Sie hat es auf das Wesentliche reduziert«, sagte sie zu Dr. Grind.

Patricia nahm stirnrunzelnd das Bild. »Es ist etwas happig, selbst für ein Kind, Großmama.« Mrs Acklen machte eine abwehrende Handbewegung. »Patricia wird nervös, wenn Kinder in der Nähe sind«, erklärte sie Dr. Grind, der nur nicken konnte. Patricia zuckte verlegen mit den Schultern. »Sie sind sehr unvorhersehbar«, sagte sie, als handele das Gespräch von der Börse oder davon, ob sich Tiger als Haustiere eignen.

Nachdem alle Kinder Mrs Acklen vorgestellt worden waren, kam Ally mit einer weiteren Karte, die sie gerade gemalt hatte, zum Tisch zurück. »Was ist das?«, fragte Patricia. »Noch eine Karte für Großmama?«

Ally schüttelte den Kopf. »Sie ist für dich, damit du auch eine hast.« Patricia öffnete die Karte und dankte dem kleinen Mädchen. Ally rannte zurück zu den anderen, um zu spielen.

Mrs Acklen hatte die kleine Szene verfolgt und verkündete, sie sei sich ganz sicher, eine weise Entscheidung getroffen zu haben, als sie dieses Projekt finanzierte. »Diese verflixten Kinder sind so süß, dass man weinen möchte«, schloss sie, und Patricia nickte. Dr. Grind nahm sich vor, Ally bald unauffällig ein sehr teures Spielzeug zu schenken.

An jenem Abend traf sich Dr. Grind mit Mrs Acklen und Patricia in seinem Büro, während die Eltern die Kinder zu Bett brachten. Zusammen mit Kalina und Gerdie hatte er annähernd eine Woche damit verbracht, eine PowerPoint-Präsentation vorzubereiten, die als letzter verzweifelter Versuch eingesetzt werden sollte für den Fall, dass Mrs Acklen die Finanzierung stoppen und das Projekt schließen wollte. Er drehte den Bildschirm zu den beiden Frauen. Das mittlerweile überarbeitete Logo, ein Möbiusband von Strichmännlein, die einander an den Händen halten, begann sich langsam auf dem Bildschirm zu drehen. Mrs Acklen machte eine Geste, als wollte sie aufgeben, bevor die Schlacht begonnen hatte. »Preston, ich bin so verflixt müde. Die Kinder haben mich erschöpft, dabei bin ich noch nicht einmal von meinem Stuhl aufgestanden. Ich möchte in mein Hotel, schlafen und zurück nach Knoxville fahren. Du brauchst mich nicht mehr zu überzeugen. Ich bin dabei. Ich bin immer noch dabei. Du erhältst die volle Finanzierung, und das Projekt läuft weiter.«

»Ganz herzlichen Dank, Brenda.«

»Reine Formalität. Meine Entscheidung stand schon fest, kurz nachdem das Projekt angelaufen war. Ich weiß, dass du hier etwas ganz Besonderes auf die Beine gestellt hast. Ich hatte eine vage Idee davon, was ich wollte, aber du hast meine Vorstellungen bei Weitem übertroffen.«

»Noch einmal, danke.«

In diesem Moment wies Patricia auf Dr. Grind und sagte: »Ich würde seine Informationen gern sehen, einfach um eine Vorstellung zu haben, wie das Geld aufgeteilt wird, und wenn du willst, könnte ich Vorschläge aus der Position einer Außenstehenden machen.«

»Selbstverständlich«, sagte Dr. Grind.

»Ich bin sehr glücklich, Preston«, setzte Brenda ihre Rede fort, als hätte ihre Enkelin nichts gesagt, und Dr. Grind wollte ihr gerade noch einmal danken, als sie hinzufügte: »Das Problem ist leider, dass ich bald nicht mehr sein werde.« Ohne ihre Stimme zu verändern, hatte sie ihm sehr ruhig und sehr schön mitgeteilt, dass sie sterblich war. »Ich habe Krebs, er hat sich ziemlich ausgebreitet, und es wird entsetzlich sein.«

»Großmama, es wird alles gut werden.«

»Ja, wir haben genug Geld, ich könnte überleben, aber egal wie, es wird schrecklich sein. Wenn wir ehrlich sind, werde ich wahrscheinlich das Ende des Projekts nicht mehr erleben.«

»Das tut mir sehr leid, Brenda«, sagte Dr. Grind. Er fühlte, wie ihn ein tiefer, verwirrender Schwindel ergriff, als hätte er soeben drei Minuten lang den Atem angehalten. Er konzentrierte sich und versuchte, in der Gegenwart zu bleiben.

»Es ist alles gut. Kaum jemand in der gesamten Weltgeschichte dürfte ein so schönes Leben wie ich gehabt haben. Sehr schön und sehr lang. Ich erzähle dir das nicht, um dich traurig oder besorgt zu machen. Ich will dir hier nur mitteilen, dass im Fall meines Todes das Projekt weiterlaufen wird. Du bleibst am Ruder und kannst es so weiterführen, wie du es für richtig hältst. Patricia hilft bei den Details. Ich habe ihr genau erklärt, wie sehr mir dieses Projekt am Herzen liegt.«

Patricia ergriff das Wort: »Ich sehe echtes Potenzial für die Unendliche Familie. Sie wird die Paradigmen verschieben und für alle Seiten von Vorteil sein.«

»So«, sagte Mrs Acklen, »gleichgültig, was passiert, du bist abgesichert, Preston. Patricia wird deine Kontaktperson sein, und ich stelle sicher, dass du erhältst, was du brauchst. Ich wünsche dir viel Glück. Was du hier auf die Beine gestellt hast, ist einmalig, deshalb hoffe ich, dass du es weiterführen kannst.«

»Ich tue, was in meinen Kräften steht«, versicherte Dr. Grind.

»Und was ist mit den Assistenten?«, fragte da Patricia.

»Was soll mit ihnen sein?«, erwiderte Dr. Grind.

»Wann kann ich mit ihnen sprechen? Es scheint mir wichtig zu sein, dass ich Kontakte zu den Menschen habe, die mit Ihnen arbeiten, damit ich ein Gefühl dafür bekomme, was Sie leisten.«

Dr. Grind erstarrte; es schien wenig respektvoll, dieses Thema vor Brenda Acklen zu besprechen, die am Sterben war, tatsächlich tot war. »Ich denke, das lässt sich arrangieren«, sagte er.

Mrs Acklen griff ein. »Das ist Dr. Grinds Show, er hat die Familien ausgewählt, und er hat seine Assistenten ausgewählt. Alles läuft über ihn. So haben wir es bisher gehalten, und so soll es bleiben. Ich vertraue ihm.«

»In Ordnung, Großmama«, sagte Patricia und lächelte so angestrengt, dass das Stirnrunzeln ausgelöscht schien, obwohl es für Dr. Grind sichtbar blieb, wenn er genau genug hinsah. »Du bist der Boss. Wir machen es so, wie du willst. Ich wollte nur Kommunikationswege für eine effizientere Projektleitung eröffnen.«

»Zerbrich dir darüber nicht den Kopf«, sagte Mrs Acklen, für die das Thema beendet war. Einen Augenblick lang herrschte betretenes Schweigen.

»Was werden Sie tun, wenn es vorbei ist?«, fragte Patricia plötzlich, als hätte sie ihm die Frage schon den ganzen Tag stellen wollen.

»Wie meinen Sie das?«, fragte er.

»Was haben Sie vor, wenn das Projekt zu Ende ist und die Familienmitglieder sich in alle Himmelsrichtungen aufmachen?«

»Darüber habe ich noch nicht nachgedacht, um ehrlich zu sein. Vermutlich werde ich sehen, ob ich die Studie fortsetzen kann, ich werde die Tests verfeinern und die Ergebnisse noch einmal überprüfen. Ich glaube auch nicht, dass sich die Familie wirklich in alle Winde verstreut. Die Familienmitglieder bleiben in Verbindung, spielen eine große Rolle füreinander. Hoffe ich.«

»Und Sie werden nach wie vor dazugehören?«, fragte sie, als würde ihr der Gedanke Sorgen machen.

»Vielleicht auf gewisse Weise«, sagte er, peinlich berührt, seine Hoffnung laut zu äußern. Über das Ende des Projekts und wie es danach weitergehen sollte, war noch nicht diskutiert worden. Er hatte es vermieden, daran zu denken, was mit diesen Kindern und ihren Eltern geschehen würde, wenn sie die Wohnanlage verlassen und ihr eigenes Leben beginnen würden.

»Natürlich wird er ein Teil ihres Lebens sein«, sagte Mrs Acklen und griff nach Dr. Grinds Hand. »Es wird nicht enden, nicht wahr, Preston? Es wird weitergehen, nur auf eine andere Weise.«

»Richtig, Brenda.«

»Ich habe mich gefragt, ob *unendlich* einfach nur ein grandioses Wort ist«, sagte Patricia.

»Nein, das ist es nicht«, antwortete er, und es überraschte ihn, wie überzeugt er klang.

Kapitel vierzehn

Projekt *Unendliche Familie* (Sechstes Jahr)

Als sie erwachte, sah Izzy ihren Sohn Cap, der neben ihrem Bett auf dem Fußboden saß. Völlig in sein Buch versunken biss er von Zeit zu Zeit in einen Apfel. Um ihn auf sie aufmerksam zu machen, lehnte sie sich vor und strich ihm über das Haar. Sein dunkelblonder Schopf war seit Jahren nicht geschnitten worden. Sie musste daran denken, wie sie mit den Kindern zum ersten Mal nach Murfreesboro zum Friseur gefahren war. Die Zweijährigen waren nacheinander auf den Sessel gestiegen und hatten fassungslos im Spiegel zugesehen, wie die Friseuse ihrem Haar eine neue Form gab. Hinterher erhielt jedes Kind für seine Erinnerungsschachtel eine Plastiktüte mit seinem Haar. Auf dem Heimweg hatte Cap hineingegriffen, sein abgeschnittenes Haar befühlt und lautstark erklärt, dass er nie wieder zum Friseur gehen würde. Da die Kinder damals noch gemeinschaftlich aufgezogen wurden, hatte man die Entscheidung den Kleinen überlassen. Einige wollten jeden Monat die Haare geschnitten haben, ein paar andere, wie Cap, nie wieder zum Friseur gehen. Izzy gefiel es, sein Haar flattern zu sehen, wenn er mit den anderen spielte, und wie er sich hektisch die Strähnen aus den Augen wischte, wenn er ein anderes Kind verfolgte. Er wirkte etwas verwildert, aber seine ruhige, besonnene Art strafte sein Aussehen Lügen. Izzy schob seine Strähnen zur Seite, um Blickkontakt mit ihm aufzunehmen. Sie sah ihm in die hellbraunen Augen, und er erwiderte ihr Lächeln.

»Wie lange bist du schon hier, Kumpel?« Er dachte einen Augenblick nach und blätterte dann. Die gelesenen Seiten zwischen Daumen und Zeigefinger geklemmt hielt er ihr das Buch hin. »So lange.«

In den ersten Monaten, nachdem er bei Izzy eingezogen war, hatte er wie die anderen Kinder Schwierigkeiten gehabt, alleine zu schlafen, da er an den gemeinsamen Schlafraum gewöhnt war, und irgendwann war er nachts zu ihr ins Bett gekrochen. Ein Therapeut hatte mit den Kindern eine Schlafschule mit Büchern, Nachtleuchten, Geräuschgeneratoren und »Schlafzonen« erarbeitet, aber die Kinder waren an die Geräusche von zehn Körpern gewöhnt, die im Einklang schliefen, und daran, dass sie inmitten ihrer Brüder und Schwestern erwachten. Dr. Grind betonte, das Problem würde sich geben, aber es würde eine Weile dauern, und so war es. Izzy war überrascht, wie traurig es sie machte, als Cap die ganze Nacht in seinem eigenen Bett blieb und sie ihn nicht mehr morgens neben sich fand, so wichtig diese Entwicklung auch war.

Sie beobachtete ihren Sohn, der sich wieder seinem Buch zugewandt hatte. Es blieb ihnen noch etwas über eine Stunde Zeit, bevor sie ihn ins Hauptgebäude zum Unterricht bringen musste. »Möchtest du Frühstück?« Er nickte und schlug vor: »Fruity Pebbles?«

»Wann hast du sie zum letzten Mal gegessen?«

»Vorige Woche.« Sie nickte zustimmend. In der Wohnanlage wurde Wert auf gesundes Essen gelegt, und Izzy war für den wöchentlichen Küchenplan zuständig, aber sie hatte eine Schachtel Fruity Pebbles, die sie als Kind liebend gern gegessen hatte, in ihr Haus geschmuggelt. Cap war von den Neonfarben der Getreideflocken fasziniert gewesen. Eine einzige Schale voll enthielt mehr Zucker, als er in seinem ganzen Leben gegessen hatte, aber sie hatte etwas ganz Besonderes für ihn haben wollen, einen Leckerbissen. Und es war nicht so, dass gezuckerte Getreideflocken verboten waren. Jeder durfte essen, was er wollte, aber die meisten Eltern schienen entschlossen, die gesunde Ernährung aus den ersten Jahren beizubehalten. Keine Süßigkeiten und natürlich kein Fast Food. Link und Julie hatten allerdings zugegeben, dass sie Eliza zu besonderen Anlässen Kit-Kat-Riegel gaben, und Irene hatte einmal verraten, dass ihr Vater ihr eine Tüte Pop Rocks geschenkt hatte, was die anderen Kinder sofort neidisch machte. So entstand durch die neue Lebensweise der Eltern und Kinder, obwohl sie nach wie vor zur Unendlichen Familie gehörten, ein verborgenes Leben in den eigenen vier Wänden. Izzy erlaubte Cap, Fruity Pebbles zu essen, und hatte nicht das Gefühl, deswegen keine gute Mutter zu sein.

»Dann gibt es Fruity Pebbles«, sagte sie. Cap jubelte, sprang auf und rannte in die Küche. Izzy schwang die Beine auf den Boden und folgte ihrem Sohn, der »You are my Sunshine« summte, während er eine Schale, einen Löffel und ein Platzgedeck holte, um den Tisch zu decken. Izzy griff in den Schrank, fischte von ganz weit hinten die Schachtel mit den Getreideflocken hervor und schüttete eine großzügige Portion in Caps Schale. Beim Rascheln der Fruity Pebbles zitterte Cap aufgeregt. Izzy kam mit Mandelmilch zum Tisch zurück, und sofort hatte Cap begonnen, immer noch summend und mit den Beinen zappelnd, sein Frühstück zu mampfen. Seine Mutter holte sich Konzentrat aus dem Kühlschrank, machte sich eine Tasse Eiskaffee und setzte sich zu ihrem Sohn an den Tisch, auf dem Stifte und Papier verstreut lagen. Cap hatte am Abend zuvor Bilder von einem Vergnügungspark gemalt, in dem Kinder mit einem Düsenantrieb flogen. Sie nahm eines der Blätter in die Hand, auf dem ein Schild den Park als FLUGWELT ankündigte. Der Antrieb eines Kindes hatte anscheinend Feuer gefangen, und das

Kind stürzte ab, aber es stand Personal mit einem Trampolin bereit, um es aufzufangen. »Gute Idee, dass es Trampoline in der Flugwelt gibt«, sagte Izzy und deutete auf den defekten Düsenantrieb. Cap zuckte mit den Schultern, als wollte er sagen: *Ist doch klar, dass man Trampoline braucht, wenn ein Vergnügungspark mit Düsenantrieb erfolgreich sein soll.* »Die Düsenantriebe explodieren zwar manchmal«, sagte er so ernsthaft, dass Izzys Herz bebte, »aber niemand stirbt in der Flugwelt.«

Als Cap das Thema Tod anschnitt, fragte sie sich, ob er wieder einmal von Hal anfangen würde. In den vergangenen sieben Monaten, seit Cap bei Izzy wohnte und ihm klar geworden war, dass er keine traditionelle Familie wie die anderen Kinder hatte, sondern nur eine Mutter, hatte er oft nach seinem Vater gefragt. Bestürzt und etwas verlegen hatte Izzy festgestellt, dass sie Caps Fragen meistens nicht beantworten konnte. Er wollte wissen, was sein Vater gern gegessen hatte, und Izzy, die nicht die geringste Ahnung hatte, versuchte, sich daran zu erinnern. Es war, als würde sie durch Nebel in eine Welt wandern, von der sie nicht recht glauben konnte, dass es sie jemals gegeben hatte. Die Zeit vor der Wohnanlage, die Zeit, bevor sie wohl oder übel ein Mitglied der Unendlichen Familie geworden war, empfand sie aus heutiger Perspektive wie eine Strafe, die sie über sich hatte ergehen lassen müssen und von der sie nun befreit war. Noch nicht einmal ein Foto hatte sie von Hal, als sie in die Wohnanlage zog. Für Cap hatte sie Bilder ausgedruckt, die sie online fand. Sie hatte kurz erwogen, den Jacksons eine E-Mail zu schicken und sie um Fotos und Informationen über Hals Leben zu bitten, hatte dann aber entschieden, dass es ein Fehler wäre, Mr und Mrs Jackson in ihr neues Leben hineinzulassen, besonders da sie nach Caps Geburt keine Verbindung zu ihr aufgenommen hatten. Und so machte sie das Beste aus den wenigen Dingen, an die sie sich erinnerte. Hals Schwäche für Limo in Glasflaschen. Seine Liebe zu The Velvet Underground. Sein Humor und seine wahre Güte im Klassenzimmer. Sie konnte Cap noch so viel erzählen, er bekam nie genug. Vorher hatte er neun Papis gehabt, Jeffrey, Dr. Grind und das ganze männliche Personal der Wohnanlage nicht mitgezählt. Nun schien er den Anspruch auf diese Männer für immer verloren zu haben, es gab nur Cap und Izzy und keinen Vater mehr, der den Namen verdient hätte. Einige Male ließ Cap, der sich nach besten Kräften mit der neuen Situation auszusöhnen versuchte, durchblicken, dass er manchmal so tat, als wäre Dr. Grind sein Vater. »Ich weiß, dass er nicht mein richtiger Vater ist, aber wenn ich so tue, als hätte ich einen, ist er die Nummer eins.« Izzy hatte nicht die Kraft, mit ihm zu diskutieren oder auf das Thema näher einzugehen. Sie nickte nur und sagte: »Ich weiß genau, was du meinst.«

Nachdem Izzy ihren Bachelor in Kunst erworben hatte, obwohl sie sich nicht vorstellen konnte, jemals etwas damit anzufangen, hatte sie begonnen, Vollzeit in der Küche der Wohnanlage zu arbeiten.

Nicole wollte ein eigenes Restaurant eröffnen, und Izzy hatte sie abgelöst, begeistert von der Aussicht, so nahe bei ihrem Zuhause, Cap und den anderen Kindern arbeiten zu können.

Seit die Familien getrennte Einheiten geworden waren, hatte sich der Arbeitsaufwand in der Küche verringert. Man frühstückte daheim, sodass Izzy nur für die Zwischenmahlzeiten, die Mittagessen der Kinder und das Abendessen zuständig war, das nach wie vor in großer Runde eingenommen wurde. Zum Abschied hatte Nicole ihr ein Messerset geschenkt. Izzy vermisste die Köchin, genoss aber die Ruhe in der Küche und ihre völlige Freiheit bei der Zusammenstellung des Speiseplans und der Auswahl der Zutaten.

Die Kinder erhielten um zehn Uhr einen Imbiss, und so schob sie gewürzte Kohlchips in den Ofen, schnitt Karotten zu kleinen Stangen und ergänzte sie um jeweils eine Portion Cashewkerne. Mit dem Entsafter bereitete sie ein Getränk aus Roter Bete, Äpfeln und Ingwer, das die Kinder liebten. Sie stellte Essen und Getränke auf Tabletts und trug sie ins Klassenzimmer.

Die Schüler waren damit beschäftigt, unter Aufsicht der Physiklehrerin, die dreimal pro Woche kam und applaudierte, wenn sie ihre Aufgabe meisterten, ein Spielzeug, das sie sich aussuchen durften, mit einem fixierten Flaschenzug hochzuziehen. Als die Kinder Izzy oder besser gesagt, die Snacks sahen, jubelten sie. Irene ließ den Flaschenzug los, und ein Sockenaffe plumpste zu Boden. »Pause!«, rief die Lehrerin und ging zu ihrem Schreibtisch, um die nächste Aufgabe vorzubereiten, solange Izzy von den Kindern umgeben und auf dem Boden sitzend Schalen und Becher verteilte. Cap und Jackie saßen beim Essen auf ihrem Schoß. Es beglückte Izzy zu erleben, wie viel Zuneigung die Kinder immer noch für die Erwachsenen zeigten, auch wenn sie jetzt bei den eigenen Eltern wohnten. Und es freute sie auch, dass Cap bereit war, sich seine Mutter mit einem anderen Kind zu teilen. Nachdem alle fertig waren, zeigte Irene Izzy ihre neue rosaweiß gestreifte Brille, und Izzy bewunderte sie. Irene lächelte vor Freude. Die Lehrerin kam zurück und verlangte die Aufmerksamkeit ihrer Schüler. Jedes Kind umarmte Izzy und stellte Becher und Schale zurück auf das Tablett.

»Sagt ›danke schön‹ zu Izzy«, befahl die Lehrerin, und Izzy hörte überglücklich zu, wie alle einstimmig in einen nur von Caps »Danke, Mom« gestörten Sprechgesang verfielen.

Izzy wollte gerade gehen, da hörte sie Marnie der Lehrerin gestehen, sie hätte ihr Beobachtungsheft zu Hause liegen lassen.

Es sollte mit einer neuen Versuchsreihe begonnen werden, deshalb erbot sich Izzy, das Heft zu holen. Die Kinder winkten auf Wiedersehen, Izzy brachte das Tablett in die Küche, joggte die Treppe hinunter und durchquerte rennend den Innenhof. Der Himmel war inzwischen bedeckt, grau und regenschwer, und auf dem Spielplatz flatterte hoch oben eine Leine mit Gebetsfähnchen im Wind.

Sie klopfte an die Haustür von Harris und Ellen. Harris war zur Arbeit, aber Ellen musste daheim sein. Izzy hatte sie am Morgen von der Eingangstreppe aus gesehen, als Marnie aus dem Haus kam, um mit den anderen Kindern zur Schule zu gehen. Nach einer halben Minute klopfte Izzy noch einmal, aber immer noch kam niemand an die Tür. Sie warf einen Blick durchs Fenster und sah Marnies Heft auf dem Couchtisch liegen, mit Neonfarben und so viel Glitzer verziert, dass es radioaktiv wirkte.

Man war wenig förmlich in der Unendlichen Familie, was die Privatsphäre anlangte. Die Grenzen verwischten sich manchmal, da man die meisten Räumlichkeiten gemeinschaftlich nutzte. Izzy schloss ihr eigenes Haus nie ab, und Carmen oder Link kamen oft unangemeldet herein, um Zutaten zu borgen oder nachzusehen, ob ihr Kind bei Cap war.

Izzy drückte die Klinke hinunter, die Tür war unverschlossen. Gerade als sie das Heft in die Hand nahm, hörte sie ein lautes, beunruhigendes Stöhnen, als wäre jemandem heftig übel. Spontan rief sie: »Ellen?« Es wurde totenstill im Schlafzimmer. Später sollte Izzy sich fragen, warum sie, Heft in der Hand, im Wohnzimmer stehen geblieben war. Was hatte sie gemeint, spiele sich auf der anderen Seite der Schlafzimmerwand ab? »Harris?«, sagte sie dann. Sie fühlte sich inzwischen wie ein kleines Kind, das Detektiv spielt und von seiner Rolle hoffnungslos überfordert ist. Die Schlafzimmertür öffnete sich, und Ellen kam in einem Sweatshirt heraus, sie trug keine Unterhose, und ihr Gesicht war krebsrot. Hinter ihr kniete Jeremy auf dem Bett. Er war völlig nackt.

Ellen zog die Schultern hoch, und der Rand ihres Sweatshirts hob sich, sodass Izzy den Busch ihres Schamhaars sehen konnte. »Du weißt Bescheid, oder?«, fragte sie. Izzy schüttelte den Kopf. Sie hielt das Heft hoch, als könnte es Dämonen austreiben. »Marnie …«, begann sie und verstummte.

Ellen schüttelte angewidert den Kopf. Izzy wollte sich zurückziehen, aber mittlerweile hatte Jeremy seine Jeans angezogen und sich neben Ellen aufgebaut. »Komm her, Izzy«, sagte er. »Das muss besprochen werden.«

Ellen weinte nun, ihre Tränen fielen leise, wie von selbst, sodass Izzy vor Schrecken wie gelähmt war. Sie konnte weder zur Tür gehen, noch sich auf das Zweiersofa setzen, auf das Jeremy deutete.

»Nein«, brachte sie endlich heraus, nicht in der Lage mehr zu sagen. Eine Übelkeit erregende Gewissheit überkam sie, und sie fragte sich plötzlich, wieso es eigentlich nicht schon früher zu so etwas gekommen war.

»Es ist genau das, wonach es aussieht«, begann Jeremy. »Ich leugne nichts. Ich will nur, dass du zuhörst. Wir müssen mit dir reden.«

»Du darfst uns nicht an Dr. Grind verpetzen«, sagte Ellen und sah gleich danach Jeremy an. »Sie wird es ihm sagen. Ich weiß es.«

»Setz dich«, befahl Jeremy. »Bitte. Izzy. Setz dich verdammt noch mal hin und hör zu.«

Endlich ging Izzy zum Zweisitzer. »Seit wann läuft das?«

»Zwei Jahre«, antwortete Jeremy, und Ellen nickte.

»Wer weiß noch Bescheid?« Izzy hegte die abartige Hoffnung, dass alle Bescheid wussten und sie die Letzte war.

»Niemand sonst«, entgegnete Jeremy. »Harris und Callie. Vor ihnen haben wir es nicht geheimgehalten.«

»Und sie sind damit einverstanden?«, staunte Izzy, mit dem Gefühl, in einer Seifenoper zu improvisieren.

»Ja«, sagte Ellen. »Wir tun niemand weh, verstanden? Du brauchst uns nicht mit solchen gottverdammten Precious-Moments-Augen anzusehen.«

»Wir sind alle erwachsen und entscheiden selbst«, sagte Jeremy.

»Das ist vorläufig, bis das Projekt zu Ende ist. Eli und Marnie verdienen es, davon zu profitieren, aber wir verdienen auch unser eigenes Glück«, sagte Ellen. »Wenn das Projekt vorbei ist, beginnen Jeremy und ich ein neues Leben mit Marnie und Eli …«

»Ellen, bitte«, fiel Jeremy ihr ins Wort. »Nicht jetzt.«

»Es kommt doch nicht mehr darauf an, oder?«, beharrte Ellen.

»Bitte, Ellen«, sagte Jeremy tief atmend, die Hände vor das Gesicht geschlagen.

Im Zimmer war es still, keiner konnte das Gespräch fortsetzen. Izzy hielt Marnies Heft so fest, dass sie befürchtete, es könnte gleich in Flammen aufgehen. Dann betete sie, dass sich ihre Angst bewahrheiten möge, damit sie einen Vorwand hatte, aus dem Haus zu rennen.

»Du darfst es niemand verraten. Nicht Dr. Grind. Nicht Carmen. Niemand«, beschwor Ellen sie.

»In Ordnung«, sagte Izzy, die sich von ihrer Antwort nichts weiter erhoffte, als die Szene verlassen zu können.

»Es darf nicht an dir liegen, dass wir aus dem Projekt ausscheiden müssen«, schob Jeremy nach. »Willst du es auf deine Kappe nehmen, dass Eli und Marnie die Familie verlassen müssen? Möchtest du, dass die Unendliche Familie zerbricht?«

»Nein, natürlich nicht«, antwortete Izzy. Ihr war zumute, als sei sie an der Affäre der beiden schuld, als seien nicht Ellen und Jeremy leichtsinnig gewesen, sondern sie.

Endlich lachte Ellen kurz auf, ein ärgerlich-erstauntes Ausatmen. »Du musstest ja unbedingt heute kommen«, wandte sie sich an Jeremy. »Du konntest nicht bis morgen warten, wenn ich zur Farm hinausgekommen wäre.«

Jeremy sah gealtert aus, wie jemand, dem dämmerte, worauf er sich eingelassen hatte. »Ellen, bitte«, wiederholte er.

Ellen sah Izzy an. Sie schien fast dankbar zu sein, mit jemandem reden zu können. Sie bedachte Jeremy mit einem Wedeln ihrer Hand, dann fuhr sie fort: »Ich erinnere mich, anfangs waren viele von uns Frauen nicht gerade begeistert über dich, die alleinerziehende, ungebundene Mutter. Einige haben sich Sorgen gemacht, dass du uns den Mann wegschnappen könntest. Das hielt ein paar Monate an, bis uns aufging, dass du echt nett bist, nicht durchgeknallt und alles okay sein würde.« Sie lachte. »Ungelogen, ich war die, die am meisten Angst hatte, du könntest mir Harris wegnehmen.«

Izzy dachte an jene ersten Monate in der Wohnanlage zurück, konnte sich aber nicht an Spannungen erinnern. Das erste Jahr war sehr seltsam gewesen, vielleicht lag es daran. Und einmal davon abgesehen, dass die Frauen sich Sorgen machten, weil sie unverheiratet war, damals versuchten sich alle an die neue Elternrolle zu gewöhnen und sich dem Leben in der Anlage anzupassen. Trotzdem fand sie es peinlich, dass man über sie geredet hatte, sie herausgegriffen hatte, doch dann ermahnte sie sich, dass jetzt Jeremy und Ellen das Problem waren.

»Ich muss gehen«, sagte sie und hielt das Heft hoch, immer noch das verdammte Heft. »Ich muss zurück in die Küche.«

»Ich hatte Marnie gesagt, sie soll das Heft nicht vergessen«, sagte Ellen kopfschüttelnd.

Izzy ließ Ellen und Jeremy auf dem Sofa sitzen und ging. Behutsam schloss sie die Tür hinter sich, als schliche sie unbemerkt aus dem Haus, als wäre sie nicht entdeckt worden und als hätte sie niemanden entdeckt. Der Wind hatte aufgefrischt, und die Gebetsfähnchen flatterten heftig, Menschen, die vom Himmel fielen, schwebende Lumpenpuppen.

Sie brachte das Heft ins Klassenzimmer, und Marnie umarmte sie dankbar. Izzy brachte es nicht über sich, die Umarmung zu erwidern. Allein stand sie im Flur, die Wände vibrierten von den Stimmen der Kinder, drangen in die Welt. Sie sah hinüber zu Dr. Grinds Büro, wusste, dass er sich darin aufhielt. Sie setzte sich in Bewegung. Dann blieb sie stehen. Ihr Herz erweiterte sich und zog sich zusammen, sie konnte es fühlen. Sie dachte an die ganze Familie, ein Kollektiv, ein Gebilde. Es war ein Fehler, es geheimzuhalten, es würde nur hinausschieben, was unabänderlich war. Eines Tages würden Callie oder Harris nicht mehr mitmachen. Marnie oder Eli würden Ellen und Jeremy entdecken und ihren Geschwistern davon berichten. Oder ein Erwachsener würde herausfinden, was los war, zufällig wie sie, und er oder sie würde geradewegs zu Dr. Grind gehen. Aber sie wollte das, was an ihrem Leben gut war, festhalten. Zu riskieren, dass es kaputt ging, dazu war sie nicht bereit. Sie kehrte zum Klassenzimmer zurück und sah den Kindern zu, die wie wild in ihre Hefte schrieben, während Gummibälle durch den Raum sprangen und alles so sehr in Bewegung war, dass man das Gefühl hatte, es seien die Kinder, und zwar einzig und allein die Kinder, von der die Welt auf ihrer Achse in Schwung gehalten wurde.

Eine Weile später, Izzy kontrollierte gerade, ob sie alle Zutaten für das Abendessen vorrätig hatte, klopfte es an die Tür. Es war Callie. Izzy bedeutete ihr, in die Küche zu kommen.

Callie trug einen Korb mit grünen Bohnen und einigen Knoblauchknollen von der Farm. Ursprünglich hatten Jeremy und Callie Gemüse im Garten der Wohnanlage angebaut, konnten dann durch Jeremys Arbeit auf dem Bau und Callies Gelegenheitsjobs genug Geld beiseite legen, um wenige Kilometer von der Anlage entfernt einige Hektar Land zu erwerben und ihre eigene Farm auf die Beine zu stellen. Ihr Biogemüse und Fleisch verkauften sie an Restaurants vor Ort und auf Bauernmärkten. Izzy gehörte zu ihren besten Kunden. Sie verwendete vieles, was sie ernteten, in ihren Gerichten, da die Qualität unvergleichlich gut war.

Callie, schüchtern und zurückhaltend, deutete nur auf den Lieferschein, den sie auf den Tisch gelegt hatte. Izzy nickte und unterschrieb ihn, nachdem sie das Gemüse geprüft hatte. Callie drehte sich um, sie wollte gehen, aber Izzy griff nach ihrem Arm, als hätte sie einen Krampf. Callie zuckte zusammen. Izzy erinnerte sich an ihr Versprechen, ihre Entdeckung für sich zu behalten, aber sie konnte nicht widerstehen, sie musste wissen, was auf dem Spiel stand.

»Callie«, sagte sie, »ist alles in Ordnung?«

Nach einer Weile sah Callie ihr in die Augen. Dann kam es stotternd: »Du weißt Bescheid, ja?«

Auf ihr Nicken hin wich Callie erst zurück, dann schien ihre Anspannung nachzulassen, ihre Schultern senkten sich, und sie kam näher.

»Wer hat es dir gesagt?«

»Niemand. Ich habe sie im … Bett überrascht.«

»Wer weiß noch Bescheid?« Callies Stottern hatte sich fast gelegt.

»Niemand außer mir.«

»Jeremy ist kompliziert, verstehst du? Er ist ein guter Mensch, aber er hat Probleme. Seit er den Bauernhof seiner

Familie verloren hat, ist er nicht mehr derselbe. Er ist viel verschlossener, irgendwie verletzt. Ich war diejenige, die ihn bat, an dem Projekt teilzunehmen. Ich war davon ausgegangen, dass es uns helfen würde, wenn wir mit anderen Menschen zusammen sind. Und es ging ihm tatsächlich besser, er war glücklicher, und dann habe ich herausgefunden, warum.«

»Was hast du jetzt vor?«

»Dasselbe wie von Anfang an«, sagte Callie und zuckte mit den Schultern.

»Tatsächlich?«, fragte Izzy verwirrt.

»Du wirst Dr. Grind nichts sagen, oder seinen Mitarbeitern?«, fragte Callie mit blitzenden Augen und wieder heftig stotternd.

»Nein«, versprach Izzy.

»Auch nicht der Therapeutin«, fuhr Callie fort. »Ich weiß nicht, ob sie Dr. Grind Bericht erstattet.«

»Das kann sie nicht«, sagte Izzy, die der Meinung war, dass die Therapeutin, die alle Eltern einmal im Monat aufsuchten, an die ärztliche Schweigepflicht gebunden war. »Du hast nicht einmal mit ihr geredet?«

»Nein. Aber Ellen will es unbedingt. Sie will es an die große Glocke hängen. Sie will Jeremy ganz für sich haben und auch Eli. Aber sie kriegt die beiden nicht. Oder nicht für sich allein. Sie versteht nicht, dass Jeremy in seinem Herzen für mehr als einen Menschen Platz hat. Wir warten ab, bis das Projekt beendet ist, weil es das Beste für Eli ist, dann sehen wir weiter.«

»Das ist eine lange Wartezeit, Callie.«

»Ich bin geduldig.«

Izzy nickte, wohl wissend, dass es wenig gab, was sie sagen oder tun konnte, und wandte sich dem Gemüse zu. Callie blieb jedoch vor ihr stehen und sah sie an. Verunsichert hob Izzy schließlich die Augen.

»Wir haben angefangen, für ein Haus zu sparen, das wir auf unserem Land bauen wollen«, begann Callie. »Jeremy möchte, dass die Familien nach dem Projekt zusammenbleiben, zusammenwohnen und sich die Verantwortung teilen. Er hat sich schon alles genau überlegt. Wir würden uns freuen, wenn du mitmachen würdest, wenn du willst. Es wäre gut für dich und Cap. Jeremy hat eine sehr hohe Meinung von dir. Du würdest nicht alleine dastehen, wenn das hier vorbei ist.«

So viel hatte Callie in Izzys Gegenwart noch nie gesagt, wahrscheinlich war es mehr, als während der ganzen Jahre, die sie in der Anlage wohnte. Izzy, die nicht daran gewöhnt war, sich anderen Menschen gegenüber zu öffnen, fand es schwierig, ihr zu antworten. Was Callie vorschlug, klang irgendwie nach Sekte, auch wie sie sich für Jeremy einsetzte, der die Leitung der Unendlichen Familie übernehmen wollte. Dann dachte sie, dass sie vielleicht an Verfolgungswahn litt. Einem Außenstehenden musste bereits das Projekt *Unendliche Familie* wie eine schräge Kommune vorkommen, wer war sie, um infrage zu stellen, was Callie und Jeremy für die nächste Phase ihres Lebens planten? Sie wusste aber, dass sie nichts damit zu tun haben wollte. Doch vor ihr stand Callie, die einzige Frau, die annähernd so groß gewachsen war wie sie selbst, und wartete auf eine Antwort.

»Ich werde darüber nachdenken«, sagte sie, da ihr der Mut zur ganzen Wahrheit fehlte, sie aber wusste, dass sie über Callie, Jeremy, Ellen, Harris, Eli und Marnie und die übrige verdammte Familie eine ganze Weile lang nachdenken würde.

Callie verließ die Küche. Izzy fiel wieder ein, dass sie Mittagessen für die Kinder zubereiten musste. Sie betrachtete die grünen Bohnen und den Knoblauch und schob sie zur Seite, verlegen, weil das Gemüse von Jeremys und Callies Farm ihr nun wie befleckt vorkam, Unheil bringend schien. Noch zitterig von dem, was sie erlebt hatte, wünschte sie sich nichts anderes, als mit Cap im Schlepp nach Hause zu gehen, wandte sich aber stattdessen dem Kochen zu, das zu den wenigen Dingen in ihrem Leben gehörte, die alles erträglich machten oder zumindest leichter zu ignorieren.

Als die Kinder kamen, stellte Izzy das Essen auf den Tisch. Dr. Grind und Dr. Patterson hörten den Kleinen zu, die ihnen einen weiteren Versuch erklärten, den sie in der Schule gemacht hatten. Es ging darum, wer kitzeliger an den Füßen war, Jungen oder Mädchen. Izzy setzte sich neben Maxwell, weil Cap schon neben Dr. Grind und Jackie saß, und hörte zu.

»Jungen sind an den Füßen weniger kitzelig«, verkündete Cap. Er hob sein Biologieheft hoch und wies auf eine Seite mit Strichmännchen in Hose und Rock neben der annähernd gelungenen Zeichnung eines Fußes. In verschiedenen Kästchen waren Zahlen und Häkchen eingetragen, und es gab eine Kurve, die nicht zu den Zahlen zu passen schien. Dr. Grind nahm das Heft und sah sich die Zahlen genau an.

»Interessant«, verkündete er. »Wir brauchen natürlich noch mehr Daten, aber der Anfang ist gut.«

»Können wir *Ihre* Füße kitzeln?«, fragte Jackie, und die anderen Kinder schrien freudig auf.

»Im Namen der Wissenschaft«, schrie Eli, und die anderen Kinder fielen mit ein:

»WIS-SEN-SCHAFT, WIS-SEN-SCHAFT, WIS-SEN-SCHAFT«, sangen sie. Dr. Patterson fiel nun ebenfalls mit ein und tätschelte Dr. Grinds Rücken. Dr. Grinds Gesicht überzog sich mit Röte, und er sah sich in der Tischrunde nach Hilfe um. Vergeblich.

»Ja«, sagte er und suchte nach Worten. »Vielleicht nicht beim Essen.«

Die Kinder stöhnten. Izzy starrte Dr. Grind an. *Jetzt gleich,* dachte sie immer wieder, *jetzt gleich werde ich es ihm sagen,* aber dann war der Augenblick vorbei, ein neuer Augenblick kam, Izzy nahm wieder allen Mut zusammen, und scheiterte.

Das Summen in ihren Ohren war so laut, dass sie sich fragte, ob die Kinder es hören konnten. Um ihre Angst zu überwinden, sagte sie: »Nach dem Essen könnt ihr meine Füße kitzeln.« Die Kinder jubelten.

Jill sagte: »Meine auch.«

Endlich legte Dr. Grind seine Gabel aus der Hand und schüttelte den Kopf. »Und meine auch.«

Er lächelte Izzy an. »Für die Wissenschaft«, sagte Izzy, schulterzuckend.

Nach dem Essen zogen die drei Erwachsenen ihre Schuhe und Socken aus, und die Kinder wählten Ally aus, er solle sie kitzeln. Cap notierte die Ergebnisse in sein Heft. Es stellte sich heraus, dass Jill ziemlich kitzelig war, sie zog sofort ihren Fuß weg und brach in lautes Lachen aus. Dr. Grind war natürlich überhaupt nicht kitzelig. Ally strich mit dem Finger über seine ganze Fußsohle, ohne dass Dr. Grind eine Miene verzogen hätte. Als Izzy an der Reihe war, entspannte sie sich. Die Kinder, alle auf einem Haufen, reckten die Hälse, als Ally langsam ihren Fuß kitzelte. Sie spürte etwas ihr Bein herauflaufen und begann zu lächeln, dann wackelte ihr Bein, und sie lachte lauthals. Die Kinder schrien und johlten, und Cap kritzelte wie wild in sein Heft. »Mädchen sind kitzeliger«, verkündete er den Erwachsenen, die zustimmend nickten, da der Beweis erbracht war.

Die Kinder trugen ihre Tabletts zurück in die Küche, und Izzy, Jill und Dr. Grind stellten das Geschirr zusammen. Jill wischte die Arbeitsflächen, und während Dr. Grind und Izzy das Geschirr abwuschen, erzählte sie von einem Konzert, dass sie mit einigen Mitarbeitern am Abend vorher gehört hatte. Izzy reichte ihm die Teller, und er trocknete sie ab und stellte sie vorsichtig in den Schrank zurück.

Jill verließ die Küche, um ein Kind zu holen, mit dem sie einen Test machen wollte. Dr. Grind lehnte sich gegen den Spülstein und sagte, er habe Neuigkeiten für Izzy.

»Gestern habe ich mit Nicole gesprochen. Ihr Restaurant läuft gut, endlich verdient sie Geld damit, und sie hat nach Ihnen gefragt.«

»Das ist nett von ihr«, erwiderte Izzy. Einige Wochen nach seiner Eröffnung war sie mit Cap und Maxwell im Restaurant *Zu den goldenen Äpfeln* gewesen. Die abenteuerliche Speisekarte hatte ihr die Sprache verschlagen, und es hatte ihr köstlich geschmeckt, selbst die Jungen putzten ihre Teller leer. Nicole war zu ihrem Tisch gekommen, sie war wie aufgedreht gewesen, Izzy hatte sie noch nie so oft lächeln gesehen. »Es wird ein Reinfall werden«, hatte sie damals prophezeit. »Ein Restaurant zu führen und eine Köchin zu sein, sind zwei verschiedene Schuhe, aber es macht mir so viel Spaß. Es ist ein Tollhaus, und genau das brauche ich. Aber, wer weiß, vielleicht klappt es ja doch.«

»Nicole lässt fragen«, fuhr Dr. Grind fort, »ob Sie eine Lehre bei ihr antreten wollen. Sie meint, es wäre eine gute Gelegenheit, Erfahrungen in einer Küche zu sammeln, in der professionell gearbeitet wird.«

Izzy, von dem Angebot überrascht, überlegte, was eine Lehre für sie an zusätzlicher Belastung bedeuten würde. Sie war für das Essen in der Wohnanlage zuständig. Dann war da Cap, sie wollte keine Minute von der Zeit verlieren, die sie mit ihm verbrachte, und ihn unter keinen Umständen noch weniger sehen als zu jener Zeit, wo er noch zur weiteren Familie gehörte.

»Wie soll das gehen?«

»Sie könnten einige Abende pro Woche hingehen, je nachdem wie es in Ihren Zeitplan passt«, antwortete Dr. Grind.

»Und was wird mit der Küche hier? Was wird aus Cap? Ich wäre den größten Teil des Abends nicht zu Hause. Wo würde er bleiben?«

»Wir könnten einspringen«, erinnerte er sie. »An den Abenden, wo Sie nicht da sind, können alle etwas zum Abendessen beisteuern. Und Cap kann an diesen Abenden bei anderen Eltern bleiben.«

»Dann wäre er nicht bei mir, wenn er aufwacht. Er wäre in einem anderen Haus.«

Dr. Grind dachte nach. Seinem besorgten Gesichtsausdruck nach zu schließen hatte er mit dieser Reaktion nicht gerechnet. »Ich könnte bei Cap bleiben. In Ihrem Haus. Ich würde meine Arbeit mitbringen und bei ihm bleiben, bis Sie zurückkommen«, bot er ihr schließlich an.

»Das kann ich nicht von Ihnen verlangen.«

»Sie wissen, dass ich sowieso nicht schlafen kann«, entgegnete er. »Ich bleibe bei Cap, bringe ihn zu Bett und passe auf ihn auf.«

»Das ist sehr nett von Ihnen«, sagte sie und legte kurz die Hand auf seinen Arm. »Aber ich glaube nicht, dass es geht. Ich gewöhne mich gerade an die neuesten Veränderungen in meinem Leben. Es macht mir Spaß, für die Familie zu kochen. Ich möchte nicht zu viel arbeiten und dadurch genau das verlieren, was diesen Ort für mich und Cap so einmalig macht.«

»Ich will nicht, dass Sie eine günstige Gelegenheit verpassen, nur weil Sie keinen Partner haben, der Ihnen helfen kann.«

»Das empfinde ich überhaupt nicht so«, erwiderte sie, obwohl es natürlich ihre ständige Sorge war. Sie wusste jedoch nicht, wie sie es Dr. Grind erklären sollte, der so viel für sie getan hatte. Hätte sie darüber gejammert, dass sie alleine war, wäre sie sich unersättlich vorgekommen. Sie stellte sich vor, wie sie morgens gegen zwei oder drei nach Hause käme und durchs Fenster sehen würde, wie Dr. Grind auf sie wartete, wie er auf dem Sofa saß und ein Buch las, als würde er bei ihr wohnen, und Cap würde oben liegen und selig schlafen. Einen schöneren Traum gab es nicht für sie. Es war ganz natürlich, dachte sie, Dr. Grind zu lieben, sich zu wünschen, er gehöre zu ihrem Leben dazu. Angesichts seines Angebots, auf Cap aufzupassen, konnte sie sich des Gefühls nicht erwehren, dass er vielleicht dasselbe empfand. Sie fragte sich, was für Folgen es wohl habe, wenn sie ihn küsste, wusste aber gleichzeitig, dass sie es nicht tun würde. Dann musste sie an Jeremy und Ellen denken, an die Haarrisse, die sich bereits im Gefüge der Familie zeigten. War deren Fehltritt so schlimm, wie wenn sie etwas mit dem Initiator des Projekts anfangen würde? Sie wollte es nicht wissen.

»Wenn Sie Ihre Meinung ändern«, sagte Dr. Grind mit einem etwas enttäuschten Lächeln, »das Angebot steht. Sowohl Nicoles als auch meines.«

»Danke, Herr Dr. Grind.«

Der Moment war gekommen, wusste Izzy. Wenn sie Dr. Grind nicht jetzt sofort sagte, was mit Ellen und Jeremy los war, wäre die Gelegenheit endgültig verpasst. Natürlich würde sie auch später noch reden können, aber es wäre nicht dasselbe. Dann hätte sie ihn hintergangen, obwohl ihr nicht klar war, wer wen hinterging und wie. Sie wusste nur, dass Dr. Grind Ehrlichkeit erwartete und befürwortete, weil sich damit Probleme am leichtesten lösen ließen, und ihr Problem war so groß wie ein Planet. Dennoch würde sie schweigen. Sie würde den Moment verstreichen lassen, nichts war leichter als das, und da die Küche mittlerweile sauber war und es nichts weiter zu tun gab, machten sie das Licht aus und gingen ihrer Wege.

An jenem Abend hockten alle zehn Kinder nach dem Essen auf dem Fußboden und sahen schweigend zu, wie Kalina und ihre Tochter Grace einen roten Gummiball hin und her rollten. Wenn Grace den Ball verfehlte, rannte ein Kind hin, grapschte ihn und brachte ihn zu den neun anderen, die sich darum stritten, bis Izzy, die verlegen und mit zusammengekniffenem Mund die Szene beobachtet hatte, mit ausgestreckten Armen zu ihnen ging und den Ball verlangte. Unwillig gaben sie ihn ihr zurück. »Ihr könnt doch mit Grace spielen«, sagte sie, aber sie taten so, als hätten sie nichts gehört. Izzy reichte Kalina lächelnd den Ball. »Mit denen ist nicht gut Kirschen essen«, sagte diese, und Izzy merkte, dass sie verletzt war. »Geht vorbei«, tröstete Izzy sie, obwohl sie sich dessen nicht sicher war.

Alle hatten gehofft, dass die Integration der neuen Familie reibungslos verlaufen würde. Aber obwohl die meisten Eltern der Veränderung zugestimmt hatten, sperrten sich die Kinder gegen das neue Baby. Als Kalina ihnen Grace in eine Decke gehüllt gezeigt hatte, so rosa strahlend und winzig, hatten sie das Baby beklommen betrachtet. Izzy hatte gehört, wie Maxwell »hässlich« flüsterte, als er kopfschüttelnd davonschlurfte. Wenn Grace beim Abendessen schrie, hielten sich die Kinder theatralisch die Ohren zu und mimten Verärgerung. »Wir sind alle eine Familie«, erinnerte sie Dr. Grind einmal, als ob damit das Problem gelöst gewesen wäre. Die Kinder nickten, als wollten sie sagen: »Ach nee!«, und aßen missmutig weiter.

Eines Abends hatte Izzy ihren Sohn gefragt, warum er gegen Grace war. Er war nicht auf ihre Frage eingegangen, sondern malte weiter, bis sie ihm den Stift wegnahm und ihre Frage wiederholte. Ohne sie anzusehen antwortete er: »Ein Mensch ist nicht besser als zehn. Ein einzelner Mensch verdient keine Sonderbehandlung.« Izzy fragte: »Sind elf nicht besser als zehn? Sollest du es nicht so sehen?« Cap schüttelte bloß den Kopf, zu gekränkt, um mit ihr zu streiten. »Mama!«, sagte er und schüttelte noch einmal aufgebracht den Kopf.

Die Beispiele unverblümter Feindseligkeit nahmen ab, einige Kinder waren liebevoll und herzlich zu Grace, wenn sie allein mit ihr waren, aber der Widerstand der anderen gegen die Vergrößerung der Familie schien unüberwindlich. Sechs Wochen später meldete Kalina ihre Tochter in einer Spielgruppe in Murfreesboro an. Die Eltern der Unendlichen Familie informierte sie mit den Worten: »Ich glaube, Grace würde gern mehr mit Kindern ihres Alters zusammen sein.«

»Das klingt nach einer wirklich guten Idee«, kam es von Jackie, und die anderen Kinder stimmten von Herzen zu. Die Familie war nur wenig geschrumpft, aber alle begriffen, dass etwas abgeschnitten worden war.

Izzy wurde das Gefühl nicht los, die Unendliche Familie habe gegenüber Kalina und Grace versagt. Der Sinn des Projekts war, sich den Möglichkeiten von Familie zu öffnen. Mit einer größeren Zahl an Familienmitgliedern würde auch die Liebe wachsen, und alle würden davon profitieren. Andererseits konnte Izzy wenig dagegen unternehmen, dass sie gleichzeitig das Gefühl hatte, sich ihre Familie nicht mit noch mehr Menschen teilen zu können, als sie es bereits tat, da ihr Herz nicht unendlich war.

Während die Eltern den Tisch abdeckten und das Geschirr abwuschen, erregte Link Izzys Aufmerksamkeit, indem er auf eine Seite des Essraumes wies. Zusammen entfernten sie sich von den anderen. Izzy mochte Link, seine gute Laune, seine lockere, leicht bekiffte Art. Sie sah viel von ihm, weil er zu Hause arbeitete und tagsüber oft bei den Kindern aushalf. Er deutete auf Cap, der in die Hände klatschte und entzückt zusah, wie ein Ball im Kreis sprang.

»Du hast da ein kleines Wunderkind, glaube ich«, sagte er.

»Wirklich?«

Link hatte sich erboten, den Kindern Musikunterricht zu erteilen. Nach dem Schlagzeug hatte er ihnen das Klavier und anschließend die Saiteninstrumente vorgestellt.

»Er war begabt fürs Klavier, wir haben vier Wochen lang daran gearbeitet, nur schien er nicht besonders interessiert zu sein. Schon beim Schlagzeug hatte ich diesen Eindruck. Als wir jedoch mit der Ukulele begannen, war er wie ausgewechselt und lernte sie schneller als die anderen. Er kann schon richtige Lieder spielen.«

»Unglaublich. Er spricht nie darüber.«

»Eliza hat bei mir Einzelunterricht am Klavier, sie hat wirklich Talent. Ally und Gilberto kommen auch außerhalb des Unterrichts zu mir, um Schlagzeug zu lernen. Möchtest du, dass ich Cap Gitarre beibringe?«

»Ich werde ihn fragen«, sagte Izzy. »Ich würde es großartig finden.«

»Diese Kinder«, sagte Link kopfschüttelnd, »es ist geradezu unheimlich, wie gut sie sind.«

»Besser als wir«, stimmte Izzy zu.

»Mir ist bange vor dem Tag, wo sie uns nicht mehr brauchen«, sagte Link. Er unterbrach sich jäh, konnte sich aber nicht mehr beherrschen und verzog erschrocken das Gesicht.

»Tut mir leid«, entschuldigte er sich, aber Izzy nahm ihn in den Arm und tröstete ihn, alles sei gut.

Ein Blick in die Runde zeigte ihr Ellen, die sie und Link beobachtete. Plötzlich verunsichert, ließ sie Link los.

»Bitte Cap, dir etwas vorzuspielen«, sagte Link endlich. »Du wirst beeindruckt sein.«

Nachdem die Küche aufgeräumt war, gingen Eltern und Kinder zusammen nach unten in den Innenhof und verschwanden in ihren Häusern. Izzy und Cap blieben zurück, schlenderten Hand in Hand durch den Hof, bis sie die Letzten im Freien waren. Izzy drehte sich zum Hauptgebäude um, Dr. Grind sah ihnen nach. Izzy winkte, er winkte zurück. Cap ließ seine Mutter los, rannte zu ihm, ließ sich in den Arm nehmen und kam wieder zu ihr. Schließlich betraten sie ihr Haus, in dem alle Lichter brannten, als wartete jemand auf sie.

Nachdem er gebadet war und Izzy ihm eine Geschichte vorgelesen hatte, setzte sich Cap auf die Bettkante. Izzy saß ihm gegenüber auf dem Boden. Er spielte ein paar Akkorde auf der Ukulele und holte dann tief Luft. »You are my Sunshine«, sang er, während seine Finger die Akkorde wechselten. »My only sunshine. You make me happy when skies are gray. You'll never know, dear, how much I love you. Please don't take my sunshine away.«

Und plötzlich, als hätte jemand ihre Erinnerungen auf diesen Augenblick gelegt und sich über die Ähnlichkeiten gewundert, erinnerte sich Izzy daran, wie sie mit Hal im Bett lag und in seinem Schrank eine Gitarre entdeckt hatte. »Kannst du sie spielen?«, hatte sie gefragt, und er hatte den Kopf geschüttelt, scheinbar irritiert, dass die Gitarre sich verraten hatte, als wäre sie ein streunender Hund, der immer mal wieder in seinem Zimmer aufkreuzte.

»Eigentlich nicht.«

»Aber ein bisschen?«

»Vermutlich«, hatte er gesagt, verärgert über die ganze verdammte Welt. Sein Gesicht hatte sich zusammengezogen, und winzige Ticks zuckten durch seine Haut. Schweigend hatte sie ihren Kopf auf seine Brust gelegt, um ihn zu beruhigen. Nach einer Weile fragte er: »Willst du etwas hören?«, und sie hatte genickt. Er schwang die Füße auf den Boden und griff behutsam nach der Gitarre. Zur Bettkante zurückgekehrt stimmte er sie kurz und spielte dann so gekonnt, dass es Izzy wie Zauberei vorgekommen war. Mit einer weichen, aber barschen Stimme, die nichts mit seiner Sprechstimme gemein hatte, hob er an: »Ich segele in die Ferne, meine einzig wahre Liebe, ich segele morgen früh.« Er hatte das ganze Lied von einem Mann und einer Frau, von Trennung, spanischen Stiefeln und spanischem Leder vorgetragen. Noch nie hatte sie so etwas Schönes gehört. Als er fertig war, stellte er das Instrument zurück in den Schrank, schloss leise die Tür und blieb vor Izzy stehen. »Das war sehr schön«, sagte sie. »So schön nun auch wieder nicht. Der Mistkerl lässt sie sitzen, oder?« Izzy wurde sich bewusst, dass sie nicht auf die Worte geachtet hatte, und hätte das Lied gern noch einmal gehört. Aber sie hatte Angst gehabt, ihn darum zu bitten. Jetzt wurde ihr bewusst, dass sie ihn nie wieder hatte singen hören, dass er in ihrer Gegenwart keine weitere Note auf dieser Gitarre gespielt hatte.

Cap runzelte die Stirn, als er den Refrain beendet hatte, und hielt kurz inne. »Der Rest des Liedes ist irgendwie traurig«, sagte er mit so ernster Miene, als befürchte er, Izzy könnte in ihrer gegenwärtigen Verfassung den Text nicht verkraften.

»Kein Problem«, beruhigte sie ihn, damit er weiterspielte. In seinem konzentrierten Gesicht, seinem ernsthaften Tun sah sie ganz deutlich Hal. War das eine neue Entwicklung, ging es ihr durch den Kopf, oder war Hal schon immer in ihrem Sohn gegenwärtig gewesen, und sie hatte ihn ignoriert, damit es ihr nicht das Herz brach? Sehr viel von Cap stammte von Izzy, ihre Gene hatten sich durchgesetzt und den Bau ihres Sohnes übernommen, aber nun sah Hal sie an, und obwohl es sie natürlich traurig stimmte, empfand sie es wie ein Geschenk, das sie sich niemals selbst gemacht hätte, eines, das sie immer lieben würde.

»Ich singe den Refrain einfach noch ein paarmal«, gab er schließlich nach, und Izzy nickte zustimmend. Sie versuchte ihre Fassung zu bewahren, und er wandte seine Aufmerksamkeit wieder dem Song zu und spielte den Refrain aufs Neue, dann ein zweites Mal, ein drittes Mal. Immer wenn er fertig war, applaudierte sie lächelnd, und Cap fing von vorne an. Er sang den Refrain ein viertes, ein fünftes und ein sechstes Mal. So hätte es für immer und ewig weitergehen können, nur sie beide, mitten in der Nacht, er ihre und sie seine Sonne, und sie klatschte und klatschte, und Cap forderte sie auf mitzusingen. Sie sangen gemeinsam, manchmal wurde er schneller, und manchmal verlangsamte er das Tempo zu einem Trauermarsch, bevor er wieder zur normalen Geschwindigkeit zurückkehrte. Endlich brach er ab. »Meine Finger tun weh«, sagte er, und Izzy nahm ihn in den Arm.

»Ich hab dich lieb.«

»Ich dich auch«, erwiderte er und hielt die Ukulele mit ausgestrecktem Arm, damit sie nicht im Weg war.

»Du bist ein erstaunlicher Junge.«

»Ja?«, fragte er, ehrlich neugierig.

»Ja.«

»Gut!«, sagte er zufrieden.

Sie nahm ihm die Ukulele ab und legte sie vorsichtig auf seine Kommode. Dann löschte sie das Licht. Wenige Minuten später hörte sie das leichte, regelmäßige Atmen ihres schlafenden Sohnes. Sie wusste, dass sie gehen sollte, sie hatte noch

Dinge zu erledigen, aber sie saß gegen sein Bett gelehnt und nickte in dem Bewusstsein ein, dass sie bei ihm sein würde, wenn er aufwachte.

Kapitel fünfzehn

Projekt *Unendliche Familie* (Siebtes Jahr)

Die Unendliche Familie beanspruchte zwei Stuhlreihen in der Buchhandlung Parnassus Books in Nashville. Jedes Mitglied hielt ein Exemplar von Julies neuem Roman *Eine künstliche Familie* in der Hand, im Hintergrund stand Link mit einem Camcorder, und ein Teil der Kleinen spielte in der Kinderbuchabteilung mit einer Eisenbahn und sah sich Bilderbücher mit Drachen an, der neuesten Leidenschaft der Familie. Izzy, die neben Dr. Grind saß, beobachtete Julie, wie sie aus einer Flasche Wasser trank und sich dabei mit Zuhörern in der ersten Reihe unterhielt. Die Buchhandlung war bis auf wenige freie Plätze voll. Einige Leute musterten die Unendliche Familie und lächelten, als wollten sie zeigen, dass sie fortschrittlich genug waren, um ihr gegenüber positiv eingestellt zu sein.

Izzy wandte sich wieder dem Roman in ihren Händen zu, einem gebundenen Buch mit hellblauem Umschlag, auf dem ein hölzernes Puppenhaus abgebildet war. Kleine Leute quollen daraus hervor, Figuren von Fisher Price aus den Siebzigerjahren. Auf der Rückseite war Julie vor einem der mit Kunstrasen bespannten Gebäude der Wohnanlage zu sehen und blickte so ernst, wie Izzy sie nie erlebt hatte. Wäre es nach dem Fotografen gegangen, hätten im Hintergrund alle Familienmitglieder gestanden, aber einige hatten das abgelehnt. Es hätte zu merkwürdig ausgesehen, als hätte Julie sie adoptiert oder würde über sie herrschen. Der Werbetext begann mit den Worten: *Ein Roman über eine einzigartige Familie, geschrieben von einem Mitglied des Projekts Unendliche Familie.* Julie war ausgerastet, dass der Verlag ihre Teilnahme an dem Projekt ausschlachtete. »Schriftstellerin war ich schon vorher«, verteidigte sie sich eines Tages genervt beim Abendessen.

Der Roman handelte von einer Vierzigjährigen, deren Eltern bei einem Flugzeugabsturz ums Leben kommen. Sie erbt ein Vermögen, und da sie selbst keine eigene Familie hat, weder Mann noch Frau, Kinder oder Geschwister, beschließt sie Schauspieler anzuheuern, die ihre Familie spielen sollen. Nach und nach engagiert sie immer mehr, bis ihre Großfamilie dreißig Mitglieder umfasst, von denen sie einige nur einmal im Jahr sieht. Zuletzt verliebt sie sich in den Schauspieler, der ihren Bruder darstellt, sie heiraten und haben eigene Kinder.

Auf Izzy wirkte der Roman, dessen Druckfahnen sie wie die meisten Familienmitglieder bereits vor seinem Erscheinen gelesen hatte, wie ein schräges postmodernes Märchen. Gott sei Dank gab es wenige Gemeinsamkeiten mit der Unendlichen Familie, worüber sich viele Familienmitglieder Sorgen gemacht hatten, als sie den Titel hörten. »Der Verlag hat auf diesem Titel bestanden«, verteidigte sich Julie, gleich nachdem sie ihnen, rosa vor Verlegenheit, den Umschlag gezeigt hatte. »Klingt verflixt ähnlich, was?«, bemerkte Harris und lächelte wie eine Figur aus Hüpfkitt, aber außer ihm kommentierte niemand die Ähnlichkeit. Zumindest nicht bei Tisch, nicht vor Julie.

Und doch hatten etliche Mitglieder der Familie ein Problem mit dem Buch. Nicht nur, weil sie neidisch waren, sondern auch aus dem Gefühl heraus, dass Julie die Unendliche Familie gegen deren Willen ins Rampenlicht rückte, sie zu Werbezwecken für ihre eigene Karriere benutzte, da mochte sie noch so oft das Gegenteil behaupten.

»Seien wir ehrlich«, sagte Nikisha eines Abends zu Susan und Izzy, »von uns allen waren sie und Link am wenigsten auf das Projekt angewiesen. Sie hatten genug Geld, Eliza war kein Unfall, in ihren Berufen waren sie etabliert.« Nikisha hakte jeden Punkt ab, als wäre sie eine Anwältin, die zum Schluss ihres Vortrags kommt. Izzy hielt Nikisha für sehr intelligent, denn sie besaß die unheimliche Fähigkeit, sich an alles, was sie las, perfekt zu erinnern, war sehr tüchtig und scheinbar nicht aus der Ruhe zu bringen, sodass Izzy ihr immer zustimmte, nur um Stunden später, wenn sie alleine war, zu einer ganz anderen Einschätzung zu kommen.

»Als wäre das Projekt ihr persönliches Experiment«, fuhr Nikisha fort, »durchgeführt von Link und Julie, und wir sind die Laborratten.«

»Ich weiß nicht«, erwiderte Susan. »Sie hatten genauso viele Gründe wie wir, um mitzumachen, und Julie hat das Projekt immer lautstark unterstützt. Hätte sie aufhören sollen zu schreiben, weil es uns gegen den Strich geht?«

»Ich mag Julie«, sagte Izzy leise.

»Und wenn dieses Projekt nur eine langfristige Investition in ihre Karriere ist? Sie steht im Rampenlicht; die Unendliche Familie wird ihr Markenzeichen. Wer wird wohl ein Buch darüber schreiben, wenn alles vorbei ist? Dreimal dürft ihr raten.«

»Können wir denn ein Buch darüber schreiben?«, fragte Susan. »Ich meine, gäbe es da keine juristischen Hürden?«

»Es brauchen ja keine Erinnerungen zu sein. Wie wäre es mit einem weiteren Roman? Meinst du, sie macht sich keine Aufzeichnungen?«, fuhr Nikisha fort, ohne auf Susans Frage einzugehen. »Meinst du nicht, wir erscheinen als Figuren in ihrem nächsten Buch?«

Nachdem ein Mitarbeiter der Buchhandlung die Autorin vorgestellt hatte, betrat sie unter kräftigem Applaus das Podium. Ihr Buch, erst seit zwei Wochen auf dem Markt, hatte bereits den neunten Platz auf der Bestsellerliste der New York Times erreicht und war in zahlreichen Zeitungen und Zeitschriften anerkennend besprochen worden. Angeblich wurde über die Filmrechte verhandelt. Julie, die eine karierte Bluse und Bluejeans trug und ihr rotes Haar zum Pferdeschwanz gebunden hatte, las einen Abschnitt aus dem ersten Kapitel vor, worin die Hauptfigur Anna ein Jahr nach dem Tod ihrer Eltern per Anzeige im Internet zwei Schauspieler sucht, die ihre Eltern spielen sollen. Nach der Lesung beantwortete Julie Fragen des Publikums. Eine Frau in der ersten Reihe wollte wissen, ob das Leben in der Wohnanlage und die Teilnahme am Projekt ihr beim Schreiben geholfen haben. Julie runzelte die Stirn, dachte nach und antwortete: »Ich war eine junge Mutter, durch das Projekt hatte ich mehr Zeit zu schreiben. Andererseits gab es Momente, wo ich mich gern auf das Buch konzentriert hätte und einfach zu viele Menschen um mich herum waren, viele wunderbare Menschen, möchte ich hinzufügen, sodass es schwierig war, Zeit für mich zu finden. Ich glaube nicht, dass das Projekt mir als Schriftstellerin geholfen hat; ich denke eher, es hat mir als Mensch geholfen.«

Ein Mann fragte, ob sie traurig sein würde, wenn das Projekt zu Ende geht. »Ja«, sagte sie und sah die Mitglieder der Unendlichen Familie lächelnd an. »Aber ich freue mich auch auf das, was danach kommt. Auch das wird gut sein, glaube ich.« Sie zuckte mit den Schultern, als wollte sie sich für ihre Ehrlichkeit entschuldigen, aber Izzy verstand vollkommen, was sie meinte. Sie wusste die Familie zu schätzen, wusste aber auch, dass es eine unbekannte Zukunft gab, die sich erst auftun würde, nachdem sie die Wohnanlage endgültig verlassen hatten. Nachdem sie mehr als die Hälfte des Projekts hinter sich gebracht hatten, wurde es immer schwieriger, sich der Erkenntnis zu verschließen, dass die Unendliche Familie trotz ihres Namens enden würde. Noch schwerer fiel es Izzy zu analysieren, was sie bei dem Gedanken empfanden, hatten sie Schuldgefühle, weil sie etwas Neues beginnen wollten, oder hatten sie Angst davor, die Familie hinter sich zu lassen?

Nachdem das Publikum keine Fragen mehr stellte, signierte Julie ihre Bücher. Der Rest der Familie fand es merkwürdig, sich dafür anzustellen, und begab sich zu den Kindern, die sich zu langweilen begannen. Sie brauchten eine neue Zerstreuung, und ihre Eltern versprachen ihnen Donuts, auch wenn das süße Gebäck ihnen den Appetit für das Abendessen verderben würde. Irene, Cap, Eliza, Gilberto und Jackie jubelten und machten sich daran, die schockierende Menge Bücher aufzuräumen, die sie aus den Regalen gezogen und auf dem Boden verteilt hatten. Dr. Grind folgte ihnen und nahm jedes dritte oder vierte Buch wieder heraus, um es für die Bibliothek der Wohnanlage zu kaufen. Link schlich sich zu Julie, um ihr zu sagen, dass sie in den Donut Den gingen. Mit Julies Buch in den Händen verließ die Familie die Buchhandlung, aufgeregt, weil sie an einem Wochenende nachmittags in der Stadt waren, als machten sie einen Schulausflug für Erwachsene.

Im Donut Den wählten die Kinder rosa Donuts mit Zuckerstreuseln und hinterließen überall schmierige rosa Fingerabdrücke von den in der Mikrowelle aufgewärmten Hefekringeln. Die Erwachsenen tranken Kaffee zu glasierten Donuts, Asean ließ sich auf einen Speckdonut mit Ahornsirup ein, und Izzy, erst etwas verlegen, dann aber entschlossen, das zu kriegen, was sie wollte, bestellte auch rosa Zuckerstreusel und war sofort hochzufrieden mit sich. Aufgekratzt von ihrer Lesung gesellte sich Julie zu ihnen, und Link überreichte ihr einen Donut, als wäre es der Pulitzerpreis. Izzy und Nikisha standen bei den Kindern, die bereits leicht zuckermanisch wurden, selig und aufgeregt in der Stadt zu sein. »Das war ein guter Tag«, sagte Link im Ton eines Menschen, der das Glück gepachtet hatte, und selbst Izzy, die ewig von der Angst geplagt wurde, die Dinge würden sich nicht so entwickeln, wie sie es erwartete, musste einräumen, dass eine Reihe guter Tage vor ihr lag.

Kaum waren sie in der Wohnanlage angekommen, öffneten die Kinder ihre Sicherheitsgurte, kletterten über ihre Sitze und sprangen auf den Bürgersteig, um gleich in Richtung des Eingangs von Hauptgebäude 1 zu rennen. Izzy ging langsam, sie blieb bei den Erwachsenen. An diesem Abend hatte sie keinen Küchendienst und freute sich an dem Gespräch der anderen über die Buchhandlung und wie gut Julie gelesen habe. Plötzlich sah sie an sich herab und merkte, dass sie ihr Buch im Donut Den vergessen hatte. Aber sie war keine Sekunde traurig über den Verlust, ein weiterer Beweis dafür, wie wohl sie sich in der Welt fühlte, die für sie konstruiert worden war.

Im Essraum herrschte Durcheinander. Die Kinder, die in der Anlage geblieben waren, lauschten den Beschreibungen der rosa Donuts, als hörten sie Geschichten von wunderlichen Tieren in einem unentdeckten Land. Ellen näherte sich mit einem so breiten Lächeln, als trüge sie eine Klammer im Mund. »Jeremy und Callie machen Abendessen«, verkündete sie mit hoher, bebender Stimme. »Nur die beiden.« Die Angesprochenen erwiderten nickend ihr Lächeln, und als niemand sich äußerte, zuckte Ellen mit den Schultern und fügte hinzu: »Sie sehen verdammt glücklich aus da drinnen!« Dann wanderte sie durch die Kinder, als wären sie warme und kalte Luftströmungen. Izzy ließ suchend den Blick schweifen. Harris saß allein am Tisch und trank Bier. Sie beobachtete eine Weile, wie er Ellen hinterher sah, die Augen zusammenkniff und dann einen weiteren Schluck aus der Flasche nahm. Ellen kam zurück, ging zur Küche, sah hinein und rief: »Wie läuft's? Riecht gut!«

Izzy fand Carmen und nahm sie zur Seite. »Benimmt sich Ellen nicht irgendwie komisch?« Carmen suchte den Raum ab, bis sie schließlich Ellen sah, die jetzt hinter Harris stand, ihn aber ebenso ignorierte wie er sie. »Nein«, sagte Carmen. »Wieso? Verhält sie sich komisch?«

Izzy schüttelte den Kopf. »Ich weiß nicht«, log sie. »Vermutlich nicht.«

Carmen hob die Augenbrauen. »Du kommst mir etwas komisch vor.«

Izzy versuchte möglichst echt zu lachen. »Ich habe einen Donut gegessen. Ich glaube, da war eine Menge Zucker drin.«

»Und uns hast du keine mitgebracht?«, fragte Carmen, aber Izzy lächelte nur, ging wieder zu den Kindern, obwohl sie nicht in der Verfassung war, sich an ihrem improvisierten Ballspiel zu beteiligen, und deshalb außer Schussweite blieb. Liebend gern hätte sie Feueralarm ausgelöst und das ganze Gebäude evakuiert. Sie wollte zu Dr. Grind gehen und ihm sagen, dass im Esszimmer gleich eine Bombe explodieren würde. Aber sie wusste, sie hatte die Gelegenheit ihn einzuweihen, verpasst. Es war zu spät. Außer den beiden beteiligten Ehepaaren ahnte niemand, was sich zusammenbraute.

»Abendessen ist fertig«, rief Jeremy, als er und seine Frau aus der Küche kamen. Er hielt einen gebackenen Schinken hoch, als sollte er getauft werden. Unter dem Applaus von Groß und Klein brachte er ihn zum Tisch. Verlegen hielt Callie mittlerweile drei Körbchen mit frisch gebackenem Brot, von denen Jeremy ihr zwei abnahm und sie dabei auf die Stirn küsste, sobald er das Fleisch abgestellt hatte. Izzy, die das Paar genau beobachtete, fiel auf, dass Callie auf seine liebevolle Geste hin nicht lächelte, sondern nur zustimmend nickte. Als würde sie ein Tennisspiel verfolgen, wandte Izzy jetzt den Kopf, um zu sehen, wie Ellen auf Jeremys Verhalten reagierte. Sie lächelte immer noch schmerzverzerrt, sodass Izzy sich am liebsten die eigenen Wangen gerieben hätte, und verließ den Raum rückwärts, trippelnd, als würde sie Tanzschritte üben, die sie nur vom Hörensagen kannte. Sie hatte gerade die Tür erreicht, als Harris aufstand und ihr ein Zeichen gab, sich zu ihm an den Tisch zu setzen, aber sie schüttelte den Kopf und verschwand. Izzy wartete, dass jemand sie zurückholte, aber Harris setzte sich neben Marnie und half ihr mit dem Besteck. Jeremy und Callie holten die restlichen Schüsseln aus der Küche. »Setz dich, Mama!«, rief Cap, und Izzy musste lächeln. Sie versuchte mehrmals, Blickkontakt mit Harris aufzunehmen, er sah sie aber nicht an, ob zufällig oder absichtlich, wusste sie nicht. Sie saß zwischen Cap und Gilberto, die ein Butterbrot geschmiert haben wollten, und schon bald war sie mit dem Essen beschäftigt, den Schüsseln, die herumgereicht wurden, und dem fröhlichen Unsinn, den die Kinder von sich gaben.

Ab und zu schaute sie zum Kopfende des Tisches, wo Jeremy saß, Eli und Callie rechts und links von sich. Callie aß nicht mit; die Hände im Schoß, trank sie nur manchmal einen Schluck Wasser. Izzy sah zufällig, wie Jeremy unter den Tisch griff, um die Hand seiner Frau zu ergreifen, was Callie, die Augen schließend, gestattete. Er sah seine Frau an, bis sie die Augen wieder öffnete, dann lächelten beide.

Wenige Minuten bevor der Nachtisch serviert werden sollte, kam Ellen zurück. Die Arme hingen steif an ihr herab, ihre Augen waren rot und verquollen.

»Ellen?« Dr. Grind stand von seinem Stuhl auf.

»Ich liebe dich«, sagte Ellen und blickte starr zum Kopfende des Tisches. Izzy beobachtete Jeremy, der den Kopf schüttelte und auf seinen leeren Teller sah. Callie hielt die Augen geschlossen, die Hände immer noch im Schoß.

Endlich stand Harris auf. »Ellen, das reicht.« Aber Ellen rückte nur näher zum Tisch und wiederholte: »Ich liebe dich, und ich verstehe nicht, warum du mich nicht mehr liebst.« Jeremy hielt weiterhin den Kopf gesenkt, griff aber wieder nach Callies Hand und hielt sie fest.

»Ellen, bitte.« Harris stand nun neben seiner Frau; auch Dr. Grind war aufgestanden. »Ellen«, sagte Dr. Grind, »nicht vor den Kindern.«

»Ich muss die Familie verlassen«, erklärte sie. »Wenn ich ihn nicht habe, kann ich hier nicht bleiben.«

»Niemand muss gehen«, sagte Dr. Grind. »Ich weiß nicht, was passiert ist, aber wir werden eine Lösung finden.«

»Mama?«, sagte Marnie. »Warum weinst du?«

»Ich habe Tabletten genommen, die Tabletten vom Zahnarzt. Ich habe sie alle genommen«, erwiderte sie. Ihr Gesicht leuchtete kurz auf, dessen, was sie getan hatte, sicher.

Dr. Grind packte Ellen, umfasste fest ihre beiden Handgelenke. Jill und mehrere Eltern scheuchten die protestierenden Kinder, die nun schrien, dass sie nicht gehen wollten, aus dem Raum.

»Harris«, befahl Dr. Grind, »helfen Sie mir, Ellen ins Krankenhaus zu bringen. Alle anderen bleiben hier und kümmern sich um die Kinder. Niemand verlässt die Anlage. Jetzt muss erst einmal Ellen versorgt werden.«

»Was gibt es da zu versorgen?«, meldete sich Ellen verträumt und wie aus weiter Ferne. »Wir wollten weglaufen, die Kinder mitnehmen und von vorne beginnen, aber er hat wohl Angst bekommen. Er konnte Callie nicht verlassen; er konnte Dr. Kwon nicht verlassen, mit der er gepennt hat, wussten Sie das?

Er konnte seinen kleinen Garten nicht verlassen. Er hat euch gewählt, nicht mich.«

»Das ist nicht wahr«, wehrte sich Jeremy entrüstet. »Sie lügt. Ich habe nicht mit Kalina geschlafen.«

»Jeremy, bitte«, ermahnte ihn Dr. Grind.

Er sah ehrlich verblüfft aus, als wären die Familienmitglieder noch viel komplizierter und gleichzeitig dümmer, als er es für möglich gehalten hatte. Zusammen mit Harris wollte er Ellen gerade wegbringen, als Izzy ihnen nachrannte.

»Kann ich mitkommen?«

Dr. Grind lehnte ihren Wunsch ab. »Bleiben Sie bei den Kindern. Je mehr Leute jetzt hier sind, desto besser.«

Izzy wollte ihm sagen, was sie wusste, die Einzelheiten zu Ellens Lage, aber dann stellte sie sich seine Enttäuschung vor, und wie er vielleicht dachte, sie sei an allem schuld, weil sie geschwiegen hatte, und so nickte sie nur und blieb wie angewurzelt stehen.

»Was soll die Scheiße?«, sagte Asean zu Jeremy, der kopfschüttelnd ständig etwas leugnete, das niemand verstand. Jeremy nahm Callie bei der Hand, und sie verließen den Essraum.

Izzy sah Eltern vor dem Klassenzimmer stehen. Die Kinder hatten einen Kreis um Marnie gebildet, die schluchzend in der Mitte des Raumes auf einem Knautschsack saß. Ohne ein Wort zu sagen, ruhig und regungslos bildeten die Kinder einen Schutzwall um sie, hielten sich an den Händen und neigten manchmal den Kopf zueinander. Jill saß mit Jeffrey auf dem Sofa und sah ihnen zu, während sich wechselnde Grüppchen von Eltern bildeten, die sich unterhielten. Von Jeremy und Callie war keine Spur zu sehen.

»Ellen und Jeremy?«, flüsterte Kenny und sah die anderen um Bestätigung heischend an, so merkwürdig fand er alles. Er wandte sich an Paul, Harris' besten Freund. »Hast du etwas davon gewusst?« Paul hielt die Hände hoch, als wollte er sich ergeben. »Null Ahnung«, sagte er. »Harris redete zwar ständig von Eheproblemen, es würde immer schlimmer, hat er gesagt, aber von einer Affäre hat er nie etwas erwähnt.«

»Wusste sonst jemand Bescheid?«, fragte Kenny in die Runde, erhielt aber keine Antwort. »Wie kann man so etwas nicht merken?«, fragte er völlig verdattert. Endlich tätschelte Carmen seine Schulter: »Vielleicht sollten wir nachher darüber reden.«

Jeremy und Callie tauchten auf, beide mit einer Reisetasche. Jeremy blieb am Ende des Korridors stehen, Callie näherte sich den Eltern.

»Callie«, sagte Carmen, »alles in Ordnung?«

Ohne auf sie einzugehen, erwiderte Callie: »Wir bleiben heute Nacht nicht hier. Wir müssen unter uns sein. Jeremy hat eine kleine Jurte auf der Farm gebaut, dort übernachten wir. Ich will nur Eli holen.«

»Vielleicht sollte Eli besser hierbleiben«, sagte Kenny, aber Callie betrat schon das Klassenzimmer. Die Eltern folgten ihr.

»Eli, komm. Wir zelten heute Nacht«, sagte Callie, deutlich verlegen, dass so viele Menschen sie beobachteten. Sie stotterte ununterbrochen.

»Kommt nicht infrage«, wehrte sich Eli und zog sich in den Kreis zurück, sodass die Kinder ihn vor Callie schützten. »Bitte, mein Süßer«, flehte Callie, den Tränen nahe.

»Ich will meine Familie nicht verlassen. Ihr habt Ellen wehgetan, und ich bleibe, bis sie wieder hier ist.« Eli hatte sich im Anschluss an die offizielle Vorstellung der leiblichen Eltern nie recht an Callie angeschlossen, sondern hatte ihr immer Ellen vorgezogen. Jill meldete sich zu Wort: »Lassen Sie ihn heute Abend hierbleiben, Callie.«

»Jeremy meint, wir müssten zusammen sein.«

Jeremy bahnte sich einen Weg durch die Eltern, betrat das Klassenzimmer und befahl streng: »Eli, komm. Sofort.«

»Nein«, antwortete Maxwell und stellte sich zwischen Jeremy und seinen Sohn. Marnie nahm Elis Hand, und die beiden Kinder hielten einander fest. Asean und Paul näherten sich Jeremy von hinten und legten ihre Hände auf seine Schultern. »Komm, Jeremy«, sagte Asean, »lass das.«

Jeremy griff in die Gruppe, als wollte er einen Fisch aus einem Fluss holen, aber die Kinder schlugen nach seinen Armen. Asean zog Jeremy weg, sodass seine Füße den Kontakt mit dem Boden verloren. »Das reicht jetzt.« Jeremys Füße schleiften geräuschlos über den Boden. Trotz der Spannung, die in der Luft lag, beobachtete Izzy gebannt, wie Asean Jeremy scheinbar mühelos zur Tür brachte.

Wieder frei, sagte Jeremy: »Das habe ich nicht gewollt.«

»Das hättest du dir gefälligst überlegen sollen, bevor du mit Ellen gepennt hast«, sagte Paul, rot vor Zorn.

Jetzt griffen Jill und Jeffrey ein und schoben die Erwachsenen zurück auf den Flur. »Raus hier, und zwar sofort!«, rief Jill, und die Kinder begannen zu jammern. Als die Erwachsenen im Korridor waren, schloss sie die Tür und kümmerte sich zusammen mit Jeffrey um die Kinder. Jeremy, inmitten von Menschen, die ihn auf einmal ablehnten, wich zurück, Callie an seiner Seite. »Dieser Ort«, murmelte er und wies auf die Wände, den Himmel und die Eltern, »bringt mich völlig durcheinander.« Dann wandte er sich mit seiner Frau um, und sie verschwanden die Treppe hinunter. Der Korridor glich einem Börsensaal, die Eltern drehten sich im Kreis, sprachen davon, was passiert war und in welcher neuen Lage sie sich befanden.

Gerade als sie zu ihren Kindern zurückgehen wollten, stand Jill auf der Schwelle und machte: »Pst!«.

»Also, es steht folgendermaßen. Sie wollen jetzt niemanden sehen. Sie fühlen sich verraten, vorsichtig ausgedrückt. Ein paar Eltern haben alles ruiniert, und nun verlangen sie, dass Sie sich alle eine Weile zurückziehen, bis sie wissen, wie es weitergeht.«

»Also, ich bleibe auf jeden Fall hier«, sagte Julie, und Link sowie einige andere schlossen sich ihr an.

»Jetzt, Leute, lassen wir sie in Ruhe«, insistierte Jill. »Ich sage Bescheid, wenn sich etwas tut.«

Izzy verließ den Flur, die anderen folgten nach. Julie war die Letzte, die sich auf den Weg machte. Sie verkrochen sich im Essraum, setzten sich um den leeren Tisch, der sich pockennarbig anfühlte.

»Sie wollen uns nicht«, sagte Kenny mit einem ungläubigen Kopfschütteln.

»Ich kann ihnen keinen Vorwurf machen«, erwiderte Paul, mit vor Verlegenheit rotem Gesicht.

Es war schon nach zehn Uhr, als Jill endlich auftauchte. »Also, sie verlassen das Klassenzimmer, verlangen aber, dass Sie alle noch eine Weile hierbleiben.« Julie und Link waren jedoch schon aus dem Zimmer und die Treppe hinuntergerannt. Obwohl Jill protestierte, waren auch die anderen Eltern nicht zu halten. Im Hof stehend beobachteten sie, wie jedes Kind zu sich nach Hause ging, wobei Eli und Marnie zusammenblieben, und mit Schlafsack, Kissen und brennender Taschenlampe, die den Hof beleuchtete, wieder herauskam. Sie marschierten an ihren sprachlosen Eltern vorbei in das Hauptgebäude zurück, die Treppen hinauf. Die Erwachsenen folgten wie in Trance. Sie öffneten die Tür zu dem Raum, der früher ihr gemeinsames Schlafzimmer gewesen war und nun wegen seiner schalldichten Wände als Musikzimmer diente. Durch das Flurfenster sahen die Eltern zu, wie die Kinder alle Stühle, Tische und Musikinstrumente an den Rand schoben und sich in ihren Schlafsäcken in die Mitte legten. Cap klebte ein Schild mit der Inschrift KEIN ZUTRITT ans Fenster. Dann knipsten sie das Deckenlicht aus. Sie lagen so dicht beieinander, dass sie aufeinander zu schlafen schienen.

Die Eltern lehnten sich an die Wände, die Paare hielten einander umarmt, nur Izzy hatte wie immer niemand, an dem sie sich festhalten konnte.

Angesichts der Stille im Schlafzimmer sprachen die Eltern leise und ließen ihre Traurigkeit nicht zu weit dringen. Eine seltsame Mischung von Erschöpfung und Sorge versetzte Izzy in eine Art hypnotischen Zustand, der es ihr unmöglich machte, sich auf die Vorgänge um sie herum zu konzentrieren. Den anderen Eltern schien es ebenso zu gehen, sie waren wie betäubt und doch nicht in der Lage, die Augen zu schließen.

Endlich waren Dr. Grinds Schritte auf der Treppe zu hören. Er sah todmüde aus, trug keinen Schlips mehr, und sein Haar stand zu Berge wie das eines Kindes am Weihnachtsmorgen.

»Alles soweit in Ordnung«, sagte er endlich, seine Stimme weich und klar, von einem Anflug Gefühl verunsichert. »Man hat ihr den Magen ausgepumpt, sie ist außer Gefahr.«

»Wo ist Harris?«, wollte Paul wissen.

»Im Gästehaus des Krankenhauses«, erwiderte Dr. Grind. »Ellen wird morgen entlassen, er bringt sie in eine Klinik, wo man ihr mit ihren Problemen helfen wird.«

»Und was sind das für Probleme?«, fragte Susan. »Ich verstehe immer noch nicht, was eigentlich los ist.«

»Jeremy und Ellen hatten eine Affäre«, erklärte Dr. Grind.

»Das wissen wir«, sagte Carmen, aber Dr. Grind schien sie nicht zu hören.

»Es geht schon eine Weile, aber anscheinend hat Ellen jetzt

Jeremy unter Druck gesetzt, das Projekt zu verlassen. Sie wollte ein neues Leben beginnen und Eli und Marnie mitnehmen. Als Jeremy sich weigerte, reagierte Ellen feindselig laut Harris, der übrigens seit geraumer Zeit von der Sache wusste. Als sie heute Abend Jeremy und Callie in der Küche das Abendessen zubereiten sah, hat sie versucht, sich umzubringen.«

»Was passiert nach der Klinik mit ihr?«, fragte Julie. »Darf sie hierher zurückkehren?«

»Ja, da wir in einer perfekten Welt leben«, erwiderte Dr. Grind. »Wenn Ellen gehen müsste, würden auch Harris und Marnie gehen. Das will ich nicht.«

»Ich weiß nicht recht«, sagte daraufhin Julie mit einer Stimme, die eine Oktav höher war, »wenn ich ehrlich sein soll, bin ich mir nicht sicher, ob ich Ellen hier haben will. Ich weiß auch nicht, ob ich Jeremy hier haben will.«

»Wir sind eine Familie«, erinnerte Dr. Grind sie, »eine Familie, auch wenn sie nicht perfekt ist. Leider finden wir gerade heraus, was das bedeutet und wo die Grenzen liegen.«

»Ich glaube, das haben wir schon hinter uns, Herr Dr. Grind«, widersprach Julie.

»Bleiben wir für heute in der Gegenwart«, sagte Dr. Grind. »Versuchen wir nett zu sein, so nett, wie wir können. Wir müssen unsere Kinder …«

»*Unsere* Kinder«, sagte Julie.

Betroffen hielt er inne. »Natürlich. Ihre Kinder müssen sich geborgen fühlen, und deshalb halten wir uns so eng wie möglich an unsere Routine. Damit sie lernen, dass wir uns umeinander scharen und einander stärken können, wenn denen, die wir lieben, etwas Schlimmes zustößt.«

»Sie lassen uns noch nicht einmal in ihr Zimmer«, sagte Asean.

»Und ich stelle fest, dass Sie diesen Wunsch respektieren«,

erwiderte Dr. Grind. »Das ist gut. Seien Sie bereit für den Augenblick, wenn die Kinder Sie wieder zu sich lassen. Das kann morgen sein oder erst in einigen Tagen, aber wir müssen ihnen zeigen, dass wir für sie da sind.«

Diese spezielle Problematik der kollektiven Elternschaft war Izzy entgangen. Es war wundervoll, wenn die Kinder jeden Erwachsenen des Projekts als Elternteil ansahen. Erst jetzt ging ihr auf, und die Erkenntnis erfüllte sie mit großer Hoffnungslosigkeit, dass vom Standpunkt der Kinder aus alle Erwachsenen sie verraten hatten, auch wenn es tatsächlich nur ein Einziger war. Izzy mochte eine noch so gute Mutter sein, wenn einer der anderen Eltern versagte, war sie ebenfalls verantwortlich dafür. Bindungsgleichheit, erkannte sie jetzt, war keine Einbahnstraße.

»Ich hole uns ein paar Decken und Kissen«, sagte Jill, und Jeffrey begleitete sie. Die Eltern kehrten wieder an ihren alten Platz zurück und lehnten sich gegen die Wände. Dr. Grind atmete tief durch und bemühte sich ruhig zu bleiben, bis er außer Sichtweite war. Vielleicht suchte er seine eigene Wohnung auf, vielleicht wanderte er auch auf dem Gelände umher, wie Izzy es schon unzählige Male gesehen hatte.

Jill brachte einen Arm voll Decken und Kissen, dann zogen sie und Jeffrey sich in ihre Apartments zurück, während die Eltern es sich auf dem Fußboden bequem machten. Nur Nikisha stand plötzlich auf und rannte zum Kunstraum. Sie kam mit einem schwarzen Filzstift und einem Stück roter Bastelpappe zurück, legte es auf den Boden, malte ein großes Herz darauf und schrieb: *Kinder, wir lieben euch sehr.* Dann schrieb sie ihren Namen darunter und reichte Stift und Pappe an Asean weiter. Der unterschrieb ebenfalls und gab die Pappe den nächsten Eltern. Schließlich hatten alle unterschrieben. Nikisha schob die Botschaft unter der Tür des Musikzimmers hindurch. »Besser als nichts«, meinte sie, und die erschöpften Eltern stimmten ihr zu. Nachdem sie alles getan hatten, was ihnen eingefallen war, um ihre Kinder zurückzugewinnen, und nun selbst schlafen wollten, stellten sie fest, dass sie zu aufgedreht waren.

»Soll ich etwas Alkoholisches holen?«, erbot sich Link.

»Das ist vielleicht keine gute Idee, mein Süßer«, widersprach Julie.

»Wie wär's mit Kaffee?«, schlug Kenny vor. Daraufhin stand Susan auf und sagte, sie würde Popcorn machen und Chips mitbringen. Die restlichen Eltern streckten sich auf dem Boden aus. Aus Angst, die Kinder könnten aus dem Zimmer kommen, wollten sie den Korridor nicht verlassen, um es sich irgendwo anders bequemer zu machen. Izzy, wegen ihres schlechten Gewissens noch unter Strom, erklärte, sie wolle ihre Energie auf einem Spaziergang loswerden. Alle nickten, Carmen nahm sie in den Arm, und Izzy ging die Treppe hinunter. Nach einigen Stufen hielt sie inne und setzte sich hin. Sie wusste, dass Dr. Grind noch wach war. Ihr ging durch den Sinn, wie Julie ihn zurechtgewiesen hatte und er einen Augenblick wie betäubt gewesen war. Sie stieg zurück nach oben, an dem Korridor vorbei, wo sich die Eltern leise unterhielten, bis sie vor Dr. Grinds Apartment stand. Vorsichtig klopfte sie an, als testete sie die Dicke einer Eisschicht. Eine Weile musste sie warten, dann öffnete sich die Tür, und Dr. Grind stand vor ihr. Sein Haar war gekämmt, und sein roter Schlips hing wieder ordentlich geknotet, wo er hingehörte.

»Izzy?«

»Ich muss Ihnen etwas sagen«, begann sie und ging an ihm vorbei in sein kleines Wohnzimmer. Sie war zum ersten Mal in seinem Apartment. Die Wände waren völlig kahl, es gab keinen Fernseher, keine Musikanlage, der Raum war leer bis auf eine Couch, vor der ein niedriger Tisch stand, auf dem Aktenmappen und Ordner lagen. Der Teppich war peinlich genau gesaugt, die Bürstenlinien verliefen geradezu militärisch akkurat und sahen aus, als würde nie jemand darüber laufen, als schwebte Dr. Grind über dem Boden. Plötzlich hatte sie Angst weiterzugehen.

»Was ist los?«, fragte er, die Arme vor der Brust verschränkt und den Kopf leicht geneigt, als hörte er schlecht. »Es passt mir jetzt eigentlich nicht, Izzy.«

Izzy starrte auf seinen angespannten Kiefer, seine Augen, die zwischen ihr und seinem Schlafzimmer, dessen Tür geschlossen war, hin und her sprangen. Sie sah seine Arme, die er über der Brust verschränkt hielt, und dann fiel ihr seine rechte Hand auf, die leicht zuckte. Sie war von Blutspuren überzogen, die das Nagelbett seiner Finger rot färbten.

»Sie bluten«, sagte sie und streckte die Hand nach ihm aus.

Er zuckte mit den Schultern und machte einen Schritt zurück. »Nicht der Rede wert«, sagte er und wischte die Hand an seiner Hose ab, wo sie nur einen kaum sichtbaren Flecken hinterließ, da nicht sie es war, die blutete. Izzy war davon ausgegangen, dass es in Dr. Grinds Leben nichts gab, das er geheim halten musste. Sie verlor die Nerven und platzte heraus: »Ich habe von Jeremy und Ellen gewusst.«

»Was?«, fragte er mit unbewegter Miene.

»Ich wusste, dass sie eine Affäre hatten und Ellen mit den Kindern die Wohnanlage verlassen wollte.«

»Ach, Izzy«, sagte er und nickte, als ob er ihre Sorgen verstünde.

»Ich habe Ihnen nichts gesagt, weil ich Angst vor den Folgen hatte«, fuhr sie fort. Sie fühlte, wie sich ein Knoten in ihrer Kehle bildete, wie das verhasste Gefühl bevorstehender Tränen sie überkam, wie sie ihr Gesicht verziehen musste, damit die

Worte zusammenhängend herauskamen. »Ich wollte nicht, dass die Familie zerfällt, deshalb habe ich geschwiegen. Ich habe gehofft, dass sich alles von selbst wieder einrenkt und so bleibt, wie es ist. Und jetzt ist Ellen im Krankenhaus, die Kinder reden nicht mehr mit uns, und es ist alles mein Fehler. Ich habe etwas Schreckliches getan.« Kaum war sie fertig, konnte sie sich nicht mehr beherrschen, was sie wütend machte, denn sie wollte klar und aufrichtig mit Dr. Grind reden. Sie presste den Rand ihrer Handflächen gegen die Augen, bis sie sich wie Schmirgelpapier anfühlten, als könnte sie ihre Gefühle wegschleifen, wenn sie nur genug Druck ausübte. Gerade als sie dachte, Dr. Grind käme gleich zu ihr, um sie zu trösten, stieß er einen so lauten Schrei aus, dass ihre Tränen versiegten.

»Verdammte Scheiße! Izzy!« So laut hatte sie ihn noch nie gehört. »Scheiße!«

Er hielt ihr die Hände hin, als wollte er sich entschuldigen, sprach aber weiter: »Ich strampele mich ab, damit dieses Projekt läuft, diese verdammte Familie zusammenbleibt. Millionen kleine Dinge – ich erledige sie alle. Und ihr Leute werft mir Knüppel zwischen die Beine, um alles zu ruinieren. Als könntet ihr nicht anders, als müsstet ihr etwas Perfektes unbedingt zerstören.«

»Es tut mir leid«, sagte Izzy, aber er schien sie nicht zu hören.

»Scheiße!«, schrie er wieder, als würde er einen Zaubertrick vollführen und der Bann ließe sich mit diesem Wort aufheben. Dann, als wäre die Schwerkraft des Raumes zeitweilig durcheinander, schien sein Körper sich zu falten und in der Taille einzuknicken. Als er sich wieder aufrichtete, war sein Gesicht ruhig und entspannt.

»Natürlich tragen Sie keine Schuld, Izzy«, sagte er, noch immer ein Stück von ihr entfernt stehend. »Die Familie ist groß. Man kann sie nicht lenken. Wir erhoffen das Beste. Wir tun unser Bestes. Manchmal zerfällt etwas. Sie und ich wissen das wahrscheinlich besser als alle anderen, richtig?«

Izzy nahm die Hände vom Gesicht und sah ihn an. Als würde er sich nicht daran erinnern, dass er sie angeschrien hatte. Lag Unfreundlichkeit ihm so fern, dass er sich einbildete, es sei alles nur ein Traum gewesen? Er lächelte sie an, und sie lächelte gegen jedes bessere Wissen zurück.

»Als ich die Nachricht vom Unfall meiner Familie erhielt«, fuhr er fort, »bildete ich mir ein, ich hätte nicht genug für sie getan. Ich hätte die Menschen, die ich liebte, nicht behütet. Ich war bis ins Mark getroffen. So fühle ich mich jetzt, zutiefst enttäuscht.«

»Ich auch«, sagte Izzy.

»Mein Verhalten von eben tut mir sehr leid. Natürlich haben Sie nichts damit zu tun, was Ellen zugestoßen ist. Es ist allein die Sache von Ellen, Jeremy, Callie und Harris. Es betrifft uns nur insofern, weil wir ebenfalls hier leben, aber wir können andere Menschen nicht steuern, so sehr wir es uns auch wünschen.«

»Ich will nicht, dass das Projekt endet«, sagte sie. »Ich will nicht, dass alles zerfällt. Ich brauche diesen Ort. Ich brauche die Familie. Ich brauche Sie.«

Endlich trat er näher zu ihr und legte seine rechte Hand auf ihre Schulter. Sie entwand sich ihm, zog ihn zu sich heran und küsste ihn. Er löste sich sofort aus ihrer Umarmung, aber sie bemerkte etwas in seinem Ausdruck, das beim ersten Mal, als sie ihn geküsst hatte, nicht da gewesen war. Für den Bruchteil einer Sekunde waren seine Gefühle sichtbar gewesen. Er hatte ein Leben lang gelernt, Konflikte, Ungewissheit und Unglücklichsein zu absorbieren und sofort in seinem Körper zu verbrennen, dessen äußere Hülle sich nie veränderte. Selbst als er von Ellens Selbstmordversuch hörte, hatten die Schockwellen, die in ihm pulsierten, keinen Einfluss auf sein Verhalten gehabt. Und nun hatte sie in den Augen des Mannes, den sie geküsst hatte und den sie, wie sie sicher wusste, liebte, echtes Verlangen entdeckt. Sie sah, wie er Revue passieren ließ, was zwischen ihnen geschehen war, seit sie in dieser Familie lebten, sah, wie er sich damit aussöhnte, dass sie in seinem Wohnzimmer und ihr Mund auf seinem Mund gewesen war.

»Izzy«, begann er, aber sie ließ ihn nicht ausreden. Durch das, was er nun korrekt und gemessen sagen würde, versuchte er Distanz zwischen ihnen zu schaffen und die Zukunft aufzuhalten. Er würde sie beruhigen, der Augenblick würde verstreichen, und wenn sie beide daran arbeiteten, bliebe er ohne Folgen. Ihr standen einige wenige Sekunden zur Verfügung, um das zu erreichen, was sie wollte. Sie küsste ihn wieder und fühlte, wie er nachgab und ihre Zuneigung erwiderte. Und als es vorbei war, standen sie beide da, nicht in der Lage zu sprechen, unsicher, wie es weitergehen sollte. Izzy sah zu Boden, auf die Abdrücke ihrer Schuhe auf dem Teppich. Sie hatte Spuren hinterlassen. War es unrecht von ihr, sich an jemandem festzuhalten, und zwar für immer, wenn ihre Familie zerfiel? Sie lächelte ihn an, und bevor er reagieren konnte, öffnete sie die Wohnungstür, ging hinaus und schloss sie so leise, wie sie konnte.

Sie ging in den Innenhof und sah hinauf zu den Wolkenschlieren. Kein einziger Stern war am Himmel sichtbar. Sie hätte gern einen Weg zu Caps Herz gefunden, hätte gern alle Kinder in jenem Zimmer erreicht, wusste aber, dass sie nicht persönlich bei ihnen eindringen durfte. Stattdessen ging sie nach Hause, denn ihr war die Rohrpost eingefallen, deren zahlreiche Röhren im ehemaligen gemeinsamen Schlafzimmer der Kinder endeten. Seit keine Milch mehr geschickt werden musste, hatte sie die Glastür mit dem Behälter ignoriert. Sie öffnete eine Schublade in ihrer Küche und nahm eine Handvoll Lutscher heraus, mehrere für jedes Kind, füllte sie in den Behälter und schraubte ihn wieder zu. Sie legte ihn an seinen Platz, schloss die Tür, drückte auf den Knopf, wobei sie sich fragte, ob das System wohl noch funktionierte. Ein leises Summen, ein Zischen, und der Behälter war verschwunden. Er schoss durch die Anlage, und sie stellte sich vor, wie er in dem Raum ankam, in dem ihr Kind gerade schlief. Mit einem Klick würde er an seinem Ziel liegen bleiben, und die kleine rote Lampe würde glühen, bis jemand den Behälter entnahm. Sie fragte sich, ob die Kinder ihn überhaupt sehen würden, ob etwas, das Izzy von jetzt an tat, überhaupt noch von Bedeutung war. Hatte sie ihrem Kind einen irreparablen Schaden zugefügt, nachdem sie alles daran gesetzt hatte, genau das zu verhindern? Nein, sie wusste, dass ihre Befürchtung nicht zutraf. Keines der Kinder, die so unergründlich und brillant waren, konnte zerstört werden. Ihre Eltern hingegen waren zerstört worden, oder hatten einfach ihre bereits kaputten Körper, mit denen sie sich in die Anlage geschleppt hatten, aufs Neue zerbrechen lassen. Durch ein Wunder war ihr Cap geschenkt worden, ohne dass man ihr eine einzige Frage gestellt hatte, obwohl sie Tausende Formulare hätte ausfüllen müssen, um ihn sich jemals zu verdienen. Sie hoffte ihn behalten zu können, was immer als nächstes geschehen würde.

Sie packte Badekappe, Badeanzug und Schwimmbrille in ihre Tasche und begab sich zum Schwimmbad. Sie machte kein Licht an, sondern ließ sich in das Wasser des Hauptbeckens gleiten, dessen Temperatur gerade kühl genug war, um ihren Muskeln mitzuteilen, dass sie gebraucht wurden. Sie schwamm Runde um Runde, das Plätschern ihrer Schwimmzüge hallte von den Wänden wider, die Welt fern von ihr war nichts als

Schwärze. Sie liebte es, sich blind ihren Weg durch das Wasser zu bahnen, die feste Kante des Beckens mit den Fingerspitzen zu fühlen und daran erinnert zu werden, dass sie wieder einmal ihren Weg gefunden hatte.

Eine Stunde später war ihr Körper endlich bereit zu schlafen. Es war inzwischen vier Uhr geworden. Sie zog ihre Trainingshosen und ein T-Shirt an und schlich sich über den Innenhof zurück ins Hauptgebäude. Die Eltern lagen noch im Korridor und schnarchten, atmeten und stöhnten leise in einem merkwürdigen Rhythmus. Izzy machte einen Schritt über einige von ihnen, fand ein freies Plätzchen und legte sich hin. Sie passte ihre Atemzüge an die der Schläfer um sie herum an, und bevor sie wusste, was ihr geschah, war sie eingeschlafen. Und weil ihr Leben so verrückt war, träumte sie nur von Wellen, die gegen eine unsichtbare Küste brandeten.

Kapitel sechzehn

Projekt *Unendliche Familie* (Siebtes Jahr)

Dr. Grind musste an seine eigenen, seit vielen Jahren verstorbenen Eltern denken, als sich die Welt um ihn herum aufzulösen begann. Er debattierte schon längst nicht mehr mit sich, ob sie ihn geliebt hatten oder nicht; seit Langem war er zu dem Schluss gekommen, dass sie es auf ihre Weise getan hatten, nicht mehr und nicht weniger als andere Eltern, denen er begegnet war. Wenn er heute an ihre Experimente zurückdachte, die sich über einen so langen Zeitraum spannten, dass sie aus seiner Sicht weniger Experimente als Erlebnisse waren, fragte er sich, worauf ihn seine Mutter und sein Vater eigentlich hatten vorbereiten wollen? Wofür brauchte er ihrer Meinung nach eine so hohe Widerstandskraft, welche schwarzen Ereignisse hatten ihnen vorgeschwebt? Sein Ein und Alles, seine Frau und sein Kind, waren gestorben, und er hatte irgendwie weitergemacht. Verdankte er das seinen Eltern? Vielleicht.

Er glaubte jedoch nicht, dass sie sich, so ungewöhnlich sie auch gewesen waren, das Szenario hätten vorstellen können, in dem er sich jetzt befand. Seine neue Familie, die Unendliche Familie, drohte in Stücke zu zerbrechen, die sich nicht mehr zusammenfügen ließen. Und vielleicht, dachte er, war das der springende Punkt. Nicht in der Lage, sich die Zukunft ihrer Kinder vorzustellen, tun Eltern alles für sie, was in ihren Kräften steht, und hoffen, dass es ausreicht, um sie zu schützen. Dr. Grind wusste lediglich, während er auf die Tabelle mit den

Namen der Mitglieder der Unendlichen Familie blickte, dass er nicht genug getan hatte und seine Familie ihn deshalb verließ.

Nicht lange nachdem Ellens Behandlung in der Klinik begonnen hatte, waren Jeremy und Callie mit Eli auf die Farm gezogen, wo sie schon früher, um angenehmer arbeiten zu können, eine Jurte und einfache sanitäre Anlagen gebaut hatten. Dr. Grind hatte mit Engelszungen geredet, um sie davon abzuhalten; er hatte den Vertrag, den sie unterschrieben hatten, noch einmal durchgelesen, jedoch nur bestätigt gefunden, was er bereits wusste, dass er nämlich die Familien nicht gegen ihren Willen an den Wohnkomplex binden konnte. In dieser Hinsicht war die Lage von Anfang an prekär gewesen, nur hatte sich angesichts der großen Vorteile des Projekts den Familien die Frage nicht gestellt. Sie hatten nicht gehen wollen. Nachdem jedoch eine Familie den Schritt getan hatte, wären sich auch die anderen dessen bewusst, dass sie es in der Hand hatten, eine individuelle Familie zu werden.

Kalina wollte das Jugendamt einschalten, aber Dr. Grind wusste, dass es keinen juristischen Weg gab, Eli wieder zurückzuholen. Niemand hatte etwas davon, wenn sie Jeremy und Callie Steine in den Weg legten. Die Verbindung zu ihnen durfte nicht abreißen. Sie konnten den Gipsons wie bisher Obst und Gemüse abkaufen, und Dr. Grind hatte sogar erlaubt, dass Eli weiterhin am Schulunterricht teilnahm. Callie hatte sein Angebot abgelehnt, sie würde ihren Sohn selbst unterrichten, er müsse auf der Farm mit anpacken.

An jenem Abend, als Callie ihren Sohn holte, Jeremy hatte sich seit Ellens Selbstmordversuch nicht mehr in der Anlage blicken lassen, verlor niemand ein Sterbenswörtchen gegenüber den Kindern, dass Eli sie verlassen würde. Nach dem Abendessen, als die anderen Familien nach Hause gingen, war Callie einfach mit Eli bei Dr. Grind und seinen Assistenten geblieben. Der kleine Junge hatte Dr. Grind umarmt, und der hatte ihm versichert, er könne in die Anlage kommen, wann immer er wolle. Eli schien ihm nicht zu glauben, denn er runzelte nur die Stirn und wandte sich wieder Callie zu. Jill weinte, und Kalina nahm sie in den Arm, während Callie und Eli zu dem Pick-up gingen, der im Leerlauf am Rand der Auffahrt wartete. Diese Entwicklung werde ihre Untersuchungen beeinflussen, sagte Jeffrey kopfschüttelnd, werde ihre Ergebnisse infrage stellen, aber Dr. Grind hörte kaum zu. Er starrte auf die Schlusslichter des Autos, das sich auf der langen Zufahrt entfernte, bis die Bäume es verschluckt hatten. Die Familie war um drei Mitglieder geschrumpft, nicht durch Zauberei, nicht durch reifliche Planung, sondern weil menschliche Beziehungen nicht perfekt waren.

Am nächsten Morgen nahmen die Kinder die Verkleinerung ihrer Gruppe ohne den Gefühlsausbruch hin, von dem Dr. Grinds Assistenten ausgegangen waren. Sie schlossen sich weder ein noch verweigerten sie das Essen. Ihre Welt hatte Schaden genommen, und sie hatten früher, als Dr. Grind damit gerechnet hatte, verstanden, dass wahrscheinlich noch mehr Leid folgen würde.

»Wir gehen«, informierte Harris Tilton Dr. Grind. Ellen hatte einen Monat in der Klinik verbracht und sollte entlassen werden.

»Sie wissen natürlich«, antwortete dieser, ohne sich die geringste Überraschung anmerken zu lassen, »dass ich das für keine gute Idee halte.«

Harris nickte. »Ich bin dankbar für alles, was Sie für uns getan haben. Ich weiß, dass Sie in keiner Weise an Ellens Lage schuld sind, und ohne Sie hätten wir bei Weitem kein so gutes Leben gehabt, aber für Ellen ist dieser Ort Gift, auch wenn

Jeremy nicht mehr hier ist. Sie will nicht zurückkommen, sie will nicht daran erinnert werden, was passiert ist, und sie will die anderen Familienmitglieder nicht sehen. Sie will neu anfangen. Sie braucht einen Neuanfang mit ihrer eigenen Familie.«

»Und Marnie? Es wird eine gewaltige Veränderung für sie bedeuten, sie verliert ihre Geschwister und die anderen Eltern.«

»Ich habe mit ihr gesprochen. Sie versteht, was los ist. Sie vermisst ihre Mutter. Sie ist bereit, die Wohnanlage gegen ihre Mutter einzutauschen.«

»Warum muss sie überhaupt wählen, Harris?«, fragte Dr. Grind mit einem Anflug von Verzweiflung in der Stimme.

»Weil jeder irgendwann wählen muss«, antwortete er und begann zu weinen. »Man kann nicht alles haben, Herr Dr. Grind, richtig? Was macht es schon aus, wenn wir morgen und nicht erst in ein paar Jahren gehen. Das Projekt war nicht für die Ewigkeit gedacht.«

»Die Familienmitglieder sollten hinterher miteinander in Kontakt bleiben, sich gegenseitig unterstützen, auch nachdem sie diesen Ort verlassen hatten.«

»Es gibt keinen Grund, warum das nicht noch so kommen kann. Mir liegt dieser Ort am Herzen. Ich hoffe, Sie wissen das. Ich liebe die Kinder, und es liegt mir wirklich etwas an den Menschen, die ich hier kennengelernt habe. Aber, und ich sage das nicht gern, weil es Sie betrüben könnte, meine eigene Familie sind sie nicht. Ellen und Marnie sind meine Familie, und was sie durchgemacht haben, war wirklich große Scheiße, und ich bin dafür verantwortlich, die Dinge in Ordnung zu bringen.«

»Und unsere Hilfe wollen Sie nicht dabei?«

»Nicht jetzt«, erwiderte Harris mit roten Augen, aber gefasst.

»Wann wollen Sie gehen?«

»Ich habe ein Haus in Murfreesboro gemietet, in der Nähe meines Arbeitsplatzes. In fünf Tagen ziehen Marnie und ich ein. Einige Tage später wird Ellen entlassen. Ich habe Marnie schon in einer Grundschule angemeldet. Meine Versicherung übernimmt Ellens weitere Behandlung. Es wird uns gut gehen, ehrlich.«

»Wann sagen Sie es den anderen Familienmitgliedern?«

»Ich habe gehofft, dass Sie mir das abnehmen«, erwiderte Harris, als überreichte er eine Aufmerksamkeit. »Nachdem wir gegangen sind.«

Dr. Grind schaffte es nicht einmal mehr aufzustehen; er gab Harris nur die Hand und sah hinter ihm her, als er das Büro verließ. Ein paar Minuten später kam Jill an seiner Tür vorbei und hob die Hände, als wollte sie sich nach dem Stand der Dinge erkundigen, aber Dr. Grind schüttelte den Kopf, und Jill begriff, dass es nicht der richtige Zeitpunkt für ein Gespräch war. Dr. Grind nahm einen Bogen von seinem Schreibtisch, einen kunstlosen Stammbaum, auf dem alle Mitglieder der Unendlichen Familie eingezeichnet waren. Die Stelle, wo die Namen von Jeremy, Callie und Eli gestanden hatten, war mit einem X-Acto-Messer herausgeschnitten. Nun entfernte er mit großer Präzision die Namen von Ellen, Harris und Marnie. Das Quadrat tat er in seine Schreibtischschublade, neben das der Familie Gipson. Den Bogen legte er auf seinen Schreibtisch und fuhr mit den Fingern die Linien entlang, mit denen die verbleibenden Familien verbunden waren. Es war ein seltsames Gefühl, mit den Fingerspitzen an den Stellen die glatte Platte zu berühren, wo er Löcher in das Papier geschnitten hatte. Er richtete seinen Blick wieder auf das Kästchen, in dem Izzys Name stand, umkreiste es wieder und wieder mit dem Finger, als wollte er einen Heiligenschein erzeugen, der den Raum erleuchtete.

Er hatte erwartet, dass Izzy seine Gegenwart meiden würde, nachdem sie ihn geküsst hatte. Da sie so stoisch war, so vorsichtig mit ihren Gefühlen, stellte er sich vor, ihr sei inzwischen klar geworden, dass es die traumatischen Ereignisse jenes Abends gewesen waren, die sie zu ihrem Verhalten veranlasst hatten, und sie wolle ihm die Demütigung ersparen, ihn darüber aufzuklären, dass sie sich geirrt habe. Dabei war Izzys Selbstvertrauen nach ihrem Kuss gewachsen. Sie sah Dr. Grind mit unverhohlener Neugier an, was ihn mehr aus der Fassung brachte und seine Konzentrationsfähigkeit stärker beeinträchtigte als der drohende Verlust seiner Projektteilnehmer. Sie mied seine Gegenwart nicht, erwähnte den Kuss nicht und versuchte nicht, sich ihm zu erklären. Sie ging ihren täglichen Aufgaben nach, kochte das Essen, kümmerte sich um die Kinder und schwamm endlose Runden im Schwimmbad. Und jeden Morgen, wenn er sie zum ersten Mal sah, merkte er mit einer geheimen Genugtuung, die er von den anderen Bereichen seines Lebens getrennt hielt, wie unglaublich es ihn befriedigte und erleichterte, dass sie noch da war.

Zwei Tage nachdem Harris, Ellen und Marnie den Komplex für immer verlassen hatten, erhielt Dr. Grind einen Anruf von Patricia Acklen. Er hatte ihr die Auflösungserscheinungen der Unendlichen Familie verschwiegen, hatte unterschlagen, dass mittlerweile sechs Teilnehmer des Projekts fehlten, immerhin ein recht beträchtlicher Verlust, der sich signifikant auf die Studie auswirken würde. Er befürchtete, dass der Aufenthalt der verbleibenden Familienmitglieder gefährdet wäre, wenn er Störungen einräumte. Und wenn er ganz ehrlich mit sich war, hoffte er immer noch, die ausgeschiedenen Mitglieder irgendwie zur Rückkehr überreden zu können, bevor Brenda und Patricia Acklen ihr Fehlen bemerkten. Er bildete sich ein, seine Schäflein würden zurück zur Herde strömen, wenn sie gemerkt hätten, was es mit dem Leben außerhalb der Wohnanlage auf sich hatte, und dann könnten sie alle weitermachen, als wäre nichts geschehen. Jetzt jedoch, als er Patricia Acklen hörte, etwas steif und förmlich und ohne die in den Südstaaten übliche Verbindlichkeit, wurde ihm jäh klar, wie unverantwortlich er sich seiner eigenen Arbeit gegenüber verhalten hatte.

Auf den Austausch von Höflichkeitsfloskeln verzichtend fuhr sie fort: »Herr Dr. Grind, ich fürchte, ich habe schlechte Nachrichten für Sie.«

Fast wäre er ihr ins Wort gefallen, um sich zu entschuldigen, dass er ihr von den abtrünnigen Familien nichts erzählt hatte, schwieg aber, weil er keinen Sinn darin sah, das zu verzögern, was unvermeidlich kommen musste.

»Ich warte vor der Wohnanlage«, fuhr sie fort.

»Wie bitte?« Die Finger seiner rechten Hand zitterten plötzlich wie unter Strom.

»Das ist übrigens nicht die schlechte Nachricht. Ich wollte Ihnen nur sagen, dass ich gekommen bin, um Ihnen die schlechte Nachricht persönlich zu überbringen.«

»Wo sind Sie jetzt?«, fragte er, immer noch nicht sicher, was eigentlich los war.

»In meinem Auto, vor der Anlage. Kommen Sie mich abholen.«

Dr. Grinds erste Regung war, sich unter seinem Schreibtisch zu verstecken in der Hoffnung, dass Patricia Acklen ihr Vorhaben aufgeben und nach Knoxville zurückkehren würde. Aber obwohl er sie erst einmal erlebt hatte, wusste er, dass sie ums Verrecken nicht wegfahren würde, ohne das bekommen zu haben, was sie wollte. Er ging also die Treppe hinunter, verließ das Gebäude und näherte sich dem BMW, der im Leerlauf davor wartete. Der Fahrer stieg aus, als er ihn kommen sah, und öffnete die Tür für Patricia Acklen. Sie winkte Dr. Grind mit einer Bewegung zu, die so schlaff wirkte, als verscheuche sie etwas. Noch unter Schock, konnte er nicht einmal die Hand zum Gruß heben.

Kaum dass sie in seinem Büro saßen, sagte sie, ohne ihre Nachricht mit einem verbindlichen Wort abzumildern: »Meine Großmutter ist gestorben. Sie starb vor zwei Tagen, der Herr sei mit ihr, die Medien sind noch nicht informiert. Um ihre Privatsphäre zu schützen, haben wir bisher nichts an die Öffentlichkeit dringen lassen. Morgen um drei Uhr geben wir die Nachricht offiziell bekannt. Ich habe die letzten anderthalb Tage damit verbracht, die Leute, mit denen meine Großmutter zusammenarbeitete, vorab zu informieren.«

»Mein aufrichtiges Beileid«, brachte er schließlich heraus. »Ihre Großmutter war ein außergewöhnlicher Mensch. Es war eine große Ehre, sie zu kennen.«

»So empfand sie auch für Sie, Herr Dr. Grind, das kann ich Ihnen versichern«, erwiderte Patricia Acklen, deren Stimme etwas wärmer klang, nachdem sie ihre Nachricht losgeworden war.

»Was meine Großmutter betreffs des Projekts zu Ihnen gesagt hat, weiß ich, denn ich war an jenem Tag dabei, und ich habe im vergangenen Jahr viele Male mit ihr darüber gesprochen. Ich glaube jedoch fest, dass es Möglichkeiten gibt, es zu verbessern.«

»Wann immer Sie wünschen«, erwiderte er. »Bitte seien Sie versichert, dass wir alles, was Mrs Acklen für uns getan hat, sehr zu würdigen wissen, und auch Ihre Unterstützung wissen wir sehr zu schätzen.«

Sie sah ihn kurz an, ein seltsames Lächeln auf den Lippen, als lauschte sie einem Lied, das er nicht hören konnte.

»Sie wissen also nicht Bescheid?«, fragte sie schließlich.

»Bescheid worüber?«

»Herr Dr. Grind, ich habe gelesen, wie Sie erzogen wurden, weiß von Ihren speziellen Fähigkeiten, wenn es um Emotionen und Stress geht. Ehrlich, Sie sind mir ein Buch mit sieben Siegeln. Das bewundere ich an Ihnen.«

»Was wollen Sie damit sagen?«

»Ich bin davon ausgegangen, dass Jill geplaudert haben könnte.« Sie sprach weniger mit ihm als mit sich selbst.

»Herr Dr. Grind«, fuhr sie mit gesenkter Stimme und langen Pausen zwischen den Sätzen fort. »Ich weiß Bescheid über die Familien Gipson und Tilton. Ich weiß, dass sie nicht mehr hier wohnen. Und es stimmt mich etwas traurig, dass Sie das nicht für wichtig genug hielten, um es mir mitzuteilen.«

»Es tut mir sehr leid«, erwiderte er. Seiner Stimme war nicht anzuhören, dass er das Gefühl hatte, sein Körper stürze von einer Klippe. »Ich habe versucht, auf meine Weise, mit den Fluktuationen in unserer Dynamik umzugehen, und ich hatte keine Zeit, Sie und Ihre Frau Großmutter auf dem Laufenden zu halten.«

»Meine Großmutter war es zufrieden, Sie das Projekt so leiten zu lassen, wie Sie es für richtig hielten. Ich habe meine Großmutter geliebt, aber ihr Vermögen verwaltet jede von uns auf ihre Weise. Von der Unendlichen Familie bin ich sehr überzeugt, und deshalb möchte ich sicherstellen, dass sie sich so weiterentwickelt, wie es den Wünschen meiner Großmutter entspricht.«

»Absolut«, erwiderte Dr. Grind, der, auf die Wandelbarkeit aller Dinge eingestellt, intelligent genug war, um zu merken, dass man ihm offiziell die Leitung seines Projekts entzogen hatte. So lange hatte er sich eingebildet, diese Leute seien seine Familie und er habe sie irgendwie zusammengebracht, dass er es schließlich für bare Münze genommen hatte. Aber wie hatte er es geschafft? Doch nur mit Brenda Acklens Geld und weil sie felsenfest an ihn geglaubt hatte, obwohl er selbst nicht immer wusste, was er tat. Mit ihrem Tod würde sich das alles ändern. Er war Forscher und leitete ein Experiment. Die Ergebnisse, die er mithilfe beträchtlicher finanzieller Unterstützung erzielte, gehörten nicht ihm. Jeden Augenblick, wurde ihm nun klar, konnte ihm seine Familie genommen werden, und das wäre noch schlimmer, dachte er, als wenn sie ihm entglitt, weil er Fehler gemacht hatte.

»Gott segne Sie«, kam es von Patricia. »Ich glaube, Sie haben verdient, dass ich Ihnen gegenüber vollkommen ehrlich bin. Auch wenn Sie nicht der Meinung waren, dass ich dieselbe Ehrlichkeit verdiene.«

Er wollte ihr spontan danken, reagierte aber nicht; er war ein gutmütiger Mensch, aber in diesem Moment wollte er nicht höflich sein.

»Ich ziehe einen Schlussstrich unter diese Studie, Herr Dr. Grind«, sagte sie schließlich. Sie lächelte nicht, aber ihm war klar, dass sie sich freute, es endlich laut aussprechen zu können.

»Nach fast sieben Jahren so gut wie makelloser Arbeit dürfte es nicht so leicht sein, denke ich, bei den ersten Anzeichen einer Störung einfach Schluss zu machen.«

»Sie haben wirklich keine Ahnung, was Sache ist, nicht wahr?«, fragte sie. Ihre Neugier wirkte ehrlich, wie sie ihn mit zur Seite geneigtem Kopf musterte, um seine Reaktion genau beobachten zu können.

»Und was ist Sache?«

»Es ist Schluss. Es ist mein gutes Recht, ich habe die Rechtslage x-mal mit meinen Juristen geprüft.«

»Ich weiß nicht, warum Sie die Studie abbrechen wollen«, erwiderte er, plötzlich wütend. »Es kommt mir ganz und gar selbstsüchtig vor, ein Projekt zu beenden, das eine gewaltige Auswirkung auf...«

»Herr Dr. Grind, ich beende das Projekt nicht. Ich erweitere es. Ich werde mehr daraus machen, als Sie je für möglich gehalten haben. Was Sie verwirrt, ist die Tatsache, dass ich es ohne Sie machen werde.«

»Diese Familie ist mein Werk; ich habe alles aufgebaut.«

»Mit dem Geld meiner Großmutter. Mit meinem Geld. Und unabhängig davon, was meine Großmutter sich von dem Projekt erhofft hatte, wir können nicht einfach Geld verschenken, um die Übel der Gesellschaft zu beseitigen. Warum sollte das die Verantwortung von Acklen Super Stores sein? Wenn der Staat die Ergebnisse des Projekts für eigene Initiativen verwerten will, werde ich ihn nicht davon abhalten. Aber ich arbeite darauf hin, das Vermächtnis meiner Großmutter zu bewahren. Ich arbeite darauf hin, das Vermächtnis der von uns geleisteten Arbeit zu bewahren. Und Sie, ehrlich gesagt, schaden diesem Vermächtnis.«

»Was haben Sie vor?«

»Das Projekt, unser Projekt, war unglaublich nützlich, um zu zeigen, dass man die Entwicklung von Kindern fördern kann, wenn ihre Erziehung auf gemeinschaftlicher Basis erfolgt. Sie haben mehr als genug Daten gesammelt, um diese Theorie zu untermauern. Setzte man das laufende Projekt fort, würde man diese Ergebnisse gefährden. Die abtrünnig gewordenen Familien und der Selbstmordversuch können dem Markennamen nur schaden, unseren Anspruch auf Erfolg nur gefährden. Jetzt, in diesem Stadium, kommt es vor allem anderen darauf an, neue Familien zu suchen; mehr Familien mit einzubeziehen.«

»Aber das würde ich auch gern tun. Wir verfolgen dieselben Ziele.«

Wieder sah sie ihn neugierig an. »Ich kann Sie nicht durchschauen«, sagte sie. »Nein, wir haben nicht dieselben Ziele. Sie verfolgen eine soziale Agenda, die vielleicht, vielleicht auch nicht, zu einem messbaren Erfolg führt. Mir geht es darum, die positive Resonanz auf Ihr Projekt auszunutzen und im ganzen Land Unendliche Familien zu gründen, in schönen Häusern, bewachten Wohnanlagen mit eigenen Schulen, Spielplätzen und was weiß ich. Junge Eltern sollen die Gelegenheit haben, ihrem Kind die vorbildliche Förderung angedeihen zu lassen, die sie verdienen.«

»Das hier ist meine Familie. Selbst wenn Sie expandieren wollen, warum lassen Sie mir meine Familie nicht?«

»Herr Dr. Grind, es ist nicht Ihre Familie. Sie war es zu keiner Zeit. Fragen Sie die Eltern. Sie haben die Aufsicht geführt. Sie waren nicht der Vater. Es ist beängstigend, dass Sie das immer noch denken.«

»Sie irren sich.«

»Das Projekt *Unendliche Familie* wird einen Paradigmenwechsel in der Kindererziehung einleiten. Er wird revolutionär sein. Wir werden gewaltige Gewinne einfahren, ja, aber noch wichtiger, wir werden an der Spitze einer Sache stehen, die von jetzt ab unsere Gesellschaft definieren wird. Ich kann nicht zulassen, dass Sie dieses Ziel gefährden.«

»Sie wollen jetzt die Mutter sein«, sagte Dr. Grind. »Um mich zu ersetzen.«

»Nein, das würde ich nie sein wollen. Sie hätten auch nie der Vater sein sollen. Ich werde die Firmenchefin sein.«

»Es geht also um Geld?«

»Herrgott, Herr Dr. Grind, bitte, hören Sie auf! Es geht um mehr als um Geld. Es geht darum, dass meine Großmutter als eine innovative, wohltätige, zukunftsorientierte Frau in die Geschichte eingeht. Es geht darum, ihren Traum vor den offensichtlich schlechten Kandidaten zu schützen, die Sie für dieses Projekt ausgewählt haben. Sie haben Menschen mit Defiziten gewählt, Herr Dr. Grind. Sie haben Leute ausgesucht, die daran gewöhnt waren, nichts zu haben, und Sie haben sie mit Ihren vielen Angeboten überwältigt, sodass sie das Projekt sabotiert haben. Diesen Fehler machen wir nie wieder. Niemals. Wir werden Menschen helfen, die über die Mittel verfügen, sich selbst zu helfen. Dagegen ist nichts einzuwenden. Ich werde mich nicht dafür entschuldigen. Wir werden aus dem Projekt *Unendliche Familie* etwas ganz Besonderes machen.«

»Bitte nicht.«

»Ich bedaure, Herr Dr. Grind.«

Er widerstand dem Drang, seinen Schreibtisch in tausend Stücke zu zertrümmern, zu schreien, seine Gefühle an etwas zu verschwenden, was er nicht beherrschen konnte. Stattdessen presste er alles zusammen, rollte, was er empfand, in einen Ball, zog ihn in sein Herz und ließ ihn ungestört dort liegen. Er fixierte Patricia Acklen, das Licht im Zimmer wurde wellig und unscharf. Er schöpfte Mut daraus, seine eigene Welt zu sein. Und dann kehrte er mit winzigen Schritten in die Gegenwart zurück.

»Wie haben Sie von dem Selbstmordversuch erfahren? Von den abtrünnigen Familien?«, fragte er, nun aufrichtig neugierig, denn er glaubte nicht mehr, noch etwas an der Situation ändern zu können.

»Gleich nachdem ich mit meiner Großmutter hier war, habe ich Verbindung zu Ihren Assistenten aufgenommen. Ich habe ihre Arbeit gelobt und ihnen gesagt, dass ich vorhabe, die Forschungsarbeit noch weiter voranzutreiben und sie für eine wichtigere Rolle dabei vorgesehen habe. Ich habe sie einfach gebeten, mich auf dem Laufenden zu halten.«

»Und darauf sind sie eingegangen?« Ihm war ein Licht aufgegangen, aber es war zu spät.

Sie nickte. »So erfuhr ich von den Gipsons und den Tiltons. Kalina und Jeffrey werden ihre eigenen Unendlichen Familien leiten, Pilotprogramme. Für sie ist es eine unglaubliche Chance.«

»Und Jill?«

Patricia schüttelte den Kopf. »Ich fürchte, sie entspricht nicht ganz dem, was mir angesichts unserer zukünftigen Ziele vorschwebt.«

Er nickte und klopfte auf den Schreibtisch, als ob er erwartete, dass er aus Rauch gemacht sei, als ob der ganze Wohnkomplex ein Traum sei. »Ich weiß Ihre Aufrichtigkeit zu schätzen, das versichere ich Ihnen. Wie viel Zeit steht mir noch zur Verfügung, bis das Projekt abgewickelt wird?«

»Ich muss zurück nach Knoxville. Ich schicke Ihnen von dort weitere Informationen. Mit dem, was ich vorgesehen habe, nicht nur für Sie, sondern auch für die Familie, dürften Sie mehr als zufrieden sein. Sie haben wirklich etwas Einmaliges geschaffen. Ich bewundere Sie tatsächlich, ob Sie es mir glauben oder nicht.«

Sie stand auf, und ohne seine Reaktion abzuwarten, verließ sie das Büro. Er ging zu dem großen Fenster, von dem aus er den Eingangsbereich des Gebäudes überblicken konnte, und sah Patricia Acklen nach, bis ihr Auto außer Sichtweite war.

Als er sich umdrehte, stand Jill vor ihm.

»Wissen Sie Bescheid?« Er nickte nur.

»Ich habe sie zum Teufel geschickt«, fuhr sie fort und lächelte unter Tränen. »Sie hat mich vor einigen Tagen angerufen. Ich sollte eines der neuen Projekte leiten.«

»Sie haben Patricia Acklen zum Teufel geschickt?«

Jill nickte. »Ich habe kein Interesse daran, reichen Leuten zu helfen, ihren Abstand zu den Armen noch größer zu machen. Ich bin nicht der Meinung, dass sie ihre Lage noch verbessern müssen. Bei diesem Projekt ging es darum, Menschen in Not zu helfen, Kindern zu helfen, sich so zu entwickeln, wie sie es allein nie geschafft hätten. Diese geschlossenen Anlagen der Unendlichen Familie werden Statussymbole sein, ein Mittel, mit dem sich Reiche von anderen Reichen distanzieren können. Ich habe nicht um des Geldes willen bei diesem Projekt mitgemacht. Ich wollte verdammt noch mal Kindern helfen.«

»Und Jeffrey? Kalina?«

»Sie machen mit. Sie sind mit Leib und Seele dafür. Ich mache ihnen keine Vorwürfe; das heißt, vermutlich doch, aber ich mag sie so sehr, dass ich bereit bin, ein Auge zuzudrücken. Es geht um viel Geld. Der Job ist echt gut, würde ich mal sagen. Sei's drum.«

Es war, als öffnete sich immer wieder der Boden unter seinen Füßen, und jedes Mal fiel er ein Stück tiefer, bevor er ganz unten landete. Er fragte sich, wie einfach es wohl für Kalina und Jeffrey gewesen war, das Angebot anzunehmen, ob sie überhaupt gezögert hatten. Er dachte daran, wie er das letzte Mal mit ihnen gesprochen hatte, und konnte keine Spur von Geheimniskrämerei oder ungereimtem Verhalten entdecken. Und doch waren das die Menschen, die er um sich versammelt hatte, denen er so viel anvertraut hatte, und sie übergingen ihn, ohne ein Wort zu verlieren. Sie hatten ihn, die Familie, ausspioniert und sich leise von dem Projekt abgesetzt, in dem Bewusstsein, dass sie bald ihre eigene Familie hätten.

Dass Jeffrey so handeln würde, hätte er voraussehen können, so zielstrebig wie er an seine Arbeit heranging. Warum sollte er das Angebot, sein eigenes Projekt zu leiten, ablehnen? Aber Kalina? Den Schmerz, den ihr Verrat ihm zufügte, konnte er nicht betäuben. Er dachte an den Kampf, den er geführt hatte, damit sie bei der Familie bleiben konnte; sie war von seinen Assistenten immer diejenige gewesen, die ihn am meisten unterstützt hatte, sie hatte die größte Leidenschaft für das Projekt an den Tag gelegt. Und deshalb hatte sie, vielleicht, das Projekt gewählt und nicht ihn, als sie Gefahr lief, es zu verlieren.

Er konnte sich nicht vorstellen, was er sagen würde, wenn er Jeffrey und Kalina das nächste Mal sah, wie er vermitteln konnte, was er über den Verlust empfand.

»Danke, Jill«, sagte er.

»Sind wir nicht länger nützlich?«, fragte sie. »Brauchen uns diese Familien nicht mehr?«

»Könnte sein. Aber es ist noch nicht vorbei. Es gibt kein Ende, richtig? Es läuft weiter, nachdem sie uns verlassen haben.«

»Sie bleiben unsere Familie, auch wenn sie weggehen«, sagte Jill. »Es ist schön, das zu glauben, nicht?«

»Ich glaube es tatsächlich, Jill.«

»Dann sind Sie ein guter Mensch, Herr Dr. Grind. Sie waren immer der Beste von allen Eltern.«

Sie umarmte ihn, und er hielt sie, während sie weinte.

»Okay«, sagte sie schließlich und schob ihn weg. »Ich gehe jetzt in meine Wohnung, bekiffe mich wie nie und schaue in die Glotze, bis ich ohnmächtig werde.«

»Guter Plan.«

»Es war nett, solange es gedauert hat«, sagte Jill. »Ich vermute, nun müssen wir den zweiten Schritt tun.«

»Und der wäre?«, fragte er neugierig.

»Unsere eigenen Familien gründen«, sagte sie und entfernte sich.

Vielleicht wäre es für Jill und ihre Partnerin einfach, sich auf etwas einzulassen, das für ihn katastrophal versagt hatte. Er für seine Person konnte sich nicht vorstellen, wie es weitergehen würde, wie er etwas Neues aufbauen konnte.

In der kurzen Zeit, die ihm noch zur Verfügung stand, konnte er sich nur an dem festhalten, was er geschaffen hatte, und hoffen, dass irgendwann in ferner Zukunft alle mit einem Gefühl an ihn denken würden, das so etwas wie Liebe war.

Kapitel siebzehn

Projekt *Unendliche Familie* (Siebtes Jahr)

Izzy griff wahllos in die Schachtel und zog eine Schneeflocke aus Eisstielen heraus, die mit Filzstift angemalt war. Der Christbaumschmuck stammte von den Kindern, die zarten, zerbrechlichen Bastelarbeiten drohten bei der leichtesten Bestäubung mit Schnee auseinanderzufallen. Auf der Flocke stand in Blau Marnies Name. Das Mädchen lebte jetzt nur eine halbe Stunde von der Wohnanlage entfernt, aber für Izzy und den Rest der Familie schien sie auf Nimmerwiedersehen in eine andere Dimension teleportiert worden zu sein. Beinahe hätte Izzy den Stern zurück in die Schachtel gelegt, änderte dann aber ihre Meinung. Marnie gehörte zur Familie, ob sie nun hier war oder nicht, und wenn sie ihren Stern nicht selbst aufhängen konnte, würde sie, Izzy, es tun.

Am langen Tisch des Essraumes fädelten die restlichen Kinder bei lauter Weihnachtsmusik Popcorn auf. Mit den Jahren hatten sie eine Art Fließbandverfahren entwickelt, und sie wirkten wie Arbeiter, die ihr Produktionsziel erreichen wollen, und nicht, als freuten sie sich auf den Weihnachtsmann. Das war nicht erstaunlich, denn sie wussten, dass dies ihr letztes Fest in der Wohnanlage sein würde, ihr letztes Weihnachten als Unendliche Familie. Izzy hängte die Schneeflocke an den Baum und freute sich, dass sie ihre Form behielt und noch ein weiteres Jahr zu verwenden war.

Jeremy, Callie und Eli waren seit fast sechs Monaten aus dem Projekt ausgeschieden, Harris, Ellen und Marnie kaum weniger lange. Einige Monate später waren Paul, Mary und Lulu ihnen gefolgt.

An dem Tag, als Mary aufbrach – alle waren abgestumpft vom vielen Abschiednehmen –, verlangte sie Izzy unter vier Augen zu sprechen. Seit ihrer Auseinandersetzung zu Beginn des Projekts waren sie einander aus dem Weg gegangen, hatten einen komplizierten Tanz ausgeführt, so unauffällig, dass niemand gemerkt hatte, was los war. Izzy fühlte sich an zwei Schauspielerinnen in derselben TV-Serie erinnert, die einander nicht ausstehen können, und es war Sache der Drehbuchautoren, die Handlung in Gang zu halten, ohne dass die beiden miteinander spielen mussten. Betrat Izzy einen Raum, kontrollierte sie schnell, ob Mary da war; es machte ihr nicht einmal etwas aus. Mary zog unauffällig Leine, sobald Izzy aufkreuzte. Izzy hatte sich früher oft gefragt, wie ein Ehepaar zusammenbleiben, unter dem selben Dach wohnen, ein Schlafzimmer teilen konnte, wenn es sich nicht mehr liebte, aber nun fand sie es nicht mehr seltsam.

Sie folgte Mary den Flur hinunter, zögerte allerdings kurz, als Mary die Tür zum Musikzimmer öffnete und sie mit einer Geste zum Eintreten aufforderte. »Was ist?«, fragte sie. »Komm mit«, antwortete Mary. Izzy folgte ihr in den Raum.

»Wir gehen«, begann Mary.

»Ich weiß«, erwiderte Izzy. »Ich finde es schade.«

»Kann sein«, fuhr Mary fort, hielt dann aber inne. Sie runzelte die Stirn und sah zu Izzy auf, als wäre sie frustriert, von Izzy in diese Lage gebracht worden zu sein. »Ich wollte nur sagen, dass ich es bedauere, wie das zwischen uns gelaufen ist. Als wir kamen, konnte ich dich nicht ausstehen.«

»Mary«, flehte Izzy, die Hände erhoben.

»Lass mich ausreden. Ich hab dich gehasst, und dass wir zusammen im selben Boot gesessen haben, hat mich noch wütender gemacht. Aber dann hab ich gemerkt, dass du gar nicht so übel bist oder nicht so übel, wie ich dachte. Aber dass ich mich bei dir entschuldige, war nicht drin, also hab ich einfach weitergemacht. Und das tut mir jetzt leid. Es tut mir leid, dass wir nicht besser miteinander gekonnt haben.«

»Mir auch«, gestand Izzy.

»Ich tu nicht so, als wollte ich Kontakt halten. Wahrscheinlich seh ich dich nie wieder, und damit kann ich leben. Aber ich wollte nicht gehen, und du denkst, ich hasse dich. Weil das nicht stimmt. Okay?«

»Okay«, sagte Izzy. Sie fragte sich, ob sie sich umarmen würden, aber dann fiel ihr ein, dass Mary und Sympathiebekundungen nicht zusammenpassten. Mary nickte ihr zu und ging. Und es war in der Tat das letzte Mal, dass Izzy Mary, Paul oder Lulu sah.

Ein paar Tage später beriefen Dr. Grind und Jill eine Versammlung ein. Nachdem Jeffrey und Kalina ausgeschieden waren, um ihre eigenen Versionen des Projekts vorzubereiten, lag die Projektaufsicht in ihren Händen. Es war seltsam, nur noch die beiden vor ihnen stehen zu sehen, und es versetzte Izzy einen Stich, dass Kalina gegangen war, weil sie es gewesen war, die Dr. Grind auf sie aufmerksam gemacht hatte. Genau genommen konnte sie es ihr nicht verübeln, dass sie ein neues Projekt übernehmen wollte, aber es hatte sie tief verletzt, dass die Assistentin die Familie verlassen hatte, bevor das alte Projekt abgeschlossen war. Wenn selbst die Leute, die dafür bezahlt wurden, es nicht mehr fertigbrachten, sich in der Wohnanlage aufzuhalten, wie sollten dann die anderen bleiben, überlegte Izzy.

Als könnte er Izzys Gedanken lesen, setzte Dr. Grind den Rest der Familie darüber in Kenntnis, dass Patricia Acklen das Projekt vorzeitig beenden wolle. Am 31. Dezember würde es offiziell abgebrochen. Sie hatte das Recht dazu, versicherte er ihnen, er habe die Verträge geprüft. Jede Familie werde hunderttausend Dollar erhalten, um die Kosten für den Umzug und den Wiedereintritt in die »reale« Welt zu decken, aber darüber hinaus würde ihre Zusammenarbeit beendet sein. »Jetzt sind wir in der Übergangsphase«, sagte er, »aber noch haben wir einander und etwas Zeit, um unsere Arbeit hier abzuwickeln.«

»Was hätte es Ms Acklen ausgemacht, wenn wir bis zum Ende geblieben wären?«, fragte Asean. »Wem würde es schaden, wenn das Projekt weiterginge, so wie Sie es geplant hatten, Herr Dr. Grind?«

»Alles in allem hätte es wohl keinen Unterschied gemacht«, gab er zu, mit einem Anflug von Ärger in der Stimme, den vielleicht nur Izzy heraushörte. »Die Entscheidung ist aus verwaltungstechnischen Gründen gefallen, woran wir leider nichts ändern können.«

»Und wenn wir einfach bleiben?«, fragte Asean. Nikisha beugte sich zu ihm und flüsterte etwas, aber er schüttelte den Kopf. »Wenn wir uns weigern würden zu gehen?«

»Ich kann mir nicht vorstellen, dass eine solche Aktion gut ausgehen würde. Obwohl, wenn ich ehrlich bin, ich habe mich für diesen Ort, für Sie alle, so sehr ins Zeug gelegt, dass ich nicht abgeneigt wäre, es zu versuchen.«

»Ich glaube«, sagte Julie aufgebracht, »wir sollten die Anlage in Brand setzen, wenn wir gehen.«

»Das ist problematisch«, wandte Dr. Grind ein, dem vielleicht aufging, was er angestoßen hatte. »Das Projekt wird von Acklen finanziert, da liegt das eigentliche Problem. Nachdem

Acklen entschieden hat, dass diese Studie nicht mehr nötig ist, kann man uns vor die Tür setzen. Es ist großzügig von Aklen, dass wir noch eine Weile bleiben dürfen, und zu der ansehnlichen Abfindung, die Sie erhalten, ist die Firma ebenfalls nicht verpflichtet. Wenn sie uns übel wollten, könnten ihre Anwälte uns sogar Vertragsbruch anhängen und Schadensersatz fordern. Acklen verhält sich wohlwollend, aus ihrer Perspektive betrachtet. Wenn sie das Projekt auf dem Kieker hätten, Sie können sich nicht vorstellen, was dann los wäre.«

»Ich bin immer noch der Meinung, dass wir die Anlage abfackeln sollten«, maulte Julie.

»Ich hoffe, sie machen ein Museum daraus«, sagte Kenny. »Lassen alles, genau wie es ist. Dann könnten wir jedes Jahr zurückkommen. Wir könnten die Kinder mitbringen, und sie würden ihr ehemaliges Zuhause besuchen.«

»Es gäbe einen Geschenkladen«, fügte Carmen lächelnd hinzu.

»Und ein Restaurant«, ergänzte Susan.

»Keine Eintrittsgebühr und für die Öffentlichkeit zugänglich«, rundete Dr. Grind die Vorschläge ab. »Denkbar.«

»Obwohl, ohne uns«, sagte Kenny traurig und umfasste die verbleibenden Eltern mit einer Geste, »wäre es hier nicht sehr interessant.«

Carlos, Nina und Gilberto informierten die Familie, dass sie nach St. Louis ziehen würden, wo Nina einen Cousin hatte, der ihr eine Buchhalterstelle in seiner erfolgreichen jungen Firma angeboten hatte. Sie gingen im November. Es blieben noch sechs Familien übrig.

Der Dezember war ein herzzerreißender Monat für Izzy. Sie wanderte durch die Wohnanlage, die ihr geisterhaft und leer vorkam. Selbst wenn die Leute, die gegangen waren, nicht zu ihren engen Freunden gehört hatten (Carmen, Link und Susan waren noch da), hatten sie doch einen Rahmen gebildet und ihr ein Gefühl der Zugehörigkeit gegeben. Angst beschlich sie. Seit weniger Menschen in der Anlage wohnten, schien sich der Wald zu nähern, Zentimeter um Zentimeter, und sie verschlucken zu wollen. Wenn sie nachts durch den Innenhof ging, war ihr einstiges Gefühl der Sicherheit dem Bedürfnis gewichen, auf der Hut zu sein; die reale Welt sickerte in die Wohnanlage hinein, und sie fühlte sich im Freien schutzlos.

Die Kinder hatten Unterricht, machten Ausflüge, gingen schwimmen, aber es ließ sie nicht los, dass sie weniger geworden waren, als könnte ihre Gruppe jeden Augenblick noch kleiner werden. Die Abendessen verliefen jetzt in gedämpfter Stimmung, weil die Eltern an das dachten, was auf sie zukam, aber nicht darüber sprechen wollten, dass sie eine neue Bleibe und eine Schule für ihr Kind suchen mussten. Sie drängten sich aneinander, teilten sich die dem Untergang geweihte Wohnanlage, nicht in der Lage, sich eine Welt ohne einander vorzustellen, aber dazu verurteilt, den nächsten Schritt zu tun.

Izzy wusste immer noch nicht, was Sache war. Wenn Dr. Grind in der Nähe war, starrte sie ihn an und zwang ihn zu Blickkontakt, um einen Hinweis zu erhaschen, ob er sich ergeben würde. Außer einer Traurigkeit, die mit einem Verlangen nach Rechtfertigung gemischt schien und seinen Gesichtsausdruck wie eine Glasur überzog, konnte sie nichts entdecken. Seine jugendliche Ausstrahlung, die so unwirklich und verstörend gewirkt hatte, wich endlich seinem wahren Alter. Bartstoppeln machten sein Gesicht rauer, die Haut um seine Augen war blass und gräulich verfärbt. Sie hatte sich geschworen, sich keinen Gefühlsausbruch mehr zu erlauben. Was sie wollte, hatte sie ihm deutlich gezeigt und hatte sich dabei in eine peinliche Situation gebracht. Nun war er an der Reihe.

Eines Morgens, als sie das Mittagessen für die Kinder zubereitete, kam er in die Küche und fragte, ob Jill da sei. Izzy schüttelte den Kopf und wandte sich ihrer Arbeit zu. Sie ging davon aus, dass er gleich wieder gehen würde, aber er blieb stehen. Mit einem Lächeln schaute sie auf.

»Wir haben noch einen Test gemacht«, begann er. »Eigentlich haben wir nichts mehr zu tun; Ms Acklen will keine weiteren Daten, aber wir können nicht einfach Däumchen drehend auf das Ende warten. Bald werden wir die Kinder verlieren, ein schmerzlicher Gedanke. Bis es so weit ist, werden wir noch tun, was wir können.«

»Was für ein Test war das?«

»Ein alter. Haben Sie schon einmal vom Marshmallow-Experiment gehört?«

Izzy nickte. Sie hatte es auf YouTube gesehen und sich gefragt, wie Cap wohl reagiert hätte.

»Wir haben es im vierten Jahr gemacht. Es hat nicht geklappt, oder nicht so wie erwartet. Die Kinder konnten sich nicht bremsen, den Marshmallow zu essen. Kein Einziges. Viele waren davon ausgegangen, dass sie belohnt würden, egal was sie taten. Es war ein problematisches Experiment zu einem entscheidenden Zeitpunkt unserer Arbeit. Im darauffolgenden Jahr haben wir es wiederholt, mit demselben Ergebnis. Ich habe das Experiment abgebrochen. Und … habe die Ergebnisse nicht an Brenda Acklen weitergeleitet.« Auf Izzys überraschtes Gesicht hin zuckte er mit den Schultern. »Kein Höhepunkt meiner beruflichen Laufbahn, aber ich wollte nicht in meiner Arbeit aufgehalten werden. Es schien ein so albernes Experiment zu sein, und mir waren Dutzende Gründe eingefallen, warum es fehlerhaft ist und eigentlich nichts aussagt.«

Er dachte kurz nach, schien mit sich zu debattieren, und sie wartete gespannt, was als Nächstes kommen würde.

»Jody war ein wunderbarer Junge, sehr lieb und offen, er bekam von mir alles, was er wollte, noch bevor er sich dessen bewusst war. Ich weiß, dass mein Verhalten auch an der Erziehung lag, die meine Eltern mir zuteil werden ließen, ich wollte nicht, dass es ihm jemals an etwas fehlen sollte. Ich habe ihn verwöhnt, wir haben ihn beide verwöhnt. Obwohl meine Untersuchungen, meine Arbeit mit Kindern, Grenzen predigten, brachte ich es bei meinem eigenen Sohn nicht übers Herz, auf Grenzen zu bestehen. Und er war wunderbar. Ein perfekt ausgeglichenes Kind.« Er hielt inne, ihm war anscheinend bewusst geworden, dass Jody nicht mehr lebte und für immer das Kind bleiben würde, an das er sich erinnerte. Izzy überließ ihn seinen Gedanken.

»Vielleicht habe ich mich bei den Kindern hier genauso verhalten, weil ich wusste, es würde gut ausgehen«, sagte er. Er wand sich, sein Blick verriet eine Mischung aus Glück und Traurigkeit, die Izzy gut verstand.

»Trotzdem waren die Ergebnisse für uns ein wunder Punkt. Heute haben wir den Test wiederholt.« Er machte eine Pause.

»Wie haben sie diesmal abgeschnitten?«

Er lächelte, aber eher mechanisch. Izzy spürte, dass er sich auf die Unterhaltung mit ihr eingelassen hatte, weil es ihn drängte, über das Experiment zu sprechen, aber eigentlich hatte er mit Jill und nicht mit jemand von den Eltern reden wollen. Da es in der Küche außer Izzy niemand gab, fuhr er fort.

»Sie haben es geschafft. Jedes Kind hat mühelos auf seinen zweiten Marshmallow gewartet.«

»Großartig. Das ist ein Fortschritt.«

Nach einer Weile fuhr Dr. Grind fort: »Nachdem wir ihnen den zweiten Marshmallow gegeben hatten, fiel mir auf, dass einige Kinder auch den nicht aßen. Ich fragte sie nach dem Grund, und sie sagten, sie wollten beide aufheben. Da sie bald die Wohnanlage verlassen würden, wollten sie alles aufheben, bis sie es wirklich brauchten.«

»Gehörte Cap zu diesen Kindern?«

»Ja«, sagte er.

Mit schierer Willenskraft unterdrückte sie die Tränen; sie dachte daran, dass sie in ihrer Küche war, in ihrem Reich, niemand hatte hier mehr Macht als sie.

»Er wird so viel verlieren«, sagte sie. »Ich kann seinen Gedankengang verstehen.«

»Ich auch, glaube ich«, sagte er. Sie standen schweigend da, und dann, kurz bevor Izzy sich wieder einmal lächerlich machen konnte, nickte er und verließ die Küche.

In der Woche vor Heiligabend war Carmen mit Ausdrucken von Immobilienangeboten zu Izzy gekommen. Sie war sichtlich aufgekratzt, im Unterschied zur allgemeinen Stimmung in der Wohnanlage. »Ich habe etwas gefunden«, sagte sie und öffnete Izzys Schränke. »Hast du was zum Trinken da?« Izzy holte eine Flasche Wodka, sie machten sich Screwdrivers, und Carmen legte ihre Ausdrucke auf den Couchtisch.

»Es stehen zwei Häuser zum Verkauf«, begann sie. »Sie liegen einander genau gegenüber. Es muss etwas daran gemacht werden, aber die Lage ist gut, und sie sind erschwinglich, was derzeit im Osten von Nashville selten ist.«

»Okay«, sagte Izzy. »Wollt ihr eins kaufen?«

»Ich habe mit Kenny gesprochen. Das Geld haben wir. Wir kaufen das hier.« Sie wies auf einen hübschen Bungalow mit einem netten Vorgarten. Dann zeigte sie auf ein kleines einstöckiges Haus: »Wir meinen, das hier solltest du nehmen.«

»Wirklich?«

»Wäre es nicht perfekt? Wir würden zusammenbleiben. Wenigstens ein kleiner Teil der Familie.«

»Gute Idee, finde ich.«

»Für mich bist du Familie«, fuhr Carmen fort. »Ich will, dass wir nah beisammen wohnen. Maxwell und Cap verstehen sich besser als Brüder. Ich kann mir einfach nicht vorstellen, wie es wäre, wenn Maxwell Cap nicht jeden Tag sehen könnte.«

»Du hast dich die ganze Zeit, die wir hier waren, um mich gekümmert«, sagte Izzy.

»Ja, aber das ist nichts Besonderes«, sagte Carmen. »Familie, oder?«

»Früher habe ich nicht so gedacht, bevor ich das hier erlebt habe«, gab Izzy zu.

»Dafür waren wir hier«, sagte Carmen, und beiden ging schlagartig auf, dass die Wohnanlage in weniger als zwei Wochen leer stehen würde.

Nachdem der Christbaum geschmückt war, ging Izzy in die Küche, machte Eierpunsch und backte die Weihnachtsplätzchen aus, die von den Kindern am frühen Abend ausgestochen worden waren. Mittlerweile hatten sie die Popcornketten um den Baum gewickelt und überprüfte die Anhänger der Geschenke. Gegen neun Uhr kamen die restlichen Eltern und Jill in den Speiseraum gewandert, um zum letzten Mal Weihnachten so zu feiern, wie es in der Unendlichen Familie Tradition gewesen war. Die Zeiger standen auf neun Uhr, als vom Flur her Glöckchen bimmelten. Die Kinder spitzten die Ohren. Dann rannten sie zur Tür, vor der Dr. Grind als Weihnachtsmann verkleidet stand, gebückt unter der Last eines prallen Sacks. Izzy holte die Plätzchen und den Eierpunsch, der noch mehr Rum als üblich enthielt, und sah zu, wie die Kinder darauf warteten, sich auf den Schoß des Weihnachtsmanns zu setzen, um ihr Geschenk zu erhalten, eine Extraüberraschung am Heiligabend, damit sie bis zum nächsten Morgen durchhielten. Die Eltern tranken ihren Punsch und machten Fotos, wenn die Kinder zu Dr. Grind traten. Der festliche Abend löste endlich einen Teil der körperlichen Anspannung.

Das diesjährige Geschenk zum Heiligen Abend war ein individuell gestaltetes Album, auf dessen buntem Einband der Namen des jeweiligen Kindes stand, mit Fotos der letzten sieben Jahre, von der Geburt bis zur Gegenwart. Jill und Dr. Grind hatten über einen Monat lang daran gesessen, wobei Dr. Grind den Löwenanteil der Arbeit geleistet hatte, nachts, während alle anderen schliefen. Jedes Buch war ein Unikat, eine Auswahl aus den abertausend Fotos der Familienmitglieder. Als würde man, hatte Dr. Grind eines Tages gesagt, nachdem er zur Hälfte fertig war, die Zeugnisse einer großen, unbekannten Zivilisation ausgraben. Die Kinder rannten zu ihren Eltern, um ihnen ihr Geschenk zu zeigen. »Fröhliche Weihnachten!«, rief Jackie, und Dr. Grind, der an seinem falschen Bart herumfingerte, weil er ihn kitzelte, antwortete mit einem dröhnenden »Ho, ho, ho!« Die Kinder klatschten, als der Weihnachtsmann den Raum verließ, um wenige Minuten später als Dr. Grind in seinen normalen Kleidern zu erscheinen und zu fragen, was die ganze Aufregung zu bedeuten habe.

Nachdem die Plätzchen gegessen und die Strümpfe liebevoll aufgehängt waren, jedes Kind von jedem Familienmitglied umarmt und geküsst worden war, löschte Izzy das Licht und ging mit Cap nach Hause. »In der Nacht vor dem Christfest«, sagte Cap, und Izzy fragte sich, ob er den Anfang des Gedichts rezitierte. »Dem letzten«, fügte er hinzu.

»Nur das letzte Weihnachtsfest in der Anlage«, erinnerte ihn Izzy, und er lächelte schwach. Er hatte nichts dagegen, dass sie ihn verbesserte, war aber zu müde, um sich genauer zu erklären.

Einige Minuten später, als sie sich gerade fürs Bett fertig machten, klopfte es an die Tür. Cap öffnete. Auf der Schwelle stand Dr. Grind mit einem sperrigen Geschenk.

Cap rannte zurück zum Couchtisch, um das Fotoalbum zu holen. Als er wieder bei Dr. Grind war, warf er sich ihm in die Arme, hielt das Album hoch und bettelte, er solle es mit ihm ansehen.

»Ist das in Ordnung?«, fragte dieser Izzy und legte sein Geschenk neben das Sofa. Sie nickte, und Cap rief gleichzeitig: »Aber klar doch!«

Zu dritt setzten sie sich auf die Couch und blätterten das Album durch. Izzy war erstaunt, wie lebhaft sie sich an die meisten Bilder erinnerte.

»Du bist so gut wie nie auf diesen Fotos zu sehen«, sagte Cap.

»Wirklich?«, erwiderte Dr. Grind. Caps Beobachtung schien ihn ehrlich zu überraschen.

»Nicht oft genug«, sagte Cap.

»Wir erinnern uns trotzdem an Sie«, sagte Izzy. Dr. Grind errötete, doch wie durch Zauberei verschwand die Verfärbung seiner Haut. Izzys Blick ausweichend sagte er: »Ich habe etwas für dich, Cap«, und angelte nach dem Geschenk auf dem Fußboden.

»Ich muss nicht bis morgen warten?«, fragte Cap misstrauisch.

»Du darfst es jetzt gleich aufmachen«, beruhigte Izzy ihn.

Er stürzte sich auf die Verpackung, hielt aber inne, sobald er einen schwarzen Banjokoffer sah. »Ich weiß, was das ist«, sagte er aufgeregt und öffnete ihn. Das Banjo schien uralt und gleichzeitig funkelnagelneu zu sein. Sein Design war so perfekt, dass selbst Izzy, die von Banjos nichts verstand, es für teurer als ein Auto hielt.

»Cool!«, rief Cap.

»Es ist ein Gibson Mastertone. Bei Gruhn Guitars in Nashville hat man mir versichert, dieses Banjo würde deinem Talent gerecht.«

Cap zupfte die Saiten, und sie klangen wie reines Silber, der Ton war so perfekt, dass Izzy das Gefühl hatte, er würde noch Jahre lang nachklingen, wenn man ihn ließe.

»Gehört es mir?«

Dr. Grind nickte.

»Danke«, sagte Cap und drückte Dr. Grind, so fest er konnte.

»Süßer, jetzt ist es Zeit fürs Bett«, ermahnte Izzy ihren Sohn. Cap nickte.

»Kann ich es mitnehmen?« Dr. Grind und Izzy nickten zustimmend.

»Euch allen fröhliche Weihnachten«, verabschiedete er sich, küsste Izzy und ging auf sein Zimmer.

Als er gegangen war, sah Izzy Dr. Grind an, der sich immer noch freute, weil sein Geschenk ein großer Erfolg gewesen war.

»Darf ich Ihnen Plätzchen anbieten? Kaffee?«

»Nein, danke. Ich sollte gehen.«

Doch bevor er vom Sofa aufstehen konnte, packte sie ihn am Arm, als würde sie ihn unter Wasser ziehen, mit ihm zurück in die Unendliche Familie eintauchen wollen, die es bald nicht mehr geben würde.

»Ich liebe dich.«

Da saß er, dachte sie. Vielleicht war es ihre letzte Chance. Er war in ihrem Haus, ihr Sohn liebte ihn, und für sie war er perfekt. Gleich würde er ihr Haus verlassen und zurück in seine einsame Wohnung gehen. Nichts lag ihr mehr am Herzen, als diesen Augenblick, bevor er sie verließ, so lange wie irgend möglich auszudehnen. Sie wollte ihn bis in die Unendlichkeit ausdehnen.

»Was ich jetzt sage, werde ich nur ein einziges Mal sagen und danach nie wieder davon anfangen. Alle gehen jetzt in die Welt hinaus. Sie sind bereit. Jedes Mal, wenn ich mich abends mit den Frauen treffe, ist die Rede davon, was als nächstes passiert, dass sie ihr eigenes Haus kaufen wollen oder sogar ein weiteres Kind haben wollen. Und sie können so reden, denn wenn das Projekt endet, bleibt ihnen ihre Familie. Sie haben einander. Ich hingegen werde allein sein, wenn das hier aufhört, und muss versuchen, meinen Weg zu finden. Und du wirst auch ganz allein da draußen in der Welt sein, wenn das hier aufhört. Was hast du vor? Wirst du ein weiteres Projekt beginnen? Für den Rest deines Lebens?«

»Ich weiß es nicht Izzy. Es ist schwer, daran zu denken, was danach kommt.« Er machte eine Pause, überlegte etwas vielleicht zum hundertsten Mal und fuhr dann fort: »Ich glaube, es war reine Hybris, es das Projekt *Unendliche Familie* zu nennen.«

»Nicht Hybris, sondern Hoffnung«, verbesserte ihn Izzy. »Und es wird nicht enden. Die meisten von uns hier wissen bereits, dass wir in derselben Nachbarschaft leben wollen, nach Nashville ziehen, die Kinder auf dieselbe Schule schicken und Ferien gemeinsam verbringen wollen. Mit der Zeit mag unser Zusammenhalt nachlassen, aber ich glaube es nicht. Ich glaube, dass wir für den Rest unseres Lebens zusammen sein werden, auf eine Art, die zählt, wie bei jeder richtigen Familie.«

»Das ist beruhigend«, gab er zu. »Das hatte ich mir erhofft.«

»Aber«, griff Izzy, die ihren Kaffee ausgetrunken hatte, von der anderen Seite des Couchtischs ihr Thema wieder auf, »du bist allein, wenn das hier zu Ende geht. Und ich bin allein, wenn das zu Ende geht. Und warum muss das so sein, Preston?«

»Ich weiß nicht«, antwortete er und sah sie an.

»Ich liebe dich, ich liebe dich wirklich«, sagte Izzy.

Aber er stand auf und ging zur Tür. Er legte die Hand auf den Türknauf, zögerte, zog sie zurück, als wäre ein winziger Stoß statischen Stroms durch ihn hindurchgegangen. Er drehte sich zu ihr um: »Ich liebe dich auch.«

»Ja«, sagte sie und fühlte sich ihrer selbst so sicher, war so glücklich, dachte, ja, du liebst mich, verdammt, und sie wollte es noch einmal von ihm hören, wollte, dass er ihr gehörte.

»Ich liebe dich, aufrichtig«, sagte er. »Ich sollte wohl aufhören, es zu leugnen. Ich habe das Gefühl, als hätte ich mich dem Projekt zuliebe ständig überfordert, zum Gedenken an Marla und Jody, für die Arbeit meiner Eltern, für alle außer mir selbst. Aber du bist wunderbar, ich habe dich schon immer wunderbar gefunden. Sollten wir mit diesem Projekt nichts anderes erreicht haben, so hat es wenigstens uns zusammengebracht, und ohne dich will ich es nicht verlassen.«

Sie ging zu ihm, schmiegte sich an ihn, und sie küssten sich. Es war ein ungeschickter Kuss, unsicher, ihre Münder passten nicht ganz, zwei Menschen mit wenig Übung und sich des Unbehagens in ihrem eigenen Körper äußerst bewusst, und doch war der Kuss besser, als sie erwartet hatte. Ein ziemlich ordentlicher Kuss, räumte sie ein, und dann zwang sie sich, nicht mehr darüber nachzudenken, sondern glücklich zu sein.

»Lass uns zusammenbleiben«, sagte sie, als sie fertig waren. »Was auch geschehen mag, bleiben wir zusammen.«

»In Ordnung«, sagte er. Jedes Wort, das er äußerte, machte ihn schwindelig, als probierte er plötzlich eine neu erlernte Sprache aus.

»Was geschieht als nächstes?«, wollte Izzy wissen.

»Ich nehme an, wir finden einen Weg, um ein gemeinsames Leben zu führen.«

»Du und ich und Cap?« Er nickte.

»Eine Familie«, sagte sie, und er nickte wieder. »Ja.«

Und obwohl sie wusste, wie zerbrechlich eine Familie war, wie schnell sie verschwinden und dich vernichten konnte, lächelte sie, bereit, jede Ungewissheit auf sich zu nehmen, solange sie die Chance hatte, glücklich zu werden.

Sie hielt seine Hand. »Willst du mit nach oben kommen?«

»Oh. Meinst du, das ist eine gute Idee? Noch bin ich der Projektleiter. Du bist immer noch eine Teilnehmerin.«

»Das ist richtig«, sagte sie, dachte aber, ACH DU LIEBE GÜÜ-ÜTE, *Herr Dr. Grind*. Sie hatte ihm ihre Liebe gestanden, er hatte dasselbe getan. Die Regeln waren gebrochen. Es bestand keine Notwendigkeit zu tun als ob. Aber sie erlaubte ihm, sich unsicher zu fühlen.

»Ich bin auch ein ganzes Stück älter als du«, fügte er hinzu.

»Zehn Jahre«, sagte sie mit einem Schulterzucken. »So viel ist das gar nicht. Weniger als in meiner letzten Beziehung.«

»Kapiert.«

»So, und nun komm nach oben.« Sie zog leicht an seiner Hand. Er stimmte zu, und ihre Füße gingen im gleichen Rhythmus in den ersten Stock.

Izzy wusste nun, wie man es anstellte weiterzuleben, wenn die Welt zerbricht, wenn die Wände rissig werden und einfallen. Man hielt sich an dem Menschen fest, den man liebte, an dem Menschen, der hinterher da wäre, und man baute sich ein neues Heim auf.

Am nächsten Morgen beugte sich Cap über sie, als sie die Augen aufschlug. »Es ist Weihnachten!«, rief er, wild gestikulierend. Sie setzte sich auf und suchte Dr. Grind, aber er war nicht zu sehen. Sie wusste, dass er nicht schlafen konnte, war aber davon ausgegangen, dass er wenigstens im Bett bleiben würde.

»Fröhliche Weihnachten«, antwortete sie schließlich, nahm Cap in die Arme und zog ihn an sich. Dann stand sie auf und ging mit ihm ins Wohnzimmer hinunter. Es sah makellos aus, aufgeräumt und strahlend sauber. In der kleinen Küche stand Dr. Grind. Er backte Waffeln, so sorgfältig und professionell, wie er in Izzys Augen alles machte, auf das es ankam.

»Fröhliche Weihnachten«, begrüßte er sie. Zu dritt frühstückten sie, und Cap verlor kein Wort darüber, wie seltsam das war, sondern aß einfach, als hätte Dr. Grind jeden Morgen seines jungen Lebens Waffeln für ihn gebacken.

»Cap«, sagte Izzy, als ihre Stimme ihr endlich wieder gehorchte. »Ich möchte dir etwas sagen, etwas Wichtiges.«

»Okay«, antwortete Cap und hob den Blick von dem Banjo auf seinem Schoß.

»Wenn wir in einer Weile die Wohnanlage verlassen, wird Dr. Grind mit uns kommen.«

»Mit uns?«, fragte Cap stirnrunzelnd.

»Das würde ich gern tun«, fuhr dieser jetzt fort. »Ich möchte mit dir und deiner Mama leben und bei euch bleiben.«

»Für immer?« Unsicher schaute Cap zwischen den beiden Erwachsenen hin und her.

»Ja«, antworteten beide.

Cap dachte darüber nach. »Und du bist meine Mama«, sagte er schließlich und deutete auf Izzy, »und du wärst mein Paps?« Er deutete auf den nickenden Dr. Grind.

»Wenn das für dich in Ordnung ist«, sagte Izzy. »Wir möchten alle zusammen sein.«

»Das habe ich mir gewünscht«, sagte Cap mit todernstem Gesicht. »Und es ist wahr geworden.«

Izzy verstand das Gefühl, die Alchemie, der dieser Augenblick zu verdanken war.

Cap ging zu Izzy und umarmte sie. Izzy nahm ihn so fest

in die Arme, wie sie konnte, dieses Kind, von dem sie erhofft hatte, vor einem Menschenalter, dass es sie retten würde.

»Es ist Weihnachten«, sagte er.

»Das ist richtig«, antwortete Izzy.

Er umklammerte Izzy, leise zitternd. »Ich will aber nicht weg von hier.«

»Musst du ja auch nicht. Noch nicht«, sagte Izzy.

Dann hielt sie inne, strich leise über das Haar ihres Sohnes und sah zu Dr. Grind, den sie, wie sie sich sagte, jetzt Preston nennen musste, und fügte hinzu: »Auch ich will hier nicht weg.«

Er nahm ihre freie Hand und drückte sie.

Das Leben war seltsam, Izzy konnte es nicht leugnen. Nichts an ihrer Situation war normal, wie jung und dumm war sie gewesen und wie sehr fühlte sie sich immer noch mit sich als Teenager verbunden, als sie vollkommen verlassen gewesen war und ohne Aussicht auf ein glückliches Leben. Der Moment hatte nichts Schicksalhaftes für sie, sie hatte nicht das Gefühl, dass irgendetwas von dem, was sie erlebte, vorherbestimmt gewesen war. Die Welt war chaotisch. Wie leicht hätte sie ihr eigenes Leben und das ihres Sohnes zerstören können. Durch ein Wunder war es nicht dazu gekommen. Sie musste an den Tag denken, als Dr. Grind sie im Grill aufgesucht hatte, wie sie ihm mit ihrer Unterschrift ihr Leben abgetreten hatte, wie entschlossen sie gewesen war, sich auf nichts anderes als ein glückliches Leben einzulassen. Wegen ihres komplizierten Verhältnisses zu Gefühlen gestand sie es sich selten ein, aber sie war stark. Durch schiere Willenskraft hatte sie es geschafft, und jetzt würde sie nie im Leben wieder loslassen.

Zu dritt lauschten sie der Stille des Zimmers, warme Luft zirkulierte durch das Haus, alles war ruhig, kein Geräusch war zu hören. Wenn dieser Augenblick vorüber wäre und sie wieder in die Welt zurückkehrten, und das würde bald genug der Fall sein, würden sie zu dritt aufstehen, Hand in Hand in den Innenhof gehen, um den neuen Tag und die Geheimnisse, die er bergen mochte, zu begrüßen.

Epilog

Projekt *Unendliche Familie* (Zehntes Jahr)

Izzy und Mr Tannehill standen nebeneinander und zupften das Fleisch von einem Schwein. Ihre Bewegungen waren so aufeinander abgestimmt, selbst nach den vielen Jahren der Trennung, dass sich ihre Hände nicht ins Gehege kamen. Als sie fertig waren, türmte sich ein Berg von dampfendem Fleisch auf dem Tablett.

Mr Tannehill war langsamer geworden, und Izzy hatte einen Gutteil seiner Arbeit übernommen, aber er war noch stark genug, um alleine ein ganzes Schwein auf den Tisch zu wuchten, und er wusste aus Erfahrung, wie lang es brauchte, bis es gar war und wie man es perfekt einrieb. Sein Wissen schien Izzy einzigartig zu sein.

Jetzt trug er das Fleisch aus der Küche in das Lokal, das er und Izzy in Nashville besaßen. Sie hatten es *Säue vor die Perlen* genannt. Auf ihrer Speisekarte standen auch Spareribs und im heißen Rauch gegarte Rinderbrust, was Mr Tannehill zunächst beunruhigt hatte, doch seit der Eröffnung vor zwei Jahren standen die Leute Schlange, warteten über eine Stunde, bis *Säue vor die Perlen* öffnete. Das Fleisch war ausverkauft, bevor die Mittagsschicht beendet war. Kunden, die abgewiesen werden mussten, kamen am nächsten Tag einfach früher.

Vor kurzem hatten sie die James Beard-Auszeichnung für amerikanische Klassiker erhalten, was dazu geführt hatte, dass die Schlangen für das Barbecue und Izzys ausgefallene Variationen klassischer südstaatlicher Beilagen immer noch länger wurden. Sie waren in mehreren Fernsehsendungen aufgetreten und hatten benommen neben den weltberühmten Köchen gestanden, die ihre Gastgeber waren.

Heute war jedoch Sonntag, und ihr Lokal war offiziell geschlossen. Trotzdem fand dort an jedem ersten Sonntag im Monat das Treffen der Unendlichen Familie statt, und aufgeregt stellte Izzy fest, dass sich ganze siebzehn der einstmals neunundzwanzig Projektmitglieder zum Mittagessen versammelt hatten.

Die Wände ihres Lokals waren mit kleinen Holzbuchstaben bedeckt, deren Herstellung ein Überbleibsel aus Izzys Studententagen war.

Wenn Cap ins Bett gegangen war und ihre Hände von den vielen Stunden Arbeit in der Küche flatterig waren, verbrachte sie zur Entspannung eine Stunde in der Garage. Mit den Füßen in Sägemehl stehend brachte sie mit der Bandsäge Geschichten auf die Welt, machte sie greifbar, holte sie aus ihrer geisterhaften Existenz. Bei jedem Buchstaben, den sie sorgfältig glatt schmirgelte, spürte Izzy die winzigen Fäden, die sie mit allem verbanden. Sie berührte das Holz und fühlte, wie sich ihr Leben bis zu Hal erstreckte, und erinnerte sich, wie er betont hatte, dass Kunst eine Notwendigkeit sei; sie spürte, wie es sich zu ihrer Mutter ausdehnte, die, obwohl schon lange tot, dennoch immer in Reichweite ihrer Fingerspitzen geblieben war und ihre Tochter sehr zufrieden beobachtete, wenn sie etwas Seltsames und Schönes schuf; sie spürte, wie ihr Leben in die Wohnanlage zurückreichte, zu jedem einzelnen Mitglied der Unendlichen Familie, das Izzy beim Aussägen der Buchstaben geholfen hatte.

Sie hatte sich *Jane Eyre* ausgesucht, weil sie den Roman, ihre Verbindung zu Jane und auch die seltsamen Verrenkungen, mit denen sie Preston in Mr Rochester verwandelt hatte, lieben gelernt hatte. Es war ein Projekt ohne Ende. Izzy räumte gern ein, dass sie es vielleicht nie abschließen würde. Eines Tages waren die Buchstaben aus der Garage in ihr Haus gequollen, sodass Cap schließlich vorgeschlagen hatte, sie an den Wänden des Lokals zu befestigen. Sie hatte den Gedanken aufgegriffen, hatte die Buchstaben aber durcheinander befestigt und füllte jede Woche leere Stellen mit Nachschub. Auf Fragen antwortete sie mit einem Schulterzucken, als würde sie an einem versteckten Code arbeiten, auf den nur sie allein die Antwort wusste.

Auf der Veranda stimmte Link seine Gitarre, Cap sein Banjo, Maxwell seinen Kontrabass und Eliza ihre Mandoline. Cap hatte im vergangenen Jahr in ein paar Bluegrass Bands mitgespielt, er war der jüngste Banjospieler in Nashville seit Jahrzehnten.

Im Publikum eines Konzerts hatte Izzy Carmen und Kenny gesehen, deren Bungalow gegenüber von ihrem und Prestons Haus lag, sowie Julie und Link, die im selben Viertel wohnten und die Izzy wenigstens einmal in der Woche sah.

Benjamin, Alyssa und Ally waren ebenfalls anwesend, sie waren nach Franklin, Tennessee, gezogen, wo sie für eine Computerfirma arbeiteten und von wo sie oft nach Nashville kamen.

Sie hatte sich auch über Asean, Nikisha, Jackie und das Baby Desean gefreut, die das Wochenende in der Stadt verbrachten und sonst in Memphis lebten, wo Nikisha gerade die Stelle der Bibliotheksleiterin am Rhodes College angetreten hatte. David, Susan und Irene waren mit ihrer nur wenige Monate alten Tochter Michelle ebenfalls in die Stadt gekommen. David war inzwischen Lehrer an einer Highschool in Murfreesboro.

Preston, der Izzy gleich geheiratet hatte, nachdem das Projekt abgebrochen worden war, hatte anfänglich so ziellos in den Tag hinein gelebt, dass sie sich Sorgen machte. Er saß zu Hause und wartete ängstlich darauf, dass sie und Cap zurückkamen. Abends brauchte er Stunden, um Caps japanische Lunchbox kreativ zu füllen, entwickelte ein großes Interesse fürs Kompostieren und verbrachte viel Zeit damit, auf Ebay seltene Punk-Rock-Platten aus Europa zu kaufen.

Er trug immer noch die Uniform, die er für das Projekt getragen hatte, nur seinen Schlips steckte er auf halber Brusthöhe ins Hemd, damit er nicht fleckig wurde, und seine Turnschuhe hatte er gegen Hausschuhe eingetauscht. Izzy hatte seinen Lederkulturbeutel hinten im Schrank gefunden.

Bevor sie heirateten, hatte er ihr über seine Narben reinen Wein eingeschenkt und geschworen, es nicht mehr zu tun. Sie hatte ihn gezwungen, ins Auto zu steigen, dann hatte sie den Beutel auf seinen Schoß gelegt und ihn dreißig Kilometer bis zu einem Hardees-Schnellimbiss gefahren. Dort musste er den Kulturbeutel in einen Mülleimer neben dem Eingang werfen.

»Für dich ändert sich nichts«, sagte sie, und er stimmte zu. Die ganze Heimfahrt herrschte Schweigen.

Und dann erhielt er eines Abends eine E-Mmail von einem Mann, der nach der Dauerreibungsmethode erzogen worden war. Er habe sich nie ganz davon erholt, habe seit seiner Pubertät verschiedene Therapien gemacht, sehe seine Eltern nur selten, und wenn, komme es immer zu Zank und Streit. Er sei kaum in der Lage, eine Stelle zu behalten.

Der Mann, sein Name war Charlie, wohnte in Nashville und wollte wissen, ob Preston ihm einen Rat geben könne, da Preston dasselbe erlebt habe wie er und problemlos zu leben schien.

»Ich bitte Sie nur um ein paar Tipps, wie Sie mit dem schrecklichen Summen in Ihrem Kopf klarkommen, dem hellseherischen Moment, wenn Sie wissen, dass etwas Schlimmes passieren wird, und Sie können es nicht aufhalten«, schrieb Charlie. Preston hatte Izzy die E-Mail noch am selben Abend vorgelesen.

»Summen?«, fragte Izzy

»Er beschreibt es nicht schlecht«, bestätigte Preston. »Es handelt sich um eine Art schlecht funktionierendes Spidey-Gefühl, auf das man sich nicht verlassen kann. Ich habe schon eine Weile nicht mehr daran gedacht.«

»In deinem Kopf summt es?«

»Es ist eine Art Summen«, gab er zu. Er flüsterte fast, ganz auf die E-Mail konzentriert, die er immer wieder durchlas.

In den kommenden Monaten traf er sich dreimal in der Woche mit Charlie, besuchte Foren und las Blogs von Leuten, die nach der Methode seiner Eltern erzogen worden waren. Er nahm Kontakt zu ihnen auf, erzählte, wie er die Nachwirkungen seiner Kindheitserlebnisse bewältigte.

Er begann den Südwesten zu bereisen, traf sich mit Leuten, lud sie ein, bei einer neuen Untersuchung mitzumachen, die in seinem Kopf erste Gestalt annahm. Sie sollte sich nicht mit den Wirkungen der Dauerreibungsmethode befassen, das war schon verschiedentlich von Forschern gemacht worden, die ihm darin überlegen waren; die Ergebnisse dieser Studien waren durch Vorurteile und unsaubere Methodik verfälscht. Ihm kam es darauf an, Erwachsenen einen Weg aufzuzeigen, wie sie die Nachwirkungen der Erziehungsmethode seiner Eltern in den Griff bekamen; er wollte ihnen helfen, sich von dem, was sie ihnen angetan hatten, zu befreien.

Nach zwei Jahren hatte er Daten von mehr als dreihundertfünfzig Erwachsenen gesammelt und ein Netzwerk aufgebaut, das einen Großteil des Südostens der Vereinigten Staaten abdeckte. Um sein neues Projekt zu finanzieren, brachte er seine

Kindheitserinnerungen zu Papier, in denen er sich mit seinen Eltern befasste und der Rolle, die er in ihrem Leben gespielt hatte.

Den vielen Journalen und Notizen der Psychologen Grind entnahm er, wie innerlich zerrissen sie gewesen waren, je länger sie ihre Methode anwandten.

»Wir können jetzt nicht damit aufhören«, hatte seine Mutter einmal geschrieben, »wir können nur hoffen, dass wir das Richtige tun. Und wenn nicht, müssen wir beten, Preston möge stark genug sein, dass nichts davon haften bleibt.«

Das Buch mit dem Titel *Ständige Reibung. Porträt einer normalen Familie* hatte sich in hohen sechsstelligen Zahlen verkauft. Danach hatte Preston ein zweites Buch begonnen, aus dem er Izzy abends vorlas. Sie erfuhr Dinge über ihren Mann und seine Eltern, die sie nicht gewusst hatte, und es war ihr, als habe sie einen versiegelten Raum in einem Haus entdeckt, in dem sie seit Jahren wohnte.

Als das Essen serviert war, setzte sich Izzy endlich neben ihren Mann, der zuvor die Kinder zu Tisch gerufen hatte. »Auf die Familie«, sagte er und hob sein Glas, und alle antworteten fröhlich: »Auf die Familie«.

Sie aßen und tranken, und wenn sie sich etwas Mühe gaben, schien es ihnen, konnten sie so tun, als hätte sich nichts geändert, auch wenn es nie wieder so sein würde wie in der Wohnanlage.

Nach dem Essen spielte die improvisierte Bluegrass Band, und Eltern und Kinder drehten sich fröhlich auf der Veranda. Izzy tanzte verlegen mit Mr Tannehill, der zu einer Art Großvater für Cap geworden war und meistens bei Izzy und ihrer Familie zu Abend aß.

Der neunjährige Cap spielte virtuos auf seinem Banjo und sang dazu mit hoher, einsamer Stimme, und die anderen versuchten mitzuhalten. Mr Tannehill gab Izzy an Preston ab, der sie über die Veranda schwang, wobei er den anderen Tänzern geschickt aus dem Weg ging. Nicht zum ersten und nicht zum letzten Mal wunderte sich Izzy über ihr Glück, ihre Familie und dass ihr Gebet erhört worden war.

Nicht immer war das Leben außerhalb der Wohnanlage einfach. Cap und die anderen Kinder der Unendlichen Familie waren ihren Altersgenossen in der Schule weit voraus, aber Izzy wollte nicht, dass ihr Sohn Klassen übersprang und mit älteren Kindern unterrichtet wurde, denn er war noch sehr naiv im Umgang mit anderen.

Sein Leben mit nur neun Geschwistern hatte ihn so offenherzig, so vertrauensvoll gemacht, dass es Izzy fast das Herz zerriss, wenn er wieder einmal lernen musste, dass nicht jeder mit ihm befreundet sein wollte und nicht jedes Kind ein Bruder oder eine Schwester war.

Izzy fühlte sich überfordert, wenn sie im Supermarkt einkaufen oder nach der Schule auf Cap warten musste, um ihn abzuholen. So viele Menschen wirbelten um sie herum, Unbekannte, die sie nicht kennenlernen wollte, die aber in ihrem Leben ein und aus spazierten. Es gab aber auch Abende, an denen sie nur mit Preston und Cap beim Essen saß und am liebsten laut geschrien hätte. Wie seltsam, dass ihre Familie, die so groß gewesen war, auf diese letzte Wiederholung geschrumpft war. Es würde nie wieder so sein wie einst, das hatte sie verstanden, und obwohl sie glücklicher war, als sie es sich jemals vorgestellt hatte, wusste sie, jene Jahre in der Wohnanlage waren ein Zaubertrick gewesen, und es war nur natürlich, dass sie diesen Trick immer wieder aufs Neue sehen wollte, um wahrhaft zu verstehen, wie er funktionierte.

Jetzt jedoch, im Kreis ihrer Lieben, aller Menschen, die sie auf der Welt brauchte, tanzte sie mit Preston. Sie lauschte der Stimme ihres Sohnes, wie er »There's a Better Home Awaiting« sang. Sie machte eine Drehung von ihrem Mann weg, und die Welt verzerrte sich, wurde unsicher. Bevor sie frei war, den Weg verlor, drehte sie sich zurück in Prestons Arme. Und war wieder daheim.

Danksagung

Mein Dank gilt:

Julie Barer, Freundin und Agentin, der ich mein Leben als Schriftsteller schulde, wofür ich ihr ewig dankbar bin. Vielen wichtigen Aspekten dieses Buchs hat sie zur Form verholfen.

Zack Wagman für seinen Einsatz und seine Hilfe beim Herausfinden, was es war und was es sein sollte.

Dem Verlagshaus Ecco, wobei ich Allison Saltzman und Emma Janaskie besonders erwähnen möchte, für alles, was sie getan haben, damit dieses Buch entstehen konnte, und dafür, dass sie meine Schriftstellerei weiterhin unterstützt haben.

Kelly und Debby Wilson, den großartigsten Eltern und frühesten Förderern meiner Arbeit; Kristen, Wes und Kellan Huffman; Mary Couch; John, Meredith, Warren, Laura, Morgan und Philip James; und den Familien Wilson, Fuselier und Baltz für ihre Liebe und Güte.

Ann Patchett, die einen frühen Entwurf las, für lebenslangen guten Rat, ständige Unterstützung und Freundschaft.

Der Rivendell Writers' Colony, wo ich mehrere Male an diesem Roman arbeiten durfte. Danke, Carmen und Michael Thompson und Mary Elizabeth Nelson.

St. Mary's Sewanee dafür, dass ich die Hermitage nutzen durfte, wo ich Teile dieses Romans geschrieben habe.

Der University of the South, insbesondere den erstaunlichen Studenten, mit den ich die Ehre hatte in den vergangenen elf Jahren arbeiten zu dürfen (insbesondere Annie Adams, Kilby Allen, Jessica Barber, Aaron Browning, Caroline Byrd, Liz Childers, Catherine Clifton, Sarah Cumming, Lily Davenport, Kat Dembergh, Ellen Doster, Norris Eppes, Daniel Fortner, Eli

Gay, Anna Grishaw, Hallie Gladstone, Meg Hall, Becca Hannigan, Kelly Hines, Sarah Horton, Brandon Iracks-Edelin, Reed Jackson, Kate Jayroe, Sara Kachelman, Zoey Kortz, Robin Lee, Lara Lofdahl, Jacob Moore, Sarah Pinson, Chris Poole, Thomas Sanders, Charlotte Seaman-Huynh, Param Singh, Justin Smith, Leah Terry, Bea Troxel, Kathryn Willgus, Laney Wood and Lena Yarbrough). Mein besonderer Dank gilt der Fachschaft Englisch, vor allem meinen Mentoren und Freunden Kelly Malone, Lauryl Tucker und Elizabeth Grammer.

Meinen Freunden Leah Stewart, Matt O'Keefe, Sam Esquith, Cecily Parks, Isabel Galbraith, Lucy Corin, Clare Vaye Watkins und Caki Wilkinson.

Ally Syler und Eliza Griffey, zwei der wunderbarsten Kinder, die ich kenne, dafür, dass sie mir erlaubt haben, ihre Namen in diesem Roman zu verwenden, und ihren großartigen Eltern und meinen besten Freunden auf dem Berg, David und Heidi Syler und Betsy Sandlin und Jason Griffey.

Zu guter Letzt und mit allergrößtem Nachdruck gilt mein Dank:

Griff Fodder-Wing Wilson und Patch Halcomb Wilson, meinen Söhnen, perfekte kleine Welten.

Leigh Anne Couch, meiner Mitautorin, meiner Herzallerliebsten, meinem Ein und Alles.

Die Originalausgabe erschien 2017 unter dem Titel
»Perfect Little World« bei HarperCollins, New York.

Sollte diese Publikation Links auf Webseiten Dritter enthalten,
so übernehmen wir für deren Inhalte keine Haftung,
da wir uns diese nicht zu eigen machen, sondern lediglich auf
deren Stand zum Zeitpunkt der Erstveröffentlichung verweisen.

Dieses Buch ist auch als E-Book erhältlich.

MIX
Papier aus verantwortungsvollen Quellen
FSC® C014496
FSC www.fsc.org

Verlagsgruppe Random House FSC® N001967

1. Auflage
Deutsche Erstausgabe September 2019
Copyright der deutschsprachigen Ausgabe © 2019
by btb Verlag, in der Verlagsgruppe Random House GmbH,
Neumarkter Straße 28, 81673 München
Copyright der Originalausgabe © 2017 by Kevin Wilson
Originally published in 2017 by HarperCollins Publishers,
195 Broadway, New York, NY 10007
Covergestaltung: semper smile, München
nach einem Entwurf von Allison Saltzman unter Verwendung
einer Illustration von © Sonia Pulido; Autorenfoto © Leigh Anne Couch
Satz: Uhl + Massopust, Aalen
Druck und Einband: GGP Media GmbH, Pößneck
SK · Herstellung: sc
Printed in Germany
ISBN 978-3-442-71820-7

www.btb-verlag.de
www.facebook.com/btbverlag